楚尘
文化
Chu Chen

北京楚尘文化传媒有限公司 出品

象群中的蚂蚁

一个不可接触者家庭
与现代印度的形成

[美] 苏迦塔·基达拉 / 著
杨怡爽 / 译

中信出版集团 | 北京

图书在版编目（CIP）数据

象群中的蚂蚁：一个不可接触者家庭与现代印度的形成 /（美）苏迦塔·基达拉著；杨怡爽译. -- 北京：中信出版社，2021.8

书名原文：Ants Among Elephants: An Untouchable Family and the Making of Modern India

ISBN 978-7-5086-9372-9

Ⅰ. ①象… Ⅱ. ①苏… ②杨… Ⅲ. ①纪实文学–美国–现代 Ⅳ. ①I712.55

中国版本图书馆CIP数据核字(2018)第188655号

本书简体中文版由楚尘文化与中信出版集团联合出版

象群中的蚂蚁：一个不可接触者家庭与现代印度的形成

著　　者：[美]苏迦塔·基达拉
译　　者：杨怡爽
出版发行：中信出版集团股份有限公司
（北京市朝阳区惠新东街甲4号富盛大厦2座　邮编　100029）
承 印 者：浙江新华数码印务有限公司

开　　本：787mm×1092mm　1/32　　印　　张：13.5　　字　　数：269千字
版　　次：2021年8月第1版　　印　　次：2021年8月第1次印刷
京权图字：01-2021-0588
书　　号：ISBN 978-7-5086-9372-9
定　　价：69.00元

服务热线：400-600-8099
投稿邮箱：author@citicpub.com

谨以此书纪念我的曾祖母玛塔姆

◎

给艾伦

目录

前 言

我的故事和我家族的故事并不是发生在印度的故事。它们是生活。

当我离开印度之后，在新的国家里交到新的朋友，发生在我家族身上的事，我们做过的事，才变成了故事——值得一讲的故事，值得写下来的故事。

我在南印度安得拉邦一个叫作卡兹派特（Khazipet）的小城出生。

我出生在一个中低收入的家庭里。我的父母都是学院里的讲师。

我是作为一个"不可接触者"[1]诞生的。

当这个国家[2]的人们问我，作为一个"不可接触者"意味着

1 印度的种姓与亚种姓成千上万，传统的四大种姓（Varna）婆罗门、刹帝利、吠舍和首陀罗即作者所称的"有种姓的印度教徒"，而此四等种姓之外则称为"贱民"（Outcaste），或"达利特人"（Dalit）。达利特人不具有正统印度教认可的宗教地位，即便四大种姓中地位最低的首陀罗也比贱民的社会地位优越许多。达利特人内部亦分为多个种姓，也分地位高低。四大种姓触碰到贱民会认为自己受到污染，故称其"不可接触者"。——除注明为"编者注"之外的内容均为译者注

2 指美国。—— 编者注

什么的时候，我解释道，种姓制度就如同在这个国度里针对黑人的种族主义。他们随即便会问："其他人要怎么知道你的种姓是什么？"他们不知道的是，种姓就如同肤色一般是看得到的。

我是这样解释的。在印度的村庄与城镇里，每个人都认识每个人。每个种姓都有其特定的职责和居住的区域。婆罗门（承担祭司职责的人）、陶工、铁匠、木匠、洗衣工等——他们在村庄里都有各自居住的区域。而"不可接触者"，他们的特定职责——他们祖传的工作——是为他人劳作，或者去做那些印度教社会认为肮脏不洁的工作。他们是不能够居住在村庄里面的，他们必须居住在村庄的边界之外。不允许他们进入神庙，不允许接近其他种姓使用的饮用水水源，不允许坐在有种姓的印度教徒身边吃东西，也不能使用同样的器具。类似这样的戒条与羞辱还有成千上万，根据地域不同而异。在印度的新闻报纸上，每天你都能看到有个"不可接触者"因为穿了凉鞋或者骑了自行车而被殴打乃至被杀害。

在你自己的城镇或村庄里，每个人都已经熟知你的种姓，这是不可避免的。但是如果你去了其他别人都不认识你的地方，人们要怎么知道你的种姓呢？他们会直接问你："你的种姓是什么？"你不能回避这个问题，你也不能拒绝回答。根据传统，每个人都有知情的权利。

如果你像我一样受过教育，如果你看起来并不像是个典型的"不可接触者"，那么你可以选择。你可以告诉他们真相，然后被排挤、嘲弄、羞辱——甚至被逼自杀，这是大学里常见的事情。

或者，你可以撒谎。如果他们不相信你，他们会通过其他方式找出你真正的种姓来。他们会问你特定的问题："你兄弟在他婚礼上骑马吗？他的妻子穿着红色莎丽还是白色莎丽？她是怎么穿莎丽的？你家里供奉的家神是哪位？"他们也可能会寻求来自你家乡的其他人的意见。

如果你让他们相信了你的谎言，那么当然，你不能够告诉他们你的故事以及你家族的故事。你不能向他们讲述你的生活。这会揭露你的种姓。因为你的生活就是你的种姓，你的种姓就是你的生活。

无论他们是否知晓真相，你身为"不可接触者"的生活从来都不是你能谈论的事。

我在旁遮普、在德里、在孟买、在班加罗尔、在马德拉斯、在瓦朗加尔（Warangal）、在坎普尔（Kanpur）、在加尔各答的经历就是如此。

26 岁那年，我来到了美国，这里的人们只晓得皮肤的颜色，而不是出生时的地位。有些人喜欢印度人，有些人讨厌他们，但他们的感受并不是由种姓决定的。有一次在亚特兰大的一间酒吧里，我告诉某人自己是个"不可接触者"，他说："哦，但你可是很容易接触呢。"

在与一些我结交的朋友的交谈中，我才意识到，我的故事，我家族的故事，其实并不是让人羞耻的故事。

◎

从没人告知过我，我是一个"不可接触者"。这不是某种你母亲非得要告知你的事情。人们告知我的是，我是一个基督教徒。

基督教徒，“不可接触者”——当时这两者之间并无差别。据我那时的认知，在印度，所有的基督教徒都是“不可接触者”（尽管“不可接触者”中只有一小部分是基督徒）。

我从不知道有哪个基督教徒可以不在印度教徒面前卑躬屈膝。

我也不知道有哪个印度教徒可以不将面前的基督教徒视为无物。

我接受了这些，从未有过疑问。

我见过我们家族里的成年人在某个罗圈儿腿、斜视、嘴角流淌口水的印度教徒经过的时候，赶紧起身，整理衣裳，绞弄着双手。

我见到我的印度教邻居对此毫无所动，大摇大摆而过。

接受。没有疑问。

我知道这个罗圈儿腿、斜视、嘴角流淌口水的男人与我的两个阿姨苟合，还让她们怀上孩子，但因为她们是基督教徒，他并没有娶她们。

我知道一个是基督教徒的男孩被推倒在一列火车面前，因为他爱上了一个高种姓的女孩子。

基督教徒是“低贱”的。印度教徒是“高贵”的。基督教徒是孱弱的。印度教徒是强大的。

我理解。我接受。这是事物的天理正道。

当我 15 岁的时候，我开始有了疑问。有人带着我和我的妹妹去看电影。突然之间，疑问如潮水般涌来，多年来一直困扰着我。在某种意义上，它们至今都没有休止。

那部电影讲述了一个富有的女子爱上一个穷小子的故事。那个女孩富有权势的家庭威胁那个穷小子的家庭，让他不许再与她见面。当女孩找不到男孩的时候，她放弃了，同意嫁给一个富有的、受过良好教育的佳婿。

截至这里，都是印度电影的常规套路。让人震惊的事发生在婚礼的一幕上。那个女主角穿了一袭白色婚纱，不是印度新娘穿的莎丽，而是一件白色的、西式的婚纱，戴着面纱，就像他们在基督教婚礼上所戴着的那种。

我的血液凝固了。我的脑子一片空白。我不能呼吸了。

那个有钱女孩是个基督教徒！随即我回想起来，在那个穷小子的家庭被威胁的场景里，他父亲的胸口戴着所有婆罗门会戴的圣线。

这电影竟然公然违抗天理正道，将基督徒描绘得富有、有权势，同时——这是最让人吃惊的——敢胆轻蔑一切种姓里最高贵的婆罗门。

这对于一个15岁的“不可接触者”女孩来说意味着什么，几乎是无法言说的。

真的有像这样的基督教徒存在吗？

为什么我从未见过他们？

为什么从前从未有人提到过这件事？

我的疑问找不到出口。即便是在我们这样的人之间，提起我们低下地位的话题也是让人羞耻的。我从未想过要去问别人。我不知道该如何去组织语言。

四年之后，在19岁时，我离开家，去瓦朗加尔的地区工程学院（REC）念研究生课程。整个国家只有15个地区工程学院。来自其他省份乃至其他国家的学生都来到这里学习。这是我生平第一次见到来自我的家乡安得拉邦之外的人。

我是一个小镇女孩，非常害怕对所有在学院里见到的陌生和现代的玩意儿表现出好奇心来。我看到了留着短发的女孩。我看到了穿着无袖上装的女孩。我看到了只穿着短裤的女孩。有些人涂着口红，修过眉毛。我看到了有的女孩在偷偷抽烟。我知道了男朋友、女朋友的含义。当然了，所有这些女孩都会说英语。

在那个地方，我第一次在现实里见到了电影里见过的东西：能够居高临下俯视高种姓的基督教徒。

但是，我怎么能去问他们问题呢？我羞于提起这个话题。我完成了我的学业，却没有找到他们与我之间的差别。

从地区工程学院毕业后，我开始了又一项工程学的学业。我去了马德拉斯，加入了印度理工学院（IIT）。印度理工学院是最精英、最具国际性的印度科技学术机构，地位相当于印度的麻省理工学院或加州理工学院。我在应用物理学系担任研究助理，在一项受到印度空间研究组织资助的项目里工作。

在女生宿舍里，我被其他女孩的样子搞得眼花缭乱。她们是如此漂亮、富有、开心、有魅力、高端，让我觉得自己像是被电影里的女主角们环绕着，但她们比起女主角们来还更聪慧。而在宿舍里，我还见到了更多让人搞不懂的地位优越的基督教徒。

我很快就发现了一件事。她们大多来自南部喀拉拉邦。而那部我看过的电影，后来发现是一部马拉雅拉姆语（Malayalam）的电影，那是喀拉拉邦的语言。电影配上了我的母语泰卢固语（Telugu）的字幕。

那些喀拉拉的基督教女孩和我居住在女生宿舍的同一侧楼里。

杰西的美丽是惊为天人的。她随时都有两个婆罗门女孩相伴在侧，她们是她忠实的小伙伴。

苏普利亚·亚伯拉罕（Supriya Abraham），当她降临到食堂一层的时候，简直好像天上的一颗明星屈尊访问尘世。

那些总是讨好这些基督教女孩的婆罗门男生，却会用嫌恶的眼光来看我。在我的城镇里，基督教女孩总是被叫成“乌鸦、猪仔、食腐动物”。我的一个邻居男孩过去总把我和我妹妹叫作“大粪花”。

我想要与那些喀拉拉人交朋友。我难道不也是和她们一样的基督教徒吗？但是她们避开我，就像所有印度教徒会做的那样。我深深受到了伤害，这种伤害比印度教徒给予的伤害还要深。

但是我下定决心，一定要找出自己到底不同在什么地方。杰西是个好心人，是少数会和我说话的女孩之一。她的房间和我的房间在同一层楼上。我尾随她去教堂，尽管在那时我早就不在乎什么上帝了。

我请求她给我看她家庭的照片。他们显然非常富有。我开始试探，问问题。杰西解释道：“我们是婆罗门。”她告诉我，她的家族来自喀拉拉邦的一个婆罗门种姓，那个种姓叫作南布迪里（Nambudiri）[1]。南布迪里的地位是如此之高，以至于他们能凌驾于其他婆罗门之上。

“为什么你们成了基督教徒？”

她解释说，在古代，南布迪里都是由家族里的长子来继承所有财产，只有他能够婚娶。家族里其他的子嗣什么也不能继承，

1　南布迪里是喀拉拉邦地位最高的古老婆罗门种姓。

只能去寻找较低种姓的情妇，或者保持单身。

当耶稣的门徒圣多马来到喀拉拉时，一些过着郁闷日子的年轻南布迪里后代舍弃了印度教，接受了圣多马的洗礼。

“因此，我们是婆罗门种姓的基督教徒。”杰西如此告诉我。

但是我拒绝相信她。就这么简单？某些个基督教徒号称自己有婆罗门家系，所以大家都相信了？这也太夸张了！

当我来到美国时，我见到了更多喀拉拉的基督教徒。那个时候，我的脸皮已经变厚了，每次我遇上一位，我第一个问题就是：“为什么你们有那么高的社会地位，而我们却没有？”他们告诉了我同样的故事：他们是因圣多马而皈依基督教的婆罗门。

“那是什么时候发生的事？”

“公元 52 年。”

所以，宗教与种姓之间的关系是什么？种姓与社会地位之间的关系又是什么呢？社会地位与财富之间的关系呢？财富与种姓之间的关系呢？我不停地思考这些问题。

我决定探寻我的家族是如何变成基督教徒的。我给我母亲打了电话。那时，她开始向我讲述我们先祖的故事。

◎

我的母亲和她的长兄擅长语言表达、洞察人心和组织社会关系。我的舅舅成了一个著名诗人，用着西瓦萨迦（Shivasagar）这个笔名，而我母亲则从没办法让自己静心坐下来写作。他们都拥有迷住他人的能力。两人都有许多见闻与经历可讲。当得知我想要知晓更多的时候，他们都高兴坏了。

在我的成长过程中，我的母亲一直在怀念她最亲爱的大哥，后者已经销声匿迹多年，从事地下运动。

我的舅舅，K. G. 萨蒂耶穆提（Satyamurthy），以 SM 之名广为人知，是 20 世纪 70 年代一个毛派游击队的建立者之一，这个游击队最近被印度政府宣称为印度安全最大的威胁[1]。

我 8 岁大的时候，我的母亲带着我、我的弟弟和妹妹去看了一部电影，这部电影讲述了一个年轻人组织了一场起义，阻止英国人入侵森林驱赶走贫困的部落民（这些原始部族居住在印度广大的森林中，至今依然占到印度总人口的 8%）。在半路上，母亲告诉我们："这部电影的主角就像是你的舅舅。"

还有一次，她带我去看的电影里有一首歌，歌词是来自我舅舅的一首诗歌。

当我再长大一些，我开始不停问问题，好知道这个神秘人物的更多事迹。而我的母亲则会向我讲述关于他的机智、他的魅力、他的美好、他的勇气和他的狡黠的故事。

当我开始调查关于我先祖的故事时，我知道自己必须与 SM 联系上。他依然在躲藏中，但是如今，至少是可以联系上了。他比我母亲年长，也与老一代有着更多接触，他知道更多关于他们的历史。他告诉了我许多事情，比我放进这书里的更多，我希望有朝一日能够分享那些迷人的故事。当然了，他也有他自己的故事要讲述。

1　指 2006 年时任印度总理的辛格称纳萨尔派游击队是"印度最大的内部安全威胁"。

当我联系上SM的时候，他的情况已经变得非常糟糕。他希望有人能够写写他一去不返的光辉岁月。

他用母语向我讲述的那些故事，都细节翔实，丰富生动。我不希望遗漏任何东西，所以我买了一台小录音机，接在电话线路上使用。

SM喜欢向我讲述那些故事，但是他更希望能够在一场斗争里领导大众。我们每一次交谈时，都有一些年轻的仰慕者会找上门来，对他说："先生，我们想要开创一个新的党派。你能够成为我们的领袖吗？"他就会带着他们跑到某处的丛林之中，无法用电话保持联络。这样的事情发生了三四次。寻找他的踪迹叫人筋疲力尽，每次都得要花上数周乃至数月的时间才能重新与他联系上，并且说服他在电话上和我聊一聊。

所以，我问他是否能同意在我去见他的时候亲自与我会面，他答应了。

我飞回印度，带着我最亲近的朋友，带着我的录音机和麦克风，还有一百卷空白的录音带，一堆笔记本。

我与母亲一道旅行，乘坐火车前往维扎格（Vizag），这是安得拉邦的一座城市。在那儿，我们与SM见面了，一个年轻人担任他的助手。SM 20岁之后，要是没有人帮忙替他提东西、剪指甲等，他就没法活下去。他自己连怎么刮胡子都不知道。

他在那儿等着我们，他个头很小，身体单薄，古铜色皮肤，头顶银色鬈发，有着高颧骨和大大的带黑眼圈的眼睛。他的胳膊和腿像棍子一样，腹部浑圆，就像一个饥荒的受难者，正如我母亲对他的描述一样。

我们在一家酒店订下了相邻的房间。三个星期里，每天早晨我和我的朋友醒来，洗漱、更衣、吃早餐，然后带着设备直奔 SM 的套间。

他已经做好准备，等待着我们。他躺在床上，穿着整洁的、熨好的衬衣和短裤。他的助手坐在床边，手里拿着笔。我会把麦克风别在 SM 的衣领上，然后他就开始讲述。那是非常、非常严肃的，如同列宁在向他的同志们传达党的章程。

他到达时，让他的助手带上了所有他需要作为支撑材料的书籍和档案。如果他向我讲述在英国统治期间发生的事情，他就有一本书证实它。如果我问了他一件他不那么确定或者缺少证据支持的事情，他就会让那个年轻人做下笔记。有时候我母亲也会插进来，说上点儿什么。

他会一口气讲上四五个小时。仅仅是为了跟上他讲述的内容，速记上几笔，或者提问求证，就让人筋疲力尽。对他来说，肯定是五倍的费力。

在这三个星期的末尾，他给了我一个惊喜的离别礼物。SM 实际上正在写他的自传。他给了我所有手稿的副本，告诉我说："尽管去用吧。"

我带着整整一箱子纸和书本回的家，还有一整张待阅读的书单和所有的笔记与磁带。

材料实在是太多了。我一头扎进它们。但我越是工作，就越是需要更多的细节。我得在电话上找到 SM。结果遇上同样的问题：他跑到其他地方去开创新党派了。

第二次旅行的时候，我去拜访了所有我家族故事的发生地。

我与和我话题有关的人们交谈，包括那些我从未谋面的、居住在遥远村落里的亲戚。他们都为能够参与进来而兴奋不已。有人向我展示了他所写的关于他村庄的一本小书。我也采纳了在这些访谈中获得的材料，而这些我遇见的人为我母亲和我舅舅讲述的故事提供了更多真凭实据。

在所有我交谈过的人中间，只有我母亲能够理解我所在写的书到底是怎样的书。她知道我想要听到什么，也会告诉我所想要听到的任何事情。

在 SM 被问到关于他自身的问题时，他只会谈论他的政治生活，他在运动中的生活。我试图去问他，他的第一个孩子诞生时他的感受。他完全不屑于回答。当我问起，他转入地下活动被迫与他的子女们分开时他有什么样的感受，他告诉我他记不起来了。那可能是真的。他就是那样的人。运动就是他的生命。

访谈中遇上的最让人失望的人物，莫过于我母亲的另一位兄弟——凯里（Carey）。凯里是北安得拉邦瓦朗加尔的卡卡提亚（Kakatiya）医学院的体育教育部主任。当我来到瓦朗加尔与他交流时，他整个人酩酊大醉。他语不成句，我几乎什么都听不明白。而他的侄子在隔壁房间里研磨扁豆，数步之外，清洁女工在石板上拍打湿答答的衣物。在炎热的下午，研磨和洗刷衣物的噪声简直叫人发狂。不像我的母亲和 SM，这些人对于我正在试图去做的事情所具有的价值一无所知。我安慰自己说，我能够用慢速回放磁带，听清楚凯里到底在对我讲些什么。

等回到了纽约，我听着录音带，依然无法辨识出哪怕一个单词来。我真想用两只手掐死凯里。

他同意与我在电话里交谈，但是他太过在意自我，又经常喝得醉醺醺的，以至于派不上什么用处。凯里从某种意义上说是我这三位血亲里最迷人的一位。他从来不知道什么是害怕，对于腐败完全免疫。但悲哀的是，他的表达能力也是最差的。

同时，有许多事情是他不愿意谈论的。我询问他在两性关系上声名远扬的“丰功伟绩”时，他会谴责我：“为啥你要这样做？为啥你要写这本书？为啥你要挖掘这些肮脏事儿？”我试图告诉他，在美国，性行为不是什么值得羞愧的事情。他根本不相信。

我知道，对于他来说，回顾许多事情并非易事。他会说：“哎呀，那贫困是何等的丢人啊。”他也非常尖酸。他批评了我的母亲和 SM 许多次。他觉得，他是唯一一个实现了他们年轻时理想的人。

我想出了一个主意。我应当在一大早他喝醉之前就找到他。因为时差，这就意味着我得熬夜到很晚，然后早晨在睡眠严重不足的情况下去工作。

但是在我能够和他取得进展之前，凯里就死了。他可能是被杀死的。他家里没人愿意告诉我母亲任何事情，也许是他们不想要应对调查。

收集编纂这本书的材料成了一场与死亡展开的竞赛。我需要交谈的那些人都老了，许多人生活贫困，身体很差。在为时已晚之前从他们那儿获取我所需要的所有东西，已经成了我的一项强迫症。南查拉雅（Nancharayya）、大卫·约翰、拉妮（Rani）、格蕾丝阿姆（Graceamma），马尼基亚·拉奥（Manikya Rao），莉莉·弗洛拉（Lily Flora），凯里——他们都在我有机会完成与他们的交流前便辞世了。每一次我母亲告诉我最新的讣告，我都悲痛欲绝。

我的母亲觉得，我与我书写的这些人有了一种羁绊。她认为，我在哀悼他们的逝去。但是我所真正哀悼的，是那些永远无法联系到的人。

当死亡降临时，它会重创我。我食不知味，夜不能寐。我坐立难安。当故事里一个边缘角色那尔阿姆（Nallamma）在我与她交谈不久后去世时，我差点活不下去。没有人能理解这点。不理解我感受的朋友们想要将我从床上拉起来的时候，我暴跳如雷。

还有一次，当我听到凯里的高中朋友普拉·雷迪（Pulla Reddy）中风，并且失去了说话能力的时候，我几乎也说不出话来。我给他寄去200美元，以便他能够接受治疗和其他护理。我曾想过，在他可能失去的所有机能里，为什么偏偏要的是他的舌头——对我的目标来说最为重要的那个部分中了招。我不需要他跳舞，我不需要他抬起任何东西。在我看来，我是以最残酷的方式被诅咒了。最后，他能够说一些词句了，但是我再没心思听他努力挣扎。他死掉的时候，没有人告诉我这消息。

然后就是我父亲的姨母戴瓦·巴提（Dyva Vati）。她跌了一跤，然后失忆了。她失忆了！

最后，我掩上耳朵，不再听这些消息了。出于对我的担忧，我的母亲告诉所有的亲戚，不要再对我提起任何关于死亡或疾病的事情。

几年前，我听说SM中风了，他的一只眼睛失明了，不能动弹。我的母亲告诉我他没有丧失语言能力的时候，我松了一口气。我试图打电话给他，但是照顾他的女儿们剥夺了他的电话特权。

所以我只好亲自去见他。他能说话，但是因为他的牙掉了，我无法听懂他说的任何话语。

这次小小的中风并不应该让他丧失自理能力到这个地步。他的女儿告诉我，她们不得不等上三天时间才能送他就医。三天？我不明白。她们解释说，他们想要带他去看一个能够免费诊治他的医生，那是他的一个仰慕者，而当时这位医生不在城里。所以她们只能等。

当然了，他的记忆也受到了影响。再没有为我留下什么。他的一个女儿将电视从他房间移走了，也禁止他接触新闻报纸和访客。在这样的情况下，他撑不了太久的。我知道自己将没法再见到他了。

我不再问询他的健康、他的情况。我不想再知道更多了。我不再看网上的泰卢固新闻了，唯恐看到讣闻。

在写下这段话时，我依然不知道这本书的主要人物是生是死[1]。

2012年4月15日

1 实际上，就在作者写完这篇序言的第二天，也就是2012年4月16日，本书主角之一，著名的纳萨尔主义者和诗人K. G. 萨蒂耶穆提便告去世，终年81岁。

序章

象群中的蚂蚁

当我问起我的母亲和舅舅我们的先祖之事时，他们总是从他们祖父母那一辈开始说起，这是他们所知的最早一辈人了。

他们的祖父母——维闳陀斯瓦米（Venkataswami）和阿茶姆（Atchamma），在19世纪后半叶出生在如今安得拉邦内一个叫作坎曼县（Khammam district）的地方。他们是一个游猎部族的一分子，这个部族并不从事农业。他们依靠水果、根茎、蜂蜜和他们所能捕捉与套住的任何东西为生。他们不是印度教徒。他们崇拜的是他们自己部落的女神，与他们所居住的森林之外的社会几乎毫无瓜葛。

当英国人将这片森林开垦为种植园时，我曾祖父母的部族被驱赶到了平原之上，那里居住的是开化之人、定居者、拥有土地并且知道如何去耕作它的人——简单地说，就是印度教徒们。在森林之外四处浪迹的小部族找到了一个大湖，并在其周围定居了下来。这里四周都渺无人烟。他们开始农耕。湖泊周围的土地非常肥沃，供给充足。他们以自己信仰的一位神灵之名，将他们新的安居乐业之地命名为商羯罗帕杜（Sankarapadu）。

但是很快，那些开化社会的人就注意到了他们。当地一个柴明达尔（Zamindar）地主的手下发现了他们，所谓柴明达尔就是英国人在这一地区任命的收租地主。这个手下看到他们田野中生长的稻米，便强行征租，将他勒索来的大部分收益中饱私囊。

但是对这个手下来说这还不够。他、他的家族和他那个种姓的人搬到了附近，通过武力和耍诈开始偷取土地。他们向购买盐、种子或者筹办婚礼新衣的部族居民发放高利贷。因为无力偿还债务，村民们只能一英亩一英亩地放弃了他们的土地。开垦了这个地区、定居在这个地区的我的先祖们，最后沦为在自己昔日土地上劳作的佣农。

自记忆难以企及之时开始，这些事就发生在想要定居下来耕作土地的印度部落民身上。今时今日，它依然在重演。让商羯罗帕杜分崩离析的人，是那些不属于这里却又霸占了周围土地的印度教徒。因为村庄被满是毒蛇、蝎子和无孔不入的蚊子的恶臭沼泽所包围，地主们自己便居住在位于数里外一个安全的高地村庄里，那个村庄叫作博卢坤达（Polukonda）。

在森林中时，我曾祖父母的部族没有任何种姓。但是在印度教社会里，每个人都在种姓系统里被指派了一个位置。特定的种姓传统上拥有土地，而其他人则要为了这些有土地的人工作。对于那些必须劳作的人，你诞生时的种姓就决定了你要做的工作。有从事祭司的种姓，从事木匠的种姓，从事陶工的种姓，从事剃头匠的种姓。在仪轨法（Ritual Law）看来，一个种姓的传统职业越不纯净，它的地位就越低下。

当商羯罗帕杜人进入印度教社会时，他们并无种姓，又从事着最不纯净的职业——无地劳工，这就注定了他们会有怎样的位置：最底端的被唾弃的贱民。贱民也被称为“不可接触者”，因为他们在宗教仪轨上是不洁净的，与他们最轻微的接触都会让低种姓的印度教徒受到玷污。他们不能与其他人分享食物，更不要说与他们通婚，他们被强迫住在村庄外围被隔离起来的聚居地，与村子其他部分相隔绝。商羯罗帕杜就这样成了博卢坤达的“不可接触者”聚居地，尽管两地相隔甚远。

但是我的曾祖父和他那一辈的村民依然是种姓制度中的新来者。他们的灵魂尚未被摧折。

当一个雅纳迪（Yanadi）贱民种姓的年轻窃贼为躲避警察的追捕来到村庄时，他们庇护了他。他们知道，侵占私人财产是雅纳迪部落民的“神圣职责”——雅纳迪人从未对私人财产体系让步过半分[1]。

警察前来寻找这个年轻的不法之徒时，村民们不知晓何为警察，所以他们殴打警员，把他们赶跑了。第二天，村里来了100个警察，他们摧毁了村庄所有的薄产，侵扰妇女，还把所有的男性都逮捕了。

村民们不知如何是好，他们不知道监狱、保释、法庭或律师是什么。走运的是，有些在附近城镇里活动的加拿大传教士知道

1　雅纳迪是安德拉邦的一个表列部落，说泰卢固语，1991年时人口约40万。历史上，由于雅纳迪人从传统居住的森林地带被驱赶至平原地区，被剥夺了生存手段，许多人不得不依靠盗窃为生，也长期蒙受“犯罪部落”的恶名。但根据印度学者G.斯坦利·贾亚·库马尔（G. Stanley Jaya Kumar）在其《部落：从传统到转变》（*Tribals form tradition to transition*）一书中的研究，雅纳迪人虽然很大程度上依靠公共财产生活，但从其继承法则与婚姻家庭的情况来看，实际上是存在私人财产概念的。

了发生的事情，他们派了一个白人律师来为村民辩护，让他们得到了释放。为了表达感谢，村民们放弃了他们昔日的女神，接受了受洗。他们开始将自己的孩子送到传教士开设的学校里。

“不可接触者”们长久以来被禁止学习阅读和书写。但是让印度教徒感到恐慌的是，当传教士到来时，他们欢迎“不可接触者”进入他们开办的学校。尽管这些学校只是提供现代教育的机构，有种姓的印度教徒经常拒绝让他们的孩子入学，因为不愿意让他们坐在“不可接触者”的学生身边。

传教士们试图适应当地的风俗习惯。有时候他们会让“不可接触者”的学生坐在地板上，把板凳留给有种姓的学生，我自己上的学校里就是这样的。他们甚至还开设了传教士称为“种姓学校”的机构，那里不接受“不可接触者”的学生。即便是这样，这些神职人员也几乎没能让有种姓的印度教徒改宗。

我的曾祖父有六个儿子，其中最年轻的一个大约出生在1920年，也就是我的祖父，普拉桑那·拉奥·坎巴（Prasanna Rao Kambham）。部族采用了坎巴这个姓以纪念被他们放弃的坎曼故土。当普拉桑那·拉奥的家族改信基督教时，他三个年长的兄长年事已高，无法克服对认字和书写的恐惧。他们不敢尝试离他们所在之处太远的事物。他们以当苦力谋生，而他们的三个弟弟，包括普拉桑那·拉奥，则去了传教士学校，受训成了教师。

在这所学校里，男孩和女孩被严格地隔离开来。除了周日所有人去教堂的时候，男女从不谋面。窥视教堂走道的另一侧之时，普拉桑那·拉奥发现了一个名叫玛雅姆（Maryamma）的女孩，并对她一见钟情。

但是他不可以与她交谈。为了表达他的兴趣，他得先和她的父母谈谈。经过漫长的打探后，普拉桑那·拉奥知晓玛雅姆的母亲居住在帕纳萨（Parnasa）地方的一个村庄里。她的名字叫玛塔姆（Marthamma）。

玛塔姆是一个贫困的“不可接触者”寡妇。若干年前，她与一些妇女曾经在田地里劳作，边耕作边歌唱，一个传教士女子听到了她们的歌声。她对玛塔姆的嗓音印象深刻，便前去要她接受耶稣，在教堂里歌唱。但是玛塔姆说不要。为了喂饱她的孩子，她还有许多活要干。

玛塔姆在丈夫死后，为了在家庭开源节流，她还额外为她村庄里有种姓的印度教徒妇女舂米，同时在田地中拾穗。但是，所得依然无法让她与她的孩子糊口。

绝望之下，玛塔姆决定向传教士求助。她得以向一位叫玛丽·塞尔曼（Mary Selman）的人倾诉请求。见面之时，玛塔姆认出她就是那个让她来唱歌的女子。这位塞尔曼小姐给她提供了一份“传道妇女”的工作，也就是从一个村庄走到另一个村庄传播福音。她三个还活着的孩子进了传教士学校。玛塔姆在教室里陪着她的子女们。在那里，她和她孩子的同学一起学会了认字。

当普拉桑那·拉奥前往帕纳萨，与她讨论关于玛雅姆的事情时，玛塔姆非常高兴。拉奥既高又帅，还受过教育。

这对年轻人结了婚，前往一个叫作阿达维寇拉努（Adavi Kolanu）的村庄里的小传教士学校任职教师。他们依旧非常贫穷，尽管如此，他们还是过上了他们的父母辈想都不敢想的生活。玛雅姆与普拉桑那·拉奥和他们的父母不一样，他们是在基督教信仰之下成长起来的，并且从小就受到教育。如今他们还教导其他人。他们所教孩子的父母们也敬仰他们。所有这些都给予了他们全新的外表，全新的希望。你能从他们的仪态与穿衣打扮上看出这一点。

传统上，不可接触的男性与女性被迫只能穿裹腰布。传教士们教会“不可接触者”如何看起来庄重得体。玛雅姆穿着莎丽与短上衣，普拉桑那·拉奥则穿着西式的短裤与衬衫。他们都为自己的外表感到自豪。

不久后，普拉桑那·拉奥与玛雅姆就有了一个孩子，他们深情地给这男孩取名为迦纳·萨蒂耶穆提（G’anna Satyamurti），意思是“明慧的真理之人”。他长大后，将会以萨蒂耶姆（Satyam）之名为人所知。

他诞生在一月份，一整年的时间里，他的父母都在期盼着圣诞节的到来，他们儿子的第一个圣诞节。

在圣诞那一天，玛雅姆走进村庄（“不可接触者”不能居住的地方）去为节日大餐买些香料。她穿着一件传教士给她的作为圣诞礼物的新莎丽，一件印着花朵的短上衣，那是她自己用旧衣布料缝制的。有一些上等种姓的男人站在商店外面，看到一个“不可接触者”竟敢穿着得体的衣服出现，他们怒不可遏，粗暴地羞辱了她。

玛雅姆泪流满面地跑回了家。普拉桑那·拉奥的朋友萨姆森(Samson) 是村庄里的独木舟船夫，他跑到教堂那儿去，整个社群都正在那儿集会。他告诉他们发生了什么事情。

当阿达维寇拉努村的基督徒“不可接触者”听闻了他们的教师是如何被对待的时候，他们的圣诞被玷污了。于是他们取消了庆祝活动，决定向那些有种姓的印度教徒索要一个道歉。

那些有种姓的印度教徒更加顽固不化。他们决意要提醒“不可接触者”不要越界。两边的人马都聚集在村庄的广场上，暴力一触即发。

就在那时，一个小个子的婆罗门、甘地的一个学生开始干预了。“想要动手杀人，就先杀掉我吧。”他向双方宣布。

杀掉婆罗门是罪中之罪。首先，“不可接触者”退让了，接着，印度教徒也退让了。

这个奉行非暴力主义的婆罗门随后开始劝说“不可接触者”再也不要试图去做任何可能惹到有种姓印度教徒的事情。这就是他的偶像甘地解决种姓争议的一贯方式。

普拉桑那·拉奥和玛雅姆再也没法在阿达维寇拉努村这样的地方待下去了，这里处于有种姓的印度教徒控制之下。他们决定搬迁到 200 英里[1]外一个叫作维沙卡帕特南（Visakhapatnam）的地方，英国人叫这地方维扎格，这是当时安得拉地区[2]为数不多的几座大城市之一。

在维扎格，这对夫妻在基督教学校里找到了工作。那是一所被高墙环绕的占地广阔的学校。尽管传教士创建它时只接纳有种姓的学生，但是当时在印度独立运动的影响下，他们也开始对“不可接触者”出身的学生敞开了大门，“不可接触者”在学生与

1 英里：英制长度单位，1 英里等于 1.609344 千米。——编者注

2 当时的安得拉地区隶属于马德拉斯总督辖区，直到 1953 年 10 月 1 日，独立后的印度政府根据安得拉地区讲泰卢固语地区人民的要求，将原来马德拉斯北部的泰卢固语地区组成了安得拉邦。

教师中的比例已经占到大部分。普拉桑那·拉奥和玛雅姆在这里的工资是他们从前的十倍之多。

他们一到达这座城市，普拉桑那·拉奥就把他们的行李扔在房间角落，抓起他 5 岁儿子的手，带着他飞奔出去看海。对于一个短短一生全居住在内陆的小孩子来说，那可真是了不得的景象啊！灯塔，白沙滩，大船和小船。还有浪涛！

萨蒂耶姆那个时候已经有了个小弟弟，普拉桑那·拉奥将他命名为威廉·凯里（William Carey），以纪念印度浸礼宗的创建者。没过多久，他就会有个小妹妹——玛丽·曼殊拉白（Mary Manjulabai），家里人会叫她“帕帕”，意思是宝贝。

萨蒂耶姆被命名为“明慧者”不是没有道理的。他知道他的父母告诉房东他们是皈依了基督教的有种姓的前印度教徒，这才说服了房东愿意把房子的一部分租给他们。为维持住这个可笑的谎言，他们不再吃牛肉，因为在印度，牛肉只有穆斯林和“不可接触者”才会食用。萨蒂耶姆知道，那个房东怀疑他们的背景，但是他需要有份体面工作的房客。有时候他对萨蒂耶姆和凯里很好，还给他们木瓜吃；有时候他对他们大吼大叫，如同对待奋力犁地的牛。

肺病是穷人的疾病。当普拉桑那·拉奥成为孤儿的侄女患上这种疾病的时候，他将她从她的村庄带回家，带她去国王乔治纪念医院（King George's Hospital）看病。这女孩很快康复了。

但是玛雅姆却因为这女孩而受到感染，并没能康复。1941 年 10 月 5 日，她去世了。她的死亡终结了这个家庭短暂的幸福时光。那时候，萨蒂耶姆 10 岁，凯里 7 岁，而帕帕只有 4 岁。

不久之后的一个下午，他们的父亲给他们洗了澡，穿上最好的衣服，让他们坐在他们母亲曾经任教的学校的台阶上。“在这里等着，做个乖男孩，做个乖女孩。”他告诉他们。

几小时过去了，夜晚来临了。他们的父亲再也没有回来。

普拉桑那·拉奥被悲痛和他为治疗妻子欠下的医疗债务压垮了，他逃走了，将他的儿女留给他们的姨妈和外祖母照顾。姨妈带走了两个男孩，外祖母带走了帕帕。

与此同时，在学校里，教师们之间在流传一个叫作希特勒的恶棍的故事。这个世界正进行着一场大战。维扎格有着天然良港，是日本人轰炸的一个目标。母亲曾带着孩子们去游玩的沙滩，现在被英国士兵占满了。

在1942年复活节的星期日，他们的姨妈带着萨蒂耶姆、凯里和帕帕去为他们的母亲扫墓，在墓碑上放上茉莉花，并且唱着悲伤的基督教歌曲。

第二天，在下午1点钟的时候，孩子们听见警报响起，随即便传来震耳欲聋的轰炸声。他们感到整座城市都在震动。原来日本人在港口投下了第一枚炸弹。

于是他们的姨妈带着孩子逃亡。整座城市仿佛在一瞬间全都在出逃，化作一大群被恐怖浸透的暴民。每个人都在朝着火车站狂奔。

孩子们被带去与他们的舅舅南塔尼尔（Nathaniel）住在一起。他住在玛塔姆的家乡帕纳萨的乡下。南塔尼尔不像他的姊妹一样有运气上学校。他住在村庄外，在铁路上当苦力，头顶铁框搬运石头。他的十个儿女里没有一个接受过教育。

当萨蒂耶姆和他的亲戚们到达这里的时候，南塔尼尔的孩子们躲在草堆后，因为太害羞而不敢与他们城市里来的表兄妹们相见。一个接一个地，他们才出来玩耍。其中一个表姊妹卡密里（Kamili），形影不离地跟着萨蒂耶姆。她被这个穿着短裤和衬衫的男孩给迷住了。他还知道怎么读写。她带着他去家里放养水牛的草场，还满怀骄傲地向他介绍她的朋友们——也就是带着各自水牛来此的女孩们。

这些得要自己照管水牛的孩子，现在让水牛们去照管自己了。她们围住萨蒂耶姆，问他关于城市的事情。他告诉了他们《罗摩衍那》（*Ramayana*）的故事，那是他在学校里学到的，他们一起演出过这个故事。所有的女孩都爱慕他。她们爬上枣树，为他摘下水果，她们甚至编了小调来开他玩笑。卡密里爱上了萨蒂耶姆，但是他却爱着她的一个朋友。

萨蒂耶姆注意到，总是有个比他大的男孩在草场的另一边瞪着他。"为什么他不和你们一起放牧？"他问那些女孩。她们解释道，那个男孩是果拉（Golla）人。果拉是一个畜牧的种姓——这是一个低种姓，但即便是在有种姓的印度教徒中最低贱的一等，也比"不可接触者"要优越。萨蒂耶姆明白了，原来"不可接触者"的水牛是不能够与有种姓者的水牛在同一块草场上放牧的。

有一天，那个果拉男孩像头山羊一样猛地冲进"不可接触者"的草场，扑向萨蒂耶姆。萨蒂耶姆生下来就有弓形足的毛病，无法奔跑。那个男孩把他推倒，猛踢他的肋骨，吓坏了的女孩们只能站在一旁，束手无策。"你这个不可接触的婊子养的东西，谁告诉你你能穿短裤啦？"那个男孩大声说。

在那个晚上，南塔尼尔下班回到家，听说了发生的事情。他反而去责骂他的侄子："你想去草场，那就穿上缠腰布！你想穿短裤？那就待在家里！"这就是村庄里会发生的事情。

因为他不能与他的朋友们去草场了，于是萨蒂耶姆开始拜访一对独居的夫妇，他们比其他"不可接触者"住的地方更远。他的姨妈发现了这件事，让他不要再这样做了。"他们是曼迪迦人（Madigas），"她告诉他，"这些人是肮脏不洁的。"

"不可接触者"分为许多不同种姓。他们都得在有种姓的印度教徒的土地上干活，根据额外指派的工作，他们还会被进一步区分开来。萨蒂耶姆和他的家族被称作马拉人[1]（Malas），这个种姓的人是村庄的劳仆，得去做任何需要完成的低贱的工作。而曼迪迦人的工作是从村庄里拖走动物的尸体，用它们的皮毛去制作皮革。马拉人总认为自己比诸如曼迪迦人的其他"不可接触者"族群要优越。尽管对于有种姓的印度教徒来说，他们全都是"不可接触者"，全都是卑贱的。

萨蒂耶姆避开了那个果拉男孩。但是他不顾姨妈的警告，还是继续去找那对曼迪迦夫妇，很快就成了他们唯一的朋友。他们的孤立，他们的美好，他们那迷人的工作，还有他们对他展现出来的父母般的关切，都让他一次又一次走向他们的小木屋。

在夏天快要结束的时候，这个家庭必须做出抉择，该如何处置玛雅姆的孩子。玛塔姆被叫来了帕纳萨，与南塔尼尔及他的长子一同讨论这一事宜。玛塔姆坚持要完成女儿临终的遗愿："让

1　马拉人：是广泛分布于今安得拉邦与特伦甘纳邦的一个"不可接触者"种姓。马拉人为数众多，还有若干的次级种姓集团。

我的孩子接受教育。”因为帕纳萨没有学校，玛塔姆提出要带着孩子们去一个有学校、能照顾好他们的地方。她让他们在古迪瓦达（Gudivada）的政府学校入了学。

当卡密里知道萨蒂耶姆要离开的时候，她倒在泥里号啕大哭。玛塔姆责骂她的孙女：“起来，起来！别哭得像你丈夫抛弃了你一样！”

卡密里没能去上学。在她 13 岁的时候，她父亲将她嫁给了一个同为铁路劳工的伙计。

玛塔姆在古迪瓦达城里马拉人所住的曼达帕杜（Mandapadu）地区的一间茅屋，租了一个什么都没有的房间，供他们四人居住。

萨蒂耶姆不断地想。他的母亲去世了。他的父亲离开了。首先是他的姨妈收养他们，然后是他的舅舅，如今又是他的外祖母。他们能够在这里安居下来吗？还是说又得要迁到别处？有另外一位监护人？他和他的弟弟身上会发生什么？他那几乎对自己母亲一无所知的小妹妹会发生什么？谁来教她梳理自己的头发呢？他们住的这个只有一个房间的茅屋屋顶上都是洞，而且只能睡在地板上。

他寻找着答案。和他一起居住在此地的曼达帕杜的马拉人都是和他家一样的穷人，大多数是无地农工。但是他们并非都是逆来顺受。他们中有许多人被吸引去参加了独立运动——有的人支持甘地和他的国大党[1]，有的人支持共产党。双方都想驱除英国人在印度的殖民统治。共产党想更进一步，改易整个社

1 国大党：印度国民大会党（the Indian National Congress）的简称。——编者注

会制度。同时还有敬畏上帝的基督教徒，他们只想死后在天国中得到解脱。

萨蒂耶姆的舅舅们不赞成独立。南塔尼尔舅舅抱持怀疑态度："如果我们把白人恶魔赶走了，印度教徒的恶魔就会将我们屠杀殆尽。"而约翰舅舅一开始支持过英国人统治，如今则转而支持国大党，他说："独立就是解决方案。"

在玛塔姆的影响下，萨蒂耶姆决定把所有事情都交给"我们的救世主"来决定。那个夏天，他通读了《圣经》。每次他触碰《圣经》时，都会先虔诚地洗干净自己的手。

但在 1942 年 8 月，甘地要求英国人"退出印度"。甘地 20 年间一直是民族主义斗争的主要领袖，而他此前从未使用过如此有斗争色彩的语气。

萨蒂耶姆所听过的所有话语之中，如今似乎终于有什么能够脱颖而出。他加入了民族主义事业。200 年间，英国人一直统治着他的国家，盗走了无数的财富。从这样的统治下获得自由，无疑将改变一切事物，包括他家庭的状况。他听说白人老爷住在宽敞的大房里，吃用刀子切开的面包，用布料擦嘴。当他们离开之后，所有的印度人都会过上这样的日子。

甘地号召人民"公开起义"以支援他的要求。印度人民一直在等待这样的呼唤。但是他们不需要甘地"要非暴力地斗争"的教条。当英国人朝着抗议者开枪的时候，他们就反击。年轻的活动者袭击警察站，切断电报线路，烧掉邮局，让运送军事物资的列车出轨。

萨蒂耶姆那时 11 岁了，他渴望参与到这样的起义中去。他四处找寻勇敢的英雄们。但不幸的是，在甘地发表宣言 24 小时之内，所有知名的国大党支持者全都被监禁了。

甘地自己也在监狱里，哀叹着外面发生的纷乱。他想要通过形成大规模的抵制来威胁并削弱英国人对权力的掌控，以此来劝说他们将权力交还给本土精英。但是他最不想要发生的事情还是发生了，大众武装了起来，并将权力攥在自己手里。

当甘地取消了“退出印度”运动时，也失去了萨蒂耶姆对他的尊重。萨蒂耶姆梦想着有朝一日，自己能重重地给这摇摇欲坠的帝国来上一击。有时候，他觉得自己被巴格特·辛格[1]（Bhagat Singh）的鬼魂附体了，那是一位因反抗帝国主义而被英国人吊死的革命烈士。萨蒂耶姆在废弃的建筑物里涂写“退出印度”这句口号，还会在铁轨上大摇大摆地走，那时出于对破坏活动的恐惧，这样的行为是被禁止的。

尽管他对甘地的幻想破灭了，但是萨蒂耶姆也并没有被吸引到国大党的主要对手——共产党那里去，因为他们没有参与“退出印度”运动。萨蒂耶姆问他的共产党邻居为什么不参加，那个男孩解释说：“我们必须在这场战争里支持英国人。他们是苏联的盟友。”

“为什么我们要关心什么苏联？”

“因为那是全世界穷苦人的国家。”

萨蒂耶姆不相信。他的家庭和他的邻居都是穷人。因为这种

1　巴格特·辛格（1907—1931）：印度独立运动著名的革命家和活动分子之一，坚定的无神论者，深受无政府主义和马克思主义影响。1937 年以谋杀罪名被英政府判处死刑。

贫穷，他的母亲死了，他的父亲一去不返。每个人都说，是白人老爷盗走了印度的财富，让这个国家变得贫困了。

萨蒂耶姆支持国大党，因为国大党对抗英国人。但他的英雄并不是甘地，而是苏巴斯·钱德拉·鲍斯[1]（Subhas Chandra Bose），国大党中一支强硬派别的领袖。不像甘地，鲍斯坚持认为英国不会因压力而自愿离开印度，只能被暴力驱除。最后，他向英国的帝国主义对手纳粹德国和日本——寻求援助。他在新加坡召集了一支军队——印度国民军，去解放次大陆。他在计划实现前便死于一次坠机事故。但是他依然是不被驯服的印度大众的偶像。

萨蒂耶姆在巴扎[2]（Bazaar）买了一张便宜的、大批量制造出来的鲍斯画像。有一个晚上，他和凯里溜进教室，把这张画像贴到了黑板上。这就是萨蒂耶姆的革命行为了。

第二天早上，老师问是谁做了这件事，萨蒂耶姆没有吭声。“不管是谁，”老师说，“我都向你致敬！我以能够做你的老师而自豪！”在那个时期，即便是政府学校里也有足够勇敢的教师，会表达对民族主义的赞同。

但是对“退出印度”运动的打压，令国大党的活动家们如今都偃旗息鼓了。萨蒂耶姆花了很长时间也没有找到他们。最终他与活动家的相识也纯属偶然。

1　苏巴斯·钱德拉·鲍斯（1897—1945）：印度独立运动领导者之一，长期主张以暴力手段对抗英国统治。不承认甘地在 1939 年就任国大党主席而与之决裂，并在国大党内部建立了一个派别。鲍斯在“二战”中与日本结盟以对抗英国，并于 1943 年成立自由印度临时政府。1945 年，鲍斯在投奔日本人的途中坠机身亡，一生争议颇多。

2　巴扎：受中亚文化影响地区对集市的称呼，印度街道集市也多以此称。

因为剃头匠种姓的人不能帮“不可接触者”理发，玛雅姆一直把萨蒂耶姆和凯里带去一家“基督教理发店”：一个在传教士那儿学会了理发的基督教徒为他“不可接触者”的同胞们服务。但是这家店的理发师们不是专业人士。他们只在空闲的时候理发，不要钱，还没有合适的装备。萨蒂耶姆已经厌倦了因为他被剪得乱七八糟的头发而受到同学嘲弄了。

学校里一个有种姓的朋友坚持带他去见自己的理发师——毗拉斯瓦米（Veeraswami）。毗拉斯瓦米是一个狂热的民族主义者，他坚信所有的印度人，无论有种姓者还是贱民，都必须团结起来与英国人斗争。萨蒂耶姆终于见到了一个货真价实的革命活动家。毗拉斯瓦米不仅为萨蒂耶姆理了发，还给他上政治课，给了他大量的煽动性阅读材料。尽管萨蒂耶姆还很小，但是毗拉斯瓦米依然严肃地与他谈话，并且将他介绍给了聚集在他理发店里志同道合的人们。

有一天，一个个子高高、长相好看的人出现在了萨蒂耶姆的家门前。他穿着军外衣与长靴的样子在这个贫民窟里分外惹人注目。在孩子们中间，只有萨蒂耶姆认出了他。这个家已经有四年未曾见过或者听说过他的消息了。他们的父亲回来了。

在玛雅姆死后，普拉桑那·拉奥为了逃避债务逃走了，他加入了军队。英国人把他派去了伊拉克。

凯里坐在父亲的大腿上，喜笑颜开。“爹爹（Nanna），爹爹，你有步枪吗？你打过仗了吗？”没有。他的父亲告诉他。因为他能读会写，他们让他当了会计。他负责算账。

孩子们从来没有想过因父亲抛弃他们而恨他。他远赴海外、去过了《圣经》之地，他们因此倍感骄傲，他归来时如同电影明星一般穿着时髦，带着一手提箱他们从未见过的礼物，他们也为此而骄傲。那是满满一箱子的黄油、果酱和饼干。在休假结束不得不离开前，普拉桑那·拉奥和他的孩子们度过了一个月快乐的时光。

这一次他离开时，他许诺再也不会抛弃他们了。他甚至不用再离开这个国家：战争已经结束了。从那时起，他每周都给家里写信，每个月他都给他聪明的儿子寄去一张 40 卢比的汇票。他在军队里的收入是他在维扎格当教师时工资的七倍。

1945 年战争结束后，英国的工党上台。新政府意识到，在次大陆维持直接的殖民统治已经不再可能了。保留英国利益的最好方式就是把权力移交给国大党。在“退出印度”运动期间被关起来的政治犯，除了共产党人之外，也都被释放了。各个省份即将重新开始选举组建本土的政府。印度总督暂时会在这段时间执政。

在选举的准备过程中，国大党内部也举行了选举，以选出党的领导人。萨蒂耶姆那时 14 岁了，被选为古迪瓦达国大党青年团的出纳。他是唯一一个坐在城里党委会办公室的马拉人。

当他国大党的朋友来到他祖母最近刚刚在斯莱特区（Slatter Peta）这个“不可接触者”的新居住区买下的房子探望他的时候，她骄傲地喊他“咱的贾瓦哈拉尔”（ma Janallalu，我们的尼赫鲁）。凯里和帕帕崇拜他们的哥哥，向朋友们吹嘘他，把他想出来的所有主意都当成自己想的。

在他高中的最后几年里，萨蒂耶姆领导了一次学生罢课。这次罢课要求结束“留堂制度”，也就是要求毕业生在参加全国终极考试的前两个月必须通过各自学校里的一个考试。这个政策被学生和家长认为是不公平的压迫。当斗争在安得拉各地爆发时，萨蒂耶姆领导了在古迪瓦达的斗争。他给予了这次罢课以政治色彩，将它转化为反抗英国统治的一次抗争。他偷走了父亲的一件军队衬衫，用其装扮了一个拿草做的帝国主义官僚人像，学生们在城中心放火把它烧掉了。

这次罢课持续了一个月，政府让步了，废除了留堂制度。这是一个标志：旧日的殖民制度已经屈服。

萨蒂耶姆的朋友们都打算去上默吉利伯德讷姆（Machilipatnam）的印度教学院[1]，那里离古迪瓦达有42英里远。因为那是一所政府开办的学校，只收名义上的学费。萨蒂耶姆能住在哈里真[2]（Harijan）宿舍里，这个免费宿舍是专门为了那些离开村子来到城里上学却负担不起食宿的"不可接触者"学生而设立的。他能够享有三餐、书籍、肥皂、油和牙粉，甚至还有一小笔津贴，用来买买杂志或者电影票之类的东西，所有都由政府供给。

但是，最终他却选择了在贡土尔（Guntūr）的安得拉基督教学院。贡土尔离家还要远出25公里，是所私人学院，收费高昂，还没有哈里真宿舍。但是，对坎巴一家人来说，安得拉基督教学院是个显而易见的选择。萨蒂耶姆喜欢它，是因为这所学校更加时尚，声望更高。普拉桑那·拉奥和玛塔姆喜欢它，则是

1　印度教学院沿袭英制，此类学院规模较小，提供不设专业的本科和先修教育，不提供硕博课程。在修完学院课程之后，学生可以继续去大学在所选专业上进行深造。

2　哈里真：是甘地给予贱民达利特人的称呼，意思是"神之子"，意图用此名唤起人们对贱民的同情与平视。但现代印度的贱民团体多认为这个名称本身也充满歧视色彩，避之不用，今日印度政府也避免在正式官方用语里使用这个称呼。

因为那是个基督教城镇上的基督教学校。贡士尔是传教士们最早得到了泰卢固人皈依者的地方。那里的基督教社群是这个地区最古老的，因此基督徒们也相信他们在行为与信念上要更加纯洁，就好像信念本身在传播过程中会被稀释掉一样。他们被称为“Sampradaya Kristavulu”，意思是“古老的或传统的基督教徒”，是一个欣欣向荣、很有文化的社群，这是因为传教士学校和医院长期以来为他们提供服务，也给了他们工作岗位。在这一系列机构之中，安得拉基督教学院是那个地方的骄傲。

普拉桑那·拉奥带着他儿子入学的那一天，他们两人一起去逛了校园，满怀敬畏地在走廊中走着。当他们走进主演讲厅时，被感激与谦卑之情压倒了的普拉桑那·拉奥跪倒在地。他大声祈祷，就在那空荡荡的演讲厅里，双手在身前紧握，声音颤抖，泪流满面。他感谢耶稣基督将他的家族从污秽中拯救出来，将他们带到这所拥有如此壮观厅堂的高贵学校里来。

萨蒂耶姆在一个叫作“高厅”（Higher Hall）的宿舍里的多人间开始了自己的学院生活。他在紧挨着宿舍的一个食堂里吃饭。每天早上，他都要穿过学院前往演讲厅，巨大的钟楼俯瞰着他，如同一个父亲带着慈惠眼光看着自己的儿子。他信步走出学校去喝上一杯茶时，总是会满怀兴致地看着年老的守门人在门口狂躁地踱来踱去，吼着命令，深信维持伟业的重任都落在他弯曲的肩上。这是一所美丽的学院，学校里全都是样子聪慧的人们。萨蒂耶姆以前还从未见过看上去如此聪慧的人呢。

萨蒂耶姆并不认识他的任何一个同班同学，但是这并不让他担忧。除了那些贡士尔的本地人，新来的学生都不认识彼此。萨蒂耶姆希望能够加入这里的国大党学生团体，就像他在高中时那样，也盼望着在这里结下友情。他计划在学生会里竞争席位，他和他的朋友们或许会在建设国家的活动中度过整个夏天，也许还会为大坝或是乡村图书馆的建设而贡献劳力。

在他入学后不久，学生们开始为迎接印度的独立日而做准备。数周之间，萨蒂耶姆与其他学生并肩工作，不分昼夜。尽管他还没有交到朋友，但是在同学之间，他已经感到了一种同志情谊。

在 1947 年 8 月 15 日，萨蒂耶姆梦想了五年的那个日子终于到来了。他彻夜未眠。在清晨，他仔细洗漱过了，穿上了他最好的衣裳。他早早离开了房间，不想要错过任何东西。这个地区所有学校的学生，还有成千上万城镇劳工，蜂拥前来参加他所在学校的庆祝活动。人群密集涌动如季风时的河流。

学生和劳工们并肩站立，以同一个声音高唱：

一个不同的世界，
一个不同的世界在召唤我们。

那是耶稣的牺牲，
是佛陀的慈悲，
是穆罕默德先知的教诲所带来的影响，
但在此之上，是那雅利安奥义书的光辉正法。

同一个宗教，

同一个正法，

一个不同的世界在召唤我们。

当萨蒂耶姆加入合唱的时候，他的眼里饱含着泪水。英国人的统治结束了，但是真正的独立还尚未完成。“他们离开了，”他想着，“但是我们必须建设这个国家。”

在政治家、知识分子、商会领袖的演说中，他们都提到了“Bhavi Bharat Porulu”——“印度未来的公民”。他们是谁？他们就是他，和如他一样的年轻人。

庆祝延续了一整天。当他观看上演的舞蹈、戏剧和比赛的时候，萨蒂耶姆突然意识到在所有的学生中，他还找不到一个能熟识到可以谈话的人。他们都穿着自己最好的衣裳，但他最好的衣裳和其他任何一个人的衣装之间都有着巨大的差距啊。女孩们穿着精美的莎丽，男孩们都穿着考究的西式衬衣和长裤。在他们之外，萨蒂耶姆穿着自己的白色拉奇（lalchi，男性传统服装）和肥大裤子，看起来格格不入。

数周之间，萨蒂耶姆与其他学生并肩工作，夜以继日地准备庆典。但是那种团结一致，他再也感受不到了。如今，共同的敌人已经被击败了，他与其他人之间的不同便凸显出来了。他还注意到，他没有被安排到任何一项演出之中。

庆祝一直延续到了夜间。节目包括一场化装舞会比赛。一个女孩化装成了兰跋地人（Lambadi）——那是一个居住在安得拉地区的贫困部落，他们传统的服装很像西方的吉卜赛人，非常多彩华丽。她赢得了头奖。“一个真正的兰跋地女人能赢得这样的爱慕吗？”萨蒂耶姆这样问自己，而那个女孩，一个富有的印度教家庭的宝贝女儿，则起身在鼓掌的群众面前赢取了她的奖励。

当他冷眼旁观的时候，一个矮胖的、黑皮肤的男孩走到他面前，萨蒂耶姆从未见过他。他向他介绍自己，他有一个奇怪的问题要问萨蒂耶姆，那个问题萨蒂耶姆自己还未找到答案。他问：“你觉得，独立是为你或我这样的人准备的吗？”

第一章

象群中的蚂蚁

“物质既不可创造也不可被毁灭。”讲师如此对低年级的中学生这样说。

萨蒂耶姆坐在最后一排，喃喃自语道：“这又关我什么事？”他曾经为物理课上学到的一切新事物而深深着迷。但是他已经好长时间没吃东西了。

他的父亲不再汇款来。萨蒂耶姆似乎不仅得要在没有食物的情况下活下去，还得在这种情况下上学然后取得学位。

普拉桑那・拉奥曾经花费数年来详细筹措要如何支付萨蒂耶姆的学费。在军队里，普拉桑那・拉奥省吃俭用，每个月都存下他工资的一大部分。当他退伍的时候，他已经省下了整整 5000 卢比——对他的族群来说是一笔难以想象的巨款。

他很清楚他要怎么使用这笔钱。他要买一些土地，用售卖土地所得的利润来供养他儿子的教育。用这种方式，几年之内，他不仅仅会是一个大学生的父亲，而且还会是一小片土地的拥有者。

普拉桑那・拉奥是在村庄里长大成人的。在村庄里，一个人哪怕受过教育，穿着衬衫和短裤，拥有一份工资不错的工作，但真正的声望还是建立在土地所有权上的。在“不可接触者”之中，哪怕有一小块土地的人也是极少数。

因此，普拉桑那·拉奥用他的积蓄买了两英亩[1]半土地，还借了钱，又多买了两英亩。贷款的利息很高，但是他买下的土地是那么肥沃，他估计自己能很快偿还上债务。

普拉桑那·拉奥同时也在一所政府学校里找了一份教书的工作。有他的工资，还有他土地上的收入，他本应拥有足够的钱供他儿子上学，而这个儿子肯定是要成为一名医生的。

人做出他的计划，而神也自有安排。

一年接着一年，普拉桑那·拉奥都看着他的土地慢慢变绿，长出美丽、柔嫩的植物，在金色稻米的重压下弯曲。但是就在庄稼即将收获的时候，养育了他故土的河流——布达米卢（Budameru）河竟会泛滥，冲走他所有的希望。

普拉桑那·拉奥的债务，就如同被水浸透的木材，变得越来越沉重，将他的家庭拖进越来越深的贫困之中。很快，他们就连一日两餐都供不起了。凯里和帕帕太小了，受不住饥饿，而普拉桑那·拉奥是唯一一个有赚钱能力的人，也得要保留体力供养家庭。因此，突如其来的贫困的冲击，必须由远在学校里的儿子来承担。因为无法为萨蒂耶姆省下点什么，普拉桑那·拉奥只能停止给萨蒂耶姆汇钱，也没给他解释。

萨蒂耶姆状况悲惨。他在安得拉基督教学院里、在整个贡土尔城都不认识任何他能够去寻求帮助的人。他没有付7月份的餐

1 英亩：英美制地积单位，1英亩合4046.86平方米。——编者注

费。他被宽限了一个月时间，但是当他下一个月还是没能付钱的时候，管理者将他的名字放在了食堂门口高挂着的不良学生名单里，昭之于众。为了避免撞见他的同班同学，他开始在食堂关门前、大家都离开后再去那儿。就算是在那时，每次他走进去，经理都会盯着他，就好像在说："你不付账还敢露脸来吃饭？"萨蒂耶姆尽可能地不去吃饭。

对他来说，贫困并不是什么新鲜事。这一辈子他都穷。在斯莱特区，他家和其他马拉人之间的区别微乎其微。他们都是蚂蚁。一只蚂蚁个头比其他蚂蚁大些算不了什么。但是，在这里，在安得拉基督教学院里，萨蒂耶姆却是象群里的蚂蚁。其他学生没有他这样的境况。饥饿让他痛苦，但孤独和羞耻造成的痛苦更甚。

在家里，尽管他们很穷，但是坎巴家能够自给自足。他们从未要求更多。他们只是按着他们一贯的方式生活着。如果他们做鸡蛋咖喱，一个人只能分得半个鸡蛋。在他们家里，一个人只能吃这么多。他们从未想要吃水果，除非他们在树上看到一个，或者说有人病了。萨蒂耶姆的母亲生病快死的时候，普拉桑那·拉奥经常给她买葡萄柚。他们相信上天为病人创造了葡萄柚。当孩子们想要吃一点的时候，大人会告诉他们："葡萄柚里有给你母亲的药，所有的药都在葡萄柚的某瓣里。但是从外观上看我们不知道哪一瓣里面有药，所以我们得让你们的母亲吃下整个柚子。"

但是如今，萨蒂耶姆孤独一人在一个陌生的城里，无人可以求助。他的家庭犯下大错，送他来这所学院。他们太贪婪了。他们为自己的利益，索求得太过了。

◎

萨蒂耶姆因他的同学可能会在食堂入口看到他的名字被贴出来而倍感羞耻。他没有钱买书、实验记录，也没钱交学费或者考试费用。学生应当穿戴的衬衫和短裤，他也负担不起。他的皮带扣都坏掉了，只能用一个安全别针别住防止掉下来。所以他也不再去上课了。

因为没有其他的事情好做，他开始在学校图书馆阅读报纸。在读完报纸之后，他就会在书架之间徘徊。

安得拉基督教学院的图书馆位于演讲厅上方，有大量泰卢固文学的藏书。萨蒂耶姆从前对泰卢固文学并不怎么上心，在他高中课本里读到的内容都让他烦闷。传统的泰卢固诗歌分为两类，往世书（Puranas，赞颂神明的神话诗歌）和婆罗班达（Prabhadhas，赞颂统治者的宫廷诗歌）[1]。它们都是以非常正式的方言写就的，从梵文里借鉴很多。对于包括萨蒂耶姆在内的大多数讲泰卢固语的人来说，它们都是天书。

当萨蒂耶姆在安得拉基督教学院的图书馆徜徉时，他发现了一种新型的诗歌，它描述的对象既不是神灵也不是统治者，而是普通人和当下的生活。萨蒂耶姆发现，这些诗句并不受到传统诗歌那种标志性的严格复杂的韵律规则限制。使用的语言则是现代的泰卢固口语，简明易懂却又很优美。萨蒂耶姆读了穆度·克里

1 实际上，往世书很少全用诗歌体裁写就，大多是散文体。婆罗班达字面意思是“连接和音乐的前后相续”，是印度中世纪开始对所有古典音乐作品的泛称，并不只是宫廷颂歌。

什弩度（Muddu Krishnudu）的诗选《新时代的预兆》（*Navayuga Vythalikulu*）。那是他第一次读到的诗选，是一本现代泰卢固诗歌的选集。大部分诗歌是爱情诗。阅读这本诗集时，萨蒂耶姆感到身体里有了新的悸动。

月如一叶轻舟，
滑过苍穹。
我的爱人就在那其中。

为何面带微笑，
为何她穿戴那白色莎丽，
发间戴着白色茉莉花?

她向谁伸出呼唤的双手?
她在邀我与她同行。

萨蒂耶姆抬头看向月亮。他真看到一位少女驾临其上，穿着发光的白色莎丽，朝他招手。他真希望他能认出她的脸来。那是他的表妹卡密里吗？还是苏利耶卡坦（Suryakantham），他童年时的朋友？

他又继续去阅读图书馆里的现代诗。约书亚、戴夫拉帕里（Devalapalli）、南杜里（Nandoori）、杜乌利（Duvvoori）、崔普拉奈提（Thripuraneti）、卡鲁娜斯利（Karunasree）、古拉贾达（Gurajada）。他们是“Narya sahiyam”——“新文学”的先驱，萨蒂耶姆偶然遇上的这场运动就是被如此称呼的。在他脚下，讲师在讲学，学生在学习，而萨蒂耶姆则在阅读。他不停地左右换脚（Eda-peda），也学会了在图书馆关门的时候躲在里面，甚至有几次在里面睡觉。

“新文学”之父名为古拉贾达（Gurazada）[1]。他最著名的诗歌是他在1910年写下的《爱汝之国》（*Love Thy Country*）。在这首诗里有两句诗歌，对于泰卢固语人民的政治觉醒起到了极大影响：

国非其土。
国是其民。

两个短短的句子，却又如此有力。这就如同是古拉贾达在向那些觉得“国家”只是个现代和抽象的概念的人解释，到底什么是国家。无论萨蒂耶姆去往何处，这两句诗都如影相随。

萨蒂耶姆阅读诗歌就像是在准备考试一样。如果他不知道某个词汇的意思，他就去查字典，或者去询问那些可能知道的人。他将他最喜爱的诗歌抄录在一个笔记本上。在他的房间里，他会一直枯坐到深夜，泪流满面地背诵这笔记本里的诗句。有时候，他在黎明到来前就醒过来了，他想出一个调子，并且低声对他自己清唱他用心学会的诗句。

他的室友们总是漠然待他，留他孤身一人，如今却好奇起来

1　原名为古拉贾达·阿帕拉奥（Gurazada Apparao，1862—1915）：泰卢固语诗人、小说家。出生在维夏卡布丹地区的拉耶沃伦村。当过教员，任过公职。熟悉西方文学作品并受其影响，他曾根据民歌创造了一种叫作“联珠体”的新诗韵律，著有诗集《珍珠花环》。

了。他半夜不睡都在做些什么？在他出门的时候，他们偷看了他的笔记本。他们发现了他抄录下来的诗歌，还有一些他刚刚开始自己试着写的诗。很快，隔壁房间的一个男孩就跑来找他帮忙了："你能为我写一封情书吗？"

没过多久，就有男孩排着队求萨蒂耶姆为他们爱慕的女孩写下抒情的讯息。作为一个情书撰写人，萨蒂耶姆在他的同班同学里最终有了知名度。

◎

英国离开了印度。但是在安得拉基督教学院，英国人校长赛浦斯（Sipes）却拒绝离开。有传言说，某个"不可接触者"的基督教派别试图通过计谋和暴力来夺取路德教会所拥有的大量资产，其中包括安得拉基督教学院。赛浦斯在离开之前，得要平息争吵，同时指派好继任者才行。

与此同时，赛浦斯如同主宰自己的殖民地一样管理着安得拉基督教学院。他依然坚持举行留堂考试来决定谁能够参加最终考试。学生们都对此很愤怒。现在本该是个自由国度啦！

萨蒂耶姆一直没去上课，因此也没听到什么抱怨。他只知道图书馆何时开门，何时关门。在他前往图书馆的路上，他注意到有一群学生聚集在行政楼前面。

"发生什么事情了？"他问。

"罢课。我们在反对留堂制度。"

萨蒂耶姆涌起一阵怀旧之情。他留在了集会中，但只是作为一个旁观者。

第二天，他发现图书馆因为罢课的原因闭馆了，便回去观察这场抗议。好几百个学生在抵制上课。萨蒂耶姆看到女孩们也和男孩们一样加入进去了，讲师也加入表示支持。他们都喊着口号。萨蒂耶姆受到感动。他加入了群众，和其他人一起喊着：

“下课，下课，赛浦斯！”

“下课，下课，留堂制！”

整整一天，罢课的领导者一个接一个地讲演。在一个空当，萨蒂耶姆抓住了他的机会。他爬上一堵墙开始演讲，激励学生们不要害怕警察，在胜利之前要坚持下去。当他发完言之后，他看到罢课的领袖之一带着大大的微笑挤过人群朝他走来，那是一个矮胖黝黑的男孩，有着带笑的眼睛，那正是萨蒂耶姆在独立日之夜遇上的那个男孩。他恭贺萨蒂耶姆发表了演说，看起来是真心为萨蒂耶姆能够参加罢课而感到开心。他的名字是曼戴·皮查雅（Manday Pitchayya）。

受了皮查雅的激励，在罢课活动后来的每一天里，萨蒂耶姆都发表了演讲。最后，赛浦斯叫来警察强制驱散抗议，一年前，萨蒂耶姆高中时的校长也是这样做的。

这些人并不是殖民地警察，他们是新独立的印度的警察。尽管如此，萨蒂耶姆还是注意到他们在使用暴力的时候是如此毫不犹豫。当学生躺下来堵住大门的时候，警察就直接踩过他们的身体。而当警察举起他们的棍棒落在学生的后背、头顶、肩膀和胫部上时，学生开始奔散逃命。有些人受了重伤，四肢骨折，有些人血流满面。警察清场之后，场地上满是凉鞋和标语牌。至今，这样的场景在警察控制学生示威时依然非常常见。

在一个月残酷的抗争后，校方屈服了，放弃了留堂制度。萨蒂耶姆在罢课期间感到的归属感也转瞬即逝。当学生们回到课堂上时，他又回归到了孤独与诗歌之中。但是皮查雅和他保持着接触。他经常会去宿舍找萨蒂耶姆。尽管萨蒂耶姆看起来贫穷，但他看上去还是很喜欢萨蒂耶姆的。皮查雅似乎也是校园里唯一一个不会留意萨蒂耶姆的褴褛衣裳和破烂鞋子的人。萨蒂耶姆知道，皮查雅也像他一样是个“不可接触者”，但他不是基督教徒。他的母亲是个穷寡妇，有两英亩土地。除了在她自己的立锥之地上劳作之外，她也在其他人的土地上劳作赚取工钱。

皮查雅打量着萨蒂耶姆的房间，发现了一堆诗集，他开口问：“你喜欢读这样的东西吗？”

萨蒂耶姆在皮查雅的语调里捕捉到一丝嘲弄的色彩，但是不知道该如何回应。

皮查雅随即又问：“你读过 *Abhyudaya* 吗？”

“那是什么？”萨蒂耶姆问。“Abhyudaya”这个词的意思是“进步”，这是他所知的全部了。

皮查雅从他的口袋里掏出一本杂志，展示给他看。“你可以读读这个。但是要小心，千万别让其他人看到了。”自从殖民地统治结束后，萨蒂耶姆再也没听过像这样的话了。

那个夜晚，他一直在读那本杂志。离他所坐的地方 150 英里开外，乡村中正激烈地进行着一场斗争。这场斗争不是抗争外国统治者的，而是对抗一个本地的国王和本地的地主们。这一次，领导斗争的并不是甘地和国大党，而是共产党。

在皮查雅给他的这本杂志中，萨蒂耶姆第一次知道了特伦甘纳[1]（Telangana）的斗争，当时那场斗争还未完全展开[2]。他被他所读到的东西震惊了。特伦甘纳是一个邻近地区，与安得拉地区仅隔了一条克里希纳河[3]（Krishna River），但这个地区从未被置于英国统治之下，也就不在新的印度政府管制之下，而是有自己的封建统治[4]。在其领域外，人们甚少知道有关它的事情，没有消息从这个王国走漏出来。正如萨蒂耶姆从共产党的宣传材料里首次获知的那样，那儿的情况是光怪陆离、完全与时代错位的——就像是旧时民间传说里会发生的事情一样。

◎

噢，父老乡亲们，这就是特伦甘纳的故事。

---

1 特伦甘纳意为“泰卢固人的土地”，原位于印度中南部安得拉邦北部，居民以泰卢固人为主。印度独立之前，泰卢固语族群主要分布于英治马德拉斯总督辖区和海德拉巴土邦两地，安得拉邦属于英治马德拉斯总督辖区，特伦甘纳地区即属于穆斯林土邦主治下海德拉巴土邦。独立后，特伦甘纳被归属于安得拉邦。由于语言、族群和政治上的分歧，特伦甘纳长期寻求从安得拉邦独立出来建邦，2014 年终于成功建立特伦甘纳邦。

2 此处指 1946 年 7 月特仑甘纳地区爆发的农民武装起义，起义席卷该地区的 3000 个村庄，在其全盛时期，斗争曾扩展到特仑甘纳地区和安得拉邦地区的 7 个县，牵涉人口达 1200 万。由于印度政府的军事镇压和领导这次起义的大安得拉邦共产党内部出现的分歧，1951 年 10 月 21 日，印共宣布停止武装斗争。

3 克里希纳河：旧称吉斯德纳河 (Kistna River)，为印度南部河流。

4 殖民地时期印度分为英治地区和土邦主统治地区，土邦主统治地区保持一定独立性，但向英国殖民政府效忠和纳税。独立时，英国向印度新政府移交了英治地区，但土邦主统治地区如何决定归属则没有定论，因此部分土邦主统治地区在此时期一度试图寻求独立，特伦甘纳地区当时也属于同一情况，隶属穆斯林土邦主统治。克什米尔地区问题同样亦由此而来。

从前，有一位国王，统治着南印度的德干王国。德干是拥有丝绸、珍珠、钻石和黄金的国度。

国王是德干那不计其数财富的主人。直到今天，直到这些话语被写下来的这一天，他都是地球上曾经生活过的最富有的人。

国王的珍珠能够铺满奥林匹克级别的泳池。他的黄金能够填满一栋五层楼的建筑。他有满是红宝石、琥珀和无价蓝宝石的宝库。他有装满了钻石的大箱子。这个世界上第五大的钻石被他拿来当作做学问时的镇纸。

海德拉巴（Hyderabad）这座城市，是这位伟大的国王为表达对他的王后海德·玛哈尔（Hyder Mahal）的爱而建，也是次大陆上最漂亮和现代化的城市之一，有宫殿、花园和巴扎，有宽阔干净的马路，还有医院和大学。

这个国王是个充满热情的人，他崇拜美丽与享乐。海德拉巴的皇家宫殿里住满了来自波斯、土耳其、埃及和阿拉伯的美丽公主，都是他的妻妾。她们在玫瑰水里洗澡，在皮肤上涂抹珍珠粉。

这个国王是个艺术爱好者。在他统治期间，来自东方和西方的著名建筑师们在他的王庭里齐聚一堂。他们设计出了这座皇家城市的诸多建筑奇迹——要塞、华厦、宫殿、桥梁、剧院和巨大的纪念碑。每一个晚上，盛宴都在长达 1 英里的长桌上摆开。

诗人、学者、音乐家、画家和雕刻家从全世界赶来，寻求这位君主的赞助。他们发明出新的风格、新的形式。国王本人就是一个伟大的学者，精通四门语言，能以“不求回报的爱情”为题写出令人赞叹的诗句。

海德拉巴不仅仅是一座城市。它是地上的天国。它的君主也并不只是一位君主，他是王中之王。他就是高贵的米尔·奥斯曼·阿里·汗陛下[1]（Sir Mir Osman Ali Khan），海德拉巴与比拉尔（Berar）的尼扎姆[2]（Nizam），王公阿萨夫·贾赫七世（Prince Asaf Jah Ⅶ）。

这一切怎么可能呢？

让我们姑且相信，这位国王，也就是统治海德拉巴与比拉尔的伟大的阿萨夫·贾赫王朝的王公，乌尔都语里称他为尼扎姆，乃是第一位哈里发，也就是先知穆罕默德（愿他平安）的曾曾曾曾曾曾孙。

让我们也相信毛拉们的观点，即他是受着真主的指派来统治大地的。

但是，即便如此，怎么可能有人如此有福，得到了曾在生的任何其他人受用不尽的东西？

◎

在那尼扎姆的王国里，有一对年轻的夫妇，养育了一个小儿子。

某天早上他们叫醒了他，让他做好一趟旅行的准备。他的母亲给他洗澡，亲手喂他。用他最好的衣服打扮他，然后他们出发了。

“阿妈，”那个小男孩问她的母亲，“我们要去哪儿啊？”

---

1 本名米尔·奥斯曼·阿里·汗·西迪基·巴哈杜尔，海德拉巴土邦末代王公，他自 1911 年开始统治海德拉巴土邦，直至 1948 年土邦被印度吞并。他又被英国人称为“高贵的海德拉巴王公殿下”。

2 尼扎姆，传统上对统治海德拉巴地区的土邦王公的称呼。

她告诉他，他们要去一个集市，那儿有玩具和糖果。她这样说的时候，眼里盈满了泪水。

他们走过小巷，穿过杧果林子和村庄的街道。最后，他们终于来到了“多拉的嘎地”（dora's gadi），也就是地主的城堡前。他们亲吻儿子，最后一次将他抱在自己的怀里。

然后，大门旁边的一个侧门打开了。孩子被交到多拉家里某个人的手里。门在他们面前关上了。

那对夫妻转身离去。他们的儿子将再也无法归家，回到他们身边。

哦，父老乡亲呀，这不是发生在遥远过去的一个传说。这是1947年发生在特伦甘纳的真实生活，就在萨蒂耶姆知晓它的当下发生的事情。

在维提（Vetti）制度下，每个村的“不可接触者”家庭必须在他们的第一个长子刚能够说话和走路的时候就将他放弃。他们会将他送给多拉地主，让他在多拉家庭里作为奴隶劳作到死。

奴役制度在印度的每一个地方都存在着，但没有哪一个像特伦甘纳邦——尼扎姆的德干王国的心脏的维提制度这样残酷。就像是提起德古拉的城堡就会让特兰西瓦尼亚的村民颤抖一样，多拉的嘎地也会在特伦甘纳农民的心中激起恐惧。那是暴政、奴役和残忍的象征，也是发生折磨、强暴和谋杀的地方。只要能够避开，所有人就会尽量避免接近多拉的嘎地。

在多拉们的统治下，并不仅仅是“不可接触者”们受着非人的待遇。每个种姓都深受其苦。在这维提制度下，每个人都被强迫根据要求为多拉提供物品与服务，而且没有任何补偿。

陶土匠必须为多拉的家庭制造陶器。织工必须为多拉、他的全家和全部仆人与奴隶们制造衣物。皮匠得要为他们制造鞋子。木匠得要制造和修补多拉土地上的工具，翻新他的房子。棕榈酒酿造者是把棕榈汁液蒸馏成土酒的人，他们也得要斟满多拉的杯子。

没有东西献给多拉的人就得要提供免费的服务。理发匠得要为多拉家所有的男性成员理发修脸，清洗他们的身体，再抹上油按摩。洗衣匠得要洗多拉家的衣服，还要按摩他的脚直到他睡着。掘土工人得要在多拉的土地上筑起堤坝。没有特殊技能的那些人则要在多拉的土地上劳动，为他搬运东西，去做他指派给他们的任何工作。

当多拉和他的家庭成员要到什么地方去的时候，他们通常都是用轿子来旅行的。贝思塔（Besta，渔夫）和博雅（Boya，石匠）种姓的男人们被迫将多拉的轿子扛在肩头上，扛着他从一个村庄到另一个村庄。其他时候，多拉可能会乘坐马或者牛车旅行，这个时候，洗衣匠种姓的人就不得不在马前奔跑，承担开路的职责，而另一个人则尾随在后作为随从。

在维提制度下受苦的并不全是这些地位较低的服务种姓。高种姓的婆罗门不得不为多拉举行仪式，粮商不得不供给他口粮。如果任何物品用完了，一个商人就得为多拉去采购。这些都是没有报酬的。

整个村庄和里面的所有东西都是属于多拉的。如果任何人敢从多拉的炉边拿走一根小树枝，他都会被惩罚和痛打一顿。

村庄里所有的女子也是归多拉所有的。如果在吃饭时多拉召唤她们，她们就得要留下自己餐盘里的食物，睡到他床上去。“不可接触者”的女孩年纪轻轻就会被选出来住到多拉的房子里去，作为他和他亲戚朋友的侍妾。等到多拉的女儿出嫁，住到她丈夫的村庄里去的时候，这些奴隶女孩会作为陪嫁，就如同罐子、锅和其他动产一样。

位于所有多拉之上的则是尼扎姆。他的统治就是他们的统治。财富会以税收的形式从多拉的资产中流向尼扎姆的政府国库。有些多拉还会供养尼扎姆的军队，作为交换，从他那里获得土地。

尼扎姆本人也并不仅仅是多拉的君主，他也是最大的一位多拉。在他的王国里，他有足足一万平方英里[1]的土地以满足他个人的花销。

臣民的赤贫正是尼扎姆财富的源泉。他宫廷的辉煌是用人的鲜血和人的尊严作为代价的。花园与纪念碑，学术和美好的艺术，盛宴和月光下的舞蹈——所有这些愉悦着尼扎姆和他宫廷的感官与提升他们精神的事物，都建筑在数百万人的痛苦与折辱之上。

◎

在尼扎姆的统治下，就算是富裕的中产阶级也是备受压迫的。在与多拉竞争土地和劳工的过程中，富农受尽压榨。商人不乐意免费提供货品。受过教育的专业人士则怨恨着基本民主权利

1　平方英里：英制面积单位，1 平方英里约为 2.59 平方千米。——编者注

的缺失，特别是使用他们自己的语言和自由信奉他们自己宗教的权利。尼扎姆是穆斯林，说的是乌尔都语——穆斯林在印度讲的语言，而他在特伦甘纳的大部分臣民则是印度教徒，说泰卢固语。

在尼扎姆的统治下，乌尔都语是学校里唯一被允许用来教学的语言。乌尔都语和英语是宫廷和公共管理中的官方语言。只有懂乌尔都语的人，才能够得到政府部门的工作，从事公务活动，而泰卢固语的使用则被压制。

在这样的情况下，有些充满冒险精神的年轻印度教徒——婆罗门和雷迪（Reddy）人，也就是商人和富农的后代，他们这样的人在尼扎姆的王国里虽有求生手段，却没有未来——开始向一个后来以安得拉大会党（Andhra Maha Sabha，AMS）之名为人所知的组织求助。这个组织当时叫作安得拉会社（Andhra Society），它是由城市里的中产阶级专业人士建立起来的，主张推进泰卢固语的未来。他们想要在尼扎姆的统治下为说泰卢固语的族群争取到更多的自由权利。

他们的要求微不足道。他们想要拥有用自己的语言印制报纸与书本的权利，在公开场合讲泰卢固语的权利，组织泰卢固文学联合会的权利，自由庆祝印度教节日的权利。

但是尼扎姆不愿意放松他的铁拳统治。而大英帝国的直接代理人也并不比他更有同情心。理查德·切尼维克斯·特伦奇爵士（Sir Richard Chenevix Trench）是一位英国军官，同时也是尼扎姆的执行委员会里的高级官员，另一位 J. E. 阿姆斯特朗（J. E. Armstrong）是海德拉巴的警察地方长官。在一场会谈中，一些

AMS 领导人试图向他们解释，他们的组织不是一个政治组织。他们只想要通过建立图书馆来传播知识。谁会反对传播知识呢？

阿姆斯特朗先生是如此回应的："先生，我在孟加拉国的经历让我明白了一个图书馆运动意味着什么。那不是别的，就是一场革命运动。"

英国人最大限度地增加岁入的要求是特伦甘纳痛苦的根源。这样的要求只能通过种植商品作物来满足。但是特伦甘纳多沙的土地除了种植仅供活命的庄稼之外，并不适合种任何东西。为了种植烟草和棉花，需要大规模的灌溉，这就要求将小农们从他们自家的土地上驱赶出去，集中足够广阔的土地。并且还要求有成群的奴工在种植园里工作。

所以，在一系列由英国人推动而进行的所谓"土地改革"中，一个大地主阶级，或称"多拉"，被创造出来了。这些多拉成了广阔土地的主人，他们拥有的土地经常会横跨好几个村庄，而这些土地过去都是由成百乃至上千家庭独立来耕种的。从这些土地上被驱赶走的小农和技工变成了佣工，而作为劳工的"不可接触者"们则被奴役了。尽管维提制度的基础是传统的种姓阶序，但维提制度本身并不是一个传统制度。不管它看上去有多么古老，实际上维提制度直到 19 世纪末才为人所知。就像是美国的奴隶制度一样，这是资本主义世界市场的现代产物。

英国人支持尼扎姆镇压建造泰卢固语图书馆的运动，支持他们认为能够维持专制统治的任何措施。他的统治同样也就是他们的统治。很久之前，为了感谢尼扎姆的领导人在镇压 1857 年本土的大起义中提供的帮助，英国人授予了尼扎姆们另外一个头衔，为他们本来就够长的头衔又新增了一笔：

F.A.B.C

英国政府忠实的同盟

◎

那些加入 AMS 的受过教育的好斗年轻人，他们的观点与那些年长的、居住在城里的成员截然不同。首先，他们是在村庄里长大的富农的儿子，他们知道乡村里的状况。其次，他们中的许多人曾经去往海德拉巴之外的地方旅行，亲眼看到了民族主义的运动。他们知道，像 AMS 这样一个由中产阶级专业人士组成的小小联合会，无论多么高尚和开明，是没有办法自行推动改革的。那需要大众的支持。

年轻的成员们因此号召 AMS 去关心广大的农村人口关注的社会问题。他们想要 AMS 推动废止童婚，推动义务初等教育，为农民争取更低的税率。AMS 的年长成员们并没有不同意这些行动，但是他们并不全然喜欢年轻成员们的高调和他们提出的具体策略。

很快，年轻的成员们找到了一个合他们胃口的意识形态。他们与安得拉地区的印共取得了联系。在尼扎姆的独裁统治下，印共不能公开组织活动，在这里，即便是举办文学讨论会都得先和警察报备。

AMS 里的年轻人为印共在海德拉巴进行的活动提供政治掩

护。同时，印共则给予了AMS的支持者比理念更多的东西，他们派出人力和物资支持。印共几乎把AMS变成了海德拉巴党支部，只差改名字了。

在印共的帮助下，AMS变成了一个截然不同的组织。入会的费用从一个卢比减少到了一个安那[1]（Anna），这笔钱连最穷的人都出得起。一个深入乡村的AMS成员能召集到10万个新成员。他们中成千上万的人跑去参加AMS在1944年的大会。在数量上，他们决定性地压倒了支持昔日温和领导者的会员，逼得很多老会员满怀厌憎地离开了。新的大众党派主张进行社会改革，例如废除维提制度，确立农民经营者的所有权，降低农业税收，等等。

AMS的要求是激进的，但也并非过分激进。他们并未号召废除尼扎姆的暴政。但是，这种情况适时会发生改变的。

当然了，他们也并未计划夺取多拉广大的土地，并将它们分给耕种的农民。

但是这一点，也会发生改变的。

AMS新的印共领导人通过大量招募穷人会员加入，以便让会员人数急剧膨胀。但是他们除了宣传之外，并没有再通过这个AMS的分部来做些什么事情。他们还没有组织大规模的行动，也没有为他们谈论的改革而斗争的计划。

但是，几万贫困、不识字的农民在他们交出辛苦挣来的成员费时却有着不同的想法。他们觉得，自己已经用一安那买到了自由。他们认为，缴费时他们得到的那张小小的纸质收据就是一份

1　安那：印度的辅币，1卢比相当于16安那。

脱离维提奴役制度的护照。

他们按照他们的理解来行动，很快就让 AMS，或者印共——反正两者现在也没什么实际差别了——面临真正的考验。群众要他们的领导人把底牌亮出来看看。这一切是始于一个贫困的农妇，她叫埃拉姆（Ailamma）。

埃拉姆和她的家人是洗衣匠种姓的人，是特伦甘纳最残暴的多拉之一的奴隶。只有当他们在多拉的家里或地里履行完他们的维提职责之后，他们才被允许在自己贫瘠的两英亩土地上劳作。

当 AMS 的一个当地印共支部（Sangham）在他们的村庄里设立起来的时候，埃拉姆的丈夫和儿子成了最早加入的人。随后多拉派他的狗腿子抓捕支部的领导人，将他们拖到他的嘎地里去，在那里折磨他们。埃拉姆的丈夫和儿子都被关押在那儿。

同时，收割季节迫在眉睫了。埃拉姆身边没其他人能帮上她的忙。她知道，一旦她开始收割，多拉的人就会找上门来掳走庄稼。

所以埃拉姆去找印共支部的领导人帮忙，求他找人在她收割庄稼时充当守卫。领导人也是和埃拉姆一样的穷苦农民和维提奴隶，他们从来没有想过要用这样的对策。他们的活动仅限于招募新成员和递交请愿。但是他们答应了埃拉姆的请求，因被她的勇气所激励，28 个年轻人自愿担任她收割庄稼时的哨兵。多拉的人来的时候，他们看到印共支部的年轻人用弹弓和棍棒武装起来围着庄稼地。他们不习惯遭受抵抗，便转身离开了。埃拉姆收割好了，年轻人帮着她将庄稼安全地运回家里。

多拉不会就此善罢甘休。他的统治是建立在恐怖之上的，如果连一个女人都敢违抗他，又拿什么来阻止其他人这样做？他派出他的人马，向印共支部领导人的房子扔石块，他知道这会刺激人们跑到他的嘎地前去抗议。在那儿，他的狗腿子会藏身于隐蔽处，准备朝人群开枪。一个支部的成员，叫作多蒂·考穆拉雅（Doddi Komurayya）的牧牛人在胃部中了一枪。他倒在地上，死去了。

但是印共支部的成员们并没有因为恐惧而逃走。他们发出了呐喊："血债血偿！"狗腿子们为了保命，逃到嘎地那高如要塞般的墙后躲起来了。村庄里的人们包围了嘎地，一直高喊："血债血偿！"

当这个消息传到其他村庄后，2000多人聚集到了当地。他们打跑了200名被派来驱散他们的暴徒。

第二天，多拉的杧果林里已经一棵树都不剩了。而印共支部领导人曾经受尽折磨的法庭，也荡然无存。在数周之内，就有400个村庄被农民管委会解放了。

这些农民管委会组建了村庄的抵抗武装。不止有男人加入，12岁以上的孩子也能参与战斗，妇女也是。妇女曾是奴隶中的奴隶，在任何事情上都没有发言权。矮小、脆弱、无力、无声无息、低等的妇女，她们比男性还要渴望拿起武器。

印共被眼前发生的事吓了一跳，他们什么准备都没做。

农民自己，而不是印共，开创了大众斗争的道路。当这场斗争爆发的时候，他们要求印共领导他们。但印共认为将这些激进分子组建成为防御性的队伍就够了，教他们使用棍子和石头去对抗他们的敌人。除了这些原始武器，农民又加上了铲子、锤子、镰刀与斧，还有用来捣碎谷物的大锤。在家中，他们用攥在手里的辣椒粉和大锅里装满的滚油或水向入侵者的脸上泼去来自卫。这些原始的方法在对抗多拉的狗腿子时取得了惊人的成功，因为狗腿子们缺少训练和装备，又很懦弱。

但是，这些手段在面对尼扎姆的警察和军队时就没有用处了。接下来的几个月，当这些武装力量进驻的时候，即便是农民激进分子的英雄主义也难以弥补差距了。多拉们又回来了。起义实际上已经被成功镇压。

仅有战斗与牺牲的意愿是不够的。为了活下去，为了前进，斗争需要领导者，需要协调，需要训练。更重要的是，需要枪支。

在斗争起事一年之后，印共开始提供枪支。他们重新编组被打散的农民抵抗力量的剩余人员，开始在县里和区里招募有攻击性的游击队小队。到了那时，在长久的犹豫之后，印共领导者才终于允许战士们拿起枪支并训练他们如何使用。

印共发现自己被推到了一场大众斗争的风口浪尖后，终于同意领导这场斗争。但是如果要领导，他们就必须采纳这场斗争的根本目标。

农民们从一开始聚集到一起保护埃拉姆的庄稼时就想要的东西，也是后来成为他们动力的源泉——获取他们自己谋生的手段，他们想要土地。他们强迫印共接过了这场战斗，高高举起了这样的口号："耕者有其田！"

但是，当印共投入这场争斗的时候，他们要与之战斗的已不仅仅是警察和军队了。尼扎姆放出了一支更加凶恶的武装力量——杀人如麻的拉扎卡[1]（Razakars）军队。

拉扎卡是一群穆斯林沙文主义的、亲尼扎姆的武装力量。当印度已在逐步推进独立运动的时候，尼扎姆害怕新的政府会进行干预，举行一次公民投票以强迫他放弃权力。他的臣民中有 90% 是印度教徒。拉扎卡的目标是，在投票举行前杀害和恐吓尽可能多的印度教徒。这帮残忍的凶手是在“我们是统治者”的口号下从最贫困的穆斯林中招募而来的。

拉扎卡，或“志愿者”，是被当作一支辅助性的突击队来训练的，他们对印度教徒和世俗化思想的穆斯林同等地加诸以系统化暴力，整个村庄整个村庄地屠杀、折磨、掠劫、纵火和强暴。他们特别喜欢用一把长剑捅进男人的直肠并在他体内转动这把剑，然后全力拔出，以至于他的肠子会成堆全掉出来。他们会在人身上捆满干草再放火，看着他们活活被烧死。他们会将婴孩四肢摊开，把他们钉在墙上。

因此，德干生活在了魔鬼的诅咒之下。在警察、军队和拉扎卡三头并进的攻击之下，特伦甘纳成了一个死亡集中营，一个墓地，一片鬼魂之地。

但是，穷苦的农民们依然在战斗。

他们想要摆脱束缚，得到自由。他们想要土地。他们想要尊严。

可接触者和“不可接触者”。印度教徒和穆斯林。男人与女人。年轻人和老人。

1　拉扎卡：意为“志愿者”，是凯西姆·拉茨维（Qasim Razvi）当时组织起来的私人武装，捍卫尼扎姆的统治，并企图让海德拉巴土邦并入巴基斯坦。1952 年武装解散，凯西姆·拉茨维以多项罪名被起诉，后前往巴基斯坦寻求政治庇护。

他们用弹弓、棍棒、辣椒罐子和能偷到多少就偷多少的步枪来战斗。到了1948年8月，暴乱扩散到了3000个村庄。

红色的巨龙贯穿了整个尼扎姆王国。

◎

萨蒂耶姆很快就意识到，皮查雅就是一个印共成员。学生身份只不过是为了替他做印共的工作打掩护，这些工作包括在学院里招募新成员和支持者。皮查雅将萨蒂耶姆介绍给两个男子，他们和萨蒂耶姆一样，也是被皮查雅关于特伦甘纳武装斗争的材料感动了。那两个人分别是马尼基亚·拉奥（Manikya Rao）和哈努曼雅（Hanumayya），他们是学院里两个年轻的讲师。

和这些人会面，让萨蒂耶姆终于觉得来安得拉基督教学院是一个幸运的选择。如果他去了印度教学院，他可能不会缺少朋友——他高中时的朋友全都在那儿——作为国大党青年团的一个领袖也会有不少参加政治活动的机会。但是，他在安得拉基督教学院碰上的新朋友比他的老朋友更值得深交。他仰慕他们，而他们则为他开启了一个新天地。

哈努曼雅出生自较低的跋地拉（Vaddera）种姓。他是一个出色的哲学教师，和萨蒂耶姆一样，对泰卢固文学也极为喜爱，特别是诗歌。

马尼基亚·拉奥来自贡土尔一个“不可接触者”基督教徒家庭，也是这座城里闻名的“传统基督徒”之一。他的父亲是一个教士，不是萨蒂耶姆小时候知道的那种在没有家具的临时教堂里布道的三脚猫牧师，也不是那种会跑到各个村庄里收取鸡蛋、蔬菜和牛粪饼作为服务费的牧师。马尼基亚·拉奥的家庭受过极好的教育，很有文化，相比其他“不可接触者”来说家境好得多。在23岁的时候，马尼基亚·拉奥已经从头到尾读过足足23遍《圣经》了，包括《新约》和《旧约》。如今，他成了印共成员，便再也不会多看一眼《圣经》了。他体格强健，长得英俊，作为一名数学教师的水平就和他当排球运动员的水平一样好。

尽管这两人都比萨蒂耶姆年长，却还是将他当作同辈看待。就像皮查雅一样，他们都毫不介意萨蒂耶姆的贫穷。哈努曼雅来自和萨蒂耶姆家一样的贫穷家庭，而马尼基亚·拉奥为人高尚，根本不会按照财富或社会地位去判识别人。

在皮查雅将萨蒂耶姆介绍给哈努曼雅和马尼基亚·拉奥后，这三人都越来越少见到皮查雅了。毕竟，他是一个印共成员，还有重要的工作得做。他偶尔会过来瞧瞧自己新招募的人都怎样了。他会问问他们正在读些什么，并且向他们推荐新的书籍。

但是，萨蒂耶姆开始频繁地和哈努曼雅和马尼基亚·拉奥会面。在晚上，这三个朋友会坐在萨蒂耶姆宿舍前的草地上，探讨哲学。马尼基亚·拉奥会发起讨论。哈努曼雅是哲学教师，因此会给出解释。萨蒂耶姆的角色是提出问题。他们的探讨会涉及方方面面的话题，包括道德与形而上学的问题，但是他们的思考都一成不变地将他们导向政治哲学，诸如何为共产主义、何为社会主义、两者之间有何区别那样的问题。

哈努曼雅解释道，存在着两种不同的社会主义：乌托邦社会主义和科学的社会主义。乌托邦式社会主义的理念基础是，平等是公正而慈悲的事物，而科学的“社会主义”则如同物理、化学或数学，二加二永远是等于四的——这种确凿无疑之中，并不包含什么公平正义或者慈悲为怀。同样的，当人类社会从穴居部落开始发展，最终到达某个特定历史阶段的时候，他们的社会成员就不可避免地会平等分享社会产品。

萨蒂耶姆觉得哈努曼雅对科学社会主义的诠释非常吸引人，但是他还有许多的问题。如果历史会不可避免地朝着社会主义社会的方向发展，那为什么人们还得要为了实现它而战斗？哈努曼雅解释说，尽管朝向社会主义发展的过程是一个自然演化的过程，但是从一个阶段到另一个阶段的转变总是会引发许多暴力与动荡。旧的特权阶级不会想要为新生的阶级让出道路。这就像是新生时的剧痛，尽管对于产妇来说这是自然之事，但依然是非常痛苦的。

萨蒂耶姆被这种思考方式迷住了：人们能够以如同在科学实验室里研究观察自然过程的方式去审视社会、社会中的人以及他们的所作所为。

哈努曼雅对萨蒂耶姆和马尼基亚·拉奥解释了阶级之间的斗争会如何反映在某种叫作“意识形态”的事物之上。意识形态就是理念与文化。在合适的情况下，特定理念的传播会反过来刺激社会变革。

这种思考的逻辑让萨蒂耶姆开始反思他身边的文化是如何发生变化的。他想起了小说家查兰[1]（Chalam）的作品是如何在泰卢固社会里引发轰动的。查兰首先披露了一个让人震惊的事实：女

1 查兰（1894—1979）：出生于印度金奈，是现代泰卢固文学中影响最大的现实主义作家之一，作品尤其关注妇女境遇。

人也有肉体的欲望，进行性行为并不仅仅是为了她们的丈夫。查兰也指出，女人有头脑，也要为她们自己考虑。他写道：

> 女人也有身体；它需要锻炼。
>
> 女人也有思想；它需要获知。
>
> 女人也有心灵；它需要经历。

他的书曾被认为比色情作品还要糟糕。但是，就如同色情作品一样，一些急于在公开场合谴责它们的人，也会在关上门后迫不及待地阅读它们。

查兰自然而然地与共产主义有了联系。毕竟，他如共产主义一样大胆又有革命性，有吸引力又极叛逆。那些日子里，艺术或社会生活里发生的任何令人激动或进步的事物，都与共产主义联系在一起。然而，印共依然在谴责查兰。在共产主义下，女人的地位与男人平等，但这不意味着共产主义者就会原谅放荡的行为。

萨蒂耶姆赞同印共对查兰的看法。在读他的小说时，萨蒂耶姆觉得他再也没有办法用看过这本书的眼睛去注视玛塔姆和帕帕了，这想法让他战栗。但是他喜欢这样的观点——把女人也看作会思考的生物。而查兰的风格也让他着迷。

但是对于萨蒂耶姆而言，最能表达出那个时代精神的作者是革命性的诗人室利室利[1]（Sri Sri）。他成了萨蒂耶姆的偶像。

1　室利室利（1910—1983）：著名泰卢固诗人和词作家，亦投身影业，为泰卢固电影写作了多首脍炙人口的歌曲。

室利室利不是一个用写诗来支持自己的政治观点的马克思主义者，他接纳马克思主义是为了他的写作。在受压迫者的斗争中，在对全新的平等社会秩序的期望中，室利室利找到了他所想写的诗歌的灵感。

室利室利正是那位写出《一个不同的世界》，也就是萨蒂耶姆曾经在独立日庆典上高唱过的诗歌的人。但是尽管这首诗被当作民族主义运动的赞美诗，作者实际上是想抒写萨蒂耶姆所渴望看到的真正的更新更好的世界。当特伦甘纳的农民武装斗争爆发的时候，室利室利的诗歌为这场运动的诉求赋予了声音。

室利室利的诗歌并不仅仅是在主题上具有革命性，在形式上也同样如此。他舍弃了传统的诗律，用一种强有力的白话式韵律写出了自由体诗句。查兰曾写道，室利室利给了传统泰卢固诗句的格律与用词“当头一棒”。

而室利室利还将当时的日常生活当作诗歌的题材，在这一点上比其他人走得更远。他的某一首诗是这样开始的：

> 小狗狗，
> 火柴棍，
> 肥皂盒——
>
> 不要看不起它们，
> 它们全充满了诗。
>
> 面包片，

香蕉皮，

木板条——

它们一直盯着你，

要你找出它们的深度。

室利室利曾受安得拉基督教学院和印度教学院的学生文学俱乐部的邀请，发表关于现代诗的演讲。在他讲演的那一天，有消息说他在学院里的一个房间稍事休息。萨蒂耶姆偷偷越过房外一长队等待着的仰慕者，翻进房间，站在床旁边。他站在那儿，盯着诗人那宽广得非同寻常的额头，大作感慨："这真的显示出了他多么有智慧！毫无疑问，既然他那样能写作！"

那个晚上，礼堂里座无虚席，因为没有座位，几百人都站着，还有数百人聚集在大门外，希望能听听伟人的只言片语。

室利室利的演说缺少他诗歌里拥有的那种惊艳感。他嘟囔着支离破碎的句子。学生们难以置信地面面相觑，每个人都在怀疑这是不是个冒牌货。

室利室利感到了会场里的不安，他讲了一个故事。"从前曾有一个著名的雕刻家。当他被邀请发表一场关于雕塑艺术的演讲时，他拉开蒙在他雕塑作品上的布说：'这就是我的演讲。'"

接着，室利室利开始吟诵一首长诗，开头是："波西，哦，波西。"当他结束吟诵的时候，他宣布："这就是我的演讲。"观众们沉默着，如痴如醉。

在他离开之前，室利室利向他的粉丝们预告了一首新的诗歌，叫作《伟大的旅程》(*Maha Prasthanam*)。“那会是一篇长诗，”他说，“有等身镜那么长呢。”几个月后，当室利室利的新书出版时，将室利室利的诗歌推荐给萨蒂耶姆的哈努曼雅给了萨蒂耶姆钱，让他去买书。他立即飞奔到书店去。那个夜晚，他来来回回把那首诗读了一百遍。当太阳升起的时候，他像个在战场上快气绝的伤兵一样筋疲力尽地睡着了。

哈努曼雅为了支持革命，想要写散文、戏剧和诗歌。而马尼基亚·拉奥则对组织斗争更感兴趣。

而萨蒂耶姆，他们中最年轻的一个，同时有他两位前辈的兴趣，又比他们更具雄心。他想让自己成为室利室利与列宁的综合体。如室利室利般写作，如列宁般战斗。笔和枪。每次皮查雅来探望萨蒂耶姆的时候，萨蒂耶姆总要问他同样的问题：我什么时候才能去游击队的前线？每次，皮查雅都告诉他，时机未到。

◎

萨蒂耶姆在安得拉基督教学院入学六个月之后，在1948年的1月30日，78岁的甘地扶着他年轻侄女们的肩膀，前去祈祷。他身体虚弱，因为他曾为终结印巴分治（将英治印度分为印度与巴基斯坦两个独立国家）导致的社群暴力冲突而绝食数日。突然有人从人群中间冲出来，从外衣口袋里拿出一支手枪，朝着老人开了三枪。甘地倒在地上，低吟着一位印度教神灵的名字：

“罗摩[1]呀！”

刺杀甘地的人是一个印度教徒，是法西斯主义下印度教民族主义组织国民志愿团[2]（RSS）的早期成员之一。他相信，甘地同意将次大陆的一部分给予穆斯林是对全体印度教徒的背叛。

当甘地的死讯传来时，在印度成千上万的城镇与乡村里，只要能找到两块石头，人们都为他建起了纪念碑。如果他们没有时间或者能力去雕刻一尊胸像，他们会去寻找一块圆石头，以象征甘地的头颅。他们建起了神龛，为他举行了普祭[3]（Pooja，印度教仪式）。

安得拉基督教学院的学生们聚集在学园里，唱起了一首由伟大的国大党诗人坦奈提[4]（Thenneti）所写的诗歌：

Pitchollu
Mana meeda
Pistolla

Manishinani cheppakoy

1　原文为“Hare Ram”，是向罗摩致敬的颂词。罗摩是印度教守护神毗湿奴的化身，阿逾陀王子，被视作完美的传统印度教道德人格的体现。

2　国民志愿团：全名是国民志愿服务团（Rashtriya Swayamsevak Sangh），缩写为“RSS”。国民志愿服务团是最有影响、带有军事色彩的极右印度教教派组织，于1925年创立，其影响渗透进印度政治和社会的方方面面。甘地被刺杀后，国民志愿团曾一度被禁止活动。在20世纪70年代后，国民志愿团势力越来越庞大，并且有了自己的政治代理政党，即现在的印度执政党印度人民党。

3　普祭：又叫“Puja”，是印度教中最基本的宗教仪式，信徒们通过祈祷或歌颂展现对神的崇拜和尊敬，也被视为与神沟通的方式。

4　此处可能指泰卢固诗人坦奈提·苏里（Tenneti Suri ）。

Manni champestharu

Matha piccha
Mada piccha
Rajullo
Rasa pitchha

（那些疯子
用他们的手枪
来训练我们。

兄弟，不要告诉他们，
你是一个人，
一个人类。
他们会杀了你的。

集团主义的疯狂，
欲望的疯狂，
统治者们堕落的狂热。）

而共产主义的诗人室利室利则写道：

在泪水的溪谷中，
一道慈悲之光。

哦，圣雄啊，
什么才是真实？
什么才是虚妄？[1]

萨蒂耶姆还是国大党的支持者的时候就已经对甘地漠不关心了，但是此刻，他还是感受到了一种他从未知晓的悲恸之情。

但是他的悲痛并没有持续多久。第二天下午，他冒险溜出房间去喝上一杯茶时，看到在学校门口发生了一场大骚乱。一大群人聚集起来，抬头看着一个爬到电线杆上的疯子。那是一个经常在校门口乞讨的乞丐，他头上戴着一顶国大党的头盔，手里拿着一面国大党的旗子。他曾是甘地的一个学生，如今，由于被悲痛压倒，他打算去触碰高压线自杀。学生和教职工聚集在电线杆下，祈求那个乞丐不要那样做。这场闹剧持续了几个小时。最后，那个乞丐还是下来了，从此之后非常安于他要饭的本分。

数日之内，甘地的骨头就化为灰烬，而骨灰被等分成数十份，分送给印度共和国的各个省邦。根据印度教的仪轨，骨灰要撒进圣河的水中。萨蒂耶姆和他的两个朋友决定去围观一下那荒诞的奇观。他们搭了一趟不要票的火车前去维杰亚瓦达（Vijayawada），在那儿，马德拉斯政府在克里希纳河畔组织了一次规模宏大的祭典。人群一眼望不到头，根本没指望看清楚到底发生了什么。当萨蒂耶姆乘坐的火车路过横跨河流的桥梁时，他有了一个绝妙的主意。他拉动了紧急制动闸。火车停了几个小

1 此处引自室利室利最著名的作品之一《哦，圣雄》（*O Mahatma*），此诗也是悼念甘地最著名的文学作品之一。

时，他们因此能够好好看清楚首席部长如何将一个小小的骨灰罐顶在头上，朝着河流走去，而他周围的婆罗门祭司则吟诵着咒语（Mantras）。

萨蒂耶姆的妹妹帕帕，在甘地被刺杀的消息传来时正在帕纳萨和她的外祖母待在一起。尽管帕帕那时候刚刚 11 岁，她就已经旗帜鲜明地反对甘地了。她崇拜鲍斯，主要是因为他的长相。她对他那白皙肤色、圆下巴、红唇和婴儿肥的脸蛋印象深刻。她觉得甘地又老又丑，而且——“为啥他就不能穿着得体的衣服？”

而玛塔姆也同样不喜欢甘地。她更喜欢尼赫鲁，他对她来说就是贵族一词的化身。因为这样的感受，甘地死的时候，无论玛塔姆或帕帕都没有哭泣。但是帕帕发现了一件事，那就是如果伟大领袖死掉了，她就能放假了。

◎

萨蒂耶姆和他的朋友们还在等待着印共派给他们任务。由于他们无法理解的原因，他们还没作为印共成员被吸纳。眼下，他们的才华与热情还找不到出口。

安得拉基督教学院有一个漂亮的礼堂，足以容纳千人。它的舞台安装有幕帘、专业的灯光和音响系统。学院的文化协会为希望在他们赞助下举行演出的学生提供服装、化妆品和道具。哈努曼雅打算写一出戏在此地演出，传达政治信息。马尼基亚·拉奥将会负责导演。

这出戏讲的是一个国王欺压臣民，遭到反叛，不得不逃亡——这是赤裸裸影射特伦甘纳斗争的故事。因为那个时候，体面的女子是不会上台演出的，所以哈努曼雅坚持要让萨蒂耶姆去扮演女主角，一个挺身而出反抗国王的地位低贱的农女。“只有你长得那么漂亮，只有你适合演这个角色。”哈努曼雅告诉萨蒂耶姆。那时候，萨蒂耶姆只有 17 岁，不高也不矮，四肢纤细，有着浓密卷曲的头发，以及大大的、悲伤的眼睛。萨蒂耶姆很犹豫，但是马尼基亚·拉奥、皮查雅和萨蒂耶姆的其他朋友都力劝他出演。那出戏剧大获成功——人人都同意，那主要得归功于萨蒂耶姆的表演。人们都说，他微笑和行动起来的样子，比学校里任何一个女孩都有女性气质。

萨蒂耶姆和哈努曼雅主宰了安得拉基督教学院的文化节目。他们表演了更多的戏剧，这些戏剧许多都是根据学校外报亭里两卢比一本的孟加拉国小说改编的。萨蒂耶姆和哈努曼雅一直在寻找能够改编成舞台剧的泰卢固文学作品，这是出于实际需要和从他们自己的语言中汲取灵感的自豪感的需要。但是，当时用泰卢固语写成的小说都很短，内容又很庸俗，带着诸如“三个半吻”之类的标题，在火车上售卖，每本只要一个卢比。

由于萨蒂耶姆的演出，他在学校的三千个学生里声名大震。女孩们仰慕他，因为他能够将她们的性别表现得那么好和那么招人喜欢。他的人气让他自高中以来头一次满足了他对认可的渴望。

但是他最深邃的愿望还是想要去特伦甘纳，拿起武器来对抗多拉与尼扎姆。他一直在求皮查雅为他向印共美言几句。

◎

在独立整整一年之后，印度共和国的三色国旗依然没有在海德拉巴的德干尼扎姆王国里取代阿萨夫·贾赫王朝的旗帜。

海德拉巴四面八方都被印度的疆土包围着。但是，尼扎姆依然违背所有逻辑，拒绝加入印度。他宣布，他的王国是一个独立的国家。

印度给了他重新考虑的时间。在警察、军队和拉扎卡辅军的暴行之下，特伦甘纳的武装斗争依然在扩散。

1948 年 9 月 13 日，印度军队终于开始直接进攻海德拉巴。阿萨夫·贾赫的军队转瞬即败。拉扎卡投降了。尼扎姆逊位。

224 年的王朝不复存在。

在特伦甘纳，大家欢呼庆祝。许多农民游击队从藏身之处出来了。封建秩序终于被摧毁了。游击队的英雄们终于放下了他们宝贵的步枪，回家去庆祝，与家人团聚。

但是印度军队却没有放下他们的枪。枪头很快就掉转，对准了农民。

那就是他们一直以来的真实目的。对于印度来说，尼扎姆是个麻烦，但是针对土地所有权的广泛起义则是不可容忍的。

尼扎姆被驱除的行动只持续了四天，但对特伦甘纳的占领则持续了三年。超过 2000 名战士和他们的家人被杀害了。3 万人遭到折磨。5000 人被捕。数千人被拘禁在集中营里。数千名女性被强奸。在印度军队的枪口之下，农民们被驱逐。在军队与警察的保卫下，多拉们又回到了他们的乡[1]（Paragana）中，农民从多拉手中夺取的土地又归还给他们了。特伦甘纳的斗争最终被镇压了，它在废除维提制度上取得的成果都被颠覆了。

◎

皮查雅是安得拉基督教学院这三个人组成的小团体围着转的原子核。是他将他们带到一起，告诉他们特伦甘纳在发生什么。

之后，有一天，皮查雅消失了。

那三个朋友很快得出了结论："他 U.G 了。"也就是潜伏到地下去了。当一个印共成员接受了援助武装斗争的任务时，他必须毫无预警地切断之前的联系，以避开警察。

除了皮查雅之外，还有其他一些事物也消失了。在安得拉基督教学院的草坪上再也没有了政治讨论。再没有《进步》杂志可以看。再也没有共产主义的书籍售卖。再也没有室利室利来学校演讲的那种文学俱乐部举行的集会了。

印共成了非法的。他们的办公室被关闭。他们的出版物被禁止。没有人再能对特伦甘纳说些什么。有传言说，这些举措是为了八个月前甘地被刺杀后维持秩序的必要措施，但是杀害甘地的并不是一个共产主义者，而是一个印度教法西斯分子。实际上，这些措施，是特伦甘纳那恶毒镇压在安得拉地区的镜像。

学校如今被紧紧地盯着。不住在宿舍里的人不准进入宿舍。

---

1 乡：是印度旧日的行政区划之一，多在穆斯林的土邦王国中使用，一个乡包括数个里（mouza），一个里则包括数个村子及其周边土地。

守卫雷打不动地严守职责，即便是警察，要是没有校长给予的书面许可也不能进入宿舍。

皮查雅每隔数月会在学校里露一次面。他说，他现在住在马德拉斯，以避开警察的追查。在那儿，他为印共的领导人做一些杂务，靠着他母亲给他的钱过活。

皮查雅要进入高厅宿舍没有什么困难。那个年老的守卫，也是所有守卫里最机警的一位，和萨蒂耶姆关系友好，不会阻拦他的访客。仅仅是因为萨蒂耶姆会问好和问候他的孩子，其他人都没有这样做的。

在这些突如其来的拜访中，皮查雅会向三个朋友通报武装斗争的进展。埃拉马鲁（Elamarru）和卡土鲁（Katootu）的共产主义村庄是如何被马拉巴（Malabar）警察的铁蹄蹂躏。那些村庄里的农民是如何被上百人围捕，妇女是如何被强奸。

萨蒂耶姆注意到，皮查雅提起强奸时总是深入细节。他总是这样开头："那不是寻常的强奸——不，先生！"然后他会详细地描述莎丽如何被扯开，胸衣被撕开，女人们如何被推倒在地。在听完若干次这样的报告之后，萨蒂耶姆发现皮查雅一想到强奸就会露出一种特别的兴奋之情，他无法掩盖这种情绪。这让萨蒂耶姆感到畏惧。

萨蒂耶姆会催促皮查雅介绍他与某个共产主义地下领袖会面。他想象那些英雄看起来会如同豹子一样凶猛：又高，又劲健，又强壮有力，又黝黑，有着饱含怒火的眼睛，嘴巴末端翘起长长的唇须，肩头背着一把来复枪，唇间叼着一支燃烧的香烟。但是皮查雅总是搪塞他。

过了一些时日后，皮查雅不再来访了。这三个朋友后来再也没见过他。如今，他们与印共唯一的联系断掉了，他们再也得不到关于斗争的通报。但是，他们依然对运动充满热忱。他们继续在以他们所知最好的方式，作为安得拉基督教学院的印共支部而运作。因为如今通过戏剧来举行政治活动被禁止了，他们决定靠自己发起一场斗争。

马尼基亚·拉奥在贡土尔组织了一场会议，探讨有关“不可接触者”基督徒的预留制[1]（Reservations）要求。预留制是一种针对数个世纪以来种姓压迫的积极反制措施。“不可接触者”的领袖 B. R. 安贝德卡[2]（B. R. Ambedkar）曾经力争将预留制的权利写进他起草的印度宪法之中。根据这些条款，政府公职和政府开办的学校里要将一定的席位预留给“不可接触者”的候选人。但是“不可接触者”的基督徒们则被这个政策排除在外，作为脱离印度教的一种惩罚。理由是，当“不可接触者”们转而皈依一个不认可种姓的宗教时，他们也就不再是“不可接触者”了，因此也没有保留制的必要了。马尼基亚·拉奥希望能将基督教徒中的重要人物们组织起来，发起一场运动，为被这一歧视性的政府政策遗弃的“不可接触者”们争取预留制。

马尼基亚·拉奥在萨蒂耶姆的帮助下，召集了许多宗教领袖。他将罗马天主教和新教的牧师，还有基督教学校的教师和校

---

1 预留制：是印度为了照顾包括“不可接触者”在内的大量低种姓或部落民（称之为表列部落、表列种姓及其他落后种姓）推出的措施，即在教育资源和公共部门上为这些人群保留一定的比例。

2 B. R. 安贝德卡（1891—1956）：今印度中央邦姆霍沃人，印度宪法之父，印度“不可接触者”领袖。印度近代重振佛教信仰的领袖之一。

长都聚集在了一起。

这场会议持续召开了多次集会，却没能发起任何直接的抗争。宗教领袖们对采取任何有些微斗争色彩的行动都充满了憎恶，这不是基督教做事情的方式。他们发表声明、发起请愿。这个拖拖拉拉的过程最终还是赢得了一定程度的改革："不可接触者"的基督教徒们在邦政府部门和机构里被赏赐了 1% 的保留比例。而在全国层面上，直到今天，"不可接触者"的基督教徒和穆斯林依然不被给予教育与政府公职上的预留益处。

尽管马尼基亚·拉奥和萨蒂耶姆同为"不可接触者"，也同为基督教徒，但在为"不可接触者"争取预留制时，他们都不是为了自己的出身。他们采取这次斗争仅仅是因为，作为共产主义者，他们想要为受压迫的人们做一些事，而他们恰好对这个事由非常熟悉。

当萨蒂耶姆和他的兄弟姐妹还很小的时候，他们的父亲竭尽全力自种姓的可怕现实中庇护他们。他带着他们去乡间探望亲戚的时候，他总是会走一条又长又绕的路，以免碰上任何有种姓的人，要不然他们就得脱下鞋子，合起手掌，弯下他们的腰。

在古迪瓦达，萨蒂耶姆、凯里和帕帕在学校里表现优异，有不少有种姓的朋友。他们一般都不把自己当作"不可接触者"。即便被提醒了，但除了他们之外没有人会这样认为，他们依然选择了不去想太多。在读高中时，萨蒂耶姆最好的朋友是平纳马奈尼（Pinnamaneni）兄弟，他们是富有的坎玛（Kamma）种姓地主家庭的儿子。他们的父亲在古迪瓦达建起了一座豪宅，供兄弟俩在此读书时居住。萨蒂耶姆和其他朋友经常上门拜访。其他人都是从正门进去的，而萨蒂耶姆却只能从后门进去，并且被警告说如果男孩们的父亲突然出现，他就得消失。萨蒂耶姆认为，一个人得要尊重其他人的生活习惯，也并未对此想太多。

在学院里，萨蒂耶姆对自己的种姓更有自觉了。但是现在他是一个共产主义者。作为一个共产主义者，应当只以阶级的视角来思考，而不是种姓。当阶级斗争胜利之后，建诸在种姓之上的歧视也会消失。作为一个共产主义者，萨蒂耶姆将他自己看作“不可接触者”的拯救者，而不是一个为了自身权利去斗争的“不可接触者”。只要他投身于这场运动中，他就会一直秉承这个态度。

◎

萨蒂耶姆在学院的学习期结束的时候，其他同学都开始为他们的毕业考试做准备，而萨蒂耶姆却不知道该做什么。两年之中，他去上的课不超过十门。他没有可供学习的书籍。他想过要去借上一些，但是谁会在考试期间借给他教科书呢？人人都在整天埋头学习、喝茶、熬夜。而萨蒂耶姆则把时间花在睡觉和阅读诗歌上。

他决定在没有准备的情况下去考试。但是校长把他叫过去，告诉他这是不可能的。萨蒂耶姆没有科学实验室的实验记录本，教师那儿也没有他的签到。所以，物理、化学、生物和动物学的考试他都没有资格参加。这也就意味着，他无法通过中级教程，不能去上医学学校。“我希望你不要介意，”校长对他说，“如果你想要的话，可以去参加你的英文和泰卢固语考试。”

在考试的最后一天，萨蒂耶姆所有的同学都在东奔西跑，把他们的东西塞进铁箱子，卷起他们的铺盖，购买回家的火车票。萨蒂耶姆没有可供打包的东西，也没有钱买票。而他，他家里头一个能够上学院的人，又怎么能够在失败后回家去见他们？他们可能都认不出他来了。他的变化是那么大。他营养不良。所以，当所有人都离开学校的时候，他依然留在宿舍里。

他吃得很少，整天都在睡觉，在奇怪的时间醒过来。他的唯一一套衣服已经成了烂布条。他告诉自己，他活成这个样子是因为他不守陈规。他把自己当作那个能单手写就英文词典的约翰逊博士[1]。哈努曼雅曾经告诉过他，那个约翰逊尽管才华横溢，却“特立独行”，坐在一张只有三条腿的椅子上。任何时候他都是想睡就睡，想穿啥就穿啥，手边有什么就吃什么。他唯一关心的只有阅读和写作。萨蒂耶姆一直都在阅读，梦想着成为一名作家。

但是，他最渴望的依然是拿起一支步枪，加入特伦甘纳的战斗中去。他总是吟诵着阿梵提·娑摩·孙陀尔（Avanti Soma Sundar）的歌曲《英勇的特伦甘纳》（*Veera Telangana*）里的词句：

Khabad-dar！
Khabad-dar！
Nizam padushah，hey！
Nizam padushah，hey！
Khabad-dar！

---

1 这里指18世纪编纂《英语大辞典》的英国著名作家塞缪尔·约翰逊（Samuel Johnson）。

（小心了！

小心了！

尼扎姆，世界之王，

你要小心了！）

但是，萨蒂耶姆不知道要怎么加入印共。每次他问起，皮查雅总是搪塞他。萨蒂耶姆不明白，为什么印共会如此不愿意接纳他作为成员。

他不知道的是，印共正处在危机之中。当印度军队掉转枪口瞄准共产党人的时候，这一背叛让印共的领导阶层四分五裂，不知所措——他们没有时间去招募新人。

哈努曼雅和马尼基亚·拉奥看到他们这位年轻朋友的状况如此之糟，就给了他付巴士旅费的钱。“回家吧，伙计，回到你家人们那儿去。”

但是萨蒂耶姆依然无法面对他的父亲和亲戚们。所以，他出发前往商羯罗帕杜，那儿有他贫困、无知、充满溺爱的舅舅、姨妈和表亲们。至少他们还会觉得他很了不起。

他的表姐维贾雅姆（Vijayaamma）那时正在商羯罗帕杜过暑假。当她看到萨蒂耶姆时，她的脸都发亮了。她大喊起来：“看啊，学院高材生来这里了！我觉得在上完学院后，他肯定会得到一份好工作，赚得盆满钵满。我觉得我们这样的小人物都入不了他法眼啦。”

维贾雅姆急着把所有消息都告诉萨蒂耶姆。但在没有人留意的时候，她将他拉到了一边。

维贾雅姆那时 19 岁。她上过一点学，但也就到高中学历。借着加拿大浸信会传教士的慷慨相助，她在一个传教士学校里得到了一份教学工作。传教团的首脑是一个叫作艾萨克的曼迪迦人。加拿大人返乡离开后，就让他全权负责了。

艾萨克是个皮肤白皙的曼迪迦人。所有人都认为“不可接触者”是皮肤黝黑的，但是他们中有许多人，特别是曼迪迦人，肤色浅得就像是婆罗门一样。浅肤色的艾萨克娶了一个婆罗门出身的基督教女孩。那时候有许多婆罗门出身的基督教徒，他们都是婆罗门之间童婚的结果。当年纪轻轻就守寡的婆罗门少女因为偷情或是被亲戚强奸而怀孕时，这个家庭就会将生下来的孩子抛弃，将他们留给基督教的孤儿院。艾萨克的妻子就是这种情况。每一个有条件的“不可接触者”基督教男孩都会梦想着娶到一位这样的婆罗门孤儿少女。所以，倍受传教士们宠爱的艾萨克想要结婚的时候，他就选择了一位婆罗门女孩。她在古德拉瓦勒鲁（Gudlavalleru）村庄的传教士医院里做主治医生，尽管她并没有医学学位。当艾萨克开始负责传教团的工作时，他为了她的缘故将传教团的总部搬到了古德拉瓦勒鲁。

艾萨克和他的妻子有个女儿，叫作弗洛拉（Flora）。这个家庭住在一个昔日白人传教士居住的大宅里。因为维贾雅姆没有结婚又很贫困，她被允许住在宅院的一个小屋里。她和弗洛拉年纪相仿，成了朋友。弗洛拉非常信任维贾雅姆，但是这不意味着维贾雅姆能够在想见弗洛拉时可随意走进大宅，也不意味着维贾雅姆能在任何时候从前门走进去，更不意味着她能够坐在他们的沙发或者餐桌边。

弗洛拉在安得拉基督教学院上学。有一次她放假回家的时候，她告诉维贾雅姆，她是多么仰慕一个同班级的男孩，他作为一名演员是多么有天分，要是他肯多学一点，他肯定会成为一名医生的。那个男孩就是维贾雅姆的表弟萨蒂耶姆。有一天，弗洛拉建议维贾雅姆把萨蒂耶姆邀请到古德拉瓦勒鲁去。

从弗洛拉的嘴里听到萨蒂耶姆的名字时，维贾雅姆在她心中便开始做起了美梦。对她来说，这姑娘爱上她那英俊又有才华的表弟再正常不过了。谁能抵挡他的魅力呢？维贾雅姆开始幻想她和她的家庭能成为艾萨克家——加拿大浸信会帝国的核心——的一分子。

回到商羯罗帕杜的家中之后，维贾雅姆就告诉萨蒂耶姆，艾萨克先生的女儿想要尽快见到他。维贾雅姆没办法用“爱”这个词，这个词太露骨了。所以她拐弯抹角地说：“你对她而言意味颇多呢。”

萨蒂耶姆想起了弗洛拉。她是个白皙、高挑、样子看起来很健康的女孩，有着又长又浓密又卷曲的头发。但是在学校里，萨蒂耶姆只看中过一个女孩，那是个皮肤黑黑，牙齿白白，有着微笑的大眼睛的女孩，名字叫作阿哈雅（Ahalya），她让他回想起了童年时代在帕纳萨的朋友，南塔尼尔舅舅的女儿卡密里。

萨蒂耶姆从来没有留意过弗洛拉，但是如今，当维贾雅姆告诉他关于弗洛拉所说的事情时，萨蒂耶姆便认识到了她真正的美好与魅力。她有着所有高种姓者的特征。她的皮肤白皙。他如今也发现，她的鼻子并不像他的族人那样是典型的圆而扁的鼻子。

那绝对是个有种姓者的鼻子。但是最让萨蒂耶姆印象深刻的是她看起来是多么健康。她甚至比任何一个坎玛种姓的女孩看起来都要健康。而且她非常端庄。尽管她的父亲很有钱，但她却品味简朴，并不炫富。跟比她穷得多的女孩相比，她穿戴的金银要少得多。

在暑假结束后，维贾雅姆回去工作了，而萨蒂耶姆则回了学院。但是如今，他不能停止思念弗洛拉了。当那首关于月亮女孩的诗句出现在他脑子里的时候，那女孩便成了弗洛拉，容光焕发，穿戴着白如茉莉花的莎丽，朝他招手。他决定，坐着巴士去古德拉瓦勒鲁探望他的表姐维贾雅姆，希望也能看到弗洛拉。

那天早上，当他走进那被绿树和多彩的花圃包围着的大宅院时，看到了弗洛拉所居住的白色大宅。在大宅前，有一个花园，花园中心有一个喷泉。萨蒂耶姆从来没有在电影之外看到过这般事物。

但是，萨蒂耶姆还没有获得进入这精美豪宅的邀请。他只能去那间小小的、用棕榈叶做屋顶的、藏身在大宅后的小屋，维贾雅姆和她不多的家什就在那儿。她睡在一张草垫上，有一个枕头和一张床单，一个陶制的水罐和其他一些陶土罐子，一个灶和一盏小油灯，少量几件衣服，还有一本《圣经》。

维贾雅姆看到萨蒂耶姆十分开心。她告诉他，弗洛拉会传话来在何时何地见面。在那之前，他们只能等着。他们一直等到了中午，弗洛拉让一个仆人过来叫走了维贾雅姆。维贾雅姆回来时给萨蒂耶姆带了消息：他可以在三点钟的时候去大宅，那时候大人们都不在。弗洛拉的继母（她的亲生母亲已经过世了）会在医院，而她的父亲会在学校。

3 点钟的时候，维贾雅姆带着萨蒂耶姆去见了弗洛拉。她在宅子面前等着，礼貌地微笑着。维贾雅姆很快就溜走了，让萨蒂耶姆和弗洛拉能够单独说说话。

他们两人转身朝着宅子走去。萨蒂耶姆看到，大宅的正门不是普通的正门。那是一个“狮子门”（Simhadwaram），如同寺庙的大门一样，雕刻精美的纹饰构成了门框，两头狮子各守在一边。当他们快走近的时候，弗洛拉礼貌地请求他从后门进去。萨蒂耶姆知道，她并不是打算要羞辱他。人总得要尊重其他人的生活习惯。

宅子里面有巨大、凉爽的房间，每个房间都是萨蒂耶姆家曾经居住过的小屋两倍那么大。房间里全都是红木的家具：橱柜、大衣橱、沙发、桌子、椅子，甚至还有一口精美的老爷钟。带花边的半透明帘子遮住了窗子和走道，桌上还有垂下了花边的桌布。

弗洛拉请萨蒂耶姆坐下。她叫来一个仆人，让他为她的宾客去拿一些“tiffin”（点心）和茶。“Tiffin”也就是“Kyma”，一种用切碎的山羊肉配面包的食品。萨蒂耶姆从来没吃过面包。弗洛拉过的生活恰好就是他曾经想象过的白人老爷们过的生活，也就是他认为印度独立后能让他和他的家庭过上的生活。小刀、面包，擦嘴的面巾。

食物端上来之后，弗洛拉开口说话了：“你演戏时演得真好。”她对她的客人这样说。

萨蒂耶姆太害羞了，开不了口。他假装专心吃东西。

"在舞台上，你比女孩子还要漂亮，"弗洛拉继续用她那优雅的嗓音夸赞他，"你微笑的样子，你行走的样子，你用手示意的姿势，你调整莎丽末端，在你手里捻动它的样子。我们女生宿舍里的女孩子都是从你那里学来的。"

吃完饭后，弗洛拉得去她继母的医院了。"你能在你的表姐那儿留一段时间吗？"她问，"请务必留下来。"

"她想要我留下来！"萨蒂耶姆想着。他回到维贾雅姆的小房间时，他的脑子像个音叉一样嗡嗡作响。

他等着。两天过去了。三天过去了。四天过去了。弗洛拉那儿没有消息传来。他们盯着弗洛拉的大宅，无望且不知所措。维贾雅姆越来越焦虑，怕弗洛拉的父母不会单独留下她一人，以至于她无法安排另外一次会面。维贾雅姆害怕这桩风流韵事会因为他们而一败涂地。

萨蒂耶姆心情沮丧，打算自己前往大宅。但是维贾雅姆不同意："我们这样的人可不能擅自行事。等着她发话过来吧，这是我们唯一能做的。"

邀请弗洛拉去维贾雅姆的房子是根本不可能的。她怎么能够拜访他们那样的小破屋子呢？她能坐在哪儿呢？那草垫上铺的脏床单上？他们要怎么招待她？他们只能面对现实，自己对眼前的情况完全无能为力。

萨蒂耶姆待了一个星期，弗洛拉那儿还是没有任何消息。他回了贡土尔。

他只知道一件事情：弗洛拉爱他。但是为什么？他也心知肚明。在印度独立之后拍了不少电影，都是关于邪恶富人的叛逆女儿爱上一个勇敢穷小子的故事。萨蒂耶姆向往着能成为那样一个英雄，而弗洛拉从他身上看出了那样的潜力。他盼望着一个展现给她看他能力的机会。

◎

1949年的7月，新生开始陆续到达安得拉基督教学院的校园。萨蒂耶姆注意到，他们中有的人看起来对于一个学院的学生来说实在太老了——都是二十五六岁的样子。

有一天晚上，萨蒂耶姆去拜访其中一位新生，这人自称杜吉惹拉·摩西（Duggirala Moses），他说他曾经从皮查雅那里听说过萨蒂耶姆的事情。摩西向萨蒂耶姆解释说，那些看起来年纪比较大的新生，实际上都是印共的支持人和民权运动者，他们是从特伦甘纳的坎曼县为了逃避警察与军队的镇压而过来的。

摩西有一个印共的任务要交给萨蒂耶姆。他想要萨蒂耶姆帮忙创办一本月刊。萨蒂耶姆简直不敢相信他的耳朵。这就是他等待已久的机会。一个不仅仅是向印共，也能向弗洛拉证明自己的机会。

哈努曼雅会担任编辑，而经费则会来自一个校园外人气很高的裁缝铺子的老板。这位老板来自一个贫困的“不可接触者”家庭。但是近年来，时尚的理念首次在泰卢固人民中大行其道——男人想要让他们的衣领“像这样”，女人想要让她们的胸衣袖子“像那样”，他的生意便开始赚钱了。他是一个共产主义者的支持者，因此他愿意捐助这份出版物。

因为共产主义者无法再安全地以印共的名义出版了，他们想到要通过哈努曼雅和萨蒂耶姆这样的人来找到出路，因为他们不是警察眼里和印共有关系的人。哈努曼雅会写社论，但是关于内容和设计方面的职责就全部交给了萨蒂耶姆。

萨蒂耶姆和哈努曼雅决定将杂志命名为《呐喊》(*Keka*)。为了诠释这个名字的含义，在第一期的封面上，他们印制了一张照片，那是一个骨瘦如柴的年轻人，除了腰布外什么也没有穿，由于饥饿，他的腹部凸出。他伸出双手哭求施舍。这个瘦弱的模特正是萨蒂耶姆本人。

在第一期中，萨蒂耶姆非常想要写一首诗，他却写不出自己喜欢的东西来。所以，他从革命诗人纳拉亚纳·巴布[1](Narayana Babu)那儿偷了一首诗，稍加改动了几个词语，用他自己的名字刊出了。但是当每个人都来称颂他这首诗写得多么好的时候，他无法再继续欺骗他们，坦白了。

这期创刊号的反响非常好，尽管有人对版面和哈努曼雅的评论有些非议。因此，在第二期里，萨蒂耶姆改进了版面，自己开始写评论。这一次，他也写了自己的诗。

在他的第一篇文章里，萨蒂耶姆决定写一写美国黑人拳击手乔·路易斯[2](Joe Louis)，当时路易斯刚刚在史无前例的12年连续卫冕重量级拳王后退役。萨蒂耶姆在安得拉基督教学院通过与

1 纳拉亚纳·巴布(1906—1962)：泰卢固诗人。是前文提及的著名诗人室利室利的表亲与童年密友，晚年两人关系恶化。

2 约瑟夫·路易斯·巴罗(Joseph Louis Barrow，1914—1981)：小名乔·路易斯，外号称“褐色轰炸机”，是一位职业重量级拳击手，被认为是历史上最伟大的重量级拳击手之一。乔·路易斯维持拳王头衔超过11年，并成功卫冕头衔25次之多。

哈努曼雅的友谊才开始了解印度之外的世界。当他读到乔·路易斯的相关新闻时，萨蒂耶姆非常吃惊，因为他不知道在美国居然还有不是白种人的人。哈努曼雅告诉他，黑人在美国被迫生活在贫困、无知与恐怖之中。

所以，萨蒂耶姆决定写一篇评论短文，这篇评论成了第二期期刊的主打文章。这篇文章有着浮夸的泰卢固式开头："从生命悲惨的深渊里，人中之杰的乔·路易斯宛如一颗明亮彗星一样升起（Durbhara Jeevitha Vidhanam lo nundi pravirbhavinchina maha mahudu Joe Louis）。"

萨蒂耶姆并不知道任何有关乔·路易斯职业生涯的细节，也不知道他到底干出了怎样的丰功伟绩。他只知道乔·路易斯去摔跤或是别的什么，并赢下了头名。最重要的事情是，他是一个黑人，克服了他遭受的压制，取得了伟大的成就。

马尼基亚·拉奥建议，萨蒂耶姆在第二篇文章里写些批判安得拉地区基督教传教团本土领导者腐败问题的内容。在独立之后，加拿大传教士们离开了印度，领导权都传给了他们最喜欢的当地人（其中有一些就是他们自己的私生子）。外国的传教士在安得拉地区构建培育了一个基督教社群，但他们的继任者却只想要自肥。

萨蒂耶姆很喜欢这个点子。他如同小雕像的雕刻师一样对自己的文章精雕细琢。他给文章想了个很好很押韵的题目：《古德拉瓦勒鲁一侧的猫头鹰》（*Gudlavalleru Kalava Pakkana Gudlagooba*）。在印度，猫头鹰并不是和智慧联系在一起的，它们被认为是夜晚的掠食者，是黑暗与邪恶的象征。加拿大浸信会在沿着古德拉瓦勒鲁这条运河穿过的村庄里建立了基地。因此，“古德拉瓦勒鲁一侧的猫头鹰”指的不是别人，就是传教团的新首脑，弗洛拉的父亲艾萨克。

◎

考试的结果出来了。萨蒂耶姆当然是绝望得一败涂地。但是这并未让他特别烦恼。弗洛拉回学校来了。萨蒂耶姆在斯莱特区的一个朋友是弗洛拉在女生宿舍里的舍友。她告诉他，弗洛拉回来取自己的证明以便申请某个医学院。她可能会在几天内就离开。

有一天早上，弗洛拉出门散步，一辆车不知道从何处冲出来，撞到了她。她被撞飞向前方，倒在地上的一摊血泊中。萨蒂耶姆看到了这一幕，狂奔而来。他把弗洛拉抱在怀里。她还在呼吸，但已经奄奄一息，除非及时赶到医院，否则她就没有活下来的机会了。萨蒂耶姆自己带着她冲到了医院。医生救了她的命。萨蒂耶姆一刻不离，夜以继日，他看护她直到她恢复健康。弗洛拉情不自禁地爱上了他……

在萨蒂耶姆的幻想之中，弗洛拉已经差点死掉上百次了。

他决定给她写一封信。信中全是风花雪月。在洋洋洒洒的文字中，并没有提及他对她的感受，但是她会明白他的意思的。他在她会经过的路边等她。当她经过时，他叫住了她，把那封信递给了她。她接过了信，一言不发地继续朝前走。萨蒂耶姆也没盼着她会停下来和他说话。矜持不会让她这样做。最重要的是，她接受了他的信。

如今，他开始等她的消息。但是没片言只语传来。这伤害是难以忍耐的。

最后，他从他的朋友那儿听说，弗洛拉第二天就要搭火车离开，去另一座城市的某个医学学校申请入学。萨蒂耶姆穿上他的拖鞋，带着《呐喊》的第二期前往火车站，想给她看看他写的关于她父亲的文章。这是他最后一次见她的机会了。

他看到弗洛拉和她的朋友们在站台上站着。当她看见他走过来时，她朝前走来与他会面。她柔和而坚定地告诉他："你看，萨蒂耶穆提，你和我不是一个种姓。你是基督教徒。"她的意思是马拉人基督教徒，是"不可接触者"。"而我们是婆罗门，你一无所有，我们却丰衣足食。你是一个共产主义者。我父亲支持国大党。我们之间怎么可能会发生什么？"

就是如此。她的思考是多么清晰，她让他明白现实的方式是多么直白！

她又加了一句："我害怕你，作为一个穷人和一个共产主义者的你，有朝一日会把我家的宅子烧掉。"萨蒂耶姆此时才意识到，她一定已经读过他关于她父亲如何挪用传教团基金的文章了。

火车到了。弗洛拉离开了。萨蒂耶姆头昏脑涨地回了家。

他终于明白了，弗洛拉对他从来就没有过什么罗曼蒂克的想法。她从一开始就知道这样的关系是不可能的。她只是想见见那个每个人都很仰慕的舞台上的演员，并且告诉她的朋友她与他本人相识罢了。

萨蒂耶姆又看到了弗洛拉。她在他前面走着，那么健康，那么直挺挺地，那么自信。不，那不是一个女孩，那是一头狮子。也许它是从弗洛拉居住的宅子里那狮子门上下来的。它是多么华丽的一头生物啊，它行动的样子是那么优雅！何等的风姿！它后面的部分，尾巴长出来的部分，屎掉出来的部分，与身体的其他部分一起行动。狮子去哪儿，它的屁股也跟着去哪儿。不，那就是萨蒂耶姆：他就是狮子的屁股。

在现实中，萨蒂耶姆再也没见过弗洛拉。除了在他的梦魇之中。

◎

弗洛拉之后，又出现了一个重大的打击。《呐喊》被停刊了。

哈努曼雅认清了当下的局势。他所知的共产主义分子的家庭、朋友乃至是熟人都被开除或者进了监狱。哈努曼雅来自一个贫困的家庭，他不想要拿他的工作犯险。他不再担任管理者，与《呐喊》划清了界限。那个女士们的裁缝也不再为期刊提供资助了。没有资助，没有管理者，《呐喊》就此夭折。

期刊倒闭比弗洛拉的拒绝对萨蒂耶姆的影响还要深刻。一个证明他自己、运用他的天赋、向印共展现他价值的机会，就这么从他手中溜走了。

当萨蒂耶姆开始考虑回家和家人们在一起的时候，请求他帮忙开办杂志的那个学生摩西，突然出人意料地邀请萨蒂耶姆去与一个地下党的领导人会面。

第一次会面是在一间茶铺里。那个领导人——图鲁米拉·戈文达雅（Turumella Govindayya），也就二十几岁，他不像萨蒂耶姆想象中那样，既不高，不强壮也不黝黑。他甚至都没带着一支步枪。但他是一个真正的地下党领导人，不是一个学生组织者。萨蒂耶姆不曾知道他在印共里的具体位置，但是他看起来像有些身份，可能是县一级的人物。

戈文达雅是一个马拉人，但不是个普通的马拉人。他是一个马拉-陀娑哩（Dasari）—— 一个祭司亚种姓[1]的成员。因为婆罗门不会屈尊给“不可接触者”提供服务，“不可接触者”也需要他们自己的世袭祭司——他们自己的“不可接触者婆罗门”，而那些人就是马拉-陀娑哩。戈文达雅请萨蒂耶姆喝茶，也给了他一份关于特伦甘纳的报告。他告诉萨蒂耶姆，人民的军队在袭击派出所和偷袭武器库上已经取得了若干辉煌的胜利。接着他又谈及镇压的情况，有多少人员遭受了损失。萨蒂耶姆抓住了一个机会，问自己是不是能够加入游击队。戈文达雅回答说他会和领导们谈谈他的事情。他也没有提及为什么自己要安排与萨蒂耶姆会面。在萨蒂耶姆看来，他觉得自己正在接受评估。

戈文达雅又与萨蒂耶姆见了几次面。最安全的地方就是萨蒂耶姆的宿舍。一如既往，守卫会给萨蒂耶姆的访客放行。但萨蒂耶姆再问起加入印共事宜的时候，戈文达雅却说印共已经停止招新人了。但是有一天晚上，戈文达雅传话过来说，他有一个任务

1　自 10 世纪开始，受泰米尔语地区习俗影响，许多泰卢固语“不可接触者”内部也存在祭司群体，主持婚礼、祭祀或葬礼仪式。马拉种姓里的马拉-陀娑哩亚种姓就是属于这种情况，马拉-陀娑哩又称作“Mala Dasu Dasari”，主要为马拉人里的毗湿奴教派信徒提供宗教服务；另有一支称为马拉-扎冈（Mala Jangam）的祭司集团则为湿婆教派的马拉人提供宗教服务。

要交给萨蒂耶姆去完成。虽然那不是战场上的任务，但也同等重要。萨蒂耶姆被指引前往城里偏远角落一个残破的废屋，与戈文达雅和一个未曾告知名字的男人会面。

他们问萨蒂耶姆："你能够住在这里吗？"

那个偏僻的房子是萨蒂耶姆生平所见最可怕的地方，满是蜘蛛网和灰尘。墙上冒出了细小的植物。但他还是毫不犹豫地回答了："可以。"

戈文达雅再一次向他描述了特伦甘纳取得的成就。他向萨蒂耶姆讲述了土地分配、债务废除和人民政府的建立。那个地区已经完全解放了，再也不需要武装斗争了，红色军队如今已经越过克里希纳河，要把革命的种子传播到安得拉地区来。

印共如今在安得拉地区所需要的是秘密藏身处，以便让印共的领导人方便来往。萨蒂耶姆的任务就是住在这个安全屋里，照顾好它——让它保持洁净，在访客到来时接待他们。他也能扮演一个传递秘密信息的信差角色。萨蒂耶姆激动不已。戈文达雅告诉他，这是一个重要的任务，也很危险。因为如果警察知道了他的身份，他肯定会被枪杀。萨蒂耶姆已经做好了抓住这次机遇的准备。至少以这种方式，他能够派上用场。他们告诉萨蒂耶姆，他们在数日之内还要再见一次，以讨论具体细节。萨蒂耶姆很快就能从他们那儿得到消息。接下来在等着被再次召唤的几天时间内，萨蒂耶姆激动得无法入睡。

随后，摩西传来了消息，印共用不上萨蒂耶姆了。也没有解释为什么。

实际发生的事情是：印共的一个高层领导人离开了他的藏身

处，下落不明了。没人知道他去了哪里。他之前的同志害怕他会向警察告密，吐露印共地下活动的情况。印共的成员害怕如果此事成真，他们会被全部被捕杀害。因为这个领导人知道要将秘密藏身处的网络拓展至克里希纳县这一计划，于是这个计划就被放弃了。

萨蒂耶姆对此一无所知。他只知道再没有人需要他了。就算他已经做好献身准备也是如此。

此时，他父亲给他寄了一封信。普拉桑那·拉奥如今和帕帕、凯里和玛塔姆居住在一个叫作泰拉坡鲁（Telaprolu）的新村子里。那儿的地主付给普拉桑那·拉奥丰厚的工资，让他教育他的孩子们。家庭的情况最终好转了起来。

普拉桑那·拉奥写信告诉萨蒂耶姆，不用为没有完成学业而感到羞耻。他的父亲让他回家就成。

第二章

象群中的蚂蚁

泰拉坡鲁是一个富裕的村庄，被雷迪种姓的地主统治着。20世纪50年代之前，在有土地的种姓阶层眼中，教育一文不值。受过教育的人固然高贵，却也无用。这些种姓是靠一个人拥有多少英亩土地、多少头牛或水牛、牲畜饲料堆能有多高、住的房子有多大、是不是睡在一张四柱大床上、他老婆披挂了多少金子来判断一个人的价值的。

英国人离开并把权力移交给当地人的时候，雷迪种姓和坎玛种姓的人被教育的热情给席卷了。在这个动荡的社会里，在科学与数学上受训能够为孩子将来成为医生或者工程师做好准备。而在英语上经受训练，则能让他们进入公务部门，直到那时，那还是被婆罗门垄断的领域。独立之后，政府公职不仅仅意味着有来自贿赂的财富，还意味着有特权与政治权利——对于个人和整个种姓来说都是如此。

因此，在1951年，当泰拉坡鲁的雷迪种姓决定开始教育他们孩子的时候，区政府体贴地在他们的村庄里开设了一所学校。

这所学校需要优秀的教师，地主的孩子们必须得到最好的东西。但是，那里最优秀的教师都是身为“不可接触者”的基督教徒。由于传教士们在沿海地区所做的努力，在教育程度方面，“不可接触者”的水平仅次于婆罗门。

因此，当新的教师们来到泰拉坡鲁的时候，问题也就出现了。他们要住在哪儿呢？

泰拉坡鲁的马拉帕里（Malapalli），也就是马拉人所居住的区域，离位于村庄中心的学校太远了，老师们要是住在那儿，每天上课都会迟到的。而教师们自己也不愿意居住在马拉帕里。他们是有工资的人，能够负担得起比其他“不可接触者”好一点的居住条件。但是作为“不可接触者”，他们不允许在村庄内部租房。

因此，三位基督徒老师前去找校委会，请求租住在学校教学楼旁边的一个空地上。校委会和雷迪的长老们讨论过此事后同意了他们的请求。他们能够在村庄内居住。虽然和其他人隔离开来，但是在村子里面。

在罗望子树下的空地上，这几个基督教家庭建起了小小的泥巴茅草顶小屋。村庄里没有人向他们伸出援手，即便是阿帕里（Upparis）种姓——掘土工也是如此，哪怕他们的居住区域就紧挨着教师们的。

◎

当普拉桑那·拉奥在泰拉坡鲁的新区学校就职的时候，他决定将他的孩子从古迪瓦达接过来，自然也希望玛塔姆能和他们住在一起。但她拒绝了。

在普拉桑那·拉奥购买土地期间，玛塔姆成了一个尖酸刻薄的女人。普拉桑那·拉奥的计划是在邻近他村庄的地方买一块土地，然后将它租给他的兄弟那拉雅（Nallayya）。玛塔姆则想让他去买一块靠近她村庄的土地，并且把地租给她的儿子南塔尼尔。

玛塔姆争辩说："在你离家出走的时候，不得不放弃工作来养育你的孩子、送他们去上学的人是我。"她问他："那拉雅养过你的孩子吗？你的兄弟们中有哪一个照顾过他们吗？"

普拉桑那·拉奥是男人中脾气最温和的那一类，他从不还口。但同样地，他根本不会考虑在他岳母的村庄附近买地。这个建议简直太过分了。哪个男人会在他妻子的村庄里买地？

实际上，他暗自对岳母养育他孩子的方式怀恨在心。他还在军队的时候，觉得自己给岳母汇去了足够让孩子们体面过活的钱。但是，当他数年后返家时，却震惊地发现孩子们过得像是苦力的孩子。

他每个月汇去的40卢比都被她用去干什么了？对他来说这是个不解之谜。如果他去探望他们时带上够吃30天的30公斤大米，玛塔姆也会在五天之内就把米给用光。

普拉桑那·拉奥关注的是他自己的孩子，而玛塔姆则关注她所有孙辈的福利。当她为了教育普拉桑那·拉奥的孩子而在古迪瓦达建起一个家的时候，她也把她儿子南塔尼尔的两个儿子以"帮助抚养普拉桑那·拉奥的孩子"的名义带过来了，其中一个一直是半固定就业的劳工。从那以后，南塔尼尔的儿子中至少有两个人就一直住在那个家里，靠着普拉桑那·拉奥汇来的钱吃穿和上学。

但是，玛塔姆又能怎样办呢？她怎么能看着她儿子的孩子过着奴隶般的日子，而同时又把她女儿的孩子送去上学校乃至学院？她那颗母亲的心无法容忍这个。

对于普拉桑那·拉奥来说，是玛塔姆让他的孩子在贫困之中长大。当她拒绝了和他一起住在泰拉坡鲁的邀请，前去与南塔尼尔同住时，她在想："我倒要看看普拉桑那·拉奥没有了我要怎么养大孩子。"普拉桑那·拉奥随她去了，他在想："我要让这位玛塔姆女士看看，我能够靠自己把我的孩子好好养大。"他把两个孩子带到泰拉坡鲁去了。

◎

基督教徒们的茅屋是很狭小的。普拉桑那·拉奥是个六英尺[1]高个。他建的茅屋屋顶比他自己的身高还整整矮了一尺。为了进屋，他得把自己屈身成半高。在那窄小的空间里，那几乎容不下他身躯的地方，他和他的两个孩子同住。每天早上，他要在他们之前醒来，点起炉子做咖啡。他一手端一杯咖啡，叫醒帕帕和凯里。在他们喝咖啡做准备的时候，他得要烹饪米和咖喱，准备他们中午回来要吃的午餐。然后他们就得"adara-badara"（急匆匆地）赶去学校。

普拉桑那·拉奥那时30多岁。他总是穿得整整齐齐，长袖衬衫严严实实地掖进熨烫过的裤子里，佩上一条好皮带。他那英

1 英尺：英美制长度单位，1英尺合0.3048米。

俊的外表、梳理整齐的头发和彬彬有礼的气质让他成了村庄里的一景。每次人们在街上看到他，都会停下来发出惊叹："哎呀，先生！真是帅气！好有气质啊！"在学校里，他很快在他的学生里大受欢迎。

他作为一个出色教师的声誉很快就在村庄里传播开来了。那些拥有土地、财富和权力的雷迪人却缺乏教育。就算是那些能读会写的人，也完全不懂英文。他们要怎么帮他们的孩子完成家庭作业呢？他们都希望普拉桑那·拉奥能够做他们孩子的私人辅导。

他牢牢地抓住了这个机会。他让学生们在上完学校的课后就去他家里。他只收一点点费用，每个人每个月五卢比。但是因为他有如此多的私人学生，他很快就赚到了比他正常工资高十倍的收入。除了费用之外，心怀感激的雷迪人还会给他家里送礼物，如脱脂牛奶、凝乳、黄油、水果、干果、蔬菜、酸菜、玉米棒、椰子、蜂蜜、粗糖、甘蔗、鱼和许多其他东西。在泰拉坡鲁，普拉桑那·拉奥和他的孩子们过得丰衣足食，过去他们从未过过这样的生活。他们再不需要其他东西了。

拥有这样的收入，又不需要买食物，其他人应该会省下钱来买地。但是在遭遇了商羯罗帕杜的厄运之后，普拉桑那·拉奥再也不想冒险了。他买来贴补家用的土地，只是让家变得更穷困了。他对于他们那三年忍饥挨饿的印象太深刻了。所以，他把所有的薪水都拿来供给他的孩子们。每天他都会去巴扎，给孩子们买美食和糖果。在他们的生命中，帕帕和凯里头一次拥有了好衣服与新书本。

自从帕帕4岁时母亲死去后，她就再也没有和双亲居住在一起过。如今，自打记事后头一次，她觉得她在自己家里。她再也不用害怕外祖母的斥责和打骂了。她再也不觉得自己是靠着其他人的荫庇生活了。“这是我的家。”她会这么说，“这是我爸爸。”

可能是因为普拉桑那·拉奥为在过去抛弃孩子而感到内疚，他对他们充满爱意。他最爱的是帕帕。她那时13岁了，已经开始穿半幅莎丽[1]了——那是少女在16岁穿上全幅莎丽前的一个过渡阶段。在照顾父亲的同时，她也像豆茎一样长起来了。尽管如此，每天晚上普拉桑那·拉奥回家的时候，他还是会把从来不曾知晓父母之爱的帕帕像个小宝贝一样抱起来。他这样抱着她，会唱摇篮曲给她听。这件事他晚做了12年，但是晚到总比不到好。他并不知道任何真正的摇篮曲，所以他唱安得拉地区基督教圣歌书上的旋律给她听。

他与他的孩子在泰拉坡鲁共度的三年里，普拉桑那·拉奥不仅弥补了他曾经抛弃他们的过错，还做得远胜于此。

但是，他还要做饭和做家务活，生活对他来说变得非常艰苦。特别是季风季节到来的时候，他得在早上4点起来点炉子，木头都是湿漉漉的，生火得要花上很长时间。作为一个有点重量的男子，他还得趴在地上，对着那个小小的三块砖做成的炉子，屁股翘得老高，通过一根铁管子吹啊吹，吹啊吹上一个多小时，最后搞得他的肺都疼了。他还得要走上四分之一英里的路去打

1 南印未达青春期的少女通常穿半幅莎丽，泰卢固语中也称为“Langa Voni”，和普通莎丽的区别在于半幅莎丽是由腰裙（langa）与两米左右长的披巾（voni）两部分组成的，而普通莎丽则是一整块布料，长度可达八米。

水，因为他不能使用附近有种姓的人用的井。他用沉重的铁桶把水给打回来。他一手提着一个桶，要从井口来来回回走上个十多趟。家里每件事情都需要水：做饭、饮用、洗浴、清洁、洗衣。普拉桑那·拉奥清理完食物时，他还会收集到很多从陶罐子底部刮下来的椰子纤维和砖头末。在洗衣服的时候，他得用一块石头敲击湿透的衣服，然后再漂洗、晒干、叠起它们。

因为他住在有种姓者的区域里，所以没有人会来帮助他。如果他住在马拉帕里的话，他就能得到所有的帮助。泰拉坡鲁乃至邻近村庄的“不可接触者”们都为他们的“先生”而倍感骄傲。但是，普拉桑那·拉奥下定决心要将他的孩子与马拉帕里的悲惨、疾病与羞耻隔绝开来。而他的孩子们也帮不上他什么忙。他们不知道怎么烹饪和清洁。玛塔姆通常会替他们把这些都干了。

普拉桑那·拉奥片刻都不得休息就要去学校教他的私人辅导班。在晚上他要为他的孩子们煮饭，喂饱他们。他睡下后没多久，4 点钟就又到了，又是起来打水生火的时间了。

他缺少一件传统社会里必不可少的东西：一位妇女的存在。

帕帕采取了行动。当学校假期到来的时候，她告诉她的父亲：“给我去帕纳萨的车费。”

在帕纳萨，玛塔姆的情况一点也不好。她曾靠着掠夺普拉桑那·拉奥来供养她儿子的家庭，他们现如今却并没有报答她为他们的幸福所付出的心力。南塔尼尔在如何对待他母亲的事情上说不上什么话。他主导家庭事务的妻子并不关心她的婆婆。她把玛塔姆当成个讨人嫌的负担。

在普拉桑那·拉奥的家里，玛塔姆是曾经的主人。她说的任何一句话都是《吠陀》里的圣言。但和南塔尼尔住在一起的时候，她尝到了一个普通寡妇的滋味。在这里，她被轻慢对待。

当帕帕出现在门口时，玛塔姆将她抱进怀里。在彼此的怀抱中，外祖母与外孙女都哭了好长时间。

等到她们平复过来后，帕帕拭去眼泪，发表了她在巴士上排练好的小小演讲："阿妈姆[1]（Ammamma），你为我们做了那么多。没有你，我们都要活不下去了。为什么现在要抛弃我们呢？请回到我们身边去吧！"玛塔姆心甘情愿地跟着她走了。

玛塔姆再一次接过了她女儿留下的家庭责任，普拉桑那·拉奥就能专心工作了。夜以继日，他都在忙着学生的事。他挣到了比他曾经梦想过的还要多的钱，并且能够自由地花在他的家人身上。在那贫乏的地方，玛塔姆如今有的是东西可照管。

如今，他们的生活是一架满是鲜花的马车，是时候召回那个一去不复返的长子了。普拉桑那·拉奥给萨蒂耶姆写了一封信："回家吧。"

◎

三年前，当萨蒂耶姆去学院上学的时候，就像是整个坎巴部族在送一位士兵上前线。如今，他已返家，既败且伤。

他回来的那一天，他们就像要迎接一位贵宾一样为他的到来做好准备。玛塔姆煮了一顿有三种咖喱的午饭，前一天晚上她就

1　阿妈姆：泰卢固和泰米尔语中祖母的意思。

备好了凝乳。普拉桑那·拉奥去了巴扎，买回了香蕉和糖果。凯里带了一桶水回来，供他的哥哥洗浴。帕帕在桶旁边放了一个干净的杯子。她放低了父亲晚上睡觉的帆布床，在那上面整整齐齐地铺了一张干净的床单，让她的哥哥坐。

萨蒂耶姆走进房间，那是自他去学院上学之后他们第一次见他，他们都震惊了。他看起来就像是一个饥荒的受难者，四肢如柴，肚子大大地鼓了出来。他的皮肤苍白，眼睛发黄。他的胡须从来都没有被修剪过。

普拉桑那·拉奥最后终于寻得了他的声音，他说："好吧，过来，洗一洗，吃点东西。"

直到夜幕落下，都没有人能想出什么话可说，萨蒂耶姆去睡觉了。他们坐在一起拟订恢复他健康的计划。

玛塔姆说，山羊奶能够很快让萨蒂耶姆的身体强健起来。第二天，普拉桑那·拉奥就去了巴扎，买了一头山羊回来。他如今终于有办法能够遵照医生 19 年前在萨蒂耶姆出生时给他的医嘱了："每天给你的儿子搞点奶来。"

早上，当萨蒂耶姆喝着他的咖啡的时候，凯里会为他剪去手指和脚趾上过长的指甲，并且替他剃了胡须。帕帕烧开了水，凯里给他的哥哥洗了澡，轻柔地擦拭他脆弱的躯体。帕帕为他准备好了衣服。他们为他做了所有的事情。凯里和帕帕会为他去取水，把毛巾递给他。他们给他盛食物，在他吃完后还为他洗手。

这也标志着萨蒂耶姆终身对其他人的身体依赖的开端。他从来没学过自己剃胡子。他不能够自己剪指甲，也不会给自己洗澡。首先是他的兄弟姐妹会为了他做这些事，后来就是他的妻子，最后则是他政治上的追随者们。如果他要一支笔，他就会说：“某人，给我一支笔。”但是即便是书写对他来说也太过头了，他更喜欢口授。任何人能够这样活着，都让人感到震惊。要变得这样没用，可得费上不少力气。但是帕帕和凯里喜欢纵容他。他们就是爱慕他们的兄长。

在普拉桑那·拉奥的家里，没人提过一句关于萨蒂耶姆学院里的溃败。普拉桑那·拉奥从来不问他的儿子何时或者是否打算重新考试。

在被家人照料了几个星期之后，萨蒂耶姆几乎完全恢复了健康。因为他父亲的私人学生多到应付不过来，他就出手相助了。普拉桑那·拉奥那时候已经在整个乡（Taluka，县的次级区划）声名远播。从其他村庄来的父母会把他们的儿女送来泰拉坡鲁接受教育。有的人得要走上五到十英里，其他人则骑自行车而来。

普拉桑那·拉奥把一个邻近村庄安帕普拉姆（Ampapuram）的学生交给了萨蒂耶姆。他会骑着他的自行车在早晨赶到那儿。他在早上 9 点半上完课，然后赶回泰拉坡鲁，等着那儿的图书馆在 10 点钟开门。

◎

泰拉坡鲁是一个闻名遐迩的共产主义中心，而温摩那（Vemana）图书馆则是它的灯塔。当地的共产主义领导人在里面囤满了泰卢固文学和所有被翻译成泰卢固语的马列主义著作。在两间朴素的、有木头长凳的房间里，放满了两千卷书籍和三四十份日报、周报和月刊。它不像城市的图书馆那样巨大，但对于萨蒂耶姆来说却是完美的。两年时间里，他每天都去这个图书馆。他读遍了它收藏的每一本书，从中世纪的泰卢固史诗《摩奴行传》[1]（*Manu Charithra*）到室利室利最新发表的诗歌。

在这个图书馆里，他读到了查兰和科达瓦蒂甘提·库吞跋·拉奥[2]（Kodavatiganti Kutumba Rao）的小说，还有许多翻译成泰卢固语的孟加拉国小说。这些小说是第一批以现实主义描写罗曼蒂克关系的印度文学作品。他阅读它们是为了寻找答案。在他的梦中，每个晚上，萨蒂耶姆都会奔向火车站，想要赶上一列火车。他站在那儿气喘吁吁的时候，他会看到火车尾部已经远去。每个早上他都喘息着醒来，第一个映入脑海的就是弗洛拉。他想知道，如果他这样做，而不是那样做，她会到他身边来吗？

当图书馆关门的时候，萨蒂耶姆就会回家，躺在角落里，手里拿着一本书。要不然，他就会坐在埃卢鲁（Eluru）运河的岸边阅读，或是在横跨埃卢鲁河的小桥上来回地走。他在菩提树的枝丫上读书。他穿过杧果林子的时候也在读书。

当他的眼睛因为阅读而疲累时，他便会肚皮朝下躺在草地上，看着一群山羊游过河到对岸去，那儿有更多的草可以吃。在某个像这样的日子里，一首诗突然浮现在他脑海里：

---

1 《摩奴行传》：15 或 16 世纪泰卢固语诗人阿拉萨尼·佩达纳（Allasani Peddana）的作品。阿拉萨尼·佩达纳是南印最后一个印度教王朝毗奢耶那伽罗王朝的宫廷诗人，《摩奴行传》讲述了第二位摩奴（印度教神话中的人类始祖的统称）室婆鲁吉娑（Swarochisha）出生的故事。

2 科达瓦蒂甘提·库吞跋·拉奥（1909—1980）：当代泰米尔文学大师。

Ee

Eethaku

Aa

Methaku

Saripothundi

（为了

这一次涉水，

那样的果腹之物

就足够了。）

在那河边，他会听着独木舟的男女船工划船渡河的歌声：

你的母亲与我的母亲

她们去了凯里坡地（Karempoodi），

来吧，来捣碎香料吧，

哦，兰跋地人拉姆达斯（Lambadi Ramdasa）！

我的莎丽已经变成黄色，

新妈妈的黄色。

我们要在哪儿藏起孩子，

哦，兰跋地人拉姆达斯！

让我们喝下悉多皮塔（Seethampeta）产的酒。

让我们爬上一只独木船。

让我们私奔去遥远的镇上。

哦，兰跋地人拉姆达斯！

◎

萨蒂耶姆坐在图书馆里，手里拿着最新一期的《泰卢固的自由》[1]（*Telugu Swatantra*），简直不敢相信自己的眼睛。他读着那个故事，他的故事，他头一回被刊登出来的故事，读了一遍又一遍。被印刷出来之后它读起来感觉更好了。编辑把原先的标题“Siksha Smriti”（字面含义是“惩罚圣典”，但是“Siksha”这个词除了“惩罚”之外也有“教育”的意思）改成了“父与子”。双关意思没了。不过没关系。

在这个故事里，有一个年轻人，是一个乡村教师的儿子。他想要去学院读书。但是他贫穷的父亲没有钱送他去。

有一天，这个年轻人离开了家，搭上了一列去孟买的火车。在那儿，他找到了一份工作。他开始给村子里贫穷的父亲汇钱。每个月他的父亲都能收到一张汇票，但是没有他儿子捎来的片言只语。这个年轻人从来不过问他父亲的健康，也不写信讲讲自己的健康。当他父亲写信过去的时候，这个年轻人连看都不看一眼。

---

1 《泰卢固的自由》：又作《自由》（*Swatantra*），是当时在泰卢固地区影响力巨大的综合性刊物，以泰卢固语和英文两种语言出版，刊登文学作品的同时也刊登政治评论和影视评论等，深受当时中产阶级欢迎，并对当时的文学风气影响巨大。前文提及的不少著名诗人，包括室利室利都曾经在此刊物上刊登作品并由此成名，不少人将能在此刊物上发表作品视为极高的荣誉。

最终，这个老人也搭上一列火车去了孟买，握着一张小字条，上面写着他从汇票上抄下来的汇款地址。好不容易他才找到了他儿子受雇的办公室。他给他儿子带了话，然后就坐在一张椅子上等着。最后他儿子终于出来了。但是他儿子不和他讲话，一句话也不说。

那个老人明白了，这事关犯罪与惩罚。他的儿子在为他没能资助他上学而惩罚他。那父亲回了家，躺在他的帆布床上等死，嘴里喃喃念着："我也能惩罚你的，儿子。"

《父与子》的刊登缓解了萨蒂耶姆因为父亲在他求学时不曾汇款而对他产生的某种怨恨。那就像是一剂良药，治愈了他面对困苦而造成的伤口。

在安得拉基督教学院，哈努曼雅已经刺激了萨蒂耶姆在知识上的好奇心。在泰拉坡鲁，萨蒂耶姆开始直接从马克思、恩格斯和其他伟人那里学习，尽管是自习。他也阅读了《今日印度》（*India Today*），由 R. 帕尔默·达特（R.Palme Dutt）所著的关于印度殖民时期的政治史。萨蒂耶姆不想成为一个领导说什么他就听什么的普通成员。他打算成为一个理论家。

卡特曼奇·拉姆林迦·雷迪（Kattamanchi Ramalinga Reddy）是一个著名的诗人和社会改革家。他曾经写过一本书叫作《诗歌的哲学之分析》（*Analysis of the Philosophy of Poetry*），在这本书里他拿传统泰卢固文学的风格与内容开涮。萨蒂耶姆写了篇评论文章批评这本书，那篇文章他起名为《诗歌的哲学之分析之分析》。他指出，雷迪只是单纯地攻击经典泰卢固文学的体裁，却没有认识到泰卢固文学的特质正是来自造就它的封建社会。

萨蒂耶姆的这篇文章从未公开发表过。它被曾刊登过他短篇小说的刊物《泰卢固的自由》退稿了。《泰卢固的自由》的创刊人，一个以戈拉（Gora）之名而为人所知的人[1]，是个如同卡特曼奇·雷迪一样的反马克思主义改革家。

萨蒂耶姆毫无畏惧，隔了几天又写了另外一篇文章，发给了一个叫作《和平》（*Shanti*）的杂志，那篇文章在它的下一期上刊登了出来。萨蒂耶姆根据读到的一本叫《新时代》（*New Times*）的苏联杂志英文版上对西方经济情况的报告，在文章中预言这个世界会很快遭遇一次全球性衰退，而这次危机的结果就是第三次世界大战。几年后他开始认识到（正如他所见的），是对马克思主义的错误理解让他得出了这个错误的结论。

在 20 岁那年，萨蒂耶姆已经写下了他广为人知的几首诗歌，那些诗歌受室利室利诗句中的韵律与意象的启发，也有来自反动婆罗门作者维斯瓦纳塔·萨蒂纳拉扬那（Viswanatha Satyanarayana）那庄严词句的灵感。他有一首诗叫作《我的苦修》（*My Penance*），刊登在《伟大的安得拉》（*Visalandhra*）上，那是安得拉地区共产党的喉舌刊物。

这个夜晚是
一只扇动着它可怕翅膀的鸟儿

1　全名为戈帕拉朱·拉马钱德拉·拉奥（Goparaju Ramachandra Rao，1902—1975）：著名的印度社会改革家、无神论者和文艺家，种姓平权运动家。在为印度的世俗主义与争取低种姓权利的斗争中贡献颇多，但反对马克思主义和唯物史观。

这个夜晚是
长着獠牙的恶魔
吐出来的毒液

从这夜晚中
从这尘世中
向着一个新世界的
光明
朝向那甜美的
清晨光辉

这就是我的苦修
为了逆来顺受者
为了被压迫的人
为了最底层的人

这就是我的苦修
一场可怖的进军
朝着邪恶与残酷

在泰拉坡鲁，萨蒂耶姆被当成一个圣人，一个圣徒。他坐在学校旁空地的罗望子树下，就好像佛陀坐在菩提树下一样。他总是在阅读、写作、思考，普拉桑那·拉奥的这个儿子尽管是个失败的学生，却成了他父亲骄傲的源泉。

◎

在萨蒂耶姆来到泰拉坡鲁的时候，当初建起图书馆的共产主义者们早已无迹可寻。他们都已经藏身地下了。

萨蒂耶姆知道邻近的特伦甘纳如今在发生什么。他听说，随着印度军队朝前推进，游击队拿起他们的步枪，逃进了北方瓦朗加尔的丛林之中。那些没有逃走的人，都被抓捕和枪决了。

军队随即占据了那个地区，然后开始执行政府所谓的“和平化程序”。这也就意味着，一个个村庄被夷为平地，同情共产主义者的人被抓起来，关进监狱。在被游击队掘坏的道路上，印度士兵将农民们活埋进沟壑里，然后强迫剩下的人在这万人坑上修建新的道路。尼赫鲁政府在特伦甘纳的暴行甚至比拉扎卡军队的还要糟糕。

而这暴行还不仅仅局限于特伦甘纳。许多来自安得拉地区，特别是克里希纳和贡土尔县的人，都前去特伦甘纳邦与当地的农民一起并肩作战。

尼赫鲁政府派遣了一支特别的军队——可怕的马拉巴警察（Malabar Police）——前往克里希纳县去彻底铲除共产主义者和他们的支持者。在萨蒂耶姆来到泰拉坡鲁的时候，那儿已经有许多共产主义者被抓捕和枪毙了。村子里共产主义者的领袖——塞纳加拉·维斯瓦纳塔·雷迪（Senagala Viswanath Reddy），已经躲起来了。附近的普提哈瓦拉姆（Buddhavaram）有一个老资历的干部，一个叫帕帕拉尤度（Paparayudu）的坎玛种姓的人，在萨蒂耶姆到来后不久就遭到了枪杀。

但是萨蒂耶姆在心底深处知道，特伦甘纳的战士们很快会来解放克里希纳县和整个地区的。

他怎么会知道？他读到了最近在邻国中国发生的事情。那里有一位伟大的领袖叫作毛泽东，他带领他的农民军队进行了一场“长征”。他们撤退是为了有朝一日归来，比从前更强大，完成革命，建立起一个共产主义的社会。

而特伦甘纳的武装农民们也是一样，一定是为了避开尼赫鲁的军队而做出了战术上的撤退。很快，他们就会回来的。带着这样的希望，萨蒂耶姆开始消磨日子。

随即就传来了消息，即便在没有共产主义者领导的情况下，特伦甘纳的无地民众们也反抗了军队与多拉，组织了罢工，成功地提升了工资。某些斗争甚至还是女性领导的。

这些新闻激励了萨蒂耶姆，他试图去唤醒泰拉坡鲁农业劳动者们的意识。他们中大部分境遇最悲惨的人是曼迪迦人。但是，只要萨蒂耶姆一想要去和他们聊天，他们就会紧张起来，找些借口离开。泰拉坡鲁的曼迪迦人还记得几年前他们中间那个叫作诺博（Noble）的人的遭遇。

诺博是一对贫穷的无地夫妻的儿子。他在传教士那儿受了教育，成了一位学校教师。每个人都叫他诺博先生。当他听说邻近的特伦甘纳的穷苦男女们起义反抗地主的时候，这个瘦弱、黝黑的年轻人和他的妻子还有五个年幼的孩子告了别，去参加游击队了。

马拉巴警察用诺博来杀鸡儆猴，因为他是泰拉坡鲁共产党中唯一一个曼迪迦人。他被带到一个废弃的地方，在那儿他们折磨了他好几天，然后把他捆在一棵树上，枪毙了他。

他的那位不识字的遗孀没有任何收入。她和她的五个孩子没有一分钱。

◎

作为一个马拉人，萨蒂耶姆不能不请自来地走进曼迪迦人的古登（Goodem）——也就是曼迪迦种姓“不可接触者”居住的区域，也不能和那儿的人谈话。那会被当作可疑或者威胁性的行为。

所以，每天晚上，当他出发走上前往曼迪迦古登的道路时，他总是会先在路边低种姓的居住区停下来，在拉马钱德拉·拉奥（Ramachandra Rao）开的茶铺里停留一会儿。

拉马钱德拉·拉奥喜欢与在他茶铺里聚集的低种姓男人们讨论政治。他是一个国大党支持者，一个坚定的反共产主义者。但他不是一个甘地主义者。他就像萨蒂耶姆一样，是苏巴斯·钱德拉·鲍斯热忱的仰慕者。鲍斯领导了国大党内一支反对甘地的军事力量，萨蒂耶姆曾经将鲍斯的画像贴在他高中教室的黑板上。那一年，拉奥组织了一场鲍斯的追思会，他决定请萨蒂耶姆去讲话。他对萨蒂耶姆的发言印象深刻，因此他邀请萨蒂耶姆去为他的顾客们上政治课。有一次萨蒂耶姆对他说：“听着，我是一个共产主义者，而你是一个反共产主义者。我们之间怎么会有友谊呢？”拉马钱德拉·拉奥哈哈大笑，并且告诉他：“你是我喜欢的那一类共产主义者。”

在茶铺的顾客中，有两个从居住区溜出来在此消磨时间的曼迪迦年轻人，一个叫苏莱曼（Sulaiman），一个叫拉姆·拉奥（Ram Rao）。因为苏莱曼没有穿上衣的习惯，人人都知道他那标志性的厚厚的胸毛。他从来不会生气，脸上常年挂着微笑。而拉姆·拉奥是个自来熟，所有遇上他的人要不了多久都会变成他的熟人。他总是在他的鬈发上抹上蓖麻油，将它整整齐齐朝后梳起。萨蒂耶姆和这两个人成了朋友，通过他们最终被迎入了曼迪迦的古登。

他们将他介绍给了另外一个曼迪迦人，一个叫作苏巴·拉奥（Subba Rao）的贼。苏巴·拉奥不过是一个小蟊贼，却有着大盗的气质。他把他的满头乱发搞成像时兴的电影主角一样。当他兴致高涨时，他会像一个恶棍一样大笑，但是大多数时候，他只是面露轻浅、感性的微笑，像是一个被爱慕着他的粉丝包围的电影明星。他有两个老婆。第一个妻子早上一醒来就去摘罗望子树叶，把它们放在一个竹篮子里。在接下来一天的时间里，她会在村庄里的两个"不可接触者"的居住区里从一个茅屋走到另一个茅屋，用树叶换上一小把米。一天艰难的工作能够换来四人份的食物。然后，她回到家里，煮饭，用腐坏的牛肉和罗望子树叶做一份咖喱。同一份菜谱年复一年日复一日，但是苏巴·拉奥从不厌倦。在和他的第一个妻子吃完饭之后，他就和他的第二个妻子分享残羹剩饭，然后和她共度夜晚。第二天早上，在他的第一个妻子起身前往罗望子树林时，他又醒来和她缠绵半天。

苏巴·拉奥开始把萨蒂耶姆叫作"诺博同志"，而拉姆·拉奥的妻子则会悲伤地说："这又是一个等着被枪毙的诺博。"

有一天，警察捉住了苏巴·拉奥，因为他在外地犯下的盗窃罪将他关了起来。曼迪迦人都是文盲，也完全没有办法。他们想不到要去保释，或者雇佣一位律师。当萨蒂耶姆和维杰亚瓦达的民权活动家联系上，让苏巴·拉奥被释放出来的时候，萨蒂耶姆成了英雄，一个知道如何将人们从警察手里解救出来的魔术师。曼迪迦的劳工们开始把他当作领袖看待。

◎

当老师要求用一个英语词“While（正当……的时候）”造句时，帕帕举起了她的手。老师知道，她是少数几个能够问答这么难问题的学生之一。但是尽管如此，他还是为她的回答感到吃惊，她说：“正当朝鲜人收割庄稼的时候，美国人轰炸了他们。”

老师把手放在胸口，简直欣喜若狂。这个答案不仅仅在语法上是正确的，它还很有创造力。美国人的侵略和朝鲜人民和平劳作的对比造就了意味深长的陈述。而他的一个学生——而且还是一个女生——居然知道国际政治，这可真让人完全料想不到。

老师并不知道，这全是由于她哥哥的影响。

通常情况下，像萨蒂耶姆这样的男人会去找男性伙伴讨论政治或者文学。但是萨蒂耶姆在深入思考什么东西的时候，他都盼望着和他的妹妹诉说。“真糟糕啊，阿姆，你身为一个女孩可真糟糕。要不然的话，我们分分秒秒都能在一起了。”妇女和女孩应当待在家里面，除非她们有特别的理由外出。

帕帕和凯里会捡起他们的哥哥扔在家里的书籍。他们学着他，养成了看小说的习惯，但他们从来没有对抽象思考或者诗歌产生过一点点的胃口。

帕帕和凯里特别迷恋萨拉特·钱德拉[1]（Sarat Chandra）的小说，他是一位作品被翻译为泰卢固文的孟加拉国语作家。萨拉特的小说通常都会以一位支持着孱弱丈夫的妇女为主角，她关心着她失败的姻亲们，并让她丈夫那顽固不化的弟弟走上正途。这些书籍是现代性的，描绘了意志坚强的女性角色，尽管她的力量不是为了表现自我，而是为了忍受她不幸的命运。她用尽全力支撑起的，正是压在她头上的东西——家长制的家庭。

帕帕和凯里从这些小说里分别产生了各自对生活的理想。

凯里盼望着能够娶一个妓女，好把她从不幸中拯救出来，让她成为一个值得尊敬的妇女。

而帕帕则梦想着成为一个堪称典范的妻子、儿媳和嫂子。最重要的是，她要成为一个诚实的人。她不会做任何需要隐瞒于世的事情。

如今，帕帕住在她自己的家里，被她自己的父亲疼爱着、照顾着，有好衣服穿，有好多东西可以吃，她对她的家庭充满了感激。从前，她会把所有的时间都花在和她学校里的朋友玩耍上，而如今她更喜欢待在家里，和父亲与哥哥们在一起。没有人强迫她，没有谁会命令她，她在屋里屋外忙活着干活，帮着她外祖母煮饭、清扫。她洗碗，烧洗澡水，当父亲回家时照料他吃饭。

1　全名为萨拉特·钱德拉·查特吉（Sarat Chandra Chatterjee，1876—1938）：是孟加拉国文坛上仅次于泰戈尔的重要作家，也是印度孟加拉国文学中的第一个职业作家，他写了大量的短篇、中篇、长篇小说和戏剧作品，关注农村与社会现实，是有极高声誉的印度作家代表。

◎

帕帕帮着外祖母在后院里洗衣服的时候开始下雨了。玛塔姆对帕帕大喊："快过来把干衣服都收进去！"普拉桑那·拉奥一直在和其他两位基督教徒教师聊天，匆忙和他的同事们道别，跑进屋子里，在他知道的屋顶漏洞下放上罐子。

微风变成了强风，小雨变成了一场如注豪雨。萨蒂耶姆和凯里跑回家来避雨。几小时过去了，雨下个不停。这个家庭呆望着暮色渐渐转为黑夜。椰子树在伸手不见五指的黑暗中疯狂地摇摆。

狂风一次比一次更猛烈地撼动小屋的棕榈叶屋顶，直到支撑着屋顶的柱子开始咯咯作响。玛塔姆尖叫起来："O Yammo（噢，妈呀）！"普拉桑那·拉奥徒劳地攥住柱子想要让它保持在原位。所有人都牢牢地抱着它，就像抱着生命本身一样。

到了半夜的时候，他们东面的墙垮塌了。泥土建筑轻而易举地被冲开。他们的家如今不再是庇护所，而是危险之所。他们任由屋顶被大风刮跑，逃走了。在外面，他们所见之处都毫无光亮，只有雨水和狂风。

在婆罗门居住的区域里，贫困的婆罗门人到境况较好的人家里寻求庇护与舒适。有人跑到了罗摩的神庙里。整个村庄里，各个种姓的家庭都在帮助同一种姓的人。

但是没有人愿意接纳基督教徒。他们的茅屋都被冲垮了。三个基督教家庭把他们所有的财产都扔在后面，跑到学校去避难逃生。进去倒是毫无难度，因为雷迪人在建房的时候十分吝啬，没给入口装上过大门。

三个家庭被困在那儿三天三夜，没有食物，没有干燥的衣物，没有床。两个婴孩一直哭啊哭地要奶水喝，直到他们再也哭不动了为止。他们的母亲绝望地看着孩子那柔软的四肢。

这几个家庭所能做的就只有等待和希望。那场风暴上了国际新闻。在大雨中，大河哥达瓦里河（Godavari）[1]水势暴涨，漫过堤坝，吞没了上百个村庄。几百人在涡流中丧生。

到了第四天，当太阳终于出来时，泰拉坡鲁的村民们发现三个基督教家庭在学校里挤作一团。“今天早上我们一直在找你们，”村民们说，“你们的房屋消失得无影无踪了。你们要住到哪里去呢？”

基督教徒们没有答案。雷迪人想出了一个方案。雷迪人从来没有想过要让基督教徒们到他们自己家里暂居，尽管他们都是公开的共产主义者。但是他们慷慨地让基督教徒们搬进一个他们种姓中某个人的碾米厂旁边的旧谷仓里去。

当基督教家庭从学校里出来时，他们被这场风雨所造成的破坏震惊了。整个三角洲上，你到处都能看到人类和动物的尸体，它们被枝丫或者灌木挂住之后就躺在那儿。许多孩子都被冲走了。印度的大部分村庄都没有通电，但在附近通电的城镇里，许多人踩到被风刮倒的高压电线被电死了。

1　哥达瓦里河：又叫作戈达瓦里河，是印度南部的一条河流，发源于马哈拉施特拉邦西北部的纳西克附近，源头西距阿拉伯海仅80公里，但是哥达瓦里河流向东南，穿越德干高原，在安得拉邦北部海岸注入孟加拉国湾。全长1465公里，为印度第二长河。为重要的农业灌溉水源。在印度教中被认为是一条圣河。

有三个月的时间，这三个基督教家庭在那个旧仓库里居住在一起。他们从不为他们分享的那点有限的资源争吵。没有独立的房间，没有厨房，没有厕所。他们居住在同一个昏暗、杂乱、霉臭、老鼠出没的空间里，那儿一半地方都被腐烂的、被洪水毁坏的谷物塞满了，里面全都是小虫子。他们建起了砖头做的炉灶来烹饪，铺开旧衣服睡在地上。

他们生活在一种奇特的和睦之中，这种和睦源自他们共同的一无所有和他们与村庄的隔绝。他们都相当无望，但是至少家人们都还在一起，帕帕和别的家庭的小婴孩们玩耍。大人则在煮饭和其他琐事上相互帮助。他们分享米饭、小扁豆、糖、盐巴和牛奶。

当坎巴家还住在仓库里的时候，13 岁的帕帕成了“一个大人”，也就是说，她第一次来月事了，这被当作一个女孩成熟的标志。帕帕的家庭没有错过为此事庆祝的机会。普拉桑那·拉奥下定决心要尽可能地大肆操办一下。他用尽所有手段来确保他的女儿不会在这个时候感受到母亲的缺位。

两边的家庭——来自坎巴家和梅德帕提（Medapati）家的人，都从他们各自的村庄出发，来到泰拉坡鲁。他们带来了糖果、绿扁豆、姜黄、芝麻油、新衣服和手镯。

与坎巴家同住的基督教家庭帮忙准备。教师们在仓库外搭了一个帐篷。凯里收集来了浅绿色的椰树叶子。

在十天十夜的时间里，帕帕都留在那植物覆顶的帐篷下一张用浅绿色椰树叶子做成的床上。这十天里，她喝下芝麻油与生鸡蛋的混合物，吃用淡奶油烹饪的米和绿扁豆。每一天，她都用热水洗澡，在脚上涂上姜黄粉。

到了第十天，普拉桑那·拉奥为所有亲戚、同事和朋友（当然了，都是“不可接触者”）摆出一场山羊肉和“Pulauv”（肉饭）的盛宴。他们为帕帕呈上他们带来的礼物。她在众目睽睽下喜笑颜开。她最近在自身身上感到的变化以大张旗鼓的方式被宣布了出来。

在庆祝她长大成女的第11天，帕帕回到学校，发现所有眼睛都盯着她身上看。不需要谁去说什么话。大家都知道发生了什么。男孩们和老师们都知道一个女孩为什么需要从学校请十天假，穿着新衣裳回来，脚上还涂抹着干掉的姜黄。

三个月之后，普拉桑那·拉奥家离开了仓库，搬进了一所雷迪人为他们建起来的新房子里。普拉桑那·拉奥向他交房租。此外，普拉桑那·拉奥还得要同意负责教导这个人的孩子，确保他在考试里成绩优良。但是如今他们住在了一间用砖块所筑的“Pukka”（结实的）房屋里，不再需要蜷缩在一间用茅草覆顶的小泥屋里。还有三个独立的房间，一间接着一间，就像是火车的车厢一样。

◎

帕帕的班级里除她之外只有一个女生，那是个富有的婆罗门家的孩子，父亲拥有一家电影院。她聪明又漂亮，但是帕帕从来没想过要拿自己和她比。她自己的爸爸是学校里最受欢迎的教师，她的天才哥哥又是如此让她骄傲。帕帕是学校里个头最高的女孩，而在每一门课上，她要不是第一名，要不就是接近第一名。包括那门给她造成最多麻烦的课程：数学。

自从甘地被刺杀导致学校停课之后，帕帕每次数学考试前都会祈祷尼赫鲁死翘翘。有一次，玛塔姆很高兴地看到她的外孙女跪下来在祈祷，并且问她想从耶稣基督那儿求取什么。当玛塔姆听到她的愿望时，她严厉地对她的外孙女说："把祈祷用于这样的事情上是不可接受的。"

但帕帕最终还是通过艰苦的学习克服了她对数学的恐惧——她把整本教科书都背了下来。在印度，想要学习成绩好，这就是需要做的全部：统统背下来。而帕帕的记忆力特别出色，她能够一页接着一页逐字逐句地背诵她英文和泰卢固文课本上的内容。

帕帕想去上综合数学的高级班。只有学了综合数学之后，才能成为医生、工程师、物理学家或是化学家。一个女孩去学综合数学是一项非比寻常而又大胆的选择。但帕帕是个出色的学生，而这个地区最出名的数学教师就是她爸爸。在他的帮助下，她肯定能够更进一步。

但是，普拉桑那·拉奥最大的担忧还是他女儿的贞洁。他认为，女子生下来就是放荡的。他也认为男孩天生就会勾引人。当他在家里开综合数学的辅导班时，这个新家的前屋里坐满了男孩子。帕帕在任何情况下都不允许在上课过程中走进前屋去。所以，她就独自一人坐在第二间屋子里，学习一般数学，这不需要特别辅导。大概每过两个星期，她的父亲会和她一道坐下来，为她解答平方根或是毕达哥拉斯定理上的疑问。

帕帕几乎没有和同班另外那个女孩，也就是那个婆罗门少女说过话。但是，她确实找到了一个朋友，一个八年级的叫作巴拉蒂（Bharati）的学生。巴拉蒂是个曼迪迦人，是烈士诺博的女儿。

巴拉蒂是一个安静、忧伤的女孩，内向且学习认真。她很黑，却极为漂亮。有一次，她和帕帕在一起走，帕帕觉得渴了。因为她们快走到巴拉蒂居住的地方了，帕帕就问她是否能够去她的家里喝上一杯水。

巴拉蒂马上激动起来，说不行。当帕帕试着跟她讲理时，这女孩突然大发雷霆。她的反应完全和她的个性不符，而且毫无道理。许多年后帕帕才明白其中的缘由。

巴拉蒂居住在曼迪迦的古登里。曼迪迦人被迫靠着买卖动物尸体为生。村庄里要是有动物因为疾病或是年老死去的时候，曼迪迦人就会把它的尸体拖走。死肉卖给“不可接触者”作为肉食，而皮毛则被鞣制过后做成皮革用品。不是所有的曼迪迦家庭都从事这个行当，但是即便他们中间只有四五个家庭在做这件事，那整个曼迪迦的古登都被堆在地面上腐烂的肠子和挂在阳光下滴着血的肉给污染了。血的气味到处都是。

当帕帕请求要过去的时候，巴拉蒂遇上了她从未遇到过的情况。她从来没料想过会有一个外人想要去她居住的地方。她只能拒绝，但是她又不能说为什么。当她不得不为自己的拒绝辩护的时候，她的羞耻转变成了愤怒。

几个星期之后，当帕帕去学校时，却得知学校要停课一天。那天正好是数学考试的日子。有人死了吗？是的，但那不是尼赫鲁。

前一天晚上，巴拉蒂坐在她茅屋的门口，借着一盏小小的煤油灯的光亮为考试做准备。她的母亲睡在外面的空地上。他们太贫困了，以至于负担不起一盏在火焰外有玻璃罩的油灯。巴拉蒂打起了瞌睡。油灯打翻了。煤油泼了出来。茅屋着火了。13 岁的巴拉蒂，烈士诺博的女儿，就这样被火焰吞噬了。

◎

印度独立后的第一次大选预定在 1951 年的年末举行。尼赫鲁本人也来到南方的安得拉地区，为国大党的候选人争取支持。萨蒂耶姆、苏莱曼、拉姆·拉奥和苏巴·拉奥计划搭巴士去贡土尔，在那儿，下令屠杀了特伦甘纳人民军队的人要发表演讲。

国大党有理由担忧它在选举中的命运，特别是在安得拉地区。尼赫鲁的政府要面对整个印度要求重新划分旧日英国人定下的省份边界。印度至少有 30 种主要语言，而其中的若干语言族群都在要求独立建邦。

在英国人统治次大陆的时候，他们按照自己的方便将其划分成称为省份或辖区的单元。整个南印度都被囊括在马德拉斯辖区里。在这个省份里，居住着说四种互不通用语言的人：泰米尔人，说泰米尔语；安得拉人，说泰卢固语；卡纳迪迦人，说卡纳达语；马拉雅利人，说马拉雅姆语。

独立之后，尼赫鲁与国大党不但继续让这些人混居在一个省份里，而且还企图将北印度的印地语强加在他们头上，作为全国通用语言。

泰卢固地区在独立建邦浪潮中是先锋。富有的农民——坎玛人、雷迪人和卡普（Kapus）人，从农业中获益颇丰，如今想着要把收益投向其他地方去。但是安得拉地区没有什么工业，还全都被北印度的巴尼亚人[1]（Baniyas）和马瓦里人[2]（Marwaris）（他们是放债人、商人和贸易种姓）主宰着，国大党代表他们的利益。泰卢固的精英们必须将来自非泰卢固人的竞争排除出去，开拓自己的疆域。

独立建起一个安得拉省份的要求已经甚嚣尘上，以至于在大选到来之前，尼赫鲁不得不在原则上对其进行让步。但是很明显他并不对这个主意感到开心，更不开心的是它可能会成为这个国家其他地方效仿的榜样。

所以，当尼赫鲁来到南方的时候，抗议的气氛浓厚。当他在维扎格坦言他本人反对语言建邦的时候，台下的群众都面露愠色。他声称愿意为安得拉有所通融，但是很少有人对这个保证感到安心。

在贡土尔，尼赫鲁吸引到了他这趟旅程里最多的听众。他很高兴，因为他打算在这里发表他整个南方竞选活动里最重要的一次演讲，同时以英语和印地语发表——一个是从前殖民统治者的语言，一个是北方本土统治者企图强加在南方人头上的语言。

1　巴尼亚：印度一个贸易商、银行家、放债人种姓，在孟加拉国泛指商人。

2　马瓦里：源自北印拉贾斯坦地区的一个极为成功的商人种姓，这一社群以加尔各答为中心，生意遍布印度，特别涉足媒体等行业，一度主宰印度经济的 24% 之多。据说，如今印度的亿万富翁有十分之一都是马瓦里人。自印度独立前开始，马瓦里人一直是国大党的忠实政治伙伴。

但是，当他站起来打算开始说话的时候，他却面对着一片不祥的黑色旗帜海洋。在这成千上万人所构成的紧密团结的大众中，有萨蒂耶姆和他的朋友。他们没能带来黑色的旗帜，于是准备了黑色的雨伞。

尼赫鲁不安地看着这片广大的、桀骜不驯的人群。他们在唱着某种他听不懂的东西，那里面没有友好的调子。

他开始讲话了，他深信自己的雄辩能够压倒并让不友好的声音安静下来。但是他的麦克风坏了。他看起来十分无助。似乎没有人知道问题出在哪里。在绝望之中，他试图在没有音响系统的情况下演讲，但是他的声音因为旅途的疲累而沙哑了，群众的声音却越来越大。

狂怒的尼赫鲁转而向坐在他身后的当地国大党领导人发难，谴责他们没能安排好一个可以正常运作的公共演说系统，更不要说更有纪律的听众了。他大吼大叫的时候，麦克风突然神秘地又开始工作了，将他那尖酸、轻蔑的长篇累牍的痛斥通过扩音器传送到了每一个人的耳中。

当尼赫鲁意识到发生了什么的时候，他试图重新开始演讲。但是一分钟之后，麦克风又一次坏掉了。

所以，他在没有麦克风的情况下继续说了下去，用英语和印地语向群众演说，尽他全力地放大了嗓门儿。但是他那微弱的、贵族式的抑扬顿挫完全被来自四面八方如同战吼一般的雷鸣口号声给淹没了。

“我们要安得拉邦！我们要安得拉邦！”

尼赫鲁离开了。他本打算演讲一小时，却只持续了短短20

分钟。在他下去的时候，他声称干扰行为是对来听他讲话的人们的一个侮辱，但谁都知道他是被吼下去的。

警察护送他离开现场。他在这个城里继续待着也很危险。他坐上一辆吉普车飞奔前往火车站。

但是，挥舞着黑旗的群众就如同死亡一样紧跟在尼赫鲁身后，围住了尼赫鲁要乘坐的专列。萨蒂耶姆和他的朋友们找到了一个正好在铁轨旁边的地方。

火车开动的时候，尼赫鲁在一扇敞开的门前朝着他的支持者做出挥手道别的姿态。萨蒂耶姆一直等在铁轨旁边，总理的车厢经过的时候，他找到了机会。他猛然跳向前面，抓住了尼赫鲁的胳膊，把他拉得矮下了身。那老人缩回他的手，满脸都是极度的惊恐，消失在了车厢里面。

那一天，在贡土尔，萨蒂耶姆遇到的共产主义者比他从前在任何一个地方遇到的都多。别人告诉他，是共产主义者们聚集起了愤怒的反尼赫鲁的群众，而一个干音效师工作的共产主义者破坏了公共演讲的系统。

萨蒂耶姆拿到了一本共产主义者的小册子，解释了为什么泰卢固语族群受到了阻挠，无法在文化和经济上繁荣昌盛。他们的发展是如何被打击的，他们的资源是如何被盗走的。高韦里河[1]（Kaveri）的水流经泰卢固地区，进入卡纳达地区，室利室利在这本小册子末尾的一首诗中，将这条河比作“sisuvu ku dakkani

1　高韦里河：印度南部的一条河流，发源自卡纳塔克邦西部的西高止山脉，流向东南，穿越德干高原，在泰米尔纳德邦中部海岸注入孟加拉国湾。为主要的农业灌溉水源，也富有水力发电之利。在印度教中被认为是一条圣河。

stanyam”，意思是“婴孩得不到的母亲的奶水”。

那一天在贡土尔，并没有诸如“印度军队滚出去”“打倒多拉统治”或者“耕者有其地”的标语被举起来。抗议者们一直在传诵“Visalandra”（伟大的安得拉）这句暗语，号召从马德拉斯辖区里独立出一个泰卢固省份，将它与特伦甘纳合并。对于安得拉地区的共产主义者来说，这不是一个新口号，但如今成了他们的主要口号。“伟大的安得拉”对于武装斗争时期聚集在共产主义旗帜下的贫苦农村大众来说没有什么意义，那不关他们什么事。但是，共产主义者现在要吸引社会的另外一些群体了。他们开始出版一份新的印共的新闻报纸，名字就叫作《伟大的安得拉》。

萨蒂耶姆问他在贡土尔遇到的共产主义者们，他要如何为印共出力。他们交给他两个任务。一个是将泰拉坡鲁的无地曼迪迦人组织起来，办一个农会；另一个是通过民俗布拉说唱[1]（Burra Katha）的形式，在整个周围地区进行宣传，布拉说唱将歌唱、跳舞、叙事和针砭时弊结合在了一起。印共内部的年轻人在布拉说唱的剧团里，从一村走到另一村，宣传社会主义和一个“独立的安得拉”。室利室利在派达布迪（Pedapudi）的村子里建起了一个研习班，训练表演者们。萨蒂耶姆很快就将这种表演方式融为己用，并且组建了一个剧团，让小偷苏巴·拉奥当主唱。

1　布拉说唱：在安得拉邦和特伦甘纳邦等泰卢固语的乡村地区流行的一种民间文艺形式，表演团队由一个主唱人和两个助手组成，将歌唱、戏剧表演、诗歌和笑话等结合在一起，内容包括宗教神话和社会问题等，这种文艺表演形式正是这一地区的共产主义运动为了向不识字的农民进行宣传而发展起来的。

◎

萨蒂耶姆认为，他在曼迪迦古登的劳工之间进行的工作，以及他的布拉说唱剧团在各个村庄里所做的工作，都是为了重启整个地区的武装斗争而做准备。有一天下午，当塞纳加拉·维斯瓦纳塔·雷迪来茶铺里与他会面的时候，萨蒂耶姆很是激动。当尼赫鲁政府开始抓捕印共成员的时候，作为泰拉坡鲁的印共领导，雷迪转入了地下活动，结果还是被追捕下狱了。他最近刚刚被释放出来，回到泰拉坡鲁与他的家人住在一起。

塞纳加拉·维斯瓦纳塔·雷迪把萨蒂耶姆拉到一边，告诉他印共要在村子里开一次秘密会议。这是萨蒂耶姆第一次被邀请参加印共的会议。当他问起议程时，他被告知："啊，那可是最高机密。"

从二三十个村庄来的大概40名印共成员，包括整个甘那瓦拉姆（Gannavaram）县最重要的印共成员们都被邀请来参加这次秘密会议。会议在警察最料想不到会召开共产主义者集会的地方举行：罗摩神庙。

在会议召开的那一天，被邀请来的人一个接着一个到达了神庙。他们被引入后方一个空旷、黑暗的房间。每个人都坐在地板上的草席上，只有发言人坐在前方的一张小桌子后。他身后的另外一把椅子是为会议主席准备的。

但是，谁来担任主席却没有达成一致的意见。塞纳加拉·维斯瓦纳塔·雷迪被提名了，却遭到了反对，因为他还在遭受着某些未决的印共党内的指控。另外一个老资历的同志——普拉·雷迪被推了出来。但是，普拉·雷迪同样也有一些未决的指控。被推选的所有人似乎都受到指控或有未决事宜。

最后，只有20岁、资历远不如其他出席的同志那样老的萨蒂耶姆被认为最适合来担任主席。他身上没有任何未决的指控，而且他还是过去几年在泰拉坡鲁唯一的一个印共的活动者。

因此，会议正式宣布开始后，发言人安贾内耶·夏斯特里（Anjaneya Shastri）发表了他的报告。萨蒂耶姆注意到，夏斯特里有着典型的婆罗门的长相和装腔作势。他的牙齿微微朝他的嘴唇外突出，而当他说话的时候，总是说得很急，以至于很难听懂他的话。

夏斯特里将特伦甘纳人民运动的起源作为讲话的开头。聚集起来的人们满怀兴致地听着。他并没有讲任何他们不知道的东西，但是他们认为他肯定要讲某些重要的新闻。

夏斯特里详述了英雄般的斗争过程，有多少干部参加了战斗，有多少军队被组建，有多少小队被组织起来，他们带了多少的步枪，等等。他的听众们都等着听会议的精神。当发言人长达两小时的发言快要到尾声的时候，他从谈论斗争的伟大转而开始谈人民军队所面对的困难，它所忍受的残酷镇压。他的听众都为了能跟上这冗长的演说而变得疲惫不堪。

夏斯特里满意地审视着面前迷惑不解的人们，很快推进到他的结论。尼赫鲁的军队强大且装备精良，人民军队只有那么些步枪，还损失了许多人马。“因此，有必要放弃武装斗争。”他最后这样说。

“放弃”和“武装斗争”这两个词一下子让所有人从昏昏欲

睡的气氛中惊醒了。只不过他们都太震惊了，无法发言。

第一个能开腔的是苏巴·拉奥。他不是一个受过教育的人，但在这两年时间里他一直是萨蒂耶姆的朋友，萨蒂耶姆读到或听到的事情都会解释给苏巴·拉奥听。

萨蒂耶姆从许多消息源那儿都听说印共的领导人在是否继续武装斗争的事情上产生了分歧。两个派别僵持不下，最后决定去问斯大林如何解决这个问题。印度共产党的四个最高领导人伪装成船员的样子，搭乘从加尔各答出发的一艘苏联船只前往莫斯科。他们带回了一份报告，是与吉申（Kishen）同志（他们给斯大林取的代号）和他的高层副手讨论的结果。萨蒂耶姆所认识的人中间没有人有幸看过这份传奇性的《吉申报告》，但是它的结论众所周知："人民军队必须采取战略撤退，重新编组，进军克里希纳、贡土尔和其他沿海地区[1]。"萨蒂耶姆和他的朋友们还等着拿起枪来加入这次斗争中。他们知道它就要到来了，问题只是何时。

但是，夏斯特里宣布的事情似乎不会让此成真。所以，苏巴·拉奥站起来提问："好吧，先生，我们会撤退，但是为了向前进军，对吗？"

夏斯特里回答说："不要抱有任何希望！如果你这样想，我

1　当时，印共中主张接受英国共产党建议停止武装斗争的一派和主张继续武装斗争一派相持不下，只得请当时国际共产主义运动的实际指挥者苏联共产党做出裁定。斯大林指示如下："看来斗争再坚持下去（即在 1951 年上半年）是有困难；对印度共产主义运动不能保卫这个斗争表示遗憾，但是，坚持斗争还是停止斗争这个问题，只能由印共中央做出最后决定。"于是，在 1951 年 10 月 21 日，印共"最后决定"宣布停止武装斗争。此事也为后期印共的彻底分裂埋下了种子。

们对此概不负责。”

萨蒂耶姆为他的朋友感到难过。苏巴·拉奥一定用了错误的腔调来说话。他的问题被误解了。作为大会的主席，萨蒂耶姆打起了圆场，请求道：“啊，夏斯特里先生，请不要生气。我们知道斯大林同志说过撤退只是为了重新编组，但是你只谈到了撤退。你能否为我们解释一下，在撤退之后要怎么样呢？”

夏斯特里敲着桌子说：“没有什么可解释的！”

事情已经很清楚了。他不是来讨论传递下来的决议的。在那之后，大家都无话可说，会议很快就结束了。

在这次神庙会议不久之后，萨蒂耶姆遇到了图皮塔·苏巴·拉奥（Thuppeta Subba Rao），这是一个从克里希纳县来的“不可接触者”学校教师，他曾经前往特伦甘纳参加过战斗。

当印共宣布根据斯大林的建议放弃武装斗争的时候，图皮塔·苏巴·拉奥怒不可遏。他不相信斯大林会说这样的话。他坚持要亲眼看到《吉申报告》。领导只好给他看一份副本。他把这份副本给萨蒂耶姆看了。

萨蒂耶姆读了报告，发现印共并没有在说谎。斯大林想让农民们都放下枪。

用这份来自斯大林的报告，印共的领导人能够让那些激烈反对终止武装斗争的干部们沉默下来。领导层向尼赫鲁屈服了，甚至都没有要求释放正烂在拘留中心的一万名印共成员。领导人都急切地想要在即将到来的大选中参加竞选。

图皮塔·苏巴·拉奥有许多事情要告诉萨蒂耶姆。对于他们这样冒着生命危险、牺牲了谋生手段的印共成员，印共什么都没给他们。他们被迫靠干苦活来维生：拉人力车，用头顶来搬砖，铺路，与此同时还得躲避警察。

然而，印共为了保护还在躲藏中的高层领导人做出了安排。非常狡猾的安排。他们意识到，所有人都认为他们会藏在穷人社区，在“不可接触者”的追随者中找到那些领导者。那些就是警察会去搜寻共产主义者的地方。

所以，印共的领导人反其道而行之，他们藏身去了能想象得到的最豪华的环境中。他们安身在豪宅之中，那些豪宅不久前还是属于穆斯林贵族的，当他们和尼扎姆一起被驱赶走后，豪宅就被改成了酒店。为了能够让人信服地融入这样的周边环境里，他们做到了极致，统统穿着昂贵的衣服并戴着太阳眼镜。

从图皮塔·苏巴·拉奥那儿听到的事情让萨蒂耶姆开始思考。他开始思考自己来到泰拉坡鲁之后的所见所闻。

泰拉坡鲁的雷迪人都是共产主义者。但是他们每个人都有60到70英亩的土地。帕帕的同班同学都穿着丝绸佩戴金饰，靠黄油和凝乳过活。

他听说了这些事，看见了这些事，但是这意味着什么？根据在安得拉基督教学院里哈努曼雅向他解释的辩证法，所有事情都包含着矛盾。这是因为事物总是在运动过程中，要么上升或发展，要么分解和死去。

印共内既有富有的农民，也有无地劳工。劳工是不是有必要联合富农去打败地主呢？谁是马匹，谁是骑马的人？

大选到来了。印共的候选人躲藏在丛林中的同时也提交了他们的提名。这是印度第一次举行没有财产要求的选举。穷人们急切地盼望着能够为在“耕者有其地”的旗号下领导武装斗争的英雄们投票。而支持了起义对抗尼扎姆的富农们现在聚集到了最合他们心意的旗号下——“独立的安得拉”。要是禁止印共候选人参加，尼赫鲁就会损坏整个系统的合法性。他决定放任他们参选。

印共在泰拉坡鲁举行了一次选举集会。他们动员整个村庄来参加游行以吸引支持。萨蒂耶姆走在最前面，挥舞着一面红旗。他们经过一个地主的地产时，那个地主跑了出来，挡在队伍前，要求和领导人说话。这地主的一个“Palerus”（长工）扔下工作不管，参加了这次游行，这地主想要把他的奴隶要回来。那人回答说早上他已经请过假了，但地主拒绝了他。当长工看到人们经过，挥舞着旗帜，喊着口号的时候，他忍不住加入了他们。共产主义者们抓住那个长工的胳膊，将他还给了他的主人，并继续前进。

萨蒂耶姆惊呆了。他放下了他的红旗：“这算什么？”

他被告知，这个仆人是属于他的主人的。当一个长工成为长工的时候，他被契约约束了。两个人之间签订的契约是不容第三方置喙的。

“但是，一个共产主义党派的目标就是打破那样的契约啊！”萨蒂耶姆指出。

领导们却对此不置一词。

萨蒂耶姆看到了矛盾。但他还是继续领着队伍朝前走。毕竟，到底什么更重要，是让那个长工能够参与游行吗？是否有一个政党，能让那个长工和千千万万如同他一样的人集合在一起，反抗他们的主人？萨蒂耶姆挥舞的红旗到底是为了谁？

穷苦的农民，富有的农民，全都出来支持印共的候选人。他们都乘坐着用杧果树叶、姜黄和朱砂装饰的牛车而来。为了给候选人鼓劲加油，年轻人组成的剧团又唱又跳，盛装打扮，带着纸板做的道具。萨蒂耶姆的剧团里有一个漂亮又有才华的 17 岁女孩叫作阿琪拉贝，她把所有目光都吸引到了他们的表演上。他们从早上 5 点钟开始就带着四面鼓走遍各个不同的种姓居住区。他们用唱歌唤醒大家，迎接朝阳：

> 去啊，兄弟，去！
> 去看看
> 这个世界怎样了。
>
> 去啊，兄弟，去！
> 这个所谓的拉姆的王国
> 只是一个恶魔的王国。
> 去点燃你的怒火
> 直到这个政府
> 倒地死去。

在选举的前一天，周围村庄里共产主义的支持者全都来泰拉坡鲁参加在此举行的一场大型集会。在那一天的最后，萨蒂耶姆担任一场公开会议的发言人。他开始向武装斗争的烈士们致敬，并且解说为何需要一个独立的邦。群众爆发出欢呼。随后，尽管并不在印共拟定的议程之内，萨蒂耶姆还是发出了为社会主义社会而战的号召："这样便可以让卡拉哈里沙漠莲花盛放（Kalahari lo Kalulavu）。"帕帕拿这句话和他开玩笑："这是在演讲还是在念诗啊？"

对于一个刚刚遭遇了军事挫败，候选人都是刚出监狱就登上竞选舞台的政党来说，印共在投票中表现得惊人的好。尽管他们没有在这个省掌权，但他们顺利进入了议会，成了主要的反对党。

◎

选举结束后，萨蒂耶姆就得为自己的好斗精神重新找一个出口了。

在选举前后的几个月里，安得拉邦遭遇了严重的食物短缺，沿海的许多地方都爆发了食物暴乱，饥饿的暴民们抢劫了谷仓。

根据"独立的安得拉"支持者的说法，是一直没有独立的泰卢固邦导致了这次灾难。有谣言说，食物从安得拉地区运出，运往同为马德拉斯辖区内的泰米尔语地区。

不管是真是假，人们正在挨饿，而中央政府对此竟毫无作为。在那些平日里就物资匮乏的人群中间，情况最为糟糕。萨蒂耶姆和他的朋友们下定决心要有所作为。

夜以继日，卡车沿着干道行驶。卡车装满了米。

有一天晚上，凌晨1点的时候，一只狗吠了起来。一个瘦弱的男子从黑暗里现身，走进了一辆正加速前行的卡车前灯的光芒之中。

那辆卡车紧急打弯，刹车停下了，堵住了道路，把后面的卡车车队也给挡了下来。萨蒂耶姆顺势爬上了第一辆他逼停的卡车的后部。

狗又开始吠叫了。一个蹲坐在公路单行道一侧灌木丛后的消瘦的影子此时站了起来，无声无息地朝着卡车跑去。一个影子又一个影子，十个影子都从阴影中跑了出来。

他们聚集在了公路上。苏巴·拉奥，从前的盗贼，派遣出了一支由30个年轻人组成的先遣队，分成两队控制住了15辆卡车。他们使用的武器则是棍棒。

卡车的司机们可能是也可能不是这些饥饿的掠夺者不幸境况的同情者。曼迪迦人捆起他们的手，让他们走到路边。

苏莱曼的第一声狗叫意思是“准备好”，他的第二声意思是“劫走粮食”。司机们被赶走后，人们很快就爬进了卡车，将一袋袋大米拿下来传给排成一列等待的妇女们，她们接力将米传递到公路上一个看不到的低洼地去。那里早已挖好了长长的沟壑，以藏起赃物。

到了凌晨4点30分的时候，古登工会里召开了一次紧急会议，宣布行动获得胜利，但是接下来必然会有报复行动。由于这是萨蒂耶姆的计划，他会是警察搜捕的头号人物。他必须尽快离开。

萨蒂耶姆环顾着在过去两年时间里和他并肩工作过的这些不幸的男男女女。他再也不会见到他们了。

在泰拉坡鲁，萨蒂耶姆在图书馆里把自己从一个梦想家变成了一个组织者。“我的友人泰拉坡鲁,”他后来这样写道,“你是我的学习中心。我的同志泰拉坡鲁,你是我斗争人生的第一章。红色敬礼[1]!”

1 此处指安得拉邦等地纳萨尔派游击队员之间常用的打招呼方式“Laal Salaam”。

第三章

象群中的蚂蚁

萨蒂耶姆坐在苏巴·拉奥骑着的一辆脚踏车后座上，从泰拉坡鲁逃往古迪瓦达。家里在斯莱特区的老房子还在，也依然属于他的外祖母。寡妇博迪姆（Bodemma）也还住在街的另一边。贡图尔·巴帕纳亚（Guntur Bapanayya）先生也还和他的家人住在那儿。

自1952年以来，贡图尔·巴帕纳亚就一直是立法议会（MLA）的共产党成员。萨蒂耶姆还是国大党青年团成员时，他并不赞成巴帕纳亚先生，凯里在街道上嘲弄他的时候他还会微笑。如今，萨蒂耶姆对这个已经声名远播的男人充满了敬爱之情。

尽管巴帕纳亚名字的意思是“婆罗门男性”，他却是一个“不可接触者”。巴帕纳亚的行为举止与他的生活方式，生动体现了总是与共产主义关联起来的那种简朴。尽管他是一个立法议会议员，他却是那么亲切和不造作，以至于你可能永远猜不出他的身份。他穿着最朴素的衣服，脚上穿着拖鞋，他把头发梳得朝前遮住额头。他和家人们都租住在一个贫穷寡妇出租的单间里。当巴帕纳亚头一次搬到斯莱特区并且见到帕帕（她当时还住在那里）时，他对这个没有母亲的孩子深表同情。他会把她叫过来，小心地除去她头上的虱子，并用他的指甲盖压碎它们。

有人说，他不是特别好斗，这说法里确实有真相在其中。在对武装斗争的镇压期间，他与其他凯卡鲁路（Kaikalur）镇的领导人在没有经过审判的情况下一起被关进了监狱，在肮脏且难以生存的条件下忍受着煎熬。但是，当游击队袭击了监狱，让他们的同志有机会逃走的时候，巴帕纳亚却独自留在他的牢房里。他在那儿被关押了数年，直到共产主义政治犯终于被释放出来为止。

巴帕纳亚想要拯救穷苦人和下层民众的渴望是真诚的，因为这个原因，他在“不可接触者”中间的声望是别人难以企及的。他轻而易举地赢得了在他去世前的每一次选举，而在他死后，印共成员在那个选区中就很难再当选了。

巴帕纳亚年轻的小舅子南查拉雅最近刚刚从学院退学，和他母亲一起住在一个叫作奇那瓦尼（Chinavani）古登的城镇外围“不可接触者”的棚户区里。萨蒂耶姆遇到了他。南查拉雅的脸黑如煤炭，有着突出的黄色眼睛和扁平的鼻子。你看到他的那一刻，你就知道他是一个“不可接触者”和一个不识字苦力的后代。他对此感到骄傲，并且看不起那些因为受过教育或者信仰了基督教就自认为自己比同胞高人一等的“不可接触者”们。尽管他对自己共产主义者的姐夫非常忠诚，但是在学院的短暂时光里，南查拉雅成了一个安贝德卡主义者，也就是“不可接触者”领袖安贝德卡的追随者，安贝德卡曾试图将“不可接触者”组织成一个单独的政党以寻求法律与社会的改革。

从南查拉雅看到萨蒂耶姆的那一刻起，他就爱上他了。那是最纯净的爱，纯净如水晶。萨蒂耶姆的智识和他的魅力让南查拉雅着了迷。尽管他还没有深刻地理解萨蒂耶姆的政治学观点，南查拉雅依然仰慕作为穷人斗士的他。他决定将自己奉献给萨蒂耶姆，接过了萨蒂耶姆的弟弟妹妹会为萨蒂耶姆做的、萨蒂耶姆自己做不了的事情：替他剃下巴，替他剪指甲，给他递牙粉，在他饿了的时候给他带去食物。

南查拉雅是一个了不起的幽默大师。他生命中的每一刻，无论是一个婴孩的诞生还是他母亲的死亡，都会成为他笑话的源泉。“哪儿会有不适合诗歌的事物（Kadedi kavithaku anarham）”，室利室利曾经如此写道。而南查拉雅大概会说“哪儿有不能开玩笑的事情（Kadedi hasyamunaku anarham）”。他最终将萨蒂耶姆从被弗洛拉拒绝之后的阴郁中带了出来。南查拉雅让萨蒂耶姆再度开怀大笑。

在他们遇到之后不久，1952年的春天，南查拉雅在泰姬玛哈酒店喝茶的时候提出了一个主意。他对萨蒂耶姆说，他们应该在古迪瓦达建立一个印共的人民剧院分部来。尽管南查拉雅自己并不是一名印共成员，但他曾经在学校里的共产主义剧团里演出过。他是一个有天分的演员，也知道如何导演和编舞。一个像印共在其他地方赞助过的那种街头宣传剧团会是展现他天分的绝妙场合。同时，萨蒂耶姆也能运用他的才能，在这和平的日子里为他的好斗精神找到出口。

他们带着这个点子去找印共的领导人，被告知目前没有经费来做这样的事情。在武装斗争期间，即便是古迪瓦达的印共支部组织也能为宣传剧团筹措到资金。现在却没有人会考虑这个了。“你们发疯了吗？”他们问，“我们都快雇不起全职员工了。你知道最简单的道具和灯光都要花上多少钱吗？除此之外还得给演员和舞者付钱。”

但是萨蒂耶姆和南查拉雅决心找出办法来。他们转身离开，开始思考这个问题。萨蒂耶姆跟着南查拉雅去了奇那瓦尼古登他的家中。在南查拉雅的母亲喂饱他们之后，他们裹在一张旧毯子里走进了寒冷的冬夜。南查拉雅指给萨蒂耶姆看棚户区旁边流经的运河。他们遇到了一条系在岸边的“ballakattu”，那是一种筏子。南查拉雅与拥有这筏子的船夫和他的妻子都很相熟。这两个朋友在筏子侧边坐下来，他们裹在毯子里，抽着香烟，喝着船夫妻子送上来的茶，说说笑笑，直到凌晨。每次有路人经过，他们都会来来回回穿过运河。在那儿，在明亮的月光下，他们想出了一个计划。

◎

在所有种姓里，职业最卑贱、最下层、最不人道的，是安得拉沿海地区一个叫作帕基人（Pakis）的种姓。他们被叫作“人工清道夫”，或者更委婉的说法，“夜香”的搬运者。直白地说，他们搬运人的大粪。他们清理印度至今还在广泛使用的旱厕，而且是用手来干这样的活儿。他们除了一把小扫帚和一只锡盘子之外，就别无其他工具。用这些工具，他们把自己带来的棕榈篮子装满排泄物，然后将它顶在自己头上，走上五六英里到城镇外围允许处理粪便的地方去。有些现代化的地方将篮子换成了手推车（在印度，这被认为是进步），但是直到今天，用头顶着的方式依然遍及全国。

差不多所有从事这样劳动的都是女性。她们不知道什么是手套，更别说拥有它们了。当她们的扫帚磨损了之后，她们就得把腰一低再低，以便清扫。当她们的篮子开始漏的时候，屎会滴到她们脸上。在雨季，这些脏物会流淌遍她们的全身，流到她们的头发上，她们的眼睛里，她们的鼻子上，她们的嘴巴里。结核病与其他传染病在她们中间非常流行。

当印度发展成为一个现代国家，有了学校、办公室、铁路、电影院和下水道系统这样的公共设施时，这些帕基人的男男女女成了杂工和清洁工。因为帕基人的工作是一项种姓职业，他们的工资并不是真正的薪酬，而是想给就给想扣就扣的施舍。因为他们这种收入起伏不定的情况，大部分帕基人都被迫借高利贷，然后被困于债务之中，甚至连他们的工作时间也是不规律的。那些在铁路上工作的人被告知，只有火车停运的时候，他们才能结束这一天的工作，但火车从不停运。

古迪瓦达的帕基人，他们单独住在一个区（Peta）里，坐落在高哩商羯罗（Gowri Shankra）电影院的背后。电影院通常建在穷人的社区里，因为家境较好的人们忍受不了那样的噪声。但是古迪瓦达的帕基人喜欢有一个发出噪声的电影院建在他们家的旁边。从它的墙外面，他们能够整日整夜地欣赏音乐和对话。他们和引座员成了朋友，后者在电影院坐不满的时候会让他们进去免费坐在地板席上（其实就是光秃秃的地板，那是印度剧院里最便宜的席位）。一部电影上映一到两周后，古迪瓦达的每个帕基人都能逐字逐句背诵里面的台词，连语调都分毫不差，还能唱所有的电影歌曲。到了夜里，他们会去观看那些难登大雅之堂的深夜电影，而他们带来的妓女们也会一起看，学习里面边唱边跳的舞蹈。居住在帕基人社区里的男女老少都喜欢表演，即便是年老的帕基人也喜爱舞蹈，尽管比起他们的子孙辈从电影里学来的舞蹈，他们更喜欢传统的寇雅（Koya）舞。

萨蒂耶姆的主意是从帕基社区里招募表演志愿者，替代需要酬金的专业人士。南查拉雅都能猜到印共的领导人会做何反应，他还把它活灵活现地演了出来，模仿他们的声音和姿势。大喊大叫，火冒三丈，他的鼻孔都在颤抖，他的脸变成了红色，他向萨蒂耶姆演示了他会遇到的反应。

而萨蒂耶姆得到的反馈确实一模一样。区的领导人询问道，公开和那些肮脏的人联系在一起的话，印共的声誉会受到怎样的影响？

20 世纪 40 年代，当印共第一次来到古迪瓦达的时候，帕基人很自然地被它吸引了。但是，在此建立了一个帕基工会和一个帕基清洁工人自治委员会之后，印共也就没有再为这个社群做过什么组织工作了。负责的印共成员只有镇书记，一个贫困的坎玛人，名字叫作阿特罗瑞・悉多拉姆雅（Atloori Seetharamayya），他也是帕基工会的秘书。因为这个缘故，印共内的其他坎玛人经常戏谑地叫他“帕基・悉多拉姆雅”。他们从来没有把他和他的妻子当成是自己人，因为他们靠帕基人捐助的食物为生。

在区领导人摇着头离去之后，萨蒂耶姆让阿特罗瑞·悉多拉姆雅召开一次镇印共党委会的会议。在会议上，萨蒂耶姆详细说明了一个受压迫者的政党羞于让受压迫者来代表自己这件事是多么荒谬。印共内的富人和穷人之间已经有了巨大的鸿沟。它必须回归到无产阶级的传统上去。

阿特罗瑞·悉多拉姆雅尽管表示同情，但他不是一个有深刻政治思想的人，而且也没有资金可以动用。但是他告诉萨蒂耶姆，如果他想要招募一个不要酬金自费演出的剧团，好吧，他可以尽管一试。

这就是萨蒂耶姆想要听到的话。他和南查拉雅直接走进电影院后方的帕基小区。萨蒂耶姆从来没有在其他任何地方见过如此洁净的房子和小巷。

他们与帕基市政工人工会的书记阿迪那罗延那（Adinarayana）见了面，后者很喜欢他们的计划。居住区的居民们也同样的热情。唯一的问题就是，他们都太忙了。对于帕基人来说，有一件好事，那就是古迪瓦达的城里有足够多的粪便，让所有能劳动的男人、女人和孩子都有了带薪酬的工作。只是他们在夜晚回到家里，把自己擦洗干净，换上新洗好的衣服时，他们才能去表演。

萨蒂耶姆招募了十个居民去剧团唱歌、跳舞和表演乐器。许多孩子，有男孩也有女孩，都想要来参加。有一对帕基姐妹，一个叫作碧达·帕尔瓦蒂（Pedda Parvathi，大帕尔瓦蒂），13 岁；另一个叫作奇娜·帕尔瓦蒂（Chinna Parvathi，小帕尔瓦蒂），8 岁，都是出色的舞者，小的那个尤其出色。8 岁大的文卡卒（Venkatesu）

在演奏多卢克（Doluk，一种鼓）上相当有一手。在他们之外，萨蒂耶姆还加上了从曼达普度（Mandapudu）招募来的马拉劳工，其中还有曼达利·文卡特斯瓦拉·拉奥（Maddali Venkateswara Rao），整个县最伟大的歌手。

萨蒂耶姆决定给他的剧团起一个名字，让它能够与其他地方政党所赞助的人民剧团区分开来。他已经不会再相信所有的“人民”都会站在同一边了。正如他所见的那样，印共内分成两条路线在运作，一条封建主义路线，一条无产者路线。他把自己的表演团体称为“苦力人文化会”。

文化会组建之后，他们几乎没有准备的时间。在一月的第二个星期，丰收节的前夕，印共青年团在25公里之外一个叫作古拉迦（Guraja）的村庄里要举办一个县内的舞蹈和戏剧比赛。古迪瓦达的镇印共委员会拒绝支付前去文化会的车费。但是萨蒂耶姆并没有感到沮丧。“中国人走了几千里地，”他说，“区区25公里又算什么？”因此，受到毛泽东长征的激励，剧团的15个人背上他们的道具、服装和乐器，徒步出发了。

苦力者们为这次竞赛准备了两场戏剧。在第一出戏里，一个地主发现他有部分收成不见了。他责怪长工，狠狠地打了他。不幸的是，剧团到达古拉迦的时候，扮演长工的人抖得很厉害。他因为在太阳下走路而发起了高热，没法表演了。第二出戏叫作《人力车车夫》，讲的是把人当成负重牲口用的不人道的行为，但因为缺少了关键的道具而无法上台表演。在古拉迦，剧团都没办法找到一个表演用的人力车——它们都已经被三轮车给取代了。

剧团因为无法参与戏剧竞赛而倍感失望，于是决定去参加歌舞比赛。他们面对来自古拉迦和印共另外一个主要的戏剧中心——穆蒂尼帕里（Mudinepalli）的剧团的有力竞争。这些剧团有着精美的场景和道具，还有支付薪水的表演人员，其中不少人很快就要前往马德拉斯——南印的影业中心去了。他们都得到了坎玛支持者丰厚的资金赞助，坎玛的地主决定把他们的农业收入转变为资本，投入正兴起的电影产业中去。相应地，人民剧团也培养胸怀大志的坎玛明星、导演、剧作家和歌词作者。

古拉迦的竞赛持续了好几天。在那个星期的末尾，他们宣布了得奖者。奇娜·帕尔瓦蒂，那个 8 岁的女孩，赢得了舞蹈奖的第一名，而萨蒂耶姆则得到了歌唱奖的第一名。观众的认可给予了萨蒂耶姆勇气，他走到聚集在此处的印共领导人面前，请求他们邀请苦力人去他们各自的村庄表演。他们都带着同志般的微笑拒绝了这个要求。帕基舞者太狂野了，他们是这样解释的，同时泰卢固语口音还很好笑。“不，先生，”他们说，“你们的表演太像马拉跋歌谭（Mala Bhagothams）啦。”马拉跋歌谭是“不可接触者”表演的印度流浪艺人的文艺节目。

但是此时，有一个块头很大、很粗壮的男子来到萨蒂耶姆面前。他露出微笑，对苦力人说了许多鼓励的话语。当这个人自我介绍的时候，萨蒂耶姆立即认出了他。在泰拉坡鲁，图书管理员过去经常对他说：“你很像孔达帕里·悉多拉姆雅（Kondapalli Seetharamayya），他过去经常从乔纳帕杜（Jonnapadu）骑自行车过来图书馆看书。”

孔达帕里·悉多拉姆雅·雷迪是一个雷迪地主家的儿子。就像特伦甘纳起义伟大的组织者孙达拉雅[1]（Sundarayya），普查拉帕利舍弃了他的种姓姓氏雷迪，以显示他对种姓情感的摒弃。他和他的妻子在他们的青年时代，也就是武装斗争的时代就加入印共了。当她随着人民剧团下乡巡演的时候，他则受训学习使用枪炮，前往特伦甘纳进行战斗。他十分善于使用棍棒和训练他人进行徒手战斗。最后这一点最让萨蒂耶姆印象深刻。他仰慕这个比他大20岁的男人，尽管他不被印共的领导层所信任，但在好斗的年轻人中间有一批追随者。悉多拉姆雅同样也在萨蒂耶姆身上看到了特别之处。他们在古拉迦的会面将成为一段漫长而多变关系的开始。

比赛结束后，苦力人都筋疲力尽了。南查拉雅将奇娜·帕尔瓦蒂和另外一个小姑娘送上了巴士，而其他的剧团成员，包括那个发着高热的可怜人，都开始了回家的长征之路。

从那时起，除了星期天之外，苦力人的成员们每天晚上都在古迪瓦达的这个或那个种姓居住区里进行演出。周日城市工人会放一天假，剧团就能够去到邻近的村庄表演。他们在去演出场所的时候都得要自己进行宣传，所以他们并没有抄近路，而是穿过四到五个邻近的村庄为演出打广告，边走边唱着口号和革命歌曲。他们拿着他们的鼓、他们的簧风琴，把煤气灯顶在头上，服装和化妆用品放在麻布口袋里，穿过稻米田和杧果林。他们总会举起两面红旗，一面在队伍前面，一面在队伍后面。孩子们为了看他们的表演，会跟在他们后面从一个村子到下一个村子去。

1 孙达拉雅指普查拉帕利·孙达拉雅（Puchalapalli Sundarayya，1913—1985），即印度共产党内左翼孙达拉雅派和后来印共（马）的创建人和领导人。

每当他们到达预定要表演的马拉帕里或是曼迪迦古登的时候，他们会打着他们的曼迪迦鼓绕着居住区转上两到三圈，然后拍拍手宣布表演开始。为了照明，他们会把一根长棍的顶端捆成十字架形状，从那上面挂两盏灯下来。从村民那儿借来草席布置成幕帘。

每次表演开始前，萨蒂耶姆都会发表一个简短的政治演讲。然后剧团就开始唱歌跳舞。在剧目开始前，萨蒂耶姆会说，演员得在结束后尽快离开，好早起去工作，但是他和“导演先生”（南查拉雅）会留下来过夜。“早上的时候，我们会挨家挨户地拜访，”他告诉观众，“我们请求你们给我们一把米。”在回古迪瓦达的路上，他们会把自己收来的米卖掉。大概能赚到 15 个卢比。五个卢比用来租用下一个星期要用的煤气灯，另外五卢比给他们主唱的家庭，他是剧团里最贫困的成员。剩下来的钱他们存起来，作为将来花销的基金。当地的人会招待剧团的饭食。

因为喜欢《人力车夫》那出剧，萨蒂耶姆和南查拉雅一直在寻找一辆真的人力车来做道具。最后，他们在一个政府医生的门前看到了一辆。他们去见了那个医生大妈，希望能借它用于一晚的演出。但她乐于彻底摆脱掉它。因此，苦力人文化会最终能够在舞台上演这出戏了，并获得了巨大成功，从那之后，他们也能够用它来运送所有的设备了，这车子一个人就能轻易拉得动。

◎

在泰拉坡鲁，普拉桑那·拉奥的另外两个孩子都已经做好参加毕业考试的准备了。普拉桑那·拉奥并不担心他的女儿，但是凯里则一直让人头疼。

凯里那时16岁，是个狂野的孩子，经常卷入斗殴事件。他被高中开除了两次。

第一次被开除是在古迪瓦达，在和卡塔里（Kathari）兄弟大战一番之后。卡塔里是一个果拉家族，传说他们通过帮派势力垄断了离开古迪瓦达的公交路线。那三个卡塔里兄弟是凯里的学长，这三个巴士巨头的儿子主宰着学校，恐吓学生，也胁迫老师。他们不让凯里和他的"不可接触者"朋友们使用操场。有一天，凯里一拳打在那三兄弟之一的嘴上，让冲突爆发成了混战。但这只是个开始。卡塔里帮派和凯里帮派一整天都在冲突，穿过学校走廊彼此追逐，最后冲到街上，在主要的巴扎里大打出手。

第二天，校长开除了凯里，而且只开除了他一个。他只好去泰拉坡鲁和他父亲住在一起，在他父亲的学校里上学。

在泰拉坡鲁，凯里又一次让自己被开除了。他的一个同学朝老师扔了一个纸火箭。凯里知道是谁干的，但是不肯说。老师带着他去见校长，校长准备用藤条体罚他。凯里非常气愤。为什么因为他不愿意告密就要遭到惩罚？他抓住了校长的手腕，紧紧地攥住它——抓得那么紧，以至于校长不但丢下了手杖，而且还倒在地上哭了出来。

普拉桑那·拉奥请求凯里最好的朋友普拉·雷迪为他看好凯里。普拉·雷迪亲切地去问他的朋友，是什么让他感到烦恼。凯里偷偷告诉他，他被一种他明知在道德上错误却又难以自控的冲动所困扰着：他想要触碰和抚弄女孩。凯里绝不可能认为他自己可以遵守一套行为准则，而其他人有另外一套。所有类型的女性都总是紧跟在他后面，这只是加深了他的困扰。普拉·雷迪对他朋友的不幸深表同情，尽管同时也暗自觉得好玩。

在一年一度的“mela”，也就是为期一周的村庄嘉年华上，凯里那令人烦扰的冲动最终让他惹祸上身。他看到一个雷迪种姓的女孩从庙里祈祷出来。她站在前廊上，一只手举过头顶，将它靠在一根柱子上，正看着落日。凯里看着她的胸脯被傍晚的光辉凸显出轮廓，他忍不住偷偷溜到她身后伸手去感受它，这吓坏了她。

当有种姓的人们看到这一幕时，爆发了一场大骚动。一个“不可接触者”的孩子竟然握住了一个有种姓女孩的胸部，而且还是在一座神庙里！他们冲上神庙的台阶包围住了他。凯里没有感到害怕，只是觉得羞耻。就在那个时候，他有种姓的朋友扎格·雷迪（Jagga Reddy）冲了过来，大喊着：“嘟嘟嗒嗒！！”胡乱挥舞着他的四肢，引开了人们的注意，给了凯里一个逃跑的机会。

因为这样一个事件，凯里有可能导致他全家都被杀。他知道，他不能再让这样的事情发生了。

因为被开除和英语不及格，他在学校里留级了两年。他的进度落得太后，以至于他成了他小妹妹的同班同学。校长告诉他：“你会一事无成的。”凯里受到了深深的伤害，但是从未将此显露出来。

第二年，凯里和帕帕拿到了他们的毕业考试准考证。他们不敢相信自己的眼睛。他们不仅被分在了同一个考点，而且纯属偶然的，他们的位子正好挨着。

凯里的弱项是英文。帕帕知道凯里可能会又一次不及格，担心这会影响到他。当英语考试结束的时候，她抬起她的卷子，好让她哥哥作弊，但是凯里毫不动摇，只是盯着自己的卷子。

“主耶稣啊，赞美你。”一个星期之后，当印着考试分数的报纸出版时，普拉桑那·拉奥这样吟诵着。凯里通过了考试。

但是，无论是他的哪个儿子，都不像女儿那样让普拉桑那·拉奥感到骄傲。帕帕赢得了数学、科学和英语的金奖，还得了泰卢固语和社会研究两科的银奖。普拉桑那·拉奥穿上了他最好的短裤与衬衫，参加了颁奖仪式，并且代她本人领了奖。

那时候，帕帕已经在古迪瓦达了。她和凯里急切地要与他们的兄长团聚，因此在完成了最后一门考试的当天晚上就出发了。他们要到古迪瓦达学院完成中级学习。他们的祖母也很快随他们而去，为他们三个人做家务。

◎

就像萨蒂耶姆之前一样，凯里和曼殊拉（Manjula，帕帕开始被人这样称呼了）要在经济条件不足的情况下去上学院。尽管他们的父亲在私人辅导上挣了钱，但是他还得接济不少比他更穷的亲戚们。他没有足够的钱供养两个孩子的学业。

萨蒂耶姆去寻求巴帕纳亚先生的建议。他建议他们去申请“不可接触者”的奖学金。

为了申请奖学金，他们需要一份市议员签署过的表格，证实曼殊拉和凯里是“原住民安得拉（“不可接触者”）基督教徒”。来自斯莱特区的议员贾拉里·伊曼纽尔（Jarari Immanuel）先生直截了当地拒绝了他们。伊曼纽尔就是那种会自我欺骗，认为改信基督教能够让自己从种姓制度里解脱出来的“不可接触者”基督教徒。“在主耶稣看来，没有什么可接触者或者“不可接触者”，”他叱责萨蒂耶姆，“你应该为你看待自己的方式而感到羞惭。”伊曼纽尔把他们种姓改成了“安得拉基督教徒”，随后签名，盖章，递还了这些表格。

对于萨蒂耶姆来说，小心翼翼模仿议员的笔迹，在“安得拉基督教徒”前面加上一个“原住民”只不过是一分钟的小事儿。按照承诺，巴帕纳亚先生确保了这些申请马上获得批准。

奖学金被他们用来购买书籍和交学费。他们的父亲会送作为粮食的米和扁豆来。这三兄妹打算一起过上美好而自制的生活，按照他们的理想而活。在古迪瓦达重聚之后，这三兄妹变得如此密不可分，以至于人们开始把他们看成一个完整的个体：萨蒂耶姆–凯里–曼殊拉。

曼殊拉的学校里有650个男孩，只有50个女孩。尽管这是一所男女同校的学校，但不同性别之间被隔离得十分严格，男孩女孩从来不会同时进入同一间教室。男孩能够自由进去，而女生则得等在女士休息室里，直到接到讲师已经来了的通知。女孩们低下她们的眉眼看着地面，跟在讲师的身后，当他领着她们走进教室的时候，所有男生都起立站起。对于外人来说，这看起来好像是男孩们在对女生表现出骑士精神，但实际上他们只是在对教师表现出尊敬。女生在靠近讲台的一侧坐成一排，而男生们都坐在另外一侧。

在古迪瓦达学院，90% 的讲师和学生都来自坎玛种姓。在曼殊拉那个只有 13 个女孩子的小组里，有七个人是坎玛人，一个是卡普种姓，其他五个人是马拉种姓。和有着富裕的、受过教育的“传统基督教徒”的贡土尔不一样，古迪瓦达的男生对马拉种姓的女孩根本不在乎。在第一周的末尾，有人恶作剧地在女士休息室里贴了一张名单，上面是男生们为班里女生起的绰号。走路时总盯着地板的安娜索雅（Anasooya）被称为“害羞的新娘”，维迪亚达瑞（Vidyadhari）是摩耶·月环[1]（Maya Sasirekha），一个印度教神话里的公主。坎玛的女孩们都被给予了温和的绰号，而马拉种姓的女孩得到的绰号都是侮辱性的，比如桑颇娜（Sampoorna）被叫作“肥牛”，而曼殊拉被称为“惨白的绵羊”。

尽管女孩们上课都挨在一起，上学放学时也是集体行动，但有种姓的女孩们总是看都不看马拉女孩们一眼，从来不费神记住她们的名字。马拉女孩们在自己的村庄里就这样被对待惯了，也并不觉得有什么。

但是，有一个女孩是所有有种姓的女孩都喜欢并且想要交上朋友的，那就是曼殊拉。有种姓的女孩们认为她是超前的，敏捷的，勤奋的，友好的，说话柔和而又善于辞令的。这一切都和她的教养息息相关。

---

1 摩耶·月环：是印度神话中大神黑天的哥哥大力罗摩的女儿。安得拉地区流传着她与史诗《摩诃婆罗多》主角阿周那的儿子激昂相恋，违背父亲定下的婚约与激昂私奔并终成眷属的故事。

班里其他的马拉女孩都是生活在被隔绝开来的马拉帕里中。她们来自贫困、不识字的家庭，她们是家里首先得到教育的人。在有种姓的人之间，她们自惭形秽，格格不入。而曼殊拉则多年来一直住在一个体面的村庄里，富有的雷迪人对她的家庭尊重有加。无论何时曼殊拉外出，他们都会说："先生的闺女来啦。"

而让曼殊拉能够压同班有种姓的女孩们一头的最大优势，则是她与她兄长之间的联系。学院的学生，特别是女生，阅读文学作品是极为不寻常的。曼殊拉已经在高中读过萨拉特·钱德拉的小说，而在她去上学院前的那个夏天，她已经读过印度的诺贝尔文学奖获得者拉宾德拉纳特·泰戈尔的英文短篇故事。她读过室利室利的诗，他是年轻人中文艺时尚的巅峰。她自己那个很快就会与室利室利一样著名的哥哥，给她看自己的诗以求认可。在他的影响下，她甚至还能讨论世界政治。

当曼殊拉回家的时候，她会把这一天从她离家前往学校后发生的所有事情都一五一十地告诉萨蒂耶姆。她事无巨细，按照顺序把所有事情都说一遍，就像在用一根长线逐个穿起念珠一样。他听着她就像一只永远停不下叽叽喳喳的"瓦萨皮塔"[1]（Vasa Pitta）一样说着她生活里的琐事。反过来，他会告诉她关于政治、哲学、诗歌和任何他正在阅读或是思考的事物。他们经常会熬夜到凌晨两三点才不情不愿地上床睡觉。

她告诉他关于她的英文老师戈帕拉朱·桑波西瓦·拉奥（Goparaju Sambasiva Rao）的事情。"啊，真的吗？"萨蒂耶姆

1 瓦萨皮塔：即鹊的泰卢固名称。

说，“你知道他是什么人吗？”萨蒂耶姆告诉她，他是戈帕拉朱·拉马钱德拉·拉奥（Goparaju Ramachandra Rao）的兄弟，后者是安得拉邦全国无神论者运动的著名发起人。

由于受到他那个思想进步的兄弟的影响，曼殊拉的这位老师娶了一个寡妇做妻子[1]，甚至鼓励他没怎么受过正规教育的妻子写诗。他全心致力于提升“不可接触者”与妇女的地位，而当他看到曼殊拉的时候，他也全心全意去提高她。桑波西瓦·拉奥先生有在夜晚散步的习惯，他开始特地经过斯莱特区，以便能够在曼殊拉的陋居前停留片刻。有时候他甚至会和她一起喝上一杯茶，这对于一个婆罗门来说可是了不起的事情。

桑波西瓦·拉奥建议她不要局限于课本。他鼓励她参加课外活动，从参加辩论比赛开始做起。

“当然可以了，为什么不呢？”萨蒂耶姆听说此事时说。他在每一场辩论前都充分训练她。那些辩论有着“教育对于妇女来说好吗？”或者“笔还是枪？谁更优越？”等题目。萨蒂耶姆教他的妹妹要怎样站立，手要放在哪里，何时停顿，何时提高声音。“肩膀要挺直。记得要直视观众。”他写下整篇演说稿子让她背诵，然后监督她练习。

辩论比赛在一个有演讲台、音响系统和特殊灯光的会堂里进行。但是尽管有这些大张旗鼓的东西，却只有四个学生去参加。在那些日子里，即便是男生也不敢在公共场合演讲。一个女孩这样干更是闻所未闻。曼殊拉的表现并不完美，实际上她说话就像

1 印度传统里寡妇是不洁之人，如果在丈夫死去时没有子嗣，则要么殉葬，要么身披简陋的白衣，与世隔绝地生活，不得工作、再嫁。

一个小女孩那样“vonkara-tinkara”（期期艾艾地），而她甚至没有表达出她的观点来。整个表演都是她哥哥一手打造的。但这无损她的成就。在那次辩论赛后，曼殊拉成了班级里的明星。

受着桑波西瓦·拉奥和她哥哥的激励，她又继续参与了一次模拟的立法会议，甚至还有一次广播问答比赛。为了那一次比赛，萨蒂耶姆在每一个科目上都训练了她好几个星期，从政治到历史到泰卢固文学到当前时事。他带着她乘火车前往维杰亚瓦达这个大城市的全印广播站参加比赛，在录音室外面紧张地等待。由于长途旅行的辛苦，她一个问题也答不出来。最后，她终于答对了一题，但那好像是蒙对的一样。她的哥哥和桑波西瓦·拉奥都向她保证这没什么，她会进步的。

曼殊拉的同班同学们想要知道为什么她不选科学作为自己的专业。“你会成为一名医生的”，他们都这样告诉她。但是因为在高中没有学过综合数学，科学对于曼殊拉来说不再是一个选择了。萨蒂耶姆劝她不要选择泰卢固语，而她又害怕英语，那么能选择的就只有政治科学和历史了。她选择了历史。

让曼殊拉松了一口气的是，凯里选择了数学和经济学，不和她一起上课。她的二哥会在一天里掌掴她两次，警告她像个得体的女士那样行动。“为什么你要坐在前廊上？”他会这么说，“不许再和那个穿着短袖胸衣的女孩说话。”“有人看见你在街上哈哈大笑。”如果她不得不和他坐在同一间教室里上课，她会被吓得不敢喘气。

只是由于别无选择，曼殊拉的家庭才会让她去上男女混校的学校。方圆百里之内都没有女子学院。因为她必须和男孩子们坐在一间教室里，她的家庭尽力确保她看起来没有吸引力。有一个周末，普拉桑那·拉奥来探访，他与他的儿子和岳母坐在一起，决定曼殊拉不能再继续穿半幅莎丽了，那看起来太青春靓丽了。她的所有旧衣服一夜之间消失无踪。她的父亲带了一匹粗糙的毫无色彩的白布，将它裁成了四块来代替这些衣物。就算是婆罗门的寡妇也要比这个16岁的曼殊拉穿得好些。她们也穿白衣，但那是得体的莎丽，而不是没裁过边的布料。在斯莱特区，曼殊拉有了一个新的绰号"Musali Papa"，意思是"老年人帕帕"。这个关于曼殊拉衣着打扮的决定是当着她面得出的，但是没有人问过她的意见。

尽管凯里会径直告诉她该做什么，并且在他认为她走入歧途时打她巴掌，萨蒂耶姆却从来没有那样对待过她。相反，他和南查拉雅会当着她的面嘲笑那些坏女孩，因此她就会想："啊，我永远不该干那样的事情。"

只有坏女孩会梳两条辫子。

只有坏女孩会把头发放到一侧。

只有坏女孩会学骑自行车。

等等，等等。

曼殊拉会尽她全力避免被这样谈论。

◎

在组建了苦力人文化会几个月后，萨蒂耶姆被卷入了他省份里一场历史性的政治斗争中。

全印度不同语言的族群都在要求独立建邦。但是泰卢固族群要求建立一个独立的安得拉邦的声音是最高的，而且还是由印共领头。在尼赫鲁看来，这就好像是这个国家的屁股着了火一样。

1952年10月19日，甘地的一个学生波蒂·史瑞拉姆鲁[1]（Potti Sreeramulu）宣布，除非能建立一个独立的安得拉邦，否则他就会一直绝食。

42天过去了，尼赫鲁写信给马德拉斯的一个国大党领导人："安得拉省正在进行某种绝食抗议，电报像雪片一样飞来。我完全不为之所动，打算完全忽略掉它。"

12月15日，在绝食的第48天，波蒂·史瑞拉姆鲁死去了。在他死去的消息传出后数小时之内，正如当时一则新闻报道的一样："整个安得拉陷入了混乱。"

当萨蒂耶姆和南查拉雅听到这个消息的时候，他们冲到高哩商羯罗电影院去，那里已经涌进了来自邻近村庄的数百人。他们没有领袖，没有方向。

萨蒂耶姆传话让他的剧团成员立即赶过来。他们带来了鼓和一个扩音器。萨蒂耶姆向群众发言了："来吧，如同巨浪一样淹没街道吧！"

一路上，越来越多的人离开家、工作岗位和学校加入了他

1　波蒂·史瑞拉姆鲁（1901—1952）：革命家，曾投身甘地的独立运动，参加过"食盐"运动和"退出印度"运动，独立后投身"拯救贱民"运动，通过绝食、赤足游行等方式为贱民争取到了进入神庙等权利，为此被自己的种姓排斥。由于他在泰卢固建邦中做出的贡献，被泰卢固地区认为是不朽者（Amarajeevi）。

们。他们高唱着：

Nehru，Nehru

Andhra rashtram——

Istava

Chastava！

（尼赫鲁，尼赫鲁

安得拉之国度——

你要么屈服，

要么死！）

这临时聚集起来的游行队伍越来越大，当它到达市政办公厅的时候，萨蒂耶姆爬上台阶，在屋顶向群众发表演说：

“亲爱的朋友们！我们的人数成千上万！我们是一支军队！一支会解放300万泰卢固人的军队！”

他宣布，他会带领他们前往“tehsildar”办公楼——也就是城里主要的政府办公室那儿去。在那儿，他们会升起一面黑色的旗帜，表达对波蒂·史瑞拉姆鲁的哀悼。

当人群准备继续前进的时候，警察出动了。萨蒂耶姆拿起他的扩音器开始讲话：“警员们啊！这场战争不是针对你们的。我们的战争针对的是尼赫鲁的政府。你们和我们是‘bhai-bhai’（手足兄弟）！”

但是，当游行者快要到市政府办公楼的时候，他们迎面碰上由50名警察站成一排的防线，警察拔出了枪支。这让队伍分成了三股。有一股转身逃跑了。有人站着不动——他们没有跑掉，但是也没有朝前继续走。但在最前方，由萨蒂耶姆和南查拉雅领导的约 50 个人，还在继续朝前走。

“退回去！”警察指挥官命令道，“要不然我们就要开枪了！”

“你们不敢！”萨蒂耶姆回应说。

“年轻人，”回答是这样的，“为什么你想要白白死去？”

“我已经做好了去死的准备！”

萨蒂耶姆一点也没有感到害怕。他的梦想成真了，他为人民而死的梦想。整个城镇都陷入戏剧般的氛围中了。他能够听到妇女在街道上哭泣。

就在那时，警察办事员苏里亚·纳拉亚纳（Surya Narayana）从政府大楼里走出来，挤过了警察的防线，“啊，先生啊，”他告诉萨蒂耶姆，“副总警监想要和你谈话，跟我来！”

萨蒂耶姆不知道会发生什么。他告诉南查拉雅站在原处，但是南查拉雅回答说：“如果你去，我也去。”

那个办事员护送着两个年轻人走进一间巨大的办公室，在那儿，面色凝重的副总警监与他们会面了。出乎意料地，他和他们握了手，礼貌地请他们坐下。

“你看，先生，”他对萨蒂耶姆说，“你觉得我会反对安得拉邦独立吗？我只是请求你用和平的方式来指挥你的抗议活动。如果出现暴力行为，那么，作为一名警察长官，我必须完成我的职责。我们的英雄波蒂·史瑞拉姆鲁已经成了一名烈士，我不希望你也成为一名烈士。”这位副总警监随后要了茶，为表示尊重，他亲自向抗议者的领袖们奉上了茶。

几分钟后，萨蒂耶姆和南查拉雅在政府办公楼的露台上展开了一面黑色旗帜。他们回到人群之中，领导了另一场穿过城镇的游行。游行者在他们途经的每一个政府建筑上都挂起了黑旗。

最后，他们来到了火车站，是从铁路另外一侧的碾米厂过来的，另外一队由印共组织者布拉马曼（Brahmam）指挥的工人游行队伍也加入了萨蒂耶姆。布拉马曼热烈地拥抱了萨蒂耶姆。

一辆货运列车正要从火车站出发。他们打算停下它。萨蒂耶姆对车站的守卫和蒸汽间的工人发出了指示。当布拉马曼在火车站顶部展开一面黑旗的时候，萨蒂耶姆爬到了机车顶上，发表了一通冷静的演讲。警察按照达成的协议按兵不动。

“我们必须战斗到最后，”萨蒂耶姆对群众说，“我们必须战斗到我们得到一个独立的安得拉邦为止。”

相较于在安得拉地区其他城镇爆发的骚乱，古迪瓦达的混乱算是程度较轻的，其他地方对政府办公室的攻击造成了百万卢比的损失。许多人被警察枪击而死。两天后，尼赫鲁正式让步，同意建立一个单独的泰卢固邦的要求，这为后来全国按照语言的区分来重新划分各邦疆界树立了先例。

◎

在安得拉独立建邦运动之后，印共的领导人任命萨蒂耶姆为城里党委会的一员。不管他再怎么让他们恼火，事情没有他会变得很难办。在 21 岁的时候，萨蒂耶姆已经成为古迪瓦达一个很强大的领导人了。他在学生、工厂工人和城里的“不可接触者”社区居民中都很有号召力。

他的地位重要到一有其他印共成员来城里，都会确保要去和他会一次面。每次有贡土尔的干部来访，萨蒂耶姆都会问起安得拉基督教学院的老朋友和同志、“不可接触者”数学教师马尼基亚·拉奥的情况。萨蒂耶姆就是这样知道了那个让人震惊的消息：马尼基亚·拉奥正在逃亡。他怎么会卷入那样的麻烦里？只是因为陷入了爱情。

马尼基亚·拉奥被雇去当一个富有的卡普家庭女孩尼兰詹那姆（Niranjanamma）的家教。19 岁的尼兰詹那姆深深信任着她 24 岁的英俊的私人教师。她极其不快乐。她的父母在她年幼时都已去世了，她的生命被她的祖母兰加姆（Rangamma）掌握在手里，那个寡妇掌握着家族的财富。

当兰加姆的丈夫死去后，作为一个女人，她本不能继承遗产，而是要传给她的儿子。但是因为他当时太年幼了，无法掌握遗产，兰加姆就成了合法的监护人。她在城中心有片巨大的地产。在这片土地上，兰加姆建起了一栋大宅，收留了四五十个以卖淫为生的不幸女人。她向她们收取保护费，养了一堆狗腿子以确保她们付钱。家族的财富与日俱增。

但是，作为一个女人，兰加姆对财富的掌控并不稳定，这取决于她对她儿子的影响力，后者即便是在成年和娶妻之后都还屈服在她的权威之下。但是当他的第一个妻子在没有来得及给他生下孩子前就死去后，他就需要再娶一个妻子。他将另外一个女人迎进家门的行为可能会对兰加姆的地位造成威胁。她怎么能保证对方是怎样的女孩？因此，兰加姆让她的鳏夫儿子娶了她的一个孙女，尼兰詹那姆。尼兰詹那姆那时才 14 岁。

尼兰詹那姆向马尼基亚·拉奥倾诉了她与那年纪比她大得多的舅舅之间不幸的婚姻。那是个酒囊饭袋，一个傲慢、无能、学只上到三年级的男人，而尼兰詹那姆则快要拿到她的科学学士学位了。

有一天深夜，尼兰詹那姆从她家溜出来，叫了一辆人力车，让人力车夫把她送到马尼基亚·拉奥的门前。她怀孕了。那孩子是他的："我就在这儿。我把我的命放到你手里了。你要拿它怎样都行。我绝不会再回去了。"

马尼基亚·拉奥尽他全力宽慰尼兰詹那姆。在他们想好该怎么办之前，讨论就被打断了。兰加姆手下的流氓带着棍棒和自行车链条，冲破了大门。

马尼基亚·拉奥和尼兰詹那姆连穿上凉鞋的时间都没有。他们从后门逃出去，翻过宅子的墙，穿过黑暗的街道逃命去了。

马尼基亚·拉奥告诉他的爱人不要担忧。他是一个有着良好声誉的印共成员。印共会将他们从麻烦中拯救出来的。深更半夜，他们敲响了一个城里印共委员会成员的大门，他让他们进去了。

第二天早上，贡土尔印共委员会召开了一次紧急会议，马尼基亚·拉奥出席。领导人全都是坎玛人。

其中一个人揉着他的下巴说："我们来看看，这男人是个可怜人。试想如果我们伸手帮助他，一个人就得到了帮助。但是城里有多少卡普种姓的人就会停止支持我们？在市政选举时这会对党非常不利的。"另外一个人则警告马尼基亚·拉奥："一个讲师得要有讲师的样子，”他训诫他道：“这算什么？”

马尼基亚·拉奥尽全力为他自己辩护：“先生们，事情不是这样的。这个问题……是个非常复杂的问题。无论如何，你们都看到了我的情况有多么糟糕。”

“哎呀，我们看到了。你的情况很感人，但是我们能干什么？为什么要把你个人的问题扔到印共的头上去？”

这就是他们的态度。他们并没有把他扔到敌人的门口。“作为一个人”，他们甚至愿意给他私人的援助，但是作为一个政党，他们不愿意管他的问题。

萨蒂耶姆绝不会在他的朋友遇到危险时袖手旁观。马尼基亚·拉奥和尼兰詹那姆躲藏了起来，没有人知道他们躲在哪里。萨蒂耶姆四处问人。古迪瓦达的一个叫作拉马·拉奥（Rama Rao）的学生（他后来会成为萨蒂耶姆的密友）有他所需要的信息。马尼基亚·拉奥住在一个偏远的村落里，和拉马·拉奥的一个亲戚在一起。

当萨蒂耶姆看到他的老朋友时，他的心都流泪了。马尼基亚·拉奥的情况非常不好。有人给了他几件衬衫，除此之外就只剩他出逃时穿的衣裳。他没有凉鞋，只能徒步走上十公里去邻近的镇子里当私人教师。萨蒂耶姆看到他说的第一句话是：“先生，我们在这儿呢。和我们一起去古迪瓦达吧。”

但是，马尼基亚·拉奥已经在这个小村子里安全地躲了好几个月了，他问：“为什么我要离开？”

“你看，”萨蒂耶姆说，“今天我找到了你。明天兰加姆的恶棍们就会找来了。”

“他们也会找到你那里去。”马尼基亚·拉奥指出。

“让他们尽管来。”萨蒂耶姆对他说，“他们要是来了我们就会把他们砍成碎片。在这里，没有人能够保护你。”

带着这样的保证，萨蒂耶姆把马尼基亚·拉奥和尼兰詹那姆带回去和他的家人住在一起。他根本就没考虑他要怎么喂饱他们。整个家庭都是靠着普拉桑那·拉奥寄来的东西生活的。每一粒米都得精打细算。

但是，家里没有人反对这个计划。曼殊拉和凯里非常乐意尽他们的全力帮助他们敬爱的哥哥，去英勇地保卫这对跨种姓的爱侣。他们不去上学了，全身心地投入这项事业中去。凯里和他的朋友们轮班保护马尼基亚·拉奥，夜里凯里就睡在马尼基亚·拉奥的床头地板上。曼殊拉则去照顾尼兰詹那姆，满足她的需要，守护着她。即便是玛塔姆也愿意尽上一份力。他们密谋要对时不时会过来探望他们的普拉桑那·拉奥隐瞒此事。

当马尼基亚·拉奥和尼兰詹那姆逃跑的时候，卡普人派了一个代表团去安得拉基督教学院找校长申诉：“马尼基亚·拉奥绑架了我们的一个女孩。”校长向他们保证马尼基亚·拉奥再也不会在此任教。

马尼基亚·拉奥打算到维扎格去求职。萨蒂耶姆请求同情者们给马尼基亚·拉奥筹一笔买火车票和几件得体衣服的款子。尼兰詹那姆则会留下来，直到马尼基亚·拉奥为他们找到一个可以容身的地方。

从维扎格寄信到古迪瓦达要花上一个星期，有时候还要更长。但是一个星期接着一个星期过去了，马尼基亚·拉奥还是没消息传来。凯里和曼殊拉没办法扔下无人保护的尼兰詹那姆重新回去上学。萨蒂耶姆担忧马尼基亚·拉奥在找工作时遇到了困难。他筹到了更多的钱，却不知道该汇到哪里去。没有人有他的消息。他们甚至不知道马尼基亚·拉奥是不是还活着。

与此同时，这个城里的“不可接触者”把这对情侣的事情当成了自己的事。好心的人们整天都来拜访。从斯莱特区和曼达帕杜来的马拉人，从诺博区（Nobel Peta）和古德曼区（Goodman Peta）来的曼迪迦人，从帕基区来的帕基人，南查拉雅、他的母亲和所有来自奇那瓦尼古登棚户区的亲戚朋友，都抽出时间来表示同情和伸出援手。只要一句话，周围村庄里的“不可接触者”们，不管远近都会过来。每天都会有四五十个拜访者。玛塔姆为他们做饭煮茶。普拉桑那·拉奥为三个人的家庭发来的供给很快就耗光了。

尼兰詹那姆因为马尼基亚·拉奥的消失而烦躁不安，要求与日俱增。她想要一件新莎丽。她想要外出。为了稳定她的情绪，萨蒂耶姆弄了更多的钱来供她花销。曼殊拉得要陪着她去巴扎，去电影院，或者任何她想要去的地方。尽管尼兰詹那姆表现得像是无所畏惧，曼殊拉却要一直留神盯着周围的人，审视她们遇到的每一个人。在印度，一个少女这样做是很危险的，而这渐渐变成了一个丢人的持续一生的习惯。

最后，萨蒂耶姆决定尼兰詹那姆不能再住在家里了。他听说兰加姆的恶棍们已经去过马尼基亚·拉奥旧日的藏身之处。这意味着他们还在追逐这对情侣的踪迹。总有一天他们会找到尼兰詹那姆新的所在之处。如果他们听到风声说她藏在古迪瓦达，马拉帕里会是个显而易见的寻找目标，因为马尼基亚·拉奥是一个马拉人。而除了萨蒂耶姆之外，谁还有可能收留他呢？

此外，来提供帮助和鼓励的“不可接触者”们也看到尼兰詹那姆的肚子越来越大了，尽管他们很同情，但是暗地里还是有谣言在他们中间流传：“这女孩到底在这里干了什么？”“萨蒂耶姆和她的情况有什么关系吗？”“她的丈夫怎么啦？”“为什么他不回到她身边？”萨蒂耶姆知道事情起了什么变化。他是一个公众人物，一个群众领袖，他不能容忍自己的名声被丑闻玷污。

萨蒂耶姆问自己，当施以援手的人想要在城里什么地方藏起像尼兰詹那姆那样一个受尊重的高种姓女孩，才最让人料想不到呢？当然是妓女种姓所在的居住区了。因此，萨蒂耶姆让她搬到那个地方他为她租下的一间茅屋里去。很自然的，本来职责就是如影随形跟着尼兰詹那姆的曼殊拉也必须一起过去和她住在一起。

这在玛塔姆看来就太过分了。这个家庭的财政状况本来就已经岌岌可危了。她的外孙们放弃了学业，如今曼殊拉还要住到妓女所在的区去！如果知道了她做过这样的事情，谁还会娶她？

当尼兰詹那姆生下孩子后，曼殊拉又被要求要照顾孩子。她开始担心自己会因此成了另外一个女人的保姆而放弃教育和其他所有东西。这事情的起因是正义的。没有问题。但是，为什么印共不能接手呢？她的哥哥用家庭来代替印共是正确的吗？他自己能赢下这场斗争吗？他们是不是真的在为引发一场革命做贡献？

马尼基亚·拉奥在维扎格的遭遇最终传到了萨蒂耶姆的耳中。马尼基亚·拉奥在著名的安得拉大学的AVN学院得到了一个讲师职位。他走进教室的第一天，警察已经在那儿等着他了。他们当着他学生的面将他压到地板上，铐起他的手和脚，将他拖走了。

兰加姆还有一个近亲，叫作 C. 安曼那 · 拉贾（C.Ammana Raja），是安得拉国大党里一个有势力的女人。通过她，卡普地主们在国大党内的利益得以体现；也是通过她，国大党获取支持者。她同样也是安得拉大学学术委员会的一员。当兰加姆向她求助的时候，她在全邦境内发起了一场猎捕那对逃亡情侣的活动。安得拉邦的每个警察站都接到了命令，要与兰加姆的人马配合。

马尼基亚 · 拉奥被带回了贡土尔，关进了监狱。被指控的罪名？欺骗，并与未成年女孩私奔。这个指控显然是假的。它的目的是为了迫使尼兰詹那姆出现在法庭上，让她的家庭有机会带走她。

当他的父母交了保释金之后，马尼基亚 · 拉奥违背保释令，消失了。他害怕让尼兰詹那姆知道发生的一切，唯恐这会让她陷入危险之中。

他试图去其他地方找工作。但是安曼那 · 拉贾让他的硕士学位、学士学位和高中毕业证都失效了。甚至他的出生证明也被废除了。在经过了 16 年的教育之后，他没有任何官方证明可证实他能读会写，甚至存在过。最后，他在一个叫作卡瓦利（Kavali）的小镇上的私人教育学院（预备学校）找到了工作，那儿不需要审核他的学位。当萨蒂耶姆最终找到他的时候，他就藏身在那儿。

保护这对爱侣需要萨蒂耶姆动用所有助力。他和他的朋友还有家人谈话。他召集了整个家族和整个社区来完成这项任务。“我们讨论理想。我们说种姓应该消失。人们应该自由地跨越种姓婚娶。只是说说就够了吗？我们面对的斗争如今不再是语言上的。这是真实的生活。”

萨蒂耶姆派出了一支小分队前往卡瓦利，成员包括凯里和他的朋友纳尔逊（Nelson），他们将刀子藏在皮带下面。每天会有四个人日夜守候在马尼基亚·拉奥身边。确认马尼基亚·拉奥得到了保护后，萨蒂耶姆立即在尼兰詹那姆与安曼那·拉贾的兄弟之间组织了一场会面，后者最近刚刚娶了尼兰詹那姆的姐妹，代表家族负责对这对爱侣进行搜捕。

这是个冒险之举。但是由于这个邦的政治势力平衡发生的变化，令萨蒂耶姆产生了勇气。

当政的安得拉国大党被种姓仇怨搞得四分五裂。当邦政府在1955年下台的时候，宣布开启新的选举。由于国大党的势力分裂了，印共看起来很有希望获胜。

数以百万早先隐瞒了他们同情的支持者如今都出来参与竞选。萨蒂耶姆看到几万工厂工人和农业劳工举行大规模的集会。他们挥舞着棍棒和镰刀，无畏地穿行于村庄与城镇之中。印共将通过投票选举上台执政，成为世界上第一个通过选举上台的共产党政府——这个前景给他们的支持者打了剂强心针，也为他们的敌人拉响了警报。

萨蒂耶姆正是抓住了这个时机，让尼兰詹那姆与安曼那·拉贾的兄弟——家族武装的领导人在中立地区维杰亚瓦达会面。

他问尼兰詹那姆：“他会让你跟他回家。你要怎么回答他？”

“我会说，‘你看，兄弟，我要怎么跟你回家呢？现在我有孩子了。他要是没父亲该怎么长大’？”

萨蒂耶姆很满意："你这样说的时候，敌人就被削弱了。"

当会面举行的时候，尼兰詹那姆一直很强硬："我不回去。"她告诉她的妹夫，"我有个孩子，我要为他哺乳。如果你带我走，他会饿死的。"

她的妹夫不愿意相信她已经有了一个孩子。他发话说，除非他们把孩子带过去给他看，否则他不会放尼兰詹那姆走人。萨蒂耶姆回话说："如果你想要见到那个孩子，你自己必须来古迪瓦达。"

萨蒂耶姆决定亲自参与这次会面。地点定在了火车站的学院招待所里，拉马·拉奥通过学生会得到了它晚上的使用权。凯里和纳尔逊从外面守着门。房间里，萨蒂耶姆和其他两个形影不离的朋友等在那儿。拉马·拉奥躲在一块隔板后面，抱着那个孩子。

当卡普人来的时候，萨蒂耶姆对尼兰詹那姆的妹夫发话了。"在这里，你们不能拿我们怎么样。如果我们的姐妹或者她的孩子发生任何事情，我们会砍下你们的脑袋。不要企图强迫或是恐吓我们。我们会加倍奉还的。"萨蒂耶姆说完这些话就离开了。

卡普人要求看那个孩子。拉马·拉奥从隔板后面走出来，给他们看。一个卡普人朝孩子走了一步，拉马·拉奥立即按照计划带着孩子跑了出去。

卡普人把尼兰詹那姆留在那儿，失望地离开了。如今有了个孩子在那儿，他们必须认识到事情已经发生了变化。兰加姆不愿意让步，但是安曼那·拉贾的观点更为实际，她对她说："为什么呢？故事已经结束了。"因此，兰加姆最终给她的外孙女捎话，说只要他们愿意对此事保密，她就能和马尼基亚·拉奥平静地生活在一起。

对于萨蒂耶姆和他所有的朋友与追随者来说，这是一次重大的胜利。

对于马尼基亚·拉奥和尼兰詹那姆来说，这是在一起过上新生活的开始。他们在维杰亚瓦达安顿下来，在那儿，马尼基亚·拉奥在一所私人辅导学院里得到了一个教职。

◎

尼兰詹那姆的离开对于曼殊拉来说还来得不够早。在这个事件最后的那段日子里，她已经越来越担忧这次运动对家庭财政和她个人学业前途的影响了。此外，尼兰詹那姆那以自我为中心的态度也已经惹恼了她。

到了要开始期末考试的时候，曼殊拉没怎么准备。她不抱能通过的希望。当分数在学校里贴出来的时候，她发觉自己实在是幸运。在英语和英国历史这两科上，她得了 35 分——刚过及格线。这看起来简直像个奇迹。

在回家的路上，曼殊拉与一个叫作阿瑟瓦当（Aseervadam）的年轻人擦肩而过，后者的家刚搬到她家对面。尽管他们是邻居，但曼殊拉从来没有和他说过话。她朝他礼貌地笑笑作为致意（一如既往，她对她那微微外凸的牙齿非常在意）。但是阿瑟瓦当——可怜的阿瑟瓦当，那不是他的错——以为曼殊拉看上他了。在斯莱特区，这是一个非常自然的结论。

上天给了曼殊拉另一次机会。她郑重发誓绝不会挥霍这次机会。在学期开始之前，她就已经拿着书开始提前学习了。她在外祖母上床睡觉好久之后还坐在前面的房间里借着一盏小小煤油灯闪烁的光亮看书。

没有人在家里。她的哥哥们很少在凌晨 3 点之前回家——如果他们会回家的话。这才 6 月份，夜晚的热度就像是在冒着热气的水里浸透了的厚毛巾裹在人的脸上一样。许多人睡在他们自己家门口的街道上。睡在家里的人则敞开着门。

大概在 11 点钟的时候，曼殊拉听到了一点微弱的动静，当她抬起头时，阿瑟瓦当像一个幽灵一样站在她身边。她大吃一惊，喊叫起来："怎么了？你来干什么？"

阿瑟瓦当立即认识到自己是误会了。这女孩在街上对着他微笑的时候没有任何罗曼蒂克或是性方面的意思。他像来的时候那样从这房子里迅速安静地逃走了。

事情可能就这么结束了，要是曼殊拉接下来没那么做的话——她本可以对发生的事情保密。但是在早上的时候，她忍不住把这事告诉了她的外祖母，骄傲地告诉她自己在赶走那个年轻人的时候是多么严厉。

事情可能就这么结束了，要是玛塔姆接下来没那么做的话——她本来也可以保守秘密。但是她对这个事件深感忧虑，于是告诉了她的外孙们。

萨蒂耶姆知道这并不是他妹妹的过错，也知道没什么大不了的。对他来说，阿瑟瓦当很明显已经认识到了自己的错误。

但是萨蒂耶姆不会让事情就此结束。他和凯里经常熬夜到很晚。如果其他人发现了阿瑟瓦当和他妹妹之间的事情，他们可能会认为进入房间接近她没什么大不了的。他必须做点什么来确保这样的事情不会再次发生。

不久之后的一个早晨，当阿瑟瓦当骑着他的自行车转过一个拐角的时候，他看到萨蒂耶姆和南查拉雅一起站在一间茶铺面前。萨蒂耶姆打开了他的伞。天空万里无云，而阿瑟瓦当还没搞清楚发生了什么，10 到 15 个年轻人就一拥而上，他们把他从自行车上拖下来，殴打他。他被打得奄奄一息后，他们又像是有什么秘密约定一样收了手，把他留在尘土里。

萨蒂耶姆和南查拉雅此时跑到了他身边。他们叫住了一辆人力车，把他送到综合医院去。那儿的员工里有萨蒂耶姆的追随者。他督促他们好好照顾阿瑟瓦当。在医生诊治他之后，萨蒂耶姆和南查拉雅把椅子拉到了他床边："你知道为什么会发生这样的事情，对吧？"萨蒂耶姆说，"记得要告诉你的兄弟和你的朋友们发生了什么。但是如果你的母亲和父亲问起来，我们希望你嘴巴闭严实。"阿瑟瓦当顿时什么都明白了。

在感谢过医生和护士之后，萨蒂耶姆和南查拉雅把阿瑟瓦当送上一辆人力车，把他送回了家。他的家人正坐着吃午餐。他的兄弟们从餐盘前站起来，走到里门边上，手里还拿着食物，他们的母亲赶紧洗了手，从房间里出来，在莎丽上擦干了手。当她看到她儿子的时候，她哭起来了："你这是怎么啦，儿子？"萨蒂耶姆和南查拉雅说他们发现他躺在街上，被某个帮派给袭击了，他们送他去了医院。阿瑟瓦当的父亲感谢了他们的好心，而他的儿子则在羞愧中别转过了头。

几个星期后的一个周日下午，一群青少年和20多岁的男人带着棍棒、自行车链条和铁棍出现在坎巴家门外。他们说他们是来找萨蒂耶姆和凯里的。这两兄弟去另外一个“不可接触者”社区为即将到来的选举给印共拉选票去了，但是周末过来探望的普拉桑那·拉奥却在家。他把玛塔姆和曼殊拉从后门送走了，请一个邻居带着她们去和另外一个住在斯莱特区的基督教家庭待在一起。他从炉子里拿起一根厚柴棒，尽可能凶猛地挥舞着它冲了出去，咆哮着：“Evadrrrrra akkada！！（谁在那儿！！）”

这个中年男子以为他能够用一根柴棒就吓跑他们，他的勇气只是惹恼了暴徒们。他们很快就让他躺倒在了地上，像踢一只足球一样从四面八方踢他。他们抓着他的头发把他拉起来，把他朝着一面墙扔过去。然后他们又把他推倒在地上，用铁链抽他，直到他丧失意识。最后，他们冲进了家里，摧毁了里面所有的东西，而邻居们则在一边旁观。当普拉桑那·拉奥恢复意识的时候，他想起来，这些人告诉他他们来这里是为阿瑟瓦当报仇的。

萨蒂耶姆躲藏了起来，而凯里、纳尔逊和其他一些朋友则在静待时机。当机会到来的时候，他们冲进了阿瑟瓦当的家里，毁掉了它，殴打了包括他父母在内所有的家人。他们强迫这家人吐露出袭击普拉桑那·拉奥的帮派都是什么人。

太阳会（Surya Samajam）是坎玛地主辍学的儿子们组成的一个青年人俱乐部。因为无事可做，他们把时间都花在运动、为不同的坎玛电影明星宣传造势和无赖行径上。他们支持国大党，仇恨像凯里和萨蒂耶姆这样的共产主义者。

但是他们还有憎恨凯里的特殊理由。他是比他们任何人都更加出色的运动员，此外他在执行比赛规则上也很热心。他经常因为太阳会在当地的运动场上作弊或霸场而卷入和他们的暴力争吵之中。而凯里还有一个理由导致他卷入和这个帮派的麻烦中。他带着一小群朋友，都是和他一样无畏的马拉种姓的小混混们，在城里保护“不可接触者”女孩的名誉不受有种姓男孩们的侵犯，那些男孩总是认为“不可接触者”女孩轻佻下贱。

萨蒂耶姆明白了，一个像阿瑟瓦当那样贫困的“不可接触者”是如何组织起一次针对萨蒂耶姆家的袭击的。阿瑟瓦当和他的兄弟把这件事告知了太阳会，那些人把他们的不满当成了可以攻击凯里的借口。

所以，萨蒂耶姆考虑要平息事态。他让人殴打了阿瑟瓦当是因为他想要碰曼殊拉。之后他的家庭被袭击了，他便组织了对阿瑟瓦当家的袭击。他不觉得有什么理由要和太阳会陷入长期的仇恨。

但是，他听到的一些事却改变了他的想法。城里印共的书记经过国大党的一个选举集会时，被人群中的一位太阳会暴徒给认出来了。他们带着棍棒和链条追着他，吓得这个人只能拼命逃命，到印共的办公室才确保了安全。

安得拉邦各地都在发生类似的事件。选举战变得暴力起来。国大党尽管在全国仍是统治性的政党，在安得拉邦却因为面对着印共要被选举上台的情况而深受震动，因此他们派出了议会里一个著名的铁腕人物 S. K. 帕蒂尔[1]（S.K.Patil），他从孟买带着成捆

1　S.K. 帕蒂尔（1898—1981）：出生于马哈施特拉邦的国大党政治家，曾多次连任孟买市长，被称为孟买的“无冕之王”，在国大党统治印度的时期多次担任联邦部长职务，是国大党内重要的元老级人物。

的现金和大批人马而来，目的就是雇佣和训练当地像太阳会这样的无赖们去恐吓印共活动家，威胁投票者们。

萨蒂耶姆明白，印共是绝不会忽视对印共内领导人的攻击企图的。如果大家知道城里的书记被迫逃跑躲藏的话，那可不会变成什么好事，支持者们会受到威胁，变得士气低落。

因此，第二天他就组织了一次反击。全印学生联合会[1]（SFI）是印共的学生组织，这个组织的100名成员在路上伏击了太阳会和国大党青年团，用棍棒和铁链殴打了他们。

眼看选举日就要到来了，萨蒂耶姆所领导的印共青年组织和太阳会之间的袭击与反袭击在整个城镇里日益升级，变得越来越血腥。在最后，市政府动员了紧急力量，在镇上施行了第144号法案（戒严令）。超过三个人以上的集会或行动被禁止了。没有人能够在晚上8点以后在街上外出。

选举结束后，国大党诱使阿瑟瓦当的家庭起诉曼殊拉的家庭进行了袭击。萨蒂耶姆的律师朋友建议他进行反诉。这案子上了法院。

这件案子，就像印度的许多案子一样，一拖再拖了好几年，直到诉讼的双方都丧失了所有兴致。阿瑟瓦当和曼殊拉坐在同一间教室里整整三年都没什么冲突。在拿到学士学位之后，阿瑟瓦当在合作部找了一份工作，和当初袭击他的组织者之一南查拉雅成了同事。他们在他们的工会里都非常活跃，相处融洽。阿瑟瓦

1　全印学生联合会：印度共产党的下属学生组织。该组织成立于1936年8月12日，组织的口号是“学习和斗争”，总部位于德里。该组织是世界民主青年联盟的成员。2013年，该组织有500万名成员。

当甚至成了萨蒂耶姆的崇拜者之一，还请他去家里喝过茶。他告诉萨蒂耶姆，他当初的感觉是正确的——太阳会被当地国大党分部用S.K.帕蒂尔带来的钱给招募了。

这个事件给曼殊拉带来了深远的影响。家里的男人们为了她的名誉甘冒生命风险。当普拉桑那·拉奥去世时，她发现当时的瘀青在他身上留下了永久的伤痕。她对父亲与哥哥们为了她做出的牺牲感激涕零，便发誓再也不会让他们失望，特别是在与男孩的关系和婚姻上。

萨蒂耶姆的目标曾经是保护他妹妹的名誉。但是最终，曼殊拉却因为成了那个引发所有暴力事件的女孩而在城里闻名遐迩。

当曼殊拉回到学校的时候，家人很担忧她会面对的情况。他们害怕她会发现墙上或者桌上涂写着把她与阿瑟瓦当联系在一起的下流话。男孩们会诘难她，女孩们会避开她。

与这样的恐惧相反的是，学院里没有一个人对整个事件说上半个字。因为她的哥哥们，他们不敢。直到后来，她才知道她的同班同学给她起了一个绰号，背着她使用："Narahari"，意思是"男性杀手"。

◎

萨蒂耶姆驱走国大党的流氓团伙之后，他也为了印共而投身于选举之中。

他让苦力人剧团演出他和南查拉雅为竞选特地创作的街头剧。在其中一出剧目中，萨蒂耶姆扮演了N. G.兰迦（N.G.

Ranga）——叛离了国大党的坎玛人领袖，拿着拐杖弓腰驼背地跳舞。

萨蒂耶姆也负责在古迪瓦达内和周围所有的“不可接触者”社区进行竞选活动。穷人都坚定地站在印共一边。集会在广阔的田地上举行。休耕的干谷子地上全都站满了支持者，契约劳工们离开了他们的田地，走很远来参加集会。

萨蒂耶姆看到这一切，他想着：“所有这些人，这成千上万的人，他们支持我们，他们会给我们投票的。为什么不呢？我们会给他们土地。这就是为什么我们一定能赢。”

但是，由尼赫鲁和S. K. 帕蒂尔散播的反印共的恐慌取得了预期的效果。许多中产阶级的知识分子——教师、律师和作家，离弃了印共。即便是进步作家联盟也分裂了，大部分人转向支持国大党。主要的泰卢固报纸——《安得拉之光》（*Andhra Prahban*）解雇了它的主编，因为他是一个公开支持报纸员工罢工的自由主义者。新的编辑搞了一个每日头版特写，一个题为《如果共产党赢了……》的系列漫画。某一日内容是老年人排着队等着被吊死，第二天的内容是妇女们像牛一样在田地间犁地，轭套在她们的脖子上。S. K. 帕蒂尔还印制了小册子，谴责共产主义者是印度的叛国者。他在墙上贴满了污蔑中国和苏联共产主义社会恐怖的可怕宣传画。

最后，尼赫鲁与S. K. 帕蒂尔用尽了贿赂和威胁的手段，成功地让邦内与国大党彼此敌视的派别团结成了一个反印共的整体。无地民众们比从前更多地站出来支持印共。但是，在富农和小农中间，印共却失去了支持，包括在它的坎玛选民基础中。在新的立法议会里，印共只赢得了很少几个席位。

这次大败的后果立即就显现了出来。就在大选之后，一波大规模的驱除浪潮开始了。地主为了增加自己的资产，将“不可接触者”劳工和他们的家庭强行赶走。

萨蒂耶姆和他的朋友们开始了防御行动。一旦萨蒂耶姆听说某个定居点遭到了威胁，他立即带着一队好斗的年轻人去占领那片土地。他们会不间断地守卫居住在那儿的穷困家庭长达几个星期，赶走地主的家庭成员或是雇佣来的恶棍。因为萨蒂耶姆很瘦弱，即便对着一个甘愿挨打或是静止的目标都没办法挥出拳头，在发生身体对抗的时候就由凯里来带领战斗。与此同时，善于向政府发起请愿的甘吉·拉马·拉奥（Ganji Rama Rao）和一个同情印共的律师团队就会提出投诉，把地主带到法院去。有些时候他们能赢下来，有些时候不能。

除了克里希纳县的印共书记孔达帕里·悉多罗摩雅之外，印共的领导阶层里很少有人赞许这样的行动。孔达帕里·悉多罗摩雅就是那个萨蒂耶姆在古拉迦街头剧比赛里碰到的坚忍不拔的特伦甘纳老兵。他带着父亲般的骄傲鼓励萨蒂耶姆和他的朋友们。

印共询问萨蒂耶姆愿不愿意成为一个全职员工，但是萨蒂耶姆拒绝了。他见过印共内的全职员工是怎样被对待的。尽管号称是个共产主义政党，但领导人表现的依然像是老板一样，而干部们则都是劳工。他们发放津贴的时候总是不规律，要多吝啬有多吝啬。这对萨蒂耶姆来说太有失尊严了。

除非他回到学校，他的父亲才会支持他。因此，萨蒂耶姆最终还是通过了他的中级考试，在古迪瓦达学院和他的弟弟妹妹一起上学了。但是萨蒂耶姆对于上课没什么兴趣。每一天他都在他的管区——曼达帕杜、古德曼区、帕基区、比拉帕杜（Billapadu）和艾瑞克帕杜（Erikepadu）里巡视。他还要运作他的剧团，要教政治课，要组织反驱除行动。他整天都在外面，凌晨3点才会回家。玛塔姆会在一个盖住的盘子里给他留些米饭和咖喱作为晚饭。

偶尔他才在班里出现，满足最低的签到要求。有一个早上，在去校园的路上，他看到悲惨的一幕。从泰米尔纳德（Tamil Nadu）迁来的一个贫苦麻风病人社群的人全都聚集在他们的茅屋前，号哭着，捶打着他们的胸口。一台推土机正在铲平他们的家，那是一个想要抢占这片土地的地主派来的。萨蒂耶姆把他的书本扔到一边，冲到了那台推土机面前。他的朋友们——南查拉雅、拉马·拉奥和毗湿奴也加入了他，他们一同逼停了这次拆迁。几个月后，法庭把这片土地判还给了麻风病人们，他们将这个居住区命名为“萨蒂耶穆提那迦尔”[1]，以表达他们对他的感谢。

1 原文为“Satymurthy Nagar”，“Nagar”是印度语言中城镇的意思，故此名意为“萨蒂耶穆提镇”。

第四章

象群中的蚂蚁

因一次驱除事件而离家战斗了差不多一个星期之后，在早上6点钟凯里精疲力竭地回到了家。他因为高烧而发热，又打着寒战。

他也忧心忡忡。在前一天晚上发生的遭遇战中，一个坎玛种姓的恶棍拿着斧头朝他扑过来，凯里避开了这一击，将一把小刀扎进了袭击者的胳膊里。那个人肯定会去抗议的，然后会传到印共那儿。萨蒂耶姆会因为凯里的“暴力方式”而再次面临批评。

当他转过街角，来到他居住的街道时，凯里看到一个年轻的护士，想起了他曾许诺过要去和她的上级面质。她告诉过凯里，那个人一直在对她进行性骚扰。他心里又多了一件事。

凯里走进门，倒在床上。睡梦就要到来的时候，玛塔姆发号施令了：“起床！帮我去提水桶！”

在三兄妹中，只有凯里会帮忙干重活。萨蒂耶姆是个王子，连自己扣衬衫纽扣都不行。凯里也不喜欢让曼殊拉在结婚前干重活。很快她就得要为她的丈夫做所有的家务活了，凯里想要在那之前免除她的苦活累活。

所以凯里爬起来，帮着玛塔姆去提水。玛塔姆因为年老体弱，个子又比他矮小，落在了他后面。这惹恼了他。他只想快点回到床上去。“快走啊！”他说，并推了她一把。玛塔姆倒在地上，发出了一声撕心裂肺的号啕。这次跌倒摔裂了她的臀部。

“不是我的缘故。她就是摔倒了。”凯里一直这样对他的哥哥和妹妹说。他知道是自己推了她，但他还是要为自己辩护。萨蒂耶姆和曼殊拉就在那儿，目睹了所有一切。但他们什么也没有说。

凯里把玛塔姆抱起来，将她放到了她的床上。她将再也无法起身了。

外祖母卧床不起，这三兄妹有了两个担忧：谁去照料她，谁又来照顾他们？他们叫来南塔尼尔舅舅，让他带玛塔姆回帕纳萨。第一个问题解决了。但是谁为他们三个做饭和清扫呢？

是时候让萨蒂耶姆结婚了。

◎

在被弗洛拉拒绝之后，萨蒂耶姆发誓他再也不会恋爱了。“哪个女孩第一个来问我，我就娶她。”他对自己这样说。

之后真有女孩这样做了，他却没娶她。在竞选期间，学生联合会的一个坎玛女孩暗示她认为他会是一个好对象。但是他不想娶一个有种姓的女孩。她也许喜欢他，但是如果她看不起他的家庭、他们的房舍和他们的邻居该怎么办呢？

巴帕纳亚先生，那位“不可接触者”印共议员，不久前推荐了他的侄女卡鲁娜（Karuna）。卡鲁娜很漂亮，受过教育，干着教师的工作。

但是卡鲁娜希望她嫁的人能有一份好工作，能够供养她的家庭。萨蒂耶姆觉得这可能不行。

古迪瓦达和另一个城镇杰里卡帕杜（Gerikapadu）彼此相邻，而古迪瓦达那位于斯莱特区的马拉帕里与杰里卡帕杜的马拉帕里——艾瑞克帕杜（Ericpadu）相近。隔开两地的只有一条浅浅的溪流，很容易就能涉过去。在夏天，吃完晚饭后，萨蒂耶姆很喜欢过河去艾瑞克帕杜他的一个同志古达帕蒂·那加布沙纳姆（Goodapati Nagabhooshanam）家里。

在一个炎热的晚上，当萨蒂耶姆到那加布沙纳姆家里的时候，他所有的朋友都在那儿，大概有 10 到 15 人，他们大笑、抽烟、大声聊天。在角落里，三个小伙子打着鼓，其他人在唱歌跳舞。萨蒂耶姆也加入了进去。他的同志们摇着头，说：“他是在哪儿学会这样跳舞的？”他们朝他喝彩：“嘿！”“嚯！”“没错！”“来呀，兄弟！就是这样！”

鼓手们和萨蒂耶姆彼此激励着越跳越狂热。陋居发出的声音震动了夜色。艾瑞克帕杜的男人、女人和孩子们本来打算要上床睡觉的，都离开他们的家，聚集在敞开的门前看着这个英俊的年轻人跳舞。萨蒂耶姆到了房子外面，在圆月下起舞，被充满仰慕的群众围在当中。

那加布沙纳姆同志无法抑制他的骄傲和喜悦。他说：“看看我们年轻的印共成员。”

萨蒂耶姆为所有的喝彩声感到喜悦，笑着躺倒在那加布沙纳姆的地板上，在胸前合起他的手掌，闭上了他的眼睛。

当他睁开双眼的时候，他看见的第一件东西是在他眼前展开来的一幅明亮、美丽的画卷。那幅画中，一个有着可爱的红皮肤的少女穿着红色莎丽，正在一口井旁边将水注满她闪亮的黄铜罐子。

萨蒂耶姆支起胳膊来，揉着他的眼睛。这幅画的画框实际上是那加布沙纳姆陋居的门框。外面有一口井，天上有一轮红日。萨蒂耶姆被那个红皮肤少女的美丽所震惊，于是朝她走了过去。

她是玛尼娅姆，萨蒂耶姆的第二代表妹。她的父母居住在商羯罗帕杜——这个家族的先民所定居下来的小小村落，但是她大部分时间都与她的叔叔和阿姨居住在艾瑞克帕杜。

萨蒂耶姆驻足在井前，求她倒一点水给他，让他能洗洗脸和漱漱口。

“那啥，玛尼娅姆，你过得怎样？”

她表现得很腼腆。“啊，我还行吧。听说你一直跳舞跳到天亮呢。”前一天晚上，她的叔叔曾经站在人群里为他喝彩。

萨蒂耶姆直奔主题而去。她会嫁给他吗？她不用立即回答，但是她能不能在3点钟之前来他家里，让他知道答案。

3点钟到了，玛尼娅姆来到了斯莱特区，告诉萨蒂耶姆她愿意。“现在轮到你去商羯罗帕杜向我父亲求娶我了。”她还说。

商羯罗帕杜离古迪瓦达只有16公里路程。萨蒂耶姆搭上一辆公交车走了一截路，剩下的路他全得靠脚走，因为商羯罗帕杜不通公路。

商羯罗帕杜就像是荒野中的一个营地。除了70间茅屋和一栋砖房之外，这里什么都没有。哪怕是为了买一版纸板火柴，你都得走上五公里到附近的村庄去。

当库吞跋·拉奥（Kutumba Rao）听说萨蒂耶姆是来求娶他女儿时，他很高兴。像他这样贫困的人是不敢梦想像萨蒂耶姆这样受过教育又有才华的人来做他女婿的。

普拉桑那·拉奥听到这个消息也欣喜若狂。因为他曾好几次向他儿子暗示过玛尼娅姆。他会说起她为他的孩子们做了多少事情，如果有一个能融入他们，如同一直熟悉这个家庭一样的儿媳该有多好，她一定会很乐意在他晚年照顾他的。

那个晚上，萨蒂耶姆和玛尼娅姆一起坐在她屋子的后面，在拥抱彼此并亲吻了若干次之后，萨蒂耶姆对他的未婚妻发表了一通关于他们未来共同生活的演讲。他告诉她，印共在遭遇了失败之后，如今的情况是如何的不好，而他又如何需要将他学习之外的所有时间都用于政治工作上。玛尼娅姆说她理解。然后萨蒂耶姆就列出了他的要求。一共有五条：

第一，在婚后，玛尼娅姆得要在所有方面照顾萨蒂耶姆，看顾他在家里学习以及让他通过他的考试。

第二，玛尼娅姆必须满足他妹妹的所有要求，在她学习时为她做饭、洗衣，这样她就能够以一等的成绩通过她的学士考试了。这很重要。

第三，在考试结束后，他和玛尼娅姆得去帕纳萨，把玛塔姆带回来。“我的外祖母一辈子都在照顾我们，”他告诉玛尼娅姆，“她应该在我们家里去世。照顾她将会是你的职责。”

第四，当普拉桑那·拉奥老去之后，玛尼娅姆也得要照顾他。

最后，萨蒂耶姆解释道，凯里是个狂野之人。如果玛尼娅姆要成为这个家庭的一分子，她就得要忍受他的脾气。

玛尼娅姆高高兴兴地同意了全部要求。在她和全村人的眼里，萨蒂耶姆是一个英雄，因为他娶了她—— 一个没法从高中毕业的女孩，而且还不要嫁妆。

他还提了另外一个要求。但这个要求玛尼娅姆不能接受。她无法接受。她告诉他，就算是英国的国王愿意不要嫁妆娶她，她也不能接受这个要求。

但是萨蒂耶姆不能放弃。他说，他不会在教堂里结婚。

当普拉桑那·拉奥听说这事时，他站起来，流着眼泪走到村庄外面去。萨蒂耶姆不肯让步。婚约要取消了。

萨蒂耶姆等待着。他认定玛尼娅姆会想通的。但是，当他在艾瑞克帕杜再次见到她的时候，可怜的、迷惘的玛尼娅姆告诉他，她不知道为什么在教堂结婚会是一个问题。这不是像玛尼娅姆这样一个商羯罗帕杜女孩能明白的问题。

萨蒂耶姆反复思考这个问题。他这样想：他已经 24 岁了。除了这条要求外，玛尼娅姆同意了他的每一项条件。她的美——那就是另外一回事了。但是他又怎么能在他作为共产主义者和无神论者的原则上退让呢？

他想起了马克思主义里关于内容与形式之间的区别。此时的内容是玛尼娅姆。他们是要举行一场教堂里的婚礼还是一场印共的婚礼——男女只是简单地在印共的领导人面前交换花环——说白了只是一个形式上的问题。

当曼殊拉被告知她哥哥的订婚消息之后，就像一记重锤击中了她似的。她一言不发，走进屋子，躺下来，盯着天花板，泪水滑过她的脸颊。

萨蒂耶姆已经取代了她死去的母亲，在许多年里还取代了她缺位的父亲。如今，他对她而言，依然比任何时候的普拉桑那·拉奥都更像是她的父亲。尽管他只比她大六岁，萨蒂耶姆还是一直用"阿姆"来称呼她，那是长辈们——父亲、叔叔或者祖父用来向一个女孩表达喜爱的称呼。

如今，她觉得自己被背叛了。萨蒂耶姆要与另外一个女人分享他的生活了。"所以，这都是一个错觉。他是个撒谎的人。我的家人们都密谋好了，这些年一直让我生活在幻觉之中。"

而且，她还要被玛尼娅姆所取代？玛尼娅姆在高中时期曾经是曼殊拉的同校同学。而曼殊拉一直很害怕她。玛尼娅姆活力十足，她的朋友们都很狂野。她经常和其他女生争吵。没有人敢和她作对。

"我哥哥是个温柔、说话和气的人。"曼殊拉想，她不敢想象他还能有一个更糟糕的对象。她不停地哭了好几天。

每个人都警告普拉桑那·拉奥说，玛尼娅姆是一个黑寡妇毒蜘蛛。但是他不会听这样的流言蜚语。在长大成人的过程中，他一直很崇敬玛尼娅姆的祖父（普拉桑那·拉奥的叔叔），他比村子里任何一个人过得都要好，还拥有村里唯一的一栋砖房。在遇到玛雅姆之前，普拉桑那·拉奥一直希望能入赘那个家庭。但是，玛尼娅姆那漂亮的阿姨却只看重有地产的求婚者，尽管他们都没有他受过的教育。如今，通过他的儿子，普拉桑那·拉奥终于能够间接地满足他那个梦想了。他热情地开始为这场婚礼做准备。婚礼会在商羯罗帕杜举行，那是这对夫妻共同的先祖之地。首要的大事就是为婚宴采办食物。

◎

在婚礼那天早上，曼殊拉被隔壁格拉雅（Gollayya）叔叔房子旁小巷里传来的巨大尖叫声给惊醒了。她在惊恐中坐起来，开始祈祷："噢，天神啊！主耶稣啊，救救我们吧！"

她的一个表妹坐在身旁，此时把莎丽的末端放在嘴巴上，以藏起她的微笑："什么啊，帕帕，没必要这样害怕。他们在追猪呢。"

当普拉桑那·拉奥把儿子婚礼的消息告知全村的时候，所有人都开始想着那头猪流起了口水。"不可接触者"居住区里的婚礼是一场节日，而这场节日的中心就是婚宴，婚宴的中心则是那头猪。婚配一旦完成，男女双方的家族都会抓上一头小猪，不管是在"不可接触者"的市场里买的还是抓一头野生的。几周内，双方家族都会细心喂养他们的猪。

婚礼上的猪可不是寻常之猪。它必须被充满尊重地对待。谁都不许对它说话粗鲁，要是这样做了肯定会被阻止："嘿，注意你的发言，那可是婚礼上用的猪！"家族会尽全力好好喂养它，给它喝煮饭后剩下的米汤，有时甚至给它吃牲畜的草料。大部分"不可接触者"家庭没有这样多余的口粮，但猪最棒的特点就是它能自己给自己找食吃。在印度，猪吃的东西用文雅的方式来说就是"malinam"——污物。它们吃人的粪便。如果结婚的家庭太穷了，养不起他们的猪，这也不是什么大不了的事情。猪就被放养在村庄周围，靠吃大便长肥。“不可接触者”们经常会惊叹：“就算它吃屎吧，但猪的肉是所有肉里最甜美的！”

但是，萨蒂耶姆结婚的消息比一头猪的未来要意味着更多。普拉桑那·拉奥比留在商羯罗帕杜的所有人都过上了更好的日子。他是个教师，不是个农工。他居住在城镇里。他与有种姓的人交流，和其他受过教育的人交流，和有工作的人交流。在村民眼中，他是个富人——他有四亩半土地。他的儿子是这个村庄里第一个去上学院的人。如今，他最年长和最受宠的儿子要结婚了！他的婚宴上肯定会有许多猪肉。大家都说，普拉桑那·拉奥甚至可能会去搞一头外国的新品种猪来。

大概一两年前，一个新的猪品种出现在这个国家里，它们被称为“Seema Pandulu”——欧洲猪（它们是从欧洲来的）。有人叫它们红猪，因为它们皮肤粉红，光滑无毛。它们被饲养在农场和猪圈里，而不是在大街上放养。它们被饲以标准口粮，比印度的猪要肥壮巨大上好几倍。实际上，它们看起来和本土那黑乎乎、毛茸茸、脏兮兮的猪毫无共同之处。但是，不管是谁试图自己去饲养一头这样的外国猪，它都会很快丧失它的“种姓”，变成一头普通的印度猪，它的皮肤会变黑，它的脂肪会缩水，它会跑过街道，在污水沟里打滚，吃排泄物。

商羯罗帕杜的每个人都盼望着在普拉桑那·拉奥儿子的婚礼上吃上一口欧洲猪。但是普拉桑那·拉奥的儿子却有着不同的想法。

当猪的问题出现的时候，萨蒂耶姆痛苦地意识到他的亲戚们和他有种姓的朋友们实在有着天壤之别。他曾经在古迪瓦达参加过许多次朋友的婚礼，除了南查拉雅的婚礼之外，其他人都不供应肉菜。印度教徒认为，肉是不洁的。最纯洁的种姓婆罗门不吃任何肉食，甚至包括鱼和鸡蛋。“不可接触者”们自己就不洁净，他们连死牛肉——路边上因为年老或者疾病死掉的牛身上的肉都吃。因为牛是神圣的，不能被屠宰，这是印度教法则下，人能够吃到牛肉的唯一一种办法。除了商人种姓之外的其他中等种姓会吃除了牛肉之外的其他肉食，但在出生、葬礼和婚礼上供应肉食则会被认为是不吉利的。

萨蒂耶姆觉得，在任何场合吃一头猪的肉，都是没教养乃至野蛮的行为。对于有种姓的印度教徒来说，猪是肮脏污秽的标志。“不可接触者”经常会与两种生物联系起来：乌鸦，因为它黑；猪，因为它脏。当人们聚集在榕树下为婚宴做计划的时候，萨蒂耶姆告诉他们，不会有猪。

老人们将烟从嘴里拿了出来：“什么？什么？一场婚宴上没有猪？”

萨蒂耶姆说：“也不会有任何肉食。”

他们不敢相信自己的耳朵。他们将要经历的可能最隆重的婚礼正在变成他们听说过的最糟糕的婚礼。他们不想和它有所关联了。男人、女人和孩子们都失望地转身回了家。但是萨蒂耶姆不为所动。

村庄里的讨论持续了好多天，最终，老人们去找普拉桑那·拉奥，提出一个建议：村民们吃上一口猪，而“读过书的人（受过教育的人）”吃上一只鸡怎么样？萨蒂耶姆说：“绝不！”

普拉桑那·拉奥站在他儿子那一边。在维扎格的时候，他就不再吃牛肉了，以便在一个有种姓的印度教家庭里租住的时候能掩藏他的身份。如今，想起牛肉来都让他反胃。他自己不介意吃猪肉，但是他能理解他儿子的感受。他没有买猪，而是买了成堆的蔬菜——是从他在泰拉坡鲁教过的坎玛学生家里买来的，还有一些新奇的、上层种姓口味的食物：印度薄脆饼（Appadams）和炸糖球（Laddoos）[1]。村民们决定抵制这次婚宴。

但有一件事力挽狂澜。无论是普拉桑那·拉奥还是萨蒂耶姆都没有说新娘的家庭不能在婚礼当晚组织**他们**的婚宴。人人皆知库吞跋·拉奥已经在过去几周里养了一头猪了。

库吞跋·拉奥那头猪到底是买来的还是自己抓来的，没人知道，但那是一头黑色的印度猪。就是在婚礼当天早上村子里的年轻人追赶着的那头猪，他们的大叫大喊把曼殊拉给惊醒了。

曼殊拉走出去，看到装备着又长又厚棍棒的敏捷年轻人在臼齿间咬着香烟，腰布紧紧地裹在裆部和臀部间，他们跑着穿过村庄，身体因为汗水而闪烁着光芒。其中有一个人拿着一张特殊的网。村庄里的孩子们也跟着猎人们一起奔跑，他们十二三岁大小，赤身裸体，满身尘土，头发蓬乱，流着鼻涕。他们中间的女孩子也是赤身裸体的，只是戴着蜗牛壳做的手镯，在腰间挂着小小的银盘子或者铜盘子遮羞。每个人都放开了嗓门大叫大嚷，而

1　薄脆饼又叫作“Papad”或“Papadum”，是一种碟状的饼，脆而薄，以鹰嘴豆、小扁豆、生粉或土豆等作为原料，蘸酱料食用，有些上面则放了洋葱和番茄粒增添风味。炸糖球又叫作“拉杜球”或“黄油球”，一般以鹰嘴豆粉、酥油和糖制成，是印度历史悠久的小吃，深受人们喜爱。由于这两种食品制作需要耗费大量的油和粮食，又并非主食，而只是点心和小吃，过去社会底端的阶层并不经常食用它们。

猪的尖叫声还要更响亮。猪因为恐惧而变得狂野，它像一颗炮弹一样飞快地穿过茅屋之间，绝望地想要躲开杀气腾腾的年轻人。它的蹄子和追赶它的人的脚在他们后面扬起一阵沙尘。

猪被追赶而不是被捆起来宰掉是为了留下它的血。是血让它变得好吃。而想取得它的方法就只能是吓得一头猪尖叫奔逃，直到它因为疲累而倒下。

在商羯罗帕杜，那个早上，年轻的女性和少女都在欣赏男人们挥舞他们的棍棒时闪烁着光芒的褐色皮肤下鼓起的肌肉。女人们的眼睛扫过猎人们的身体，注视着他们的腰背、大腿、胸部、窄腰，叼着烟的嘴唇。每个人都在高兴地想着，自己的男人是如何比其他人跑得都快，是如何将那头猪压倒在地。男人们也都知道女人们在看，而他们用尽全力要给她们留下深刻得印象。

那头猪跑了半小时，直到它再也跑不动了，最后倒在地上。一个猎人朝它抛出了一张特制的网，其他人也举起他们的棍棒将这头动物打到半昏迷。他们将它抬到村子中心去，用绳子捆住它的口鼻。然后把它的前腿捆到一根杆子上，让它用后腿站着。这头昏迷的猪便面朝着天。

小猪在长个头的过程中，它的脖子会很快长得肥实，只要它还活着，它就没办法抬头看天。但是一头婚礼上用的猪，在它生命的最后一刻会注视着天空。“不可接触者”们会说，如果有一个不幸的人，一辈子都生活在贫穷之中，从来没有一刻幸福，但是在生命最后有了一点小小的补偿，比如他的儿子有了一份工作，终于能够供养父母了，那就是“Veedu pandi lanti vadandi. Chacchipoyye mundu akasanni choosedu”（这个家伙就像是一头猪。在他生命最后一刻才看到了天空）。

婚礼的早上，男人们负责准备这头猪，他们将还活着的猪在火上轻柔地烤过，把它抬到新娘的家里去。由于没有砧板，他们卸下了一块门板，把猪放在上面。两个老年人，那拉雅叔叔和阿贝德尼格（Abednego）堂兄被邀请来享受开猪的荣誉。

几年后，在古迪瓦达有一个崇拜甘地的婆罗门在各色人等——特别是残酷、粗野的“不可接触者”之间传播非暴力的原则。有一天，他发觉自己所在的一个“不可接触者”居住区正在举办一场婚宴。在人们把猪放到门板上之前，那个婆罗门挤开一条路，先躺在了那头猪要摆放的地方。他哭泣着说：“有良心的人怎么能伤害这个发不出声音来的动物？你们还是人吗？你们难道没有听过我们圣雄甘地的教诲吗？”他请求那群“不可接触者”，在对那头神的造物动刀子之前先把他给割了。那个居住区的年轻人们都喝得醉醺醺的，真的把那个婆罗门按倒在地，用一把刀子对准了他的喉咙，直到他们的长辈出来干涉。那个婆罗门拔腿就跑，再也没有这样尝试过了。

幸好他还没看到他们接下来要干什么。如果他看到了，说不定会晕过去。曼殊拉自己都忍受不了看着婚宴厨子把猪大肠给拉出来，那可以用来做成一道美味的煎菜。其他的特殊部分都被小心地移走了：猪心，猪脑，还有猪肝。用这些做成的咖喱不是人人都能吃的。一部分是要留给主持婚礼的牧师，剩下的是给结婚的两家的。

这头猪能喂饱整个居住区好几天。他们会用它的骨头熬汤，用它的蹄子和睾丸做咖喱。人们会说一边喝酒一边吃油炸猪肉是多么妙不可言。“鸡根本算不了什么。”他们会这样说。

但是，猪的意义远超它的味道。那事关追捕它时的竞技和男人们的伟绩。那是英勇的、浪漫的、情色的。那是充满象征意味和修辞意味的。那是具有深邃哲学意义的。但这些仅仅都是“上层建筑”。它的基础还是经济上的。

“地球上最低贱的人只能吃最低贱的肉。”

◎

在婚礼当天的早上，商羯罗帕杜的每一个人，从老人到新生儿，全都聚集到了莲花池旁的教堂那儿。除了牧师有一把生锈的椅子外，所有人都坐在泥泞的地板上。牧师的角色总是毫无预兆地在司仪和活跃气氛的人之间来回切换，上一分钟还在讲婚礼是多么神圣，下一分钟就寻新郎的开心，迸出一个下流笑话来，要么就哼唱起电影里的小曲。

萨蒂耶姆的朋友中没几个受到邀请。拉马·拉奥是一个高种姓的坎玛人，也是萨蒂耶姆亲密的朋友和追随者，他被要求不要来参加。萨蒂耶姆就像一个优秀的印共成员那样告诉他：“如果你来了，婚宴的成本就要上升了。”而不是：“那儿会吃猪肉，还会跳部落舞蹈。我不能让你看到我的同胞是怎么生活的。”

但是，萨蒂耶姆的“不可接触者”朋友南查拉雅来参加了婚礼。马尼基亚·拉奥也去了。他宽慰曼殊拉，试图向她确保她并没有失去自己的哥哥。

曼殊拉透过她蒙眬的泪眼看去，被新娘和新郎的样子耀花了眼睛。她觉得，那就好像上帝将世上所有的美都灌注在了牧师面前那两个发光的人形当中。

萨蒂耶姆穿着一件白衬衣，从他的左肩垂下一块叫作“坎杜瓦”[1]（Kanduva）的织物，带着“扎里”（Zari）边，也就是用银线织成的花边；一条米黄色的有扎里花边的“旁恰”[2]（Panche），围裹起来打成精美的褶子，从腰间一直垂到小腿肚，脚上还穿着一双皮凉鞋。他柔软的鬈发用药草洗过，在清晨的阳光里闪闪发亮。

玛尼娅姆则穿着一身米黄色的莎丽，绣着红色的扎里。村子里的女性在给她洗澡前，用奶油和姜黄粉末涂抹她的皮肤。她们用“卡图卡”（Katuka，眼线笔）来修饰她的眼睛，每一只胳膊上戴了12只红色玻璃做成的手镯，还在她长长的丝一般的秀发上戴了茉莉花。

牧师以一首歌结束了他的仪式：

Pelli Kante Mundu，mana peddalu
Pandi Pelli chestarayyo
Panditlo …

1　坎杜瓦：在泰卢固语里专指男性的上身衣物之一，是一条长三尺、宽一尺的披巾，白色或饰有纵向的长条花纹，折叠整齐后从肩膀垂下，通常只有在宗教场合和正式仪式上才会穿着。

2　旁恰：又叫“pancha”，泰卢固语中指男子的下半身穿着，相当于印地语中的“朵提”（Dhoti），穿法是将一条长布围裹在腰间，在正前方打好长褶，并将褶子尾部从双腿之间穿过后别在后腰上固定好。穿戴时长度通常会到脚踝或到小腿肚。

（就在婚礼之前，
我们的长辈们
已经在帐篷里给猪举行了婚礼……）

宾客们急不可待地想要拥出教堂开始狂欢。只穿着腰布的男性本会挥舞着手帕跳舞。他们会爬到另外一个人的肩膀上，在猝不及防的时候被摔下来。当他们追逐着主宴人拉下他的腰布时，气氛会达到一个小高潮。人们会在他用双手捂着裆部跑开时哈哈大笑。

但是事实并非如此。萨蒂耶姆下了禁酒令。没有被灌醉的情况下，负责搞活婚礼气氛的人就没有心情了。

下午由新郎家款待的婚宴是商羯罗帕杜有史以来最寡淡无味的婚宴。普拉桑那・拉奥提供绿色蔬菜和扁豆。村民们露出仿佛要呕吐一般的鬼脸来。薄脆饼和炸糖球这样的食物对他们的口味来说过于考究了。

带着由于新郎造成的失望情绪，他们嘀嘀咕咕："这个人的那一套本身就是格格不入的。"萨蒂耶姆的那一套对于他们来说是不可理解的。他们的宽慰全在晚上的那顿婚宴，那是由库吞跋・拉奥准备的。在那之前，他们都闷闷不乐地回了家。

突然之间，他们听到了电影音乐在整个小小的村庄里响起。他们从自己的家里出来，惊喜地大叫："哎呀，他们为那个萨提啥啥小子的婚礼带了'晕厥'过来，他们带了'晕厥'！"他们用发音最接近的泰卢固单词"micum"来代指英文里的"麦克风"，而"micum"的意思就是晕厥。萨蒂耶姆有个印共朋友，他在古迪瓦达有一家租赁音响系统的店。许多村民毕生都没有见过电子设备。那一天的最后，通过扩音器播放出来的震耳欲聋的电影歌曲，大大弥补了萨蒂耶姆干的荒唐事。

◎

在婚礼之后，村民们共同庆祝了新婚夫妇的洞房夜，在那之后萨蒂耶姆自己回了古迪瓦达。在一个双方家庭约好了的合适日子，玛尼娅姆的家人把她带到斯莱特区，把她留在了那儿。

在玛尼娅姆搬来和他同住的那一天，萨蒂耶姆对她说：“让我们去把外祖母接回来吧。”根据传统，照顾玛塔姆的职责落在她的长子南塔尼尔的肩膀上。但是，她这辈子都在照顾坎巴家的孩子们。

萨蒂耶姆和玛尼娅姆由一群朋友和他们的妻子陪伴着前往帕纳萨。半路上，他们买了一张藤编床去接玛塔姆回家。

当南塔尼尔家听说萨蒂耶姆要到帕纳萨的时候，他们急急忙忙地把玛塔姆放在她的床上，试着让事情显得他们好像有在好好照顾她一样。但是萨蒂耶姆能看出来她快瘦到皮包骨头了。她木然地盯着她亲爱的外孙。

玛尼娅姆马上掖起她的莎丽，开始干她的工作。她和萨蒂耶姆朋友的妻子们像一个团队一样工作，开始为这位年老妇人洗澡和梳理头发。男人们将她放在床上，扛在肩膀上前往火车站。火车旅程结束后，他们不得不扛着床徒步穿过两座村庄，来到斯莱特区。

萨蒂耶姆为他外祖母做了一个床垫。因为她无法起身，于是他们在床垫和床上打了洞，在下面放了一只夜壶。凯里每天清理她的夜壶——此后他一直坚持这样做，大概是为了弥补良心上的不安。

玛尼娅姆负责喂饱玛塔姆和为她洗浴。为了让她高兴，萨蒂耶姆会给她念《圣经》和祈祷文。然后他们会一起喝茶。

萨蒂耶姆是三兄妹里唯一一个年纪够大，还记得母亲的死的人。他看着她外祖母转动眼睛和拼命喘息的样子，就知道她的死期已然临近。当死亡到来时，他们三人和玛尼娅姆围在了她的床边。

屋里连一派沙[1]都没剩下给玛塔姆办葬礼。所有的钱都花在婚礼上了。萨蒂耶姆只好到城里同志开的书店去借上五卢比。所需的鲜花是他的支持者送过来的，他们都是他在“驱除行动”中拯救过的“不可接触者”、他为剧团招募过的帕基人、他保卫马尼基亚·拉奥时组织过的碾米厂工人。他们在葬礼时成群结队而来。

谁会想到，这位小个子的黑皮肤“不可接触者”妇女的身躯，这个田间的拾穗者，这个唱苦工之歌的歌者，这个舂米者，这个传道妇女，这个铁路苦力的寡妇，这个种植园奴隶的母亲，这个一辈子没有一刻是为自己而活的女人，会被成百上千手持红旗、高唱着《国际歌》的男男女女组成的行列送往她的墓地呢?

在一切都结束之后，纳加拉特纳姆（Nagarathnamma）阿

1　派沙：印度货币名称，一派沙等于百分之一卢比。

姨才姗姗来迟。当她走进来的那一刻，一直克制着自己悲恸之情的萨蒂耶姆才失声痛哭。纳加拉特纳姆阿姨的女儿厉声对他说："如果你在她活着的时候关心过她，就没有必要哭成这个样子了。"

萨蒂耶姆无言以对。

纳加拉特纳姆把他拉到一边，询问他："她是否曾向主耶稣忏悔？"

萨蒂耶姆告诉她，他没见到她这样做过。

"如果她临终时我在她身边，一定会祈祷并且让她忏悔的。"

当他们在讨论玛塔姆的罪孽时，南塔尼尔的家人却急着想要看看玛塔姆留下来的财产。她唯一拥有的东西是一个小小的满是锈迹的铁箱子，她从来不让任何人碰它。谁都不知道她在里面放了什么。

南塔尼尔的妻子把它给撬开了。在那里面，他们找到了一个陈旧的、有缺口的盘子，那是她儿子大卫过去吃饭用过的，还有他高中时的毕业奖章，放在一小片丝绸上。大卫本来会成为这个家族第一个去上学院的人，却在 16 岁时死于结核病。这就是全部了，除此之外还有一个摇摇晃晃的木头折叠椅，是她在晚年购买的。南塔尼尔的儿子孙达拉·拉奥（Sundara Rao）第一个拿走了它。

◎

1955 年的大选是安得拉邦共产党的葬礼。在他们竞选的 169

个席位中，他们只赢得了 15 个，而国大党则赢得了他们竞选的 142 个席位中的 119 个。富农给了致命一击。1952 年，当印共与特伦甘纳的封建精英做斗争的时候，富农们是支持共产主义者的，但是到了 1955 年，这场战争已经赢了，打完了。有地阶层基本上都团结到国大党那儿去了。在这个联盟里，富农种姓之间又产生了新的敌对关系。如今，是坎玛种姓与卡普种姓为了主导权而竞争。

学生中的选举也反映出了这个邦的选举政治。印共的学生组织——全印学生联合会变弱了，而国大党则变强了，学校里的坎玛种姓和卡普种姓之间则分裂开来。有些坎玛种姓的男孩会骚扰非坎玛种姓的女孩。库苏玛（Kusuma）是个漂亮得耀眼的卡普女孩，她成了最大的目标。男孩们会相互比赛，骑着自行车从她身旁掠过，夺走她头上的茉莉花。萨蒂耶姆告诉他的朋友们要保持警醒，尝试着从这些袭击中保护女孩们。他同样也在想法子利用这种潜在的种姓之间的敌对关系。坎玛种姓的学生在选举中主宰了国大党的竞选团队，所以萨蒂耶姆招募卡普种姓加入他的全印学生联合会团队。

这就是为什么他会提名维塔勒施瓦拉 · 拉奥（Vithaleswara Rao）当选总干事。维塔勒施瓦拉 · 拉奥是一个富有卡普种姓地主家和城里高层官员的儿子，他个子很高，高颧骨，有着光滑无毛的黑色皮肤，这让他看起来好像一尊铜像。尽管不是特别爱好学习，他却很受欢迎，总是被一群朋友所环绕着。

因为她哥哥的缘故，曼殊拉也积极参与竞选。在她加入后不久，维塔勒施瓦拉 · 拉奥就接近她说："我希望你能够作为妇女部长加入我的团队。”曼殊拉脸红了，害羞地微笑着，彬彬有礼地拒绝了。但是维塔勒施瓦拉·拉奥依然坚持：“你会干的，不用再讨论了。”

全印学生联合会克服了重重困难，赢得了竞选，维塔勒施瓦拉·拉奥当选为总干事。而曼殊拉非常出人意料地以一票之差落选了。但是赢得竞选的那个女生只想要一个妇女部长的名头，便让曼殊拉去承担她的职责了。

这次竞选标志着曼殊拉、维塔勒施瓦拉·拉奥和他的一位朋友——一个叫作阿肖克（Ashok）的坎玛人之间的友谊的开始。那两个男孩每天都会在曼殊拉下课后和她一起走回家。当他们到曼殊拉家门口时，会在她家门口盘桓上好几个小时。每天这两个男孩在班上看到曼殊拉的时候，他们的脸都会亮起来，她则微笑以报。

阿肖克稍微有一点瘸，所以每次他和维塔勒施瓦拉·拉奥有什么话要说的时候，曼殊拉总是会多留意他一点。她很小心地不让他觉得自己因残疾而被当成弱者来对待。但是在维塔勒施瓦拉·拉奥那广大的朋友圈里，人人都知道维塔勒施瓦拉对曼殊拉的感情，把她当成了他的女朋友。那些日子里，一个年轻人经常会热情地把他的朋友叫作“Mama”（岳父）或是“Bammardi”（大舅子）。当维塔勒施瓦拉·拉奥的朋友们看到曼殊拉的时候，他们经常开玩笑：“嘿，女婿啊，你看，我的女儿过来啦。”维塔勒施瓦拉·拉奥的家庭也知道他的感受。他们知道他喜欢在教室里注视她，看着她坐在那儿，用许多发油来压制她那不驯服的鬈发，一次又一次徒劳地用手掌抚过头顶，试图让头发被压平。

直接对曼殊拉和那些男子的友谊说三道四不是萨蒂耶姆的行

事方式。相反，他和拉马•拉奥会经常在他面前讨论维塔勒施瓦拉·拉奥和阿肖克的事情。那一年，他们在学习《失乐园》，萨蒂耶姆会把维塔勒施瓦拉·拉奥比作撒旦，而阿肖克则是别西卜。拉马·拉奥更进一步，他告诉曼殊拉说，维塔勒施瓦拉·拉奥是个坏小子，还经常去找妓女。“我知道这事，”拉马·拉奥说，“因为我见到他半夜还在街道上游荡。”实际上，维塔勒施瓦拉·拉奥喜欢和他的一个当巡警的朋友一起值夜班巡逻。尽管有这些抹黑，曼殊拉还是和阿肖克与维塔勒施瓦拉·拉奥保持着友谊。

有一次，这三人快要走到她家的时候，曼殊拉远远看见了凯里。她扔下了她的书，颤抖得像一片草叶，并告诉她的两个朋友：“你们现在得马上走。请赶紧离开。”

“为什么，发生什么事情了？”

“凯里会看到我们在一起的。”

“为什么，他会怎样啊？”

“他会怎样？他会把我砍成碎片，把我的肉切成堆。”

维塔勒施瓦拉·拉奥被吓了一跳。他无法想象这样一个在班级里显得如此镇定与自信的文质彬彬的女孩，会这样害怕她的哥哥。更让他觉得迷惑不解的是，凯里作为一个花花公子很是臭名昭著，他有什么资格去评判她的举止？

维塔勒施瓦拉·拉奥不能理解凯里的心理是怎样的。屈服在他诱惑之下的女性越多，凯里越是觉得整个女性集体都是天生放荡的，他越想要牢牢控制妹妹的行动。

曼殊拉还害怕另外一个男性：她的历史老师，拉马·普拉布

（Rama Prabhu）先生，一个古板教条的婆罗门，他鄙视“不可接触者”，夸耀他的婆罗门血统。他穿着一条老式的旁恰，剃光头顶，前额上有一个圣印（Bottu，宗教记号）[1]。每一天，每一日，他都会把曼殊拉叫起来，当着全班的面叱责她：“你在这里干什么？如果你想要傻笑，那就出去笑，不要在我的班上笑。”“你在这儿要找什么？如果你不能集中注意力，为什么你要来受教育？教育对你这种人来说不合适。”所有学生都看得出他是在平白无故地折磨曼殊拉。他经常把她点起来回答问题。如果她答不出来，他就诋毁她的智力，如果她回答对了，他就会说：“你以为你什么都懂吗？你什么都不知道！”当他这样做的时候，维塔勒施瓦拉·拉奥和阿肖克会从过道那边，朝她投去同情的目光。拉马·普拉布有一次把这两个人叫到教员室去，对他们说：“你们为什么要和那个女孩说话？你们看不出来她是个无足轻重的人吗？”

到了1月份的时候，尼兰詹那姆来了古迪瓦达，和斯莱特区的曼殊拉的家人待上一个星期。在她停留期间，她注意到了维塔勒施瓦拉·拉奥会陪曼殊拉回家，她问曼殊拉：“他是什么种姓的？”当尼兰詹那姆知道后，她对曼殊拉建议道：“忘了他吧。跨种姓的婚姻不适合你。不要以为你对他来说真的算什么。”这居然是**那个**尼兰詹那姆说出来的话！

---

1 圣印：“Bottu”在印地语里被称为“提拉克”（Tilaka），是用草木灰、檀香粉和朱砂画成的宗教标志，主要画在额头上，也有画在肩头或四肢上的，依据印度教内教派的不同，有着不同的形状，湿婆派为平行横纹，毗湿奴派为U形，性力派为巨大的红点。信徒在额上画圣印来标志自己的身份和祈求神灵的庇佑。南印的圣印往往更加醒目。

曼殊拉很是受伤。她开始想："为什么他老是要和我一起走？这肯定是有原因的。"

最后，她开口问他："你和我交朋友，是不是因为你想要接近库苏玛？"

维塔勒施瓦拉·拉奥很迷惑："不，我对库苏玛没有兴趣。"

"那是对谁有兴趣？塔拉（Tara）吗？"

维塔勒施瓦拉·拉奥生气了："我要是对她们有兴趣，我就直接和她们说话去了。"

然后，维塔勒施瓦拉·拉奥突然恍然大悟了。曼殊拉皮肤黑，又高又苗条，还有着高高的颧骨，她被认为很丑，她也觉得自己很丑。但是维塔勒施瓦拉·拉奥是一个狂热的电影爱好者，从好莱坞电影里学来了对女性的西式审美。他喜欢高而苗条的女孩，他喜欢高颧骨。就皮肤来说，肤色深浅对他都无关紧要。曼殊拉的皮肤光洁无瑕，就是这一点在他们一开始碰面时就吸引了他的目光。

在萨蒂耶姆结婚之后，玛尼娅姆一直很留心曼殊拉。在泰卢固有一句老话"Maradalu ardha mogudu"，意思是"丈夫的姐妹就是半个丈夫"。希望能够成为一个好新娘的玛尼娅姆，为曼殊拉干了所有的事情。为了让她对这场婚姻感觉好些，萨蒂耶姆和普拉桑那·拉奥为曼殊拉买了半打莎丽。这次不是那种全白的莎丽，而是有花纹和花边的真正的莎丽。每天玛尼娅姆都会洗干净这些莎丽，浆过之后再熨好它们，这样曼殊拉就能够气派地去学校了。她的同班同学们开始以新的眼光看待她。

但是对于曼殊拉班上的那几个女生，包括想要继续深造读研究生的她而言，拿到她们的学士学位就标志着她们的教育和人生一个时期的结束。如今，她们会嫁人，从此再也不会为自己而活。婚姻意味着为丈夫、孩子和姻亲们而活。

在学期的最后一天，曼殊拉班上的女孩们心里都充满着奇怪的情感。她们不想离开学校。她们坐在那儿聊天，却什么实质性的话也不说。她们为了最琐碎的事情而一直笑个不停。在学校里，她们有着今后生活里再也不会享有的自由的感觉。

到了最后，再留下来就太晚了，她们开始最后一次一起回家。她们首先到了坎玛的街区，两个女孩就离开了队伍。剩下的人继续朝卡普居住区走去，在那儿，库苏玛道别了。

一个接一个的，有种姓的女孩们都离开了。最后只剩下两个人，曼殊拉和钱德拉·里拉（Chandra Leela）。有种姓的街区都已经在她们身后了，前方只有城镇边缘的马拉帕里了。曼殊拉居住在两个马拉帕里中较好的那个，而钱德拉·里拉则居住在较脏、较贫困的那个。她们两人在沉默中走着。

要和曼殊拉告别的时候，钱德拉·里拉突然对她发泄出一通压抑已久的正义怒火："你知道吗，曼殊拉，我一直想要成为你的朋友，但是你只想要有种姓的朋友，你根本不关心你的同胞！你真的有精神问题。你伤害了我，而我想让你知道这事。"她把哑口无言的曼殊拉扔在家门口，继续朝着曼达帕杜——最偏远、最孤立的社区走去。

"她是对的，"曼殊拉心想，"我确实更喜欢坎玛人。但是我没办法啊。我不喜欢贫穷——我喜欢坎玛人，也喜欢他们的友谊。"此后，她再也没想过此事了。

在复习假期（他们是这样称呼学期的最后一天到第一天考试中间的那段休息时间的）的第一天，维塔勒施瓦拉·拉奥满心焦虑。一开始他说不清楚到底是哪里出了问题。但是几天之后，他意识到自己有可能再也见不到曼殊拉了。三年时光中，他已经对她的陪伴习以为常，如今这段时光已经结束。再见到她几乎已经不再可能。他们居住在城里不同的区域，要是没有合适的理由，一个男人是不能偏离他的道路去见一个女人的。从此刻开始，他就开始打算要娶她。要和她一起度过时光，只有这个办法了。

曼殊拉知道，这完全不可能。因为恋爱而婚嫁，这对于所有种姓和阶级来说都是禁忌，而没多少人会比曼殊拉的家庭更尊重这个禁忌。这是基督教的方式，或者西方的传教士就是这样教他们的。一个像普拉桑那·拉奥家族这样的"不可接触者"家庭想要在种姓社会里赢得尊重，就必须特别留意这些传统习俗。

假如曼殊拉在选择丈夫方面曾经有过对抗家庭的机会，阿瑟瓦当的事件也已经将这种可能排除掉了。她发过誓永远不会再玷污她的名誉。曼殊拉警告过维塔勒施瓦拉·拉奥，无论什么理由都不要接近她的父亲。

维塔勒施瓦拉·拉奥虽然接受了这个暗示，却无法理解普拉桑那·拉奥为什么会拒绝一个受欢迎的、富有的、有政治权力的、爱慕着他女儿的高种姓男孩的求婚。"总会有办法的。"维塔勒施瓦拉·拉奥这样对他的父亲说。

在复习假期的一个周日晚上，维塔勒施瓦拉·拉奥和阿肖克来到了斯莱特区的曼殊拉家门口。曼殊拉吓坏了，逃进了屋子里。他们肯定知道她的父亲周日在家。

维塔勒施瓦拉·拉奥是过来请求普拉桑那·拉奥的许可的，让他女儿和班里的其他男生与女生一起旅行去参加一个同班同学的婚礼。温和又有尊严的普拉桑那·拉奥爆发了。这是年轻人自由自在地在城里一起招摇的新借口吗？这两个男孩觉得他女儿的家庭是会让她在男生陪伴下四处闲逛的家庭吗？

在房间里，曼殊拉蹲在炉子旁边，发着抖。她得要让她父亲相信，不是她给她的朋友们出主意干这事的。

维塔勒施瓦拉·拉奥明白，只要普拉桑那·拉奥还有一口气在，就绝不可能让他娶曼殊拉。只要她还活在她父亲的影子里面，她永远都无法违逆他。

但是很快曼殊拉就要离家去深造攻读硕士学位了。也许他在她上学的地方也能拿到入学许可，那么他们在接下来的两年里还能在一起。他有的是时间说服她嫁给他，不管她的家庭同意与否。

第五章

象群中的蚂蚁

考试的结果出来了。萨蒂耶姆、曼殊拉和他们的父亲都通过了（他通过函授念了一个学士学位项目）。凯里没有通过。还是因为英语。

许多曼殊拉的同学都通过了考试。但是只有三个人被安得拉大学录取了：曼殊拉、萨蒂耶姆和他们的朋友甘加·拉朱（Ganga Raju）。

在他们出发前往维扎格的那一天，曼殊拉特意去拜访了一下她从前的历史老师拉马·普拉布先生的家。他不让她进他的房子。她站在他的门口，感谢他："先生，要不是你那么狠地鞭策我，我永远不可能通过考试，更不要说拿到一等的成绩了。"

她是真心实意的。她有种疯狂的想法，觉得这个人毫无理由地羞辱她、恐吓她没别的目的，就是为了督促她好好学习。拉马·普拉布就好像是桑波西瓦·拉奥的严厉版本，虽然方式不同，但都抱着相同的提升"不可接触者"的理念。曼殊拉没有发现她自己有种对种姓印度教徒恭顺屈服的倾向，特别是对婆罗门种姓的人。她的一生——以这种或是那种方式，她总是以恭顺相伴着叛逆。

在一个让人汗流浃背的夏日傍晚，朋友和家人们来到火车站，与萨蒂耶姆、曼殊拉和甘加·拉朱告别。曼殊拉因为兴奋而眉开眼笑，坐在窗边挥手告别。当火车开动的时候，凯里跟着它奔跑，朝她吼叫道："举止检点些！"她因为伤心和羞愧而缩了回去。

第二天，他们到达了维扎格的华泰尔（Waltair）火车站。维扎格是孟加拉国湾一座漂亮的海港城市，它一侧是保持着原始风貌的白色沙滩，一侧是翠绿的山丘。它数不尽的街道起起伏伏，两侧都是棕榈树和街头小贩。在每一个街道的转角处，你都能看到一座印度教神庙或是一座基督教的教堂。

维扎格也是萨蒂耶姆和曼殊拉的母亲被埋葬的地方。自从为了逃避日本飞机轰炸而从这座城市逃离后，他们就再也没有回来过，除了萨蒂耶姆之外。他曾在攻读学士学位的最后一年代表学院来安得拉大学参加一次全邦的辩论比赛。他的队伍的辩题是"资本主义还是共产主义"。萨蒂耶姆的队友为了增加课外学分，想要为共产主义辩护，因为他觉得这比较容易。萨蒂耶姆挥挥手，让他来选。以极高的热情、抒情的技巧和良好的判断，萨蒂耶姆为资本主义进行了辩护，并且为他的学院赢得了一个金奖。

萨蒂耶姆这次作为文理学院[1]的学生回到安得拉大学的校园，

1 文理学院：原文是"Arts College"，印度承袭英制教育系统，此处的"arts"并非指艺术，而是一种综合学术训练，目的不在于教会学生某些具体的谋生技能，而是提供广泛的知识和多方面的智识教育，提高学生的素质与修养。在印度和其他南亚国家如斯里兰卡等有许多这样的文理学院，与美国常见的文理学院（Liberal Arts College）功能类似。

他搬进了一个宿舍。在早上，他喜欢站在阳台上看着脚下的校园。他很快注意到一个漂亮的帕基女孩会来清扫教职员宿舍的厕所。她让他想起了他漂亮的玛尼娅姆，后者在他离家时已经怀孕了。

在他到安得拉大学的第一周，萨蒂耶姆被召去参加全印学生联合会与一些来自造船厂的印共工人的会议。他们在一个年长学生的宿舍里聚到很晚。一个老资历的印共代表过来讲话。

在斯大林死后，赫鲁晓夫继任成为苏联的领导人，国际共产主义的政策发生了重大变化。会议的目的就是为了要通知参会者们，印度共产党有了新的路线。

在那个印共成员开始解释之前，萨蒂耶姆就发火了："如果你想要盲目遵循莫斯科的指示，你就那样做吧！"他打断了发言，"不要期望我们也会照做。我们自己会学习文件，得出我们自己的结论。现在你回家去吧。"

萨蒂耶姆能看出俄罗斯正在发生什么。苏联与丹吉[1]（Dange）和拉杰斯瓦拉·拉奥[2]（Rajeswara Rao）领导下的印度共产党走上

1 丹吉全名为什里帕德·阿姆里特·丹吉（Shripad Amrit Dange，1899—1991），全印共产党总书记和印度共产党前主席。1919 年加入国大党。1922 年加入在孟买建立的印度第一个共产主义小组，创办《社会主义者》杂志，从事工会工作，是全印工会大会创建人。曾多次因从事革命活动而被捕入狱，共坐牢 15 年之久。1962 年 1 月，开始担任党的主席。1964 年 4 月，丹吉早年被捕变节的信被揭发，印度共产党的党内斗争进一步加剧，最终导致组织分裂为印共与印共（马）两派。1981 年，他被印共以违反党的纪律和进行反党活动为由开除党籍。

2 拉杰斯瓦拉·拉奥：全名为钱德拉·拉杰斯瓦拉·拉奥（Chandra Rajeshwara Rao，1914—1994），印度共产党总书记。1914 年 6 月 6 日生于今安得拉邦克里希纳县。1934 年加入印度共产党，在安得拉邦从事农民运动和青年运动。1943 年任印共安得拉邦书记。1948 年任印共中央委员和政治局委员。1950—1951 年任印共总书记。

了相似的道路。他们拒绝再次发起武装斗争，仅仅是依靠选举来让印共获得权力。就像赫鲁晓夫一样，这个非正式的派别声称，能够通过社会的渐进式转变和平地达到社会主义。当斯大林还活着的时候，人人都把他说的话奉为圭臬，但是斯大林已经死去三年了，如今赫鲁晓夫却在说斯大林犯下了罪。

在这次会议之后不久，萨蒂耶姆就听说特伦甘纳武装斗争的伟大组织者孙达拉雅要来安得拉大学访问。萨蒂耶姆很渴望能接近他。毕竟，孙达拉雅在放弃武装斗争的问题上曾经反对过丹吉和拉杰斯瓦拉·拉奥。

萨蒂耶姆去学校的招待所见他，并且提问："同志，我们应当怎样对待印共的这次路线改变？党要朝哪里去，我们学生又该怎么做？"

即便是孙达拉雅，也只能告诉这些已经做好了牺牲他们生命准备的年轻学生，通过考试，找份工作。

在期中考试的时候，萨蒂耶姆在政治理论、经济学和历史上都名列前茅。他在古迪瓦达的家里休假时，玛尼娅姆生下了一个男孩，他将其起名为悉达多。当这个喜庆的新闻传来时，萨蒂耶姆在各个居住区的支持者——帕基人、农工、人力车夫，都带着礼物拥到他家里。曼殊拉看到来自萨蒂耶穆提那迦尔的麻风病人把孩子抱在手臂里亲吻他时，感到非常不安，但是萨蒂耶姆让她什么都不要说。

结婚和成为父亲在萨蒂耶姆身上没有起到什么效用。他体内所有的热情和诗歌如今很少是给予他妻子和儿子的。他还是全心全意想着要如何造就一场印度大革命。

他搞到了一些中国共产党的文件，他们走的是与苏联不同的一条道路。在这里，萨蒂耶姆终于找到了对困扰着苏联共产党的疾病的诊断。中国人把它叫作“修正主义”——对马克思主义的彻底背离。苏联接受了社会主义国家与帝国主义之间“和平共处”和在资本主义国家里实现“和平演变为共产主义”的可能性，他们为此而攻击苏联。

萨蒂耶姆发现，印度革命必须要走中国道路。劳动者们永远不可能通过诸如选举之类的合法方式获取权力。他的任务就是聚集和训练干部以组建和领导一支农民游击军队。它的目标是一个一个地解放城镇周围的村庄，驱赶走地主，集中力量以最终包围城市，夺取省邦的权力。在许多年的追寻之后，萨蒂耶姆终于找到了前进的道路。

回到学校之后，他投身于对毛主席著作的严肃学习之中。慢慢地，在他周围聚起了一个小圈子。萨蒂耶姆得到了一个绰号——“安得拉大学的毛泽东”。

这群志趣相投的朋友中也包括查拉萨尼·普拉萨德（Chalasani Prasad），他是在萨蒂耶姆前一年入学的坎玛种姓学生，有着毫无瑕疵的共产主义者血统。查拉萨尼的家庭——不仅是他的近亲家人，而是包括远亲在内——都曾经在特伦甘纳战斗过。他的哥哥，他姐姐的丈夫，还有他的一个叔叔，都被警察打死了。另外一个叔叔和若干表兄弟在监狱里被折磨了数年。查拉萨尼非常仰慕他死去的兄长。

还有一位潘查地·克里希纳穆尔蒂（Panchadi Krishnamurthy），一个羯林迦（Kalinga）种姓的人，来自斯里加古兰（Srikakulam）

县。羯林迦种姓尽管被官方认定为是一个落后种姓[1]（Backward Caste），却像克里希纳县的坎玛种姓一样把握住了经济与社会地位。但是，潘查地却来自一个贫穷的羯林迦家庭。萨蒂耶姆被他英俊的外表和学习中表现出来的自制力所打动。他每天很早起来，洗澡，打扮整洁，梳理头发直到一根不乱。他在上课前会坐下来学习上一小时，回来之后再喝他的茶，然后再开始看教科书。他学的是经济学。

萨蒂耶姆把潘查地当成即将到来的毛主义运动的重要资产。他试图把他拉进自己的圈子里去。但是潘查地明白地告诉他："你看，我的家很穷。他们把所有资源都投到我的教育上面去了。我要得到一等的成绩，成为一名讲师。"

但是，他依然有很强的社会正义感。他无法长期置身事外。他被萨蒂耶姆自发的学习和他留在自己房间里的文件给引诱了。他的朋友乔杜里·泰杰斯瓦拉·拉奥（Chaudhari Tejeswara Rao）经常会来宿舍找他，也很快加入了毛主义的小圈子。

还有一个人叫作 Y. 寇特施瓦拉·拉奥（Y. Koteswara Rao），他是一个来自内洛尔（Nellore）县的 21 岁年轻人。他来学校时本是属于国大党青年团的。他又瘦打扮又邋遢，很明显一文不名，但非

1　落后种姓：印度在建国后，从法理上废除了种姓等级制，将长期被排斥在社会之外的低种姓、贱民与部落改称为"表列种姓"（Scheduled Castes）和"表列部落"（Scheduled Tribes），后来又添加了不属于表列种姓和表列部落，但在经济和社会地位上处于底层的"其他落后阶层"（OBC）。由此，印度人口被分成了四大类：表列种姓、表列部落、其他落后阶层与先进种姓（Forward Caste and others）。根据 2006 年的印度政府统计，其他落后阶层所占人口达到了印度总人口的 41%，表列种姓和表列部落则分别占 22.2% 和 9%。

常聪明和诚恳。看到他是来自一个贫困织工种姓家庭，萨蒂耶姆用自己的观点教育他，很快就把他转变成了一个共产主义者。

这些人和其他一些人都聚集在萨蒂耶姆周围。他们都恨着印度共产党。他们都恨着赫鲁晓夫。他们认为，为游击战争做准备是自己的任务。

每天早上 8 点，他们都会在“印度咖啡屋”见面，在那里阅读和讨论当天的新闻。10 点钟的时候他们去上课。在下课后的 5 点钟，他们再一次在茶馆见面，学习国际和国内的情况。

每个人都选择了一个领域进行专门研究。有些人想要成为演讲者，有些人想要成为理论家。还有一些人想要成为游击队战士，疯狂地进行锻炼，学着阅读地图。

萨蒂耶姆会来到维扎格著名的白色海滩上练习演讲。他面对着无尽的海洋，假装自己是在对着群众发言。“你们必须争分夺秒地振作起来。”他规劝着波涛，告诫着海浪，“是的，你们正在撤退。但是你们要按照有秩序、有纪律的方式撤退，牢记在心，撤退只是战术上的，当时机到来之时，你们还要归来战斗。”海洋化作大众、波涛化为游击队的想象，后来激发他写下了著名的诗篇《监视浪涛》（*Alala Paina nigha...*）

在上大学的第二年，萨蒂耶姆建议在选举中拿下学生会。他的朋友们认为这是不可能的——在 1955 年选举失败之后，学校里充斥着敌视共产主义者的氛围，哪怕是共产主义者的同情者处境都变得很危险。但是萨蒂耶姆告诉他的朋友们：“你们等着瞧。”他着手开始了他的工作。

他运用了他在古迪瓦达学院的选举中用过的策略，和他敌人的敌人联手了，这一次是国大党青年团。在安得拉大学的校园里形成反共产主义威胁的并不是国大党的学生，而是印度社会党[1]（Socialist Party of India）的学生组织——民主学生联盟（DSU）。

一开始，萨蒂耶姆很难搞懂为什么一个自称为“社会主义”的群体会对像他这样真正的社会主义者抱持强烈的敌意。民主学生联盟是如此偏右，以至于国大党相形之下都成了左翼，而他们对国大党学生和全印学生联合会的人都一视同仁地加以恐吓。萨蒂耶姆开始明白，直接站在马克思主义对立面的意识形态并不是资本主义，而是甘地社会主义。

甘地社会主义者们支持传统美德和传统的乡村经济。他们支持自给自足、自雇自主。生产自己所需的食物，编织自己所要的衣物。他们痛恨现代科技和重工业，这就是为什么他们仇恨尼赫鲁领导下的国大党，因为尼赫鲁并不认同甘地那开历史倒车的幻想。

民主学生联盟的学生主要是婆罗门，他们都很有钱。他们全都有着与众不同的、有政治背景的封建精英那种打扮：浆洗熨烫过的纯白短裤和衬衣。

萨蒂耶姆和国大党联手了。他们一起放出话来，说萨蒂耶姆是来自古迪瓦达的一个学生，至少被牵扯进七起针对有权地主的

1　印度社会党：印度主要政党之一，前身为 1934 年 10 月成立的印度国大社会党。印度独立后，印度国民大会党禁止其他政党在党内活动。国大社会党人于 1948 年 3 月退出国大党，另建社会党，J.P. 纳拉扬（J. P. Narayan）任总书记。在选举失败后，这个党历经了几次重组、合并和易名，本书此处所指的社会党是 1955 年后由拉姆·马诺哈尔·洛希亚（Ram Manohar Lohia）领导的其中一个派别。这和如今北方邦的社会党（Samajwadi Party）不是一个党。

反驱除案件的调查当中。这让民主学生联盟的人有所犹豫。“这些混蛋，他们都是很暴力的混蛋。”他们在自己人之中这样说着，由于担忧他们的自身安全而放弃了对共产主义支持者们的威胁。全印学生联合会胜利了。

萨蒂耶姆和他的朋友们想要宣告他们的胜利。查拉萨尼·普拉萨德建议，他们代表安得拉大学文学联合会邀请室利室利在学校里发表演讲。

在 1955 年的大选中，当安得拉社会分裂成共产主义和反共产主义两部分的时候，进步作家联盟也分裂了，其所有的主要领导人都站到了反共产主义一边去，除了一个人：室利室利。

室利室利为他对印共的忠诚付出了沉重的代价。每一天，报纸上都会发表一篇文章或是诗歌谴责他。这个人在他的时代里是个传奇，却在媒体上被涂抹成了一个小丑、一个叛徒和一个恐怖主义者。“Srirangam，nee rangam khelee，khelee”（室利室利，你完蛋啦）是用来嘲笑他的叠句。

在 1955 年的选举时，室利室利的剧团来回于全邦各地为印共拉选票，剧团的成员发现这个大诗人的行为开始变得很奇怪。他会想起某些个特定的名字和词语，然后毫无意义地反复念叨着它们。他的朋友们很快意识到他已经疯了。因为不想让反共产主义者们知道他们已逼疯了室利室利而感到满足，他们将室利室利诱拐到了马德拉斯去，把他交给一家精神病院，在那儿他慢慢康复起来。

萨蒂耶姆认为，任何共产主义者都有义务对室利室利表达感谢，谢谢他毫不动摇地不抛弃自己的同志。查拉萨尼是所有人中间最狂热的室利室利粉丝，萨蒂耶姆指派他来组织这场活动。

在这场活动宣布之后的一天，有些民主学生联盟的成员跑来找萨蒂耶姆，他们的样子非常吓人："告诉我们，萨蒂耶穆提先生，是不是真的会有一场大屠杀？"萨蒂耶姆要他们解释。他们告诉他，前一个晚上，当他们安安静静地在"印度咖啡屋"聊天的时候，查拉萨尼来找他们，并且说："小子们，如果你们胆敢在室利室利讲话时捣蛋，小心了！会有一场大屠杀的！"

尽管萨蒂耶姆对查拉萨尼的自作主张很不高兴，但他还是告诉那些前来找他抱怨的人："你们就试着打扰室利室利的发言吧，自己等着看会发生什么。"

当查拉萨尼忙着在学校招待所里订房间和安排音响系统的时候，萨蒂耶姆组织了一个 30 人的安保团队。这次活动在"印度咖啡屋"前的露天场地上举行。安保形势会比在一个封闭的会议厅里更严峻。萨蒂耶姆和他的人包围了群众，保持着警惕。

成队的学生参加了。许多人来是因为他们仰慕室利室利，其他人则是想要来观看一场大屠杀。

当室利室利疯掉的时候，他曾有一段时间无法写作，他在马德拉斯电影业的朋友安排他去做配音工作。现在，他告诉学生们："我现在在干配音的活。你们看，配-音。你知道我的意思是什么吗？配-音（Dubbu-ing）。"在泰卢固语里，"dubbu"的意思是"钱"。室利室利为他的一语双关感到满意。坐在他身边的是他年轻的新妻子——萨罗吉尼（Sarojini）。他转向她，并且说："我需要为了我的萨罗吉尼配-音。"然后他注视着她的嘴唇，说："嘴唇丰润。丰润的嘴唇。她嘴唇的运动。"

他前言不搭后语地说着，反共产主义者们本可以开始嘲笑他，但是在萨蒂耶姆安保队伍的眼皮底下，没有人敢那样做。这次活动失败了，但是至少室利室利毫发无损地离开了安得拉大学。

后来，根据萨蒂耶姆的建议，学生们邀请了孔达帕里·悉多罗摩雅来举行一次马克思主义的研讨会。

孔达帕里·悉多罗摩雅像室利室利一样，亟须恢复名誉。印共等着开除他的机会。他们不喜欢他号召重启武装斗争。但是他们又犹豫不决，因为他在像萨蒂耶姆那样比较年轻的干部中具有很高的威望，他们仰慕他正是因为他有斗争精神。

为了把他赶出去，印共牢牢抓住了一则流言，说他与特伦甘纳一位烈士的遗孀有着不正当的关系。悉多罗摩雅否认了这些指控。“她是一个有着两个孩子的寡妇，”他辩解说，“她失去了她的丈夫。她很孤独。她是我们的同志。我只是想要安慰她。她对我来说就像是一个姐妹。”

不像室利室利，悉多罗摩雅是个大师级的演说家。他是如此富有魅力和说服力，以至于要是你让他和一个强硬的反共产主义者待上一小时，他就会把那人转变成为一个印共游击队员。这次活动取得了巨大成功。悉多罗摩雅高高兴兴、倍受激励地离开了。

在学期末的最后一个月里，为毕业生们举办了一次盛大的晚宴。在宴会的最后，萨蒂耶姆邀请所有学生来到会堂背面，要求他们朝外面看。在扔晚餐泔水的垃圾堆附近，几十个孩子，还有年老的男人与女人们，在和野狗与猪争夺食物的残余。

“这就是印度人民的现状。”萨蒂耶姆说，“你们毕业了，想想你们要用你们的人生去做什么，你们想要为你们的国家做什么。”

离考试只剩下一个星期时间了。萨蒂耶姆一整年都没看过书本，如今他需要坐下来心无旁骛地学习了。

但是就在这个时候，凯里出现在萨蒂耶姆的门前，疲惫不堪，衣衫不整，还拉着一个女孩。那个女孩看起来惊恐万分。凯里说：“哥哥，帮我们结婚吧。”

在凯里的学位考试失败之后，他的父亲把他送到了邻近一个县的一个叫作默吉利伯德讷姆的城里去上本德（Bunder）学院。凯里在一个金匠种姓的人家里与其他学生同租。他很快就勾引了房东的女儿。但是这一次，他无可救药地坠入了爱河。凯里的室友不赞同这事。他们不希望看到一个“不可接触者”男孩和一个有种姓的女孩搞在一起，尤其是在他们自己都没有这样的机会时。他们向那女孩的父亲告了密，他父亲禁止女儿去见凯里。

凯里找到了一个和她私奔的机会，随即马上跑去维杰亚瓦达见马尼基亚·拉奥。他是曾为了他有种姓的妻子经历过地狱的人，还会有谁比他能更好地帮助一对跨种姓的爱侣呢？

但是马尼基亚·拉奥却拒绝了凯里。现在，时间是至关紧要的。那个女孩的家庭在追捕她。凯里需要萨蒂耶姆的帮忙，在他们被抓住前和她结婚。

“好吧，”萨蒂耶姆对他说，“让我和那女孩谈谈。”他答应搞定所有事情。与此同时，他让他的朋友拉马·拉奥带着凯里去海滩，让他冷静下来。当凯里焦虑地在沙滩上踱步时，萨蒂耶姆给那个女孩的家庭发话过去了。几小时后，她的哥哥开着一辆专门为追踪她而租来的汽车出现了。

萨蒂耶姆转过头看着那个女孩，她躲在一把椅子后面。他问她："你要怎么做呢，阿姆？"

她朝后面退了两小步，然后猛地一大步朝前，冲进了她哥哥的怀抱里。

当凯里回来的时候，他的女孩已经走了。凯里不明白，为什么偏偏是他的哥哥要拆散一对跨种姓的情侣。他感到被背叛了。

他倒在萨蒂耶姆的床上，用床单盖住自己，哭个不停。整个星期他都在悲惨地号哭，只有在吃饭的时间才短暂地停下来。他拖着步子去食堂，然后吃掉一大堆食物。曼殊拉担心他，跑过来照顾他。她和萨蒂耶姆都是一直等到考试前最后一个星期才开始学习，而如今他们都把这关键的一个星期花在了凯里身上，试图安抚他。

与其不及格或是拿到糟糕的分数，萨蒂耶姆宁可放弃他的考试，这样他就有机会自学然后再次参加考试了。曼殊拉参加了她的考试，只拿到了三等的成绩。这两兄妹羞愧地回了家。

萨蒂耶姆在大学里度过的两年时间又全部贡献给了政治。但是，他在政治上的努力也全都白费了。尽管他们学习、计划，但是萨蒂耶姆领导的那个小圈子从来都没有凝聚成一个组织。当他和他的朋友们毕业时，全都各奔东西。

萨蒂耶姆 26 岁了，他没有硕士学位，没有工作，没有自己的钱。而如今，他又有了第二个女儿，他取名为阿努普姆（Anupama）。要让他已经入不敷出的父亲再来支持他和他的家庭的话就太过分了。而可怜的玛尼娅姆已经结婚两年了，还是没能和她的丈夫住在一起。她只能有时住到父亲的家里，有时住到普拉桑那·拉奥家里，萨蒂耶姆偶尔会去看看她，就像是一个“sanyasi”（流浪汉）一样。每一次他去看她，都给她带去另一个孩子。

如今，萨蒂耶姆必须找一份工作了。他听说，《伟大的安得拉》正在招募一个副编辑。那是泰卢固语的印共日报，大本营在维杰亚瓦达。一个印共县党委的成员一直对萨蒂耶姆的智识水平印象深刻，他举荐了萨蒂耶姆。

萨蒂耶姆松了一口气。他的计划是每天在工作之后为他的硕士学位花上一两个小时学习。在考试前两个月，他就请假来准备考试。

因为这份工作是在维杰亚瓦达的，萨蒂耶姆打算去和马尼基亚·拉奥住在一起，后者自从和他妻子的家庭讲和之后就一直住在这座城市里。

萨蒂耶姆的这个老朋友境况相当不错，他没日没夜地上课，用双手挣钱。他和他漂亮的妻子殷勤地招待了萨蒂耶姆。当他们觉得他要开口请求住上一阵子的时候，尼兰詹那姆低语了几句，随即就和马尼基亚·拉奥跑到厨房去了。等他们回来的时候，他们的态度就完全变了。马尼基亚·拉奥没了好客的态度，变得含糊其词。最后，他嘀咕着说他得赴其他的约会：“你可以偶尔来看看我们。”他对萨蒂耶姆这样说。

萨蒂耶姆难以置信。那是他花上他人生中整整两年时光去保护的人。为了马尼基亚·拉奥，萨蒂耶姆让他可怜的父亲破了产，惹恼了他的外祖母。萨蒂耶姆的妹妹日日夜夜看护他的妻子，照料他的孩子。萨蒂耶姆的弟弟如影随形日复一日地跟随着他，每一天晚上睡在他脚旁，做好了大开杀戒的准备。而如今，这个人就连让萨蒂耶姆在他家里住上几天都不愿意。萨蒂耶姆是怎样来的，马尼基亚·拉奥和尼兰詹那姆就让他怎样走了，就连一杯水都没端给他。

整个人生里萨蒂耶姆都没觉得这么羞耻过。“他们一定认为，因为我很穷，所以我是来此让他们偿还我曾给予他们的帮助的。”他这样对自己说：“好吧，他们有钱，我没有。我不想让他们觉得我是为了几个卢比而来的。我们助人是因为我们想助人。我们不想从他们那儿得到任何东西。”

备受伤害的他去探访孔达帕里·悉多罗摩雅，他最近刚刚搬来维杰亚瓦达。他一直如父亲一般待萨蒂耶姆，而他的妻子寇特施瓦拉姆（Koteswaramma）也很喜欢萨蒂耶姆。

孔达帕里家的房子位于维杰亚瓦达的一个新区摩迦拉贾普拉姆（Mogalrajapuram），是他们自己修建的。那和其他城市里的房子都不一样。它更像是一所田舍，是用棕榈覆顶的小小的、宁静的乡村小屋。他们在它周围种满了蔷薇花丛。

悉多罗摩雅和寇特施瓦拉姆看到萨蒂耶姆都很高兴。他们让他坐在帆布床上，请他喝咖啡。当他们知道他正在找地方住的时候，他们说：“为什么只在这里待两天？只要你在维杰亚瓦达，就和我们一起住吧。把你家人也带来这里！”

这是个很有诱惑力的邀请。确实，这个小田舍在维杰亚瓦达的城市边缘，离萨蒂耶姆城中心的办公地点很远，但是它舒适又令人愉悦，而他还能与朋友们待在一起。萨蒂耶姆决定租住悉多罗摩雅和寇特施瓦拉姆的房间。

玛尼娅姆非常乐意搬去一个新地方，特别是去城镇与城市里，地球上任何一个地方都比她的村庄商羯罗帕杜要大。她立即开始忙着打包家里的东西。但是，当她看到凯里也在打包的时候，她突然大发雷霆了。“他不能和我们一起去！”她要求说。

“怎么了，玛尼娅姆？为啥你要这样说？”

玛尼娅姆告诉萨蒂耶姆，她和凯里吵过一架：“他用脏话骂我，而且还抬起脚来踢我。”对她而言，凯里对他哥哥的妻子抬起脚来已经是逾越之举了。

萨蒂耶姆听到这个很不开心，但还是说：“好吧，你是对的，这是不可接受的。但是我们能怎样呢？他能去哪里呢？”

玛尼娅姆不敢相信萨蒂耶姆的回答。他不但宽恕了凯里的行为，还想要邀请他和他们一起住到维杰亚瓦达去。

她把手里的包袱朝门口扔去，然后跑到门口去生闷气。

最后，玛尼娅姆还是赢了，他们搬去维杰亚瓦达，但没带上凯里。孔达帕里的小田舍依旧是那么清新干净，周围所有的蔷薇花丛都散发着精致的香气，萨蒂耶姆爱上这个地方了。

这个田舍分成了三个部分。其中一个居住着悉多罗摩雅和寇特施瓦拉姆、他们的两个孩子卡鲁娜（Karuna）和昌都（Chandu），还有寇特施瓦拉姆寡居的母亲。勇敢的悉多罗摩雅曾经将寇特施瓦拉姆从寡妇生活里拯救出来。像她出身的那样的有地种姓，女孩子在几个月大的时候就被许配给人了。她是个儿童寡妇，因为寡妇再嫁是禁忌，她曾以为自己已经人生无望了。

但是，悉多罗摩雅却娶了她，把她带入了运动之中。在特伦甘纳的武装斗争期间，他们在地下活动，他是一个游击队员，而她则是个情报员。他是一个熊一般的男子，而她却是一个娇小的女子。尽管她出生在雷迪种姓，但每个人看到她那讲究的说话方式和行动的模样，都会以为她是个婆罗门。

在田舍的另一头，居住着安娜索雅姆（Anasooyamma）和她的两个孩子，她是一个在特伦甘纳武装斗争里牺牲的烈士的遗孀。她就是那个被印共指控与悉多罗摩雅有关系的人。他一直否认这些指控，说他只是想要安抚她所遭受的损失。他们称彼此为“Annayya”（兄弟）和“Chellemma”（姐妹）。

安娜索雅姆来自一个富有的坎玛家庭。她是一个健康、壮实的女人，穿着精美的莎丽，很爱说话。当寇特施瓦拉姆烹饪着她母亲在前院种出的蔬菜时，安娜索雅姆则会烹饪香喷喷的咖喱鸡。

田舍的中间，在两家人之中，萨蒂耶姆和他的家人建起了他们的新家。和这些特伦甘纳的老兵居住在一起，听他们讲故事，对萨蒂耶姆而言不亚于身处天堂。玛尼娅姆看到所有这些高种姓的雷迪和坎玛人待她丈夫就如同自己的一员，也很开心。他们对她也很好，六个孩子会在一起玩耍。这被蔷薇花包围的田舍是个没有种姓之分的乌托邦。

但是，他们才刚刚安顿下来，麻烦就来了。邻居们反对一个贱民家庭居住在他们之间。他们强迫悉多罗摩雅把这个家庭赶出去。即便是寇特施瓦拉姆的母亲安贾姆（Anjamma）也发出了公开威胁：“你让他们走，要不然我就走。”

但是，那对夫妻立场坚定。他们告诉所有人“去跳恒河吧”。萨蒂耶姆被他们的热情感动了。悉多拉姆雅的两个孩子卡鲁娜和昌都，会和小一点的孩子们——也就是萨蒂耶姆和安娜索雅姆家的小孩一起玩耍，他们都管卡鲁娜和昌都叫“大哥哥”和“大姐姐”。这三家人变得非常亲密。晚上，他们会把自己的藤条床放在露天之下，一起欢笑，唱着革命歌曲。

《伟大的安得拉》的办公室设在白金汉区，城市的中心地带。为了到达那儿，萨蒂耶姆得要搭乘一辆城市公交车，公交站离他所住的地方还有好几里地。但是，他太爱这个田舍了，以至于他心甘情愿每天都走那么远去上班。

《伟大的安得拉》是在武装斗争的最后阶段里作为周刊开始发行的。在一段时间，它都是地下发行的。当尼赫鲁解除了对印共及其刊物的禁令之后，这份报纸开始公开出版，成了安得拉独立建邦运动的喉舌。如今，它成了一份日报，尽管它还自称是印共的代言者，但运作方式与其他的资本主义报纸已没两样。它的资金来源是由一个同情印共的烟草业巨头提供的，尽管如此，他还是期望这份报纸能有利润回报。主编和经理都是印共领导人，但是他们对待同为印共成员的编辑人员就像普通雇员一样。

这份报纸有20位编辑和副编辑。主编和管理委员会的成员都是坎玛人，而萨蒂耶姆的顶头上司，一个助理编辑，则是一个婆罗门。

萨蒂耶姆的工作是从电传打字机那儿拿到全国新闻，将它从英文翻译成泰卢固文，给它取个标题，再对文字进行排版以便能够排字然后送去印刷。大半时间他都要值夜班，但因为他的家人与孔达帕里和安娜索雅姆住在一起，他没有必要为他们感到担忧。

萨蒂耶姆在孔达帕里家住了一个半月后的一个夜里，他回家时，发现家里一片死寂。悉多拉姆雅站在窗边。寇特施瓦拉姆坐着，盯着地板。她的孩子们拉着萨蒂耶姆的孩子们，让他们不要发出声音来。

在踌躇了几年之后，印共的领导人终于有了勇气，以悉多罗摩雅与安娜索雅姆有染为名，将悉多罗摩雅开除出印共了。悉多罗摩雅说，他们两人坐下来讨论并且做了决定："他们说我们有一腿。那就让我们有一腿好了。"他们打算带上安娜索雅姆的两个幼小的孩子，定居到特伦甘纳去。

萨蒂耶姆无话可说。他紧紧抱住他的同志，哭得像个父亲要离开自己的小男孩一样。每次萨蒂耶姆要不顾印共的决定行动时——无论是组织起一个和印共竞争的剧团，为古迪瓦达被驱逐的穷人们而战，还是捍卫马尼基亚·拉奥与他所爱的人共同生活的权利，悉多罗摩雅和寇特施瓦拉姆总是会一道鼓励他，告诉他，他是对的。当这位长辈离开了，萨蒂耶姆就得独自对抗已经堕落的印共了。他希望他们有朝一日还有机会能够并肩战斗。

寇特施瓦拉姆为萨蒂耶姆感到难过。她把他叫过来，像一个母亲那样安慰他："为什么要哭得这么厉害？你认为那个男人值得你这样做吗？"

萨蒂耶姆搬过来住之后不久，他就发现印共的指控显然是有凭据的。悉多罗摩雅喜欢安娜索雅姆的咖喱鸡胜过寇特施瓦拉姆的油炸自家种的蔬菜。但是，萨蒂耶姆并不会因为这样的行为失检而责怪他的偶像。

悉多罗摩雅对萨蒂耶姆没有什么可说的。他带着安娜索雅姆和她的孩子们远走高飞，把寇特施瓦拉姆和她的孩子给抛下了。

寇特施瓦拉姆默默地承受着这种背叛造成的痛苦。尽管她早就知道这起不伦之恋，她从未想过她的丈夫会抛弃家庭和情人一起离开。他从来没有费心想过她们要怎么生活下去。寇特施瓦拉姆几乎没有受过教育，这辈子也从未有过工作。

◎

两个星期后，萨蒂耶姆被叫到了他经理的办公室里，他被解雇了。他倍感羞耻，无话可说。

那个经理平日里并不会费心对区区一个雇员解释被辞退的理由，却对他产生了同情。他说："你缺乏效率。你动作太慢了。"萨蒂耶姆并不总能完成分配给他的苦活，也不像他们期望的那样快地完成翻译。"你不能一拖再拖，斟酌字句、反复推敲。"那个人告诉他。

萨蒂耶姆知道经理的意思。这份工作不像是写诗。但是萨蒂耶姆在这类工作上全无经验。他们在雇用他的时候就已经知道了。他要到哪里去学习，到哪里才能获得他所需要的经验？必须有人给他一个机会才行。这不是一份资本家的报纸，而是一份印共的党报。他已经把家搬来了这里，就指望着这份工作。他一分钱的积蓄都没有。

但是，对他而言，最困难的事情是当着同僚的面走出这栋建筑。

到了晚上，所有的副编辑都来到萨蒂耶姆的家中，表达他们的同情。随后，萨蒂耶姆听说他们之中有人去管理层抗议了。马尼基亚·拉奥亲自跑去了办公室，抗议萨蒂耶姆被对待的方式。

有传言说，他被解雇是因为管理层发现了他的种姓。其他人则说，管理层知道了他就是那个在安得拉大学里让印共代表滚回家的年轻人，那个惹是生非的学生，他甚至在印共里提出动议，要开除包括孙达拉雅在内的所有高层领导人。

第六章

象群中的蚂蚁

那年从古迪瓦达学院里毕业的女学生当中，曼殊拉是唯一一个拿到硕士学位的入学许可的。而在男生中间，只有萨蒂耶姆和另外一位他们的同班同学和她一样被安得拉大学接受了。无论是维塔勒施瓦拉·拉奥还是阿肖克都没有考上。曼殊拉深信，无论她有没有学习，上帝都是站在她一边的，她永远会通过考试。

安得拉大学的女生宿舍并没有设在大学校园里，而是位于玛哈拉妮（Maharani）区，紧挨着海滩，是从前一位土邦王公的夏宫。除了在泰拉坡鲁的一段短暂日期，这是曼殊拉人生里头一次住进砖房。不仅如此，房里的天花板上还装着风扇。在搬进去两周之后，曼殊拉被守卫告知她有一个访客。她在会客室里看到等待着的维塔勒施瓦拉·拉奥时大吃一惊。他憔悴不堪，不修边幅，像是得了热病一样发着抖。他的眼睛就像是多年未曾入睡一般。

他问她大学怎么样，上完学之后她有什么打算。毫无疑问，他想要知道她是否愿意嫁给他，但是他们两个人都没提及此事。在和她聊了几个小时后，他离开了，比之前还要不快乐，他留下了一张问候卡，上面潦草地写了一些意味不明的词句，比如“桥下有许多水穿过”这类的。曼殊拉再也不会见到他了。

每一天，大学的巴士都会来接女孩们，送她们去校园，在那儿，男生们都急不可耐地等着，他们在热气中大汗淋漓，又要确保他们的头发纹丝不乱。他们挤成一团，想看一眼女孩们从大巴上下来的样子。

◎

曼殊拉认识了一群新朋友，她们都自认为自己品味高雅。她们阅读泰卢固语的小说，讨论室利室利的诗歌，一起去城里看电影。她们都很自以为是，觉得自己不用功便能通过考试。她们坐在图书馆里，或是闲坐在面朝着海滩的前廊上，谈笑着，聊着学校里每个人的流言蜚语。

她们特别喜欢嘲弄其他基督教女孩，后者中大部分人无论去哪儿总是一起行动，包括去卫生间。其他的那些女孩——内西（Nessy）、萨拉达·凯利（Sarada Kelly）、苏西拉（Suseela）还有其他人都会在周日和假日去教堂，在晚上聚在一起阅读《圣经》，唱赞美诗和祈祷。她们勤奋地学习，尊重长辈和权威人士。她们反过来也看不起曼殊拉，尤其反对她去看电影，那被认为是一项罪孽。

在宿舍里还有一个基督教女孩，名叫拉杰斯瓦里（Rajeswari），也不属于那个基督教小团伙。她简直就是人们对“不可接触者”基督徒女孩刻板印象的具象。就像泰卢固电影和小说里的一样，这类型的女子总是被叫作莉莉、罗茜、罗娅或是玛丽，通常是一个护士或是一位秘书，举止与穿着十分庸俗，总是向男人们投怀送抱。曼殊拉和她的朋友们把这类型的女孩称为“时髦妞”。

拉杰斯瓦里画眼线、涂口红，用滑石粉盖住她深色的脸蛋，松松垮垮地编了个辫子。她穿着高跟鞋、短袖胸衣，透明的莎丽末端总是会从她的胸口滑下去。对于曼殊拉来说，最可怕的就是她还穿胸罩！其他女孩都是在她们的胸衣里穿一件比较小的白色胸衣。女孩的背上出现吊带的轮廓太让人感到震惊了。当拉杰斯瓦里经过的时候，男孩们总是会拿她脸上的白粉香味和松垮垮的辫子开玩笑，与此同时却争先恐后地想要透过她的胸衣看一眼她的胸罩带子。

拉杰斯瓦里只和宿舍里另外一个时髦妞做朋友，让所有人大感震惊的是，后者并不是一个“不可接触者”基督教徒，而是一个婆罗门。曼殊拉经常奇怪那个女孩到底是哪里有问题。尽管许多“不可接触者”基督教徒喜欢那样的时髦做派，但婆罗门通常都执着地保持老派的穿着打扮。但是，男孩们绝不会去骚扰一个婆罗门女孩，不管她打扮或者举止有多么撩人。

当考试要来的时候，所有女孩都因为焦虑而发狂了。基督徒女孩们整天都在疯狂地祈祷和背书。有一天晚上，内西跪在地上祈祷的时候还睡着了，保持着同一个姿势，在她考试开始前五分钟才醒过来。

一天晚上，曼殊拉醒过来去卫生间，发现她的朋友们都躲在单间里拼命用功。原因何在？找工作的时候会有竞争，你的分数越比其他人高，你的机会也就越大。为了在备考期间骗她们的同学安于现状，这些女孩装作根本没在学习。

当考试成绩公布的时候，曼殊拉发现上帝并不会保佑那些偷懒去电影院的人。她只拿到第三等的成绩，因此永远无法得到一个学院里的教职。

她带着这第三等的成绩回家时，也丧失了玛尼娅姆对她的尊敬，玛尼娅姆如今和家里的每一个人都吵架。玛尼娅姆会说：“我 12 岁的时候，所有的新郎官都追我，导致我都没法专心学业了。”暗示曼殊拉读书好是因为她长得不够漂亮。玛尼娅姆会诋毁凯里和未成年人搞在一起（尽管她明知女孩其实已经成年了），还不停地带着偏见拿坎巴家和她自己家相比。玛尼娅姆从来没有忘记过曼殊拉当初是如何强烈反对这场婚姻的，如今她的怨恨浮出了水面。有一天，这场冲突变得针锋相对了，曼殊拉终于回应了玛尼娅姆对凯里的人格攻击。她质问玛尼娅姆：“你姐姐又如何呢？”在桑塔姆（Santhamma）被她的丈夫赶出家门之前，她已经成了一个坎玛人的情妇。

玛尼娅姆十分愤怒。她扔下正在做的事情，带上她的孩子走了出去，发誓坎巴家的人再也别想见到她了。

普拉桑那·拉奥回到家，听说了发生的事情，跑到汽车站去追她。玛尼娅姆告诉他，她再也不要和曼殊拉住在同一个屋檐下。

男人们讨论了这个问题，决定送曼殊拉再去念一个硕士学位，这次至少试着拿个二等的成绩回来。他们需要家里的安宁。他们知道，曼殊拉不能再申请本地区的大学安得拉大学了。她唯一重新开始学业的机会就是进入一所中央大学。最近的中央大学是在北印度的贝拿勒斯印度教大学（Banaras Hindu University,

BHU），坐火车去那儿要花上两天时间。用邮件来提交申请如今已经来不及了。她就带上了她所有需要的东西，亲自去学校里申请，还不知道她是否能被接受。

普拉桑那·拉奥用600卢比的价格卖掉了他的房子和其下200平方码[1]的土地。其中的300卢比，他用来把他的女儿送去一个他们从未去过、说着不同语言、吃着不同食物，穿着不同衣服，甚至天气也不一样的遥远的地方。

因为再买不起另外一张票了，曼殊拉的兄弟们放宽了不允许她独自一个人旅行的政策，他们只是把她送上了前往贝拿勒斯的火车。她找到了她的床位，把她的行李放在下面，躺下来，很快就睡着了。

啊嚏！和丈夫一起坐在她对面的新婚马瓦里女孩秀气地打了一个喷嚏。

曼殊拉猛然惊醒，开始喃喃自语："奈尼（naini）？到奈尼了吗？"她被告知，火车会在这个车站停上足够长的时间，让她可以下车去打满自己的水壶。那个马瓦里新郎非常好心地、胸有成竹地用印地语告诉她"Naini，aayegee，duss，pundrah minit mein"，曼殊拉只能听懂"duss，pundrah minit"这部分的意思（十、十五分钟）。她下床穿上她白色的夏威夷凉鞋，低头看了看她床底，以确保她的绿色铁行李箱还在原地。从曼殊拉用来装旅途食物的一个小小的袋子里，她拿出一个小瓶子来，它的标签早就因为"日光"牌肥皂和水的擦洗而剥落殆尽了。许多年前，玛塔姆用十派沙从一个卖废铁罐子、瓶子和旧报纸的女人那儿买到

1 平方码：英制的面积单位，1平方码为0.83612736平方米。

了它。就像那个马瓦里新郎说的那样，在“duss，pundrah minit”也就是十到十五分钟后，火车慢了下来，开进了奈尼站。曼殊拉下了车，朝着站台上的水龙头跑过去。她把冷水拍打在她汗淋淋的、被煤烟弄脏的脸上。然后，把手放在水龙头下面，喝了一个饱。她把那个旧瓶子给装满了水，小心地扭紧了瓶盖。神清气爽的她抬头看去，却看到火车正驶离站台。

曼殊拉的心脏都停跳了。一手拿着瓶子，一手从地上挽起她的莎丽以免被绊倒，她疯狂地跟着火车猛冲。那巨大的钢铁之山如同一条巨龙一样地滑动，喷出黑色的浓烟，而她只是个小不点女孩，跟在它后面狂奔，她的辫子拍打着她的胸口，而火车站的水则在她的肚子里晃荡。

她尽可能地伸长了手，直到她的手指触到了某个未知车厢门口的铁把手。她用尽最后的力气，猛地抓住了那个把手，把自己拉到了车门前的第二级台阶上。她赶上了。她并没有泪流满面，因为她是个勇敢的女孩、坚强的女孩。但是她的心猛跳个不停，她的太阳穴突突跳着，一方面是因为耗费了大量的能量，另一方面则是因为想到她要是没能赶上火车会发生什么事情。

那个绿色的箱子不仅仅是她家所拥有的唯一一只箱子，它还装着她的出生证明，证明她上学和通过考试的文件，记录了她种姓的文件，还有她父亲给她的300卢比。

曼殊拉到了贝拿勒斯，雇了一辆“通加”（tonga），也就是一辆用马拉的小车带她去学校。女生宿舍近乎全空，因为还在暑假期间。宿舍的守卫是一个雕像一样的老处女，她询问了曼殊拉，发现她是如此的茫然不知所措和摸不着头脑，以至于跑了

1500公里路却还没预先填好申请表，便对她产生了同情。她让她住在一个房间里，叫她先去写申请表。

◎

这里简直热如地狱，没有风扇。因为无法入睡，曼殊拉只能像家乡的人们那样躺在露台上睡觉。看到她的人都被吓坏了："你知不知道在这些地方，夏天在屋外睡觉的人到了第二天早上都死了！"

她递交了历史硕士学位的申请，申请通过了。她得到了一张纸片，她小心翼翼地把它放在枕头底下。

上课的第一天，教授告诉曼殊拉，她的名字不在注册学生的名单上面。她忘了去读读给她的那张小纸片，而是名副其实地躺在上面睡大觉。那上面写的不是她以为的官方废话，而是一个警告，说如果她没有在规定的日期前交学费，她的入学许可就会被撤销。曼殊拉去求见副校长，但是会面后却眼泪汪汪空手而归了。

在那个无风的下午，太阳火辣辣的，一片叶子也不动。她走回宿舍的时候，想起了她母亲临终时的遗愿，她的父亲和他对教育的热忱，她外祖母为了曼殊拉和她的哥哥们所遭遇的困苦，溺爱她的哥哥们，为她做饭的嫂子，她为他们所有人带来的失望，她毁掉的希望——他们的，还有她自己的。当她想着这些事情的时候，眼泪奔涌而出，就像是沸水壶盖子下扑出来的水。

"Apako koyee parayshwny hai kyaa？"

曼殊拉抬起头来，看到一个和她年纪相仿的男子站在她面前。那男子不会说英文，而她不会说印地语。她一直用泰卢固语和英语混杂着说话，在每个句子的后面都加上个“hai”，徒劳地试图让她讲的话至少在声音上听起来接近印地语的口语[1]。在手舞足蹈了好一阵子之后，这个耐心的男子终于猜出了她遭遇到的麻烦。他指向某个建筑，用鼓励的手势催促她走进去。

在大厅里，她看到一群20岁左右的年轻男人闲坐在那儿，大声聊天。他们是学生会的人，这栋建筑则是学生会的办公室。其中有一个人靠在他的椅背上，脚放在桌子上，一边说话一边接过了她的纸张，看都没看她一眼，就在上面潦草地写了几句话，然后又把纸递还给了她。让她入学——他给这个大学的副校长V. S. 杰哈（V. S. Jha）直截了当地下了一道命令。

学生会就是这么有势力。像贝拿勒斯印度教大学这样的学府就是政治家的训练场。今天的学生会干部就是明天的部长。

夏日结束了，学生返回了校园。在女生宿舍里的女孩们都是真正的淑女。她们中的大部分都难以置信地富有——不是曼殊拉所知的坎玛人的那种富有——商业巨头的女儿们，贵族的成员们，甚至还有个女孩是尼泊尔的王族。

她的室友并不友好。她们为了好玩会勒索她。曼殊拉从一个安得拉的女孩那儿借了一本书，后者告诫她不要借给其他人，但是曼殊拉却把它借给了一个男同学，从此书一去不复返。曼殊拉的室友威胁她说要告诉那个安得拉的女孩。这是曼殊拉的另一个

---

1 “Hai”是印地语句末常见的助动词。

教训：绝对不要去做你得为之保密的事情。最后她还是去向那个安得拉的女孩承认错误了。

宿舍里每个女孩都属于一个小团体。北印度人欺凌南印度人，从来不和他们混在一起。北方人和南方人的食堂都是分开的。北印度人不会去南印度人的食堂，而南印度人则绝对不敢踏足北印度人的食堂。

在北方人和南方人之中还按照语言分成更小的团体。贝拿勒斯印度教大学是一座巴别塔。从喀拉拉来的学生会分成两派，基督教徒和印度教徒。而安得拉来的女孩子们则会抱团在一起。她们选择住在一个单间里，做任何事情都成群结队。新的安得拉女孩来的时候，其他人也会照料她，帮她安顿下来。

但是，没有人帮助曼殊拉，也没有人邀请她共住。她完全被孤立了。

曼殊拉拼命想要找一个可以依附的团体，到处寻找教会。贝拿勒斯是典型的印度教圣城，所以很难找到教会。它也被称为"瓦拉纳西"（Varanasi），这是座圣河恒河旁边的古老城市，几千年来都是印度教学识与敬神的中心。

唯一一个曼殊拉能找到的教会是由喀拉拉移民建立起来的。但是，当她去探访它时，却发现那个教会里的基督教徒和她所知的基督教徒并不一样。他们看起来都是精英阶层的高种姓。教堂的礼拜充满仪式感，像印度教的神庙一样焚香。曼殊拉觉得自己太格格不入，礼拜中途就离席了。

还有英语的问题。在攻读学士学位期间，曼殊拉所有的课程都是用英语上的。她在安得拉大学时的英语写作和阅读一直有困难，如今在贝拿勒斯又碰上了相同的问题。除了课业之外，她英语说得也不流畅，这也成了她在这个以英语为交际语言的国际性学校里感到羞耻的原因。正如在独立运动中地位仅次于甘地的领袖洛希亚[1]（Lohia）曾经说过的那样："随英语的使用而来的就是低人一等的感觉。"

曼殊拉随身带着她父亲在军队里使用的羊毛毯子，这毯子在安得拉并没有什么用，因为那儿的天气很炎热。但是在此地，它还是没用，因为它没办法留住哪怕一点点的温暖。但是，她买不起其他更合适的东西了。就算她盖上她全部的衣服和床单，在夜里还是止不住地发抖，因此上课时免不了会昏昏欲睡。

有一天，在女生宿舍里发生了一起盗窃事件。有些值钱东西被偷了。很快，官方就开始调查了，两个女教授和校园警察一起来了，带着一个扩音系统。他们要求所有的女孩从房间里出来，聚集在四方形的院子里。他们随机报出房间号来，然后命令那个房间的女孩在教授的陪伴下回到那个房间去。曼殊拉的房间号被叫到了。

"毗玛拉·萨克塞纳（Vimala Saxena），普什帕·阿格瓦（Pushpa Aggarwal），曼殊拉白，请朝前一步，去你们的房间。"

教授里里外外搜寻了房间，就连肥皂盒和书本都看过了。她们打开了曼殊拉那个绿色的金属箱子。两个女人朝箱子里面看，当她们看到箱子里的东西时，她们的眼睛都睁大了，慢慢地，她们一起抬起头来，难以置信地看着彼此。

1　洛希亚：全名为拉姆·马诺哈尔·洛希亚（Ram Manohar Lohia，1910—1967）：独立运动领导人之一，原为国大党领袖，后从国大党带领一批左翼领导人分离出并组建了国大社会党。

曼殊拉站在那儿，带着局促不安的微笑。绿箱子里并没有藏着非法得来的贵重物品。那两个女士是因为看到里面的东西稀少得可怜而吃惊，而且那些东西还完全不值钱。她们什么也没有说，既没摆出居高临下的态度，也没显出刻薄来。但是她们的震惊是显而易见的。

曼殊拉知道为什么自己会遭受这样的折磨。这是她为犯下的罪孽付出的代价——没有在安得拉大学里好好学习，而是去看电影、找乐子的罪孽。这是她的赎罪。

“Papa Prakshalana。”为罪行赎罪。她不能浪费任何时间自怜自艾了。她必须净化她的灵魂。她如今必须好好学习，以拿到头等成绩为目标。她整天都在学习，在图书馆里花上很长时间。除了三餐和六小时的睡眠，她所做的一切就是学习。

到了第一年年末，她得了第二名，只比第一名的学生少拿了两分。

有一天早上，在去图书馆的路上，曼殊拉被历史系的工友给叫住了，他告诉她系主任想要见她。

R. S. 特里帕蒂（R. S. Tripathi）已经老态龙钟，步履蹒跚。但是，他作为历史学家的声望是如此之高，以至于他愿意在大学里担任多久教职，他就能担任多久。在他的办公室里，曼殊拉看到了自己的导师，帕塔克（Pathak）教授。他坐在一边，脸上带着一个大大的微笑。他骄傲地介绍说，曼殊拉是他班里最聪明的学生。

特里帕蒂教授盯着她看的时候，他的脸沉了下来，眼睛眯成了一条黑缝。他对曼殊拉的外表感到反感。看她一眼，他就知道她是个穷人和“不可接触者”。她名字里的“玛丽”让事情变得更加明白无误了。

“她就是我告诉你的那个学生，”帕塔克解释说，“你想要见的。”但是，特里帕蒂只是冷冷地盯着她，什么也没有说。感到受了羞辱的曼殊拉告退了。

她离开办公室，觉得头晕眼花。当她走进图书馆的时候，她能够感受到那个恶毒男人的毒液在她的血管里扩散，让她的心脏停跳，大脑停转。她到了崩溃的边缘。她跑回宿舍倒在床上，整整一周卧床不起。

在第二年，曼殊拉的社交生活有所改善。她的新室友是一个来自安得拉的叫杜尔加·库马里（Durga Kumari）的女人，和一个叫阿莎（Asha）的北印度女孩。

严酷的环境之手将纯与不纯扔在了一起。杜尔加·库马里是一个数学博士生，尽管她是一个高种姓，但她还是被安得拉小团体排斥了，因为她太老了——30 岁，在这个年纪肯定最后会变成一个老处女。而且她还很穷。

阿莎是一个巴尼亚人（那是北印度闻名的一个商人种姓），宿舍里所有女孩中她的家庭最富有。他们送她来上学时带上了 150 套衣服，这样她就永远不用洗衣服了。

即便这样，阿莎还是对曼殊拉特别友好。阿莎跟着她去南印度的食堂。当曼殊拉与阿莎的阿姨——普里亚姆瓦达·沙教授（Priyamvada Shah）见面时，她也了解到，和她平日想的不一样，成为一个老处女未必就是诅咒。在精英圈子里，有些妇女选择了不嫁人，也并不为此感到羞愧。沙小姐把她自己奉献给了数学，将家庭看作妨碍。

曼殊拉决定了，要是她有一个女孩，她要给她起名为阿莎。

◎

贝拿勒斯在两千年的时光里一直是一个朝圣中心。信徒们来到这座城市，沐浴在恒河的水中，洗去他们所有的罪孽。

尽管曼殊拉的室友杜尔加·库马里被她的安得拉邦同学排挤，但是作为一个婆罗门，在贝拿勒斯她却觉得如同在家里一样。她喜欢去神庙。因为她没办法单独一个人去，她请曼殊拉和她一起去。

当她们前往沿着河岸分布的神庙时，杜尔加·库马里几乎因为激动而晕了过去。神圣之力渗透了这里的每种物质——空气、水、沙子、火焰，都令她的婆罗门灵魂着迷。而曼殊拉则差点因为恶心而晕了过去。那肮脏，那恶臭，那烂泥，以及在她们周围发生的所有让人恶心的活动，压倒了她。

寺庙周围都是密密麻麻的人群，除了腰布之外什么都没有穿，展示着他们鼓起的腹部、毛发、秃发、生病的皮肤、流着鼻涕的鼻子、咳嗽的嘴巴、油腻的头发、疝病、下垂的胸、无牙的牙床、剃过的脑袋、残缺的肢体、扭曲的胳膊、僵硬的指头、感染了真菌的脚趾。他们都毫无羞耻心地在一起沐浴，男女混在一起。印度教的祭器、死去的花朵、食物的残余散落得到处都是。曼殊拉见过许多“不可接触者”的社区，包括曼迪迦人的，但是她从未见过、也没法想象地球上还能有比这更肮脏的地方。

在恒河边上，尸体在河阶（Ghats，通往河水的台阶）上的火葬场里焚烧，残留下来的东西经常只烧了一半，就被倒入水中。河水深暗浑浊。这可能是曼殊拉见过的污染得最厉害的河流了。她惊恐地看着一群洗浴者将河水倒进嘴巴里，让它在他们的喉咙里打转，然后吞咽下肚。

曼殊拉和杜尔加·库马里在神庙的入口处遇上了一个说不出口的问题。作为一个“不可接触者”，曼殊拉是不应该进去的。杜尔加·库马里要装作忘了她朋友的不洁，和她肩并肩走进去吗？曼殊拉该去哪儿？她是不是应该出于礼貌假装这恶魔一样的压迫感不存在，漫不经心地和她的朋友一起进去呢？

但是，这个难题在它出现的那一刻就自己简单地解决了。曼殊拉出于自己的意愿，即便是神庙中最神圣的一座——金庙[1]（Kashi Vishwanath）她也不愿意进去。她知道，只要她将那里的一丝空气吸进肺中，她就会当场倒地死亡。

但是，当学校里的女孩们计划去鹿野苑[2]（Sarnath）野餐的时候，曼殊拉却去了，她想着：“要是我在贝拿勒斯却不去鹿野苑，那我还算什么历史系学生？”

鹿野苑离贝拿勒斯只有13公里，位于圣河恒河与戈默蒂河（Gomati）的交汇处。这是佛陀第一次教导正法与吸引第一个门

1　金庙：寺庙原意为“迦湿的万有之主”，“迦湿”为瓦拉纳西的古称，“万有之主”则是庙内供奉的湿婆神的尊号。它是印度最著名的神庙之一，虽然面积极小，但宗教地位异常显赫。因庙顶镀金，故今日多称为金庙。

2　鹿野苑：位于瓦拉纳西城附近，是传说中释迦牟尼初次说法之地，佛教在古印度的四大圣地之一，今有佛塔遗址和鹿野苑考古博物馆，藏有印度国宝阿肖克王石柱头。

徒的地方。公元前3世纪的阿肖克王大帝在鹿野苑这里竖立起了铭刻他法令的许多根石柱之一。这是个干净、宁静的地方，与印度教神庙有着天壤之别。

但那一天除外。当男孩们听说了女生的野餐计划，他们也筹划了一次野餐。他们带上了一部留声机，让一个男仆头顶着它。男生们跟随着女孩们，而男仆和音乐声则跟随着男生们。当女生转过头去看时，他们让那个男仆跪下来，把唱片换成了《别看呀，白痴》（*Mudh mudhke na dekh...*）那是印地语的卖座电影《420尊长》（*Shree 420*）里的一首歌。

不要看，
回头，回头
在生命的旅程上
你不是孤独一人
我们也在这里陪着你。

曼殊拉一直很喜欢有钱学生们的这种可爱的恶作剧。

她们两年的学业要结束的时候，阿莎和她富有的朋友们讨论要给曼殊拉临别礼物。阿莎织了一件毛衣，并且告诉曼殊拉它叫“开襟羊毛衫”。其他人给了她一件莎丽，还有人给了她一个手工制的首饰盒。曼殊拉被她室友的善意深深打动了。

她打包了所有的东西，买了火车票。只剩下最后一天了。两年过去了，政府依然没有将她的奖学金发给她（这是暗地里遭到损害的“不可接触者”的福利之一）。如果她在学校截留一部分奖学金之前离开，剩下的钱她就永远别想再见到了。

晚上 9 点，在她离开之前，她拉上杜尔加·库马里去见纳勒卡（Narlekar）教授，去问钱的事情。这次会面与她之前和特里帕蒂教授的会面大相径庭。尽管也是一个婆罗门，并且是个有声望的数学家，纳勒卡教授却极为谦逊。他的妻子摘下茉莉花，将它们编在一条绳上，给了两个女孩一人一条，用于装饰她们的发辫。她还奉上了咖啡，这对夫妻和两位女性闲聊着她们的家庭。为了曼殊拉，这位教授安排职员早早去往办公室，自己也很早赶去。他们一起处理了奖学金的问题，曼殊拉得以在出发回家前拿到她的钱。

◎

在长达两天的旅行后，曼殊拉终于来到了她父亲位于维拉瓦利（Veeravalli）的新家。维拉瓦利是克里希纳县的一个村子。她好好地洗了一个长澡，洗掉了头发和皮肤上的煤灰。只有她和父亲在这里居住。一片宁静安详。18 年了，学习一直是她的主业。在硕士学业结束之后，一切都结束了。她想睡多久就可以睡多久。她感到很平静。

几天之后，曼殊拉在切蔬菜的时候，一个意料不到的想法突然击中了她：“我是谁？存在的意义是什么？一个人类怎能一事无成？”从那时起，她不再平静了。她越来越焦躁。

然后，她注意到院子里有许多小小的植物发出芽来。每一天她都充满敬畏地看着它们，它们在晚上只有一英寸[1]高，到了第二天早上她醒过来时，它们就已经长到三英寸高了。

这些植物不需要从她那儿得到什么东西。它们自己在房前的一小片地里生长，不需要肥料，那地方有一段时间是被当成牛棚来用的。曼殊拉拔出这些菠菜，清洗它，烹饪它，然后给邻居们送了些过去。

在无所事事两个月之后，她通过邮件收到了自己的成绩单。她震惊地得知她竟然没有拿到头等成绩。甚至差一点都拿不到二等成绩了。这怎么可能发生？她是错估了自己的能力吗？但是大学里的每一个人都对她学习时的恒心感到吃惊，没有人怀疑她会做得不好。她是不是填错了答案的题号？一个题号错了，后面的也就跟着都错了。是不是她或者他们把她的答案纸搞丢了几张？她死盯着她的成绩单。随后，就像冲洗照片一样，一幅画面浮现在了她的心中。她在所有卷子里都拿到了最高分，除了特里帕蒂判的卷子。由于他判的卷子分数太低，她的平均分几乎达不到二等的水准。他的毒液有着延迟效果，而曼殊拉的事业会因此受苦。

她去求职，在埃卢鲁的一个天主教学院里得到了一次讲授政治科学的面试机会。她穿上端庄的白色莎丽，没佩戴首饰，手里夹着一叠她的证明，搭上了一趟去往埃卢鲁的巴士。就在她下车的时候，突然下起大雨，她浑身湿透，证明也成了湿答答的一团糟。她知道，她得不到这个工作了。不仅仅是因为她的一只凉鞋被雨水冲走了，还因为她根本没学过政治科学。八年前她开始上

1　英寸：英美制长度单位，1 英寸合 2.54 厘米。

学院的时候，历史是必修课，但是到她毕业的时候，已经没有历史教职留下来了。

不过，天主教徒们却喜欢她，他们准确地判断出她的贫困、端庄和朴实无华的白色莎丽意味着她是个温顺的人。他们告诉她回去等来信通知。

就在她从埃卢鲁回到家的时候，曼殊拉被要求去参加另外一场面试，这次是贡土尔的安得拉基督教学院。她去参加了，得知是入职做三个月的临时工。这么短期的工作根本不值得她去那儿。但是没关系，她很快就能从天主教学院那儿得到消息了。很幸运的是，O. 维贾亚拉克什米（O. Vijayalakshmi）当时在贡土尔，在另一所学院工作，并住在学校里。曼殊拉去和她住在一起，对她解释说："我几天内就会走了，只要我从埃卢鲁那儿得到通知。"

几天过去了，曼殊拉还在等着埃卢鲁来的信件。她的朋友建议她去买自己的梳子、床单和肥皂。"但是我就住几天呀。"曼殊拉说。

一次又一次地，她朋友建议道："让我们去巴扎给你买点东西吧。"但曼殊拉还是不愿意。最后，O. 维贾亚拉克什米带着必要的冷酷告诉她："你看，曼殊拉，你得不到埃卢鲁的那份工作了。你要留在贡土尔这里了。"

她最终把整件事告诉了曼殊拉。她们在安得拉邦的同学——萨拉达·凯利，也就是基督教小团体中的一人，在埃卢鲁工作。天主教徒们告诉她："我们之前面试了一个叫曼殊拉的女孩，我们很喜欢她。她说，在安得拉大学的时候，她和你在一个小组。"萨拉达·凯利告诉他们："她不去教堂的，总是去电影院。"还有最罪孽深重的："她还有一个共产主义者家庭。"萨拉达说这些不是出于恶意，作为一名基督教徒，说出真相是她的职责。更不要说，她的妹妹正在为同一份工作面试。

曼殊拉的心碎了，她终于同意去巴扎采买了。

◎

曼殊拉搬进了安得拉基督教学院的女生宿舍，在这里，教员和学生们都住在同一区里。女人们立即就划分成两个不同的阵营：富有、时髦和虔诚的基督教徒，她们看不起曼殊拉；贫困的农村女人，她们仰慕她。后者经常去她房间，看到她比她们还要土包子的时候，她们试图教她如何看起来时髦些，如何得体地穿一件莎丽，如何走路。“女士，你刚刚得到了你的第一份工作，你得要学会这些东西。”她们这样说。

另一个从安得拉大学来的基督教徒苏西拉（Susheela）也在安得拉基督教学院教书。苏西拉英文很流利，她和她的朋友里拉瓦提（Lilavathi）喜欢嘲笑曼殊拉。她们老是找这样那样的借口让曼殊拉说带“z”的单词，曼殊拉会把“z”发音成“j”，这是说泰卢固语的人普遍会犯的错误。她们嘲笑她。在安得拉基督教学院，她们也散播曼殊拉的故事：“那个女孩来自一个共产主义者家庭，那个女孩不去教堂。”24岁的曼殊拉把这归结为她的运气不好。后来，当她读到萧伯纳的时候，她意识到其他人也曾蒙受不虔诚的污名。“好吧，至少我不是一个人了。”

在头一个月，曼殊拉拿到了她的第一份工资，只不过是区区40卢比，因为她那个月只工作了几天。就像一个好女孩那样，她数也没数，就把钱放进了一个信封里，回了家，把它递给她的父亲。她觉得，那应该是他的钱。这个家欠所有人的钱：杂货商、奶商。靠着曼殊拉的收入，他们终于能付掉一部分账单了。

但是安得拉基督教学院的校长保卢斯（Paulus）却等不及要让曼殊拉三个月的工作结束。在听到她的家庭是如何不敬神的谣言之后，他等不及要把曼殊拉赶出学院了。曼殊拉对留在这个充满敌意的环境里也并不怎么热心，但是保卢斯暂时找不到其他候选人，只好让曼殊拉留下来。

萨蒂耶姆正好在城里得到了一份在私人教育学院里教书的工作。曼殊拉开心地搬出宿舍，和他一起租了房。每天她为他们两个人做饭吃，然后走上几英里路去教书。

因为像曼殊拉这样的女教师一般比她们教的学生大不了多少，保卢斯定下了一条新规用以区分教师和学生：教师必须把头发盘成发髻。从那之后，每一天曼殊拉都要费尽力气将她那头不驯的又长又厚的鬈发梳成一个发髻。她尝试过别针、发夹、小夹子、发带和暗索，但是经常在她梳起发髻的同时，它就散掉了。让发髻保持平衡搞得她脖子疼。

南查拉雅——萨蒂耶姆从泰拉坡鲁来的朋友，如今在贡土尔工作。一次他偶然陪着曼殊拉去学院。在路上，他半是觉得有趣、半是觉得烦恼地看着她一直跳一种特别的舞蹈：两只手里满是书的同时向人问安（Namaskarams，向长辈致敬），并让发髻保持平衡。每过十秒钟，就要露出一个愚蠢的微笑，并且说：“您好[1]，您好，您好，您好，先生，您好，女士。”

“帕帕，这算什么？你知道你那没完没了的‘您好’看起来有多蠢吗？你看起来就像是一个在耍滑稽把戏的小丑。”

曼殊拉困窘极了。但她是被一个虔诚的基督教外祖母养大的，外祖母在她身上生生地把礼貌给揍了出来。小时候，有一天，她在巴扎里和朋友玩的时候，撞上了玛塔姆的朋友以色列牧师。她扔下手里所有的东西，合起双手，说：“您好！”她回家的时候，发现以色列先生正在和她外祖母聊天，便又合起手掌说：“您好。”那个老头紧张起来了。要么就是她疯了，要么就是她想要搞恶作剧。他因为恐惧而颤抖着，掏出几个硬币，按在她手心里，溜之大吉了。

在南查拉雅指出那看起来是啥样之后，曼殊拉学会了少问几次安。

尽管她很笨拙，有些人还是看出了曼殊拉的魅力。她有一个学生是某个高等种姓的足球明星，邀请她去电影院。曼殊拉以为这只是一个友好的表态。像往常一样地，她向萨蒂耶姆寻求许可。让人吃惊的是，他回答说：“好吧，如果是日场电影，那你想去就去吧。”所以他们两个就去看了一场日场电影。

电影开场后几分钟，那男孩就慢慢地把胳膊绕过了她的肩头。曼殊拉紧张起来了。她装作什么也没有发生，盯着银幕，没有转过视线，也没有被激怒或是兴奋，她用两根手指夹起他的手腕，就像是她在夹起一条烂鱼一样，将它摆回了他的大腿上，仿

1 原文是“namaste”，印度最为通用的见面问候语。

佛在说："喏，这只手迷路跑到我肩膀上来了，拿回去吧，它是属于你的。"几分钟后，他再一次把胳膊环绕过她的肩头，她也再一次地，就像拭去她脖子上的汗水那样漫不经心地拿起他的手，把他的手放了回去。事情就这样一直重复着：男孩把他的胳膊放上去，女孩把胳膊放回去。电影结束了。他们都表现得好像两人之间没有发生什么特别的事情一样。他送她回了家。在课堂上，她对他很好，而他依然爱慕着她，但是她再也没给过他与她私人会面的机会。

在学校的假日里，拉马·拉奥过来探访。他看了曼殊拉和她的发髻一眼，评论说："我们的帕帕开始变老啦。我们得要把她嫁出去才行。"

萨蒂耶姆说："我们一直在找，但是还没有找到合适的人选。"尽管实际上已经有合适的新郎官父母来找过他了。那个男孩也是一个"不可接触者"，但不是一个基督教徒，他是埃卢鲁的一位律师。他的父母听说曼殊拉正在申请去邻近的天主教学院工作时很是兴奋："就算她没有得到那份职位，我们也有影响力，可以让她得到一份工作。"由于某些他不曾解释过的原因，萨蒂耶姆拒绝了这门亲事，让整个家庭都很愕然。

之后，拉马·拉奥向萨蒂耶姆讲了他在拉贾赫蒙德里（Rajahmundry）室友的事。拉马·拉奥在那儿当学院的图书管理员。"我仰慕那个人。他有着相同的种姓，也是一个基督教徒。教英语文学。"

曼殊拉在这场讨论中说不上话。拉马·拉奥带着凯里去了，这样他的室友能够帮助他通过英语考试。凯里回来后说，他是如何喜爱那个人。随后萨蒂耶姆也去和他见面，带着同样的观点回来了。但是，再一次地，为了某些原因，他把这门亲事搁到了一边。

曼殊拉让她的兄弟们去为她找个丈夫。她继续在夏日里工作，在考试季里通过监考来挣些外快。

监考可以容易也可以繁难，全取决于你的态度。如果认真做工作就会很麻烦，如果你不上心，那就很简单。由于受到基督教与共产主义的双重影响，曼殊拉深信，从这个国家中除去一切不道德、不公正和腐败的责任落在每个有职责的人的肩上，不管那个职责是多么微小，每个人都必须做好自己的工作。

带着这根深蒂固的哲学，她以最大的诚意去监考。有些参加考试的学生是权贵或凶暴恶棍的儿子，但是只要她捉到一个学生作弊，她就会从他手里、包里或是内裤里抽走作弊的小字条，每把它们扔到窗外去。随后她会记下这个学生的名字，毁掉他的前程。她在学生与讲师们心中都引发了恐惧。她的一些同事会请求她让他们最喜欢的考生作弊。她对他们说不。

有一个学生的父亲是安得拉基督教学院管理部门的职员，而这个学生的哥哥则是负责这一年考试的一个讲师。曼殊拉密切地注意这个学生，发现他有厚厚一沓答卷纸。“这是什么？考试开始还没有半小时，我都不记得他曾经向我要过多余的答卷纸。这个混蛋怎么会已经有了一沓两英寸的答卷纸呢？”她调查后发现他拿了一沓前一天的答卷纸，在家里写下了所有可能出现的问题的答案，然后把它们带进了考场。她记下了他的名字。

事情传出去了。副校长跑着过来了，最一开始他握着她的手，后来他倒在她脚下，请求着："阿姆，请不要揭发他。如果你这样做了，他全家都会流离失所的。"副校长、讲师、那个学生的父亲，还有学生本人苦苦求了她一小时，她才发了慈悲。但是她没收并且撕掉了所有那些用来作弊的答卷纸。

如今，因为曼殊拉赚的钱不少，玛尼娅姆就想过来一起住。她的姐姐桑塔姆也想过来。桑塔姆与她妹妹的公公——普拉桑那·拉奥的关系变得很亲近，普拉桑那·拉奥就叫曼殊拉让她留下。她的理由是什么呢？她从她的坎玛情人那儿感染了性病，想要在贡土尔的大医院里治疗。凯里也不想被抛下，他说："为什么只有我要留在村庄里？我也想过来。"他的理由是，他能够在这里复习他一直没能通过的英语科目："城里的英语水平比较高。"他们全都过来了。

曼殊拉拿到的工资不管有多少，她第一时间就会拿给萨蒂耶姆。他给她每个月 15 卢比的零花钱。萨蒂耶姆自己去参加了一门本科教育学士课程。

考试标志着一个学年的结束。因为曼殊拉的工作只是临时的，她得要重新申请，为来年的工作再次面试。在她去办公室的路上，她撞见了那个被她逮到作弊的学生的父亲。她向他致敬。那个人告诉她："保卢斯对你非常生气。看来，你对他行礼行得不够多。他说你是一个不尊重人的女孩子。"这人建议她说："去他的房间里告诉他你很抱歉，请求他的原谅吧。"

曼殊拉传话给保卢斯，请求见他，在他办公室外的一条板凳上等着。她家庭的财政情况非常糟糕。她的哥哥有三个幼小的孩子，没有她的工资，他们会吃不上饭的。她极为需要这份工作。

三小时过去了，保卢斯没让她进去。他是故意让她等的。曼殊拉下定了决心："我不想哀求这个混蛋！我才不在乎我有没有工作呢！"她径直回了家。

萨蒂耶姆并没有因为她考虑问题不够实际而责怪她。他把玛尼娅姆、她的姐姐和孩子们都送去和普拉桑那·拉奥同住了。过了一段时间，曼殊拉在贡土尔的政府女子学院找到了一份工作。

萨蒂耶姆和曼殊拉找了一个更便宜的地方租住，那是在学院附近的红灯区里一个蓬门荜户的房间。凯里和他们住在一起。那时候，拉马·拉奥在同一所学院里担任图书管理员的工作，而南查拉雅已经在那儿了，所有朋友们又都聚到了一起。

而他们所有人都靠榨取曼殊拉来满足花销。凯里在一家香烟铺搞了一个赊账本，供他、他哥哥和拉马·拉奥使用，曼殊拉必须为他们付账。拉马·拉奥和他的妻子毗玛拉（Vimala）住在维杰亚瓦达，通勤来贡土尔。毗玛拉给了他来上班的车票钱，但是却不够付回去的费用。因此曼殊拉还得为他买回去的票。曼殊拉的工资捉襟见肘，她不得不去向同事借钱，觉得自己正在丧失同事之间的尊重。

曼殊拉盼着结婚。她是在大部分时间没有父母的情况下长大成人的，由出于职责照顾她的亲戚和她所畏惧的哥哥们抚养长大，她总是害怕自己可能一不小心做下什么惹恼他们的事情，失去他们的关爱。摆脱这种无止境的不安全感的唯一希望就是嫁出去，组建她自己的家庭。

她有工作，又受过教育，按理来说应该是个吸引人的新娘。

但是她并不是吸引人的新娘。她肤色黑，她家穷，她不去教堂，而且最糟糕的是，她的哥哥们都是凶暴的共产主义“混蛋”。曼殊拉如今快要年满 25 岁了，她的家人开始感到担忧。一旦她超过 25 岁，再寻一门亲事就很难了。对曼殊拉可能变成老处女的恐惧在家人圈子里如同可怕的疾病一样传播开来。就在那时，萨蒂耶姆从他昔日在安得拉大学里的同学甘加·拉朱那儿接到了一封信。

甘加·拉朱在安得拉南部的一个叫阿纳恩塔普尔（Anantapur）的县里当了讲师。他的系里有个新来的助教，是个马拉人，也是个基督徒。甘加·拉朱冲到邮局去，给萨蒂耶姆发了一封电报，内容如下：“如果你错过了这个人，那会是你生命中最重大的错误。”那人最棒的一点是，他不仅仅知道他们是共产主义者，而且还有点喜爱他们哩。

萨蒂耶姆通过甘加·拉朱邀请那个人过来拜访。他搭乘火车来到了贡土尔。尽管甘加·拉朱已经急匆匆地发了一封信让萨蒂耶姆知道那人搭乘的火车是哪一列，萨蒂耶姆却很不礼貌地忘记去火车站接他了。他只好自己找路去萨蒂耶姆和曼殊拉居住的红灯区贫民窟。

这个又高又瘦、黝黑而英俊、极为腼腆和彬彬有礼的男人并没有打扮得十分体面，不像一个来寻找未来新娘的人。他的裤子和衬衫都是全白的，衬衫前面有因为香烟灰而烧出的小洞。他皮肤干净，眼睛含笑。他有带着浅凹的下巴和薄薄的黑唇须，他的两颗门牙中有一颗被咖啡染上了色。他的中指因为尼古丁的缘故永远脱了色。

萨蒂耶姆立即认出了这个人。他就是几个月前萨蒂耶姆曾去拉贾赫蒙德里见过的那个未来的求婚者，也就是拉马·拉奥的室友。

拉马·拉奥在毕业后成了拉贾赫蒙德里政府学院里的一名图书管理员。在图书馆里，他注意到有个总是穿着网球衫和网球短裤、拿着网球拍的人会来，他会借那些格调高雅、没有其他人敢拿去看的英文书：哲学、文学批评和现代诗歌。

拉马·拉奥从其他人那儿听说，这个人是从整个亚洲最古老、最有威望的现代学院——马德拉斯基督教学院里拿到学士和硕士学位的。难怪他会如此文质彬彬了。他曾经在英国和其他欧洲国家的教授们下面学习过——都是公职人员、政治领袖和全世界的商业人士。拉马·拉奥发现这人甚至还有一个法学学士学位（LLB）。但是，因为他在硕士时没有拿到第二等成绩，他在拉贾赫蒙德里只能当助教，而不是讲师。

拉马·拉奥非常好奇，想要了解这个人。他正好需要一个室友，就建议他们同租，分担租金和做饭的责任。

这个人在分担租金方面毫无问题，但是说到食物，全是拉马·拉奥做饭，而他就只是坐在桌边，手里夹着烟，面前放着书。这个有着高贵容貌的人眼睛都不抬地喝掉茶，吃光拉马·拉奥放在他面前的三餐。合租就是这么进行的。拉马·拉奥经常写信给萨蒂耶姆说：“你会很有兴趣与我室友见面的。”

萨蒂耶姆来访的时候，他对这人印象深刻。这人谈起了 T. S. 艾略特[1]（T.S.Eliot），萨蒂耶姆的脸颊因为仰慕而烧红了。

1　T.S. 艾略特（1888—1965）：诗人、剧作家和文学批评家，现代诗歌运动领袖。1948 年，60 岁的艾略特获得诺贝尔文学奖。

在萨蒂耶姆来访的时候，这个学院的学生搞了一次罢课，要求用拉马·拉奥的这位室友普拉巴卡拉·拉奥（Prabhakara Rao）代替他们平常的讲师，那讲师还是一个非常有名和有声望的教师，而普拉巴卡拉·拉奥只是个小小的助教。都是因为那位有名的讲师犯了一个错误，告假的时候让普拉巴卡拉·拉奥来为他代班，给学生上了一天课。

普拉巴卡拉·拉奥决定给这位老师本科毕业班的学生讲《麦克白》。这部著作不在教学大纲上，但也没有关系。当他授课的时候，他就变了一个人。他进入了另外一个世界，也带着学生们进入了那个世界。在上课时间结束时，他们都仿佛从催眠中醒来一样。

校长是这样回应罢课学生要求的："但是你们怎么能期望我让一个助教去承担一个讲师的工作呢？他没有硕士资格。这不符合我的规则。这不符合政府的规则。"当时，学生们还是顽固地抗议了一个星期。

无论如何，萨蒂耶姆并没有把普拉巴卡拉·拉奥当成是曼殊拉的相亲对象来结交。

凯里之前也曾经去拉贾赫蒙德里拜访过拉马·拉奥，对普拉巴卡拉·拉奥评价同等地高。凯里得知普拉巴卡拉·拉奥每天都打网球并且很擅长踢足球的时候，很是开心。他的英文是那么好，声音是那么棒，以至于体育部都让他在板球比赛时承担评论员的工作。

凯里来访几个月后，拉马·拉奥和普拉巴卡拉·拉奥都离开了拉贾赫蒙德里。拉马·拉奥去贡土尔的政府女子学院当了图书管理员，而普拉巴卡拉·拉奥则去甘加·拉朱所在的阿纳恩塔普尔学院里当了一名英语讲师。

如今，普拉巴卡拉·拉奥又再一次作为曼殊拉婚姻的候选人出现了。萨蒂耶姆两位最好的朋友和对他家庭抱持善意的人都推荐这人，认为他是他妹妹合适的对象。最后，他和曼殊拉终于有机会见面了。

普拉巴卡拉·拉奥坐在房间里唯一的一把椅子上。曼殊拉和萨蒂耶姆坐在床上。他们都没有想到要给他奉上茶、咖啡甚至是一杯水。

他们几乎没说上几句话。然后普拉巴卡拉·拉奥就离开了。

他回阿纳恩塔普尔后，就再也没有消息传来了。曼殊拉也没有其他对象。萨蒂耶姆请甘加·拉朱去看看普拉巴卡拉·拉奥到底是个什么情况，看看他到底喜不喜欢曼殊拉。甘加·拉朱四处寻找普拉巴卡拉·拉奥，最后在网球场上找到了他。

“那你到底对我朋友的妹妹是怎样看的啊？”

“哦，我喜欢她。”普拉巴卡拉·拉奥稍微有点脸红。

甘加·拉朱马上给萨蒂耶姆发电报，报告这个好消息。

即便普拉桑那·拉奥从来没有见过新郎，他还是很满意，因为他的两个儿子都敬重普拉巴卡拉·拉奥学者般的品质。但是，当坎巴家的人开始计划婚礼的时候，普拉巴卡拉·拉奥那儿又没有进一步的消息传过来了。

三个月过去了。曼殊拉还是没有对象。随后，宛如窒闷夏日里来的一道令人愉悦的凉风，普拉巴卡拉·拉奥寄来了一封信：“我的家人会带着‘Nischitartham’过来见你们。”意思是“订婚仪规”。

普拉桑那·拉奥之前已经去过卡基纳达（Kakinada），想看看普拉巴卡拉·拉奥的家庭如何。他回来时满脸是喜悦的微笑。他们看上去是一个值得尊重的家庭。

当他从这趟旅程归家的时候，有一个人在等着他。那人说，他正在为自己的儿子寻一个新娘。很奇怪的，从前都没有人追求过曼殊拉，而一旦她有了对象，其他的对象也都出现了。

那是一门好亲事。那男孩是森林护林员。护林员日进斗金，还经常雇着好几个杂工和司机，而这次提亲也非常遵照习俗——新郎的家庭出面求娶新娘。任何人都会立刻踢了普拉巴卡拉·拉奥转而追求这个护林员的。

但是，普拉桑那·拉奥是个言而有信的男人。“对不起，先生，我们已经同意其他人的提亲了。”那个护林员的父亲请求坎巴家至少见见他的儿子。“抱歉，先生。”那个人失望地离开了。

坎巴家忙里忙外地为新郎一方的到来做准备。普拉巴卡拉·拉奥的母亲很自然地被排除在外，因为她是一个寡妇，而寡妇被认为身背厄运，禁止参加任何吉祥的场合。普拉巴卡拉·拉奥的舅舅保罗和保卢斯以及他们的妻子过来了。女人们都穿着优雅的莎丽，保罗先生穿着西式的衣服，保卢斯先生则是传统着装。他们都穿得很体面，而且气味也很好闻，香如小豆蔻。

普拉桑那·拉奥和萨蒂耶姆都穿着他们最好、最体面的衣服，干净利落、彬彬有礼地朝前走去接待他们：“请进，请进。”

双方坐下来，面对着彼此。他们交谈了几句，草拟了一个计划。曼殊拉会出来给新郎的家人们看。当她得到他们的认可之后，他们会送给她带来的莎丽和珠宝。她会穿戴上它们，再次出来，然后大家一起祈祷、吃饭。

当曼殊拉第一次出来的时候，新郎一方掩饰不住自己的失望。新娘一方被吓坏了。新郎方并没有向曼殊拉送上礼物。

相反，他们说："我们先祈祷吧。"然后他们扔下了一句"炸弹"："你们必须给我们5000卢比作为嫁妆。"

坎巴家都惊呆了。之前从来没提过嫁妆的事情。

专门为这次会面赶来的纳加拉特纳姆阿姨勃然大怒："那人不过是个助教！我们家的曼殊拉可是讲师！他们怎么敢不要她！"

凯里朝她大吼："你！你给我闭嘴。如果他们喜欢彼此，助教还是讲师又有什么要紧？"

"先生们，问题到底出在哪里呢？"萨蒂耶姆问。

保卢斯先生说，曼殊拉的一条腿比另外一条腿短。

在里面的房间，曼殊拉听到了这句话。就像她拿到贝拿勒斯的二等成绩时一样，她绞尽脑汁地想要搞明白是哪里出了问题。她想："也许是因为坐在地板上让我脚麻了，走起路来很滑稽。"

普拉桑那·拉奥站了起来："我们付不起5000卢比的嫁妆。就算我们可以，我们也不会付的。"既不要嫁妆也不付嫁妆对他来说是原则问题[1]。哪怕是对他提出这要求都是一项耻辱。

1　印度社会中普遍存在嫁妆习俗，在婚配时女方必须向男方支付一笔不菲的嫁妆，相当于向男方家庭支付女方未来的赡养费，女方缺陷越多（如年龄大、丑陋或有残疾等），被索要的数额越高。女方家庭经常为此遭受巨大的财政压力。印度的部分基督教派和基督教家庭将此视为陋习而摒弃，但还是有相当比例的基督教家庭同样也要求嫁妆。传统上，低种姓和贱民阶层也并不施行嫁妆习俗，而是索求男方的彩礼以支付女方的抚养费用，但自20世纪初，嫁妆习俗开始在这些族群中蔓延传播开来。

在这个过程中，普拉巴卡拉·拉奥一直保持着沉默。然后，他突然站了起来，安静地走了出去。凯里茫然不解地追在他后面。普拉巴卡拉·拉奥走到铁轨边上，开始沿着铁轨行走，凯里很难过，以为他是打算要自杀。他冲上去，劝普拉巴卡拉·拉奥回去，将他带回了家。与此同时，普拉巴卡拉·拉奥的家人都已经离开了，宴席碰都没碰。然后普拉巴卡拉·拉奥也离开了。

在另一方蛮横无理的要求面前，坎巴家的男人们表现得很坚强。但是对方一旦离开，普拉桑那·拉奥就垮了下来。萨蒂耶姆哭泣着。他们三个人都爬上了各自的床，在那儿抽泣着，不吃不喝不睡不出门。

如今肯定会流言四起了，猜测曼殊拉到底是哪里有问题。在这次定亲之后，曼殊拉就像被人喝过的水，再也没有人会碰同一只杯子的。她在之前是卖不出去的商品，如今则是被退货的商品。不仅仅是她的对象没了，全家的荣誉也被毁了。普拉桑那·拉奥再没有脸上街了。

普拉巴卡拉·拉奥写了一封信，为他亲戚们的行为道歉，并且保证不管他叔叔和阿姨们的观点怎样，他都会说服他的母亲接受这门亲事的。但是，现在继续保持希望是纯属幻想了。无论如何，他都不会再写信来了。

萨蒂耶姆来到曼殊拉身边，眼里全是泪水："我很抱歉，阿姆。我再一次用我的愚蠢毁了你的生活。"他是指之前他对阿瑟瓦当事件的处理。

曼殊拉决心为她的哥哥和父亲把这事搞定。她愿意在她能力所及之内做一切事情来重建这个家的荣誉。

“大哥，”她对萨蒂耶姆说，“我想要去阿纳恩塔普尔，和普拉巴卡拉·拉奥谈谈。”

萨蒂耶姆不得不同意，尽管他认为一个女孩旅行上几百公里去见一个男人是极其不光彩的行为。他们两人向家里其他人隐瞒了曼殊拉的这次出行。甘加·拉朱被叫去接曼殊拉。

当曼殊拉到了甘加·拉朱的房子后，她洗了一个澡，吃了点东西，然后普拉巴卡拉·拉奥被带进来了。

只剩下他俩的时候，曼殊拉就连珠炮一样发作了。普拉巴卡拉·拉奥在她义愤填膺地说话时一直耐心地听着。“为什么，为什么你要像这样？为什么你就不能下个决定，不管是哪种决定？为什么你非要让我们进退维谷？”

他没有回答。

“为什么？”

最后，他开口了：“我就是这样的人。就算我做了我应当做的事情，那也是误打误撞。我好像只能靠把事情弄得一团糟才能做成事。这是我性格里的缺陷。”

这些话都是用英语说的。曼殊拉尽管伤心又愤怒，但还是对他的英文掌握能力感到敬畏。

甘加·拉朱带着他俩去看电影。第二天，曼殊拉坐着火车回去了。在学院里，O. 维贾亚拉克什米急切地想要知道发生了什么。

“他是个很没礼貌的人。”曼殊拉说。

“为什么？”

“他问了我一个很没礼貌的问题。”

“他说什么了？”

“他想要知道我会不会做饭。”

“你觉得这个没礼貌吗？！任何男人都会问这个问题的，这是必问的问题呀。”

“但是我坚决反对。”

曼殊拉等着普拉巴卡拉·拉奥的信。但是，信并没有来。他们觉得再也不会来信了。曼殊拉肯定要变成老处女了。

第七章

象群中的蚂蚁

萨蒂耶姆只拿到了三等的成绩，因此没办法在政府开办的学院里教书，只能去坎玛共产主义者拥有的私人学校里找份教高中生的工作。哪儿有工作，他就去哪儿，萨蒂耶姆把玛尼娅姆和孩子留给了他的父亲。如今，他已经有第三个孩子了，玛尼娅姆将他的这个女儿起名为室利·德维（Sri Devi）。

在到处教书两年后，他从印共那儿得到了一项任务，要他搬到贡土尔去，在那儿编辑一份新的青年刊物。拉马·拉奥不敢相信，在还有三个孩子要照顾的情况下，萨蒂耶姆会辞职接受这项工作，但萨蒂耶姆就这么干了。

当他确定那是一份没有薪水的职位时便立即答应了。他早已下定决心，绝不在印共内承担任何有薪水的职务，因为他已经见过印共是怎么对待它的全职员工的，经常克扣他们的津贴，直到他们不得不乞求一些钱去养家糊口。其中一个领导人说："但是你总得吃饭吧。"他建议萨蒂耶姆干份兼职，为烟草工人工会的两个印共领导人工作，这是有薪水的。"他们需要一个办公室助理。你主要的工作也就是每天早上读读报纸，向他们讲讲要点。

他们太忙了，没时间看报纸。他们也需要有人泡泡咖啡，或者在必要的时候订一下火车票。”

萨蒂耶姆拒绝了。不过，他在一个叫丹（Dhan）的坎玛种姓印共成员开设的私人学校拉维学院（Ravi College）里找了一份教历史的工作。丹支付萨蒂耶姆每天一卢比的工钱，这钱还不够买顿饭。

萨蒂耶姆在饿得半死的情况下开始干杂志的活。他将它命名为《青春》（*Yuvajana*）。尽管这份杂志是由萨蒂耶姆全权负责的，印共却命令他要接受他在安得拉大学的一个同组同学的领导，那人是个有泰卢固文学硕士学位的婆罗门。这人尽写些读起来有如 5 岁孩童写的胡说八道的文章过来，而萨蒂耶姆还得替他把文章重新改写一遍。

在为《青春》工作的时候，萨蒂耶姆用了一个笔名：西瓦杜（Sivudu）。这笔名的意思是湿婆，一个有着青色皮肤与第三只眼，身着兽皮、饰以灰烬、以蛇绕颈、居住在火葬场中的神。

他用西瓦杜的笔名给印度总统写了一封公开信，告诉他不要妨碍尼赫鲁。尼赫鲁想要通过《印度教法典法案》[1]——一套管理结婚、离婚、继承、收养等印度教徒内部事物的统一规定。这是一个让被受压迫的印度教妇女争取到一些权利的机会，至少在纸面上如此。

---

1 《印度教法典法案》（*Hindu Code Bill*）：是最早由印度宪法之父 B. R. 安贝德卡起草的一整套法案，包括印度教徒婚姻法、继承法、未成年人与监护人法等，法案强调在继承法和婚姻法中的性别平等，例如禁止一夫多妻制，允许女方提出离婚，女子也可继承财产，等等。尼赫鲁在其总理任期内一直将推动此法案视作头等大事。1955—1956 年法案通过。

国大党的保守势力怂恿总统拉金德拉·普拉萨德[1]（Rajendra Prasad）为了这法案与尼赫鲁对着干。斗争是那么激烈，以至于发起了一场运动，要把政府的形式从议会制改为总统制，以便将立法的权利从总理转移到总统手上。

萨蒂耶姆的公开信极其受欢迎。《青春》的读者们都想知道谁是西瓦杜。有一个人想要找到答案，便跑到贡土尔《青春》编辑部来。他就是拉彻科达·维斯瓦纳塔·萨斯特里[2]（Rachakonda Viswanatha Sastry），或者像他古怪的自称那样，拉·维·萨斯特里（Ra Vi Sastry）。他将来会被尊称为泰卢固文学中的詹姆斯·乔伊斯。

在大肆恭维了萨蒂耶姆一番后，萨斯特里回到家，给他投了六篇短篇小说，想要在《青春》上发表。这个系列的题目是"六个酒的故事"。萨蒂耶姆一看到题目里的"酒"字就把稿子扔进了垃圾堆。由于受他生长环境里的基督教道德观的影响，萨蒂耶姆非常反对喝酒。因为他从来没好好读过那几篇小说，他也不知道它们只是讲述穷苦人的故事，而不是宣扬饮酒。

因为被《青春》拒稿，萨斯特里就把他的故事拿到另外一本杂志上去发表了。他这"六个酒的故事"成了泰卢固文学中

1　拉金德拉·普拉萨德（1884—1963）：印度共和国第一任总统。普拉萨德出身于中等地主家庭，1920 年参加非暴力不合作运动。1920—1929 年出任比哈尔邦国大党委员会的书记和主席，1922 年任国大党秘书长，1934 年、1939 年、1947 年和 1948 年四次当选国大党主席，曾多次入狱。1950 年当选为总统，1952 年和 1957 年又连续当选总统。

2　拉彻科达·维斯瓦纳塔·萨斯特里（1922—1993）：泰卢固语作家，以小说见长，文风独特，晚年受马克思主义思想影响。文中提到的"六个酒的故事"系列是他的代表作。

的经典之作。如果卡夫卡把他的《变形记》投给萨蒂耶姆，萨蒂耶姆肯定也会把稿子扔掉的，还会说："谁要去看肮脏的蟑螂的故事啊。"

没过几个月，萨蒂耶姆就已经很明白，《青春》是印共内部右派发行的，目标是在印共分裂的时候将年轻人争取到他们那一边去，然后就把这本杂志作为他们新党派的喉舌。于是他退出不干了。

他决定，是时候忘掉政治，去找一份合适的工作了。那时候，拉马·拉奥一直在念叨他。他这位亲爱的朋友公开批评他对他家人的态度已经有一阵子了。拉马·拉奥尤其同情长期一直在受苦的玛尼娅姆："为什么她一定得要住到其他人家里去？你才是她的丈夫。她的孩子就是你的孩子。找一份工作，照顾好你的家庭。"

不久之后，凯里过来看望萨蒂耶姆。凯里通过了他的学士学位课程，经过了两年的体育教练训练项目，如今在瓦朗加尔医学院的体育系作为副主任从事体育教学。他带来了悉多罗摩雅的口信，后者如今在卡兹派特的圣加百利高中当老师，离凯里住的地方不远。悉多罗摩雅为萨蒂耶姆在那所学校里找了份工作，希望他带着他的家人加入他。萨蒂耶姆马上就接受了。

在去卡兹派特的火车上，怀着第四个孩子的玛尼娅姆因为严重焦虑所导致的寒热病而痛苦万分。萨蒂耶姆要带她去一个陌生的国度了——卡兹派特位于特伦甘纳、尼扎姆昔日的国土内。在那儿，她谁也不认识。"他会给我们提供住处吗，还是说我们会活活饿死？"

确实，对于萨蒂耶姆和他的家庭而言，卡兹派特是一个全然陌生的地方。人们说泰卢固语，却是一种他们几乎听不懂的泰卢固方言[1]，而有些人则说着完全不同的语言。男人留着络腮胡，而女人则穿着从头蒙到脚的黑色袍服。人们因为嚼“潘”（Pan）——用蒌叶包起来的具有香味和刺激性的混合物的缘故而舌头血红，大街和墙面上都溅满了红色的唾痕。

他们到达的时候，玛尼娅姆还是停不住颤抖。而孩子们则像蝴蝶一样兴奋地绕着车站奔跑。

凯里来火车站接他们。他雇了两辆人力车，隆隆地下坡时，孩子们开始尖叫，就像他们在游乐园里一样。他们在悉多罗摩雅为萨蒂耶姆找的房子前停了下来，凯里帮忙为这个家庭搬行李。

悉多罗摩雅微笑着跑过来迎接他们。他自己的家就住在隔壁，如今不仅有安娜索雅姆和她的孩子，还包括了他自己的两个孩子——卡鲁娜和昌都。前一年，他们的母亲在卡基纳达的一个女生宿舍里找了份当守卫的工作，并没有把他们带去，他们就过来与父亲同住。

“我们都在这儿了！”悉多罗摩雅对萨蒂耶姆说，“我们应该开始为我们的行动做些计划了。”

萨蒂耶姆对他说：“我只想休息。”

几个月以前，在邦内的全印学生联合会上，萨蒂耶姆遇到了他的老同学潘查地，后者问他：“你为什么不搬到斯里加古兰县

1　特伦甘纳泰卢固语（Telangana Telugu）：属于泰卢固语下属的方言之一，口语和语法与居住在安得拉地区的安达罗人所使用的泰卢固语没有区别，但在语义上则存在较多差异。

去？我们很快就要领导一场运动了。”他对潘查地说了和对悉多罗摩雅同样的话：“不，我想要找一份工作，和我的家人待在一起。”

萨蒂耶姆从11岁时起就开始从事政治运动了。当他31岁的时候，他的身心都需要休憩。如今他有了一份得体的工作，他只想要吃饭、睡觉，和他妻子躺在一起，看着他的孩子。

在特伦甘纳，最大的城市是海德拉巴–塞康德拉巴德（Hyderabad-Secunderabad）这座双子城，也就是往日的尼扎姆王国都城和后来安得拉邦的首府（在我写作的时候，这个邦正在闹分邦[1]）。第二大的城市则是瓦朗加尔，它所囊括的不只是双城，而是三城：瓦朗加尔、赫讷姆贡达（Hanamkonda）和卡兹派特。瓦朗加尔是除了海德拉巴之外特伦甘纳最大的教育中心。这一地区的人们都来瓦朗加尔上学。

卡兹派特的圣加百利男校，是瓦朗加尔最有威望的寄宿学校。所有的学生都是富有地主或穆斯林的儿子，他们在尼扎姆治

1　特伦甘纳地区在安得拉邦建立后的十多年里，一直长期处于基础设施落后、普遍贫穷和高失业率的状态，特伦甘纳人认为，这是因为其他安得拉地区人口大量涌入，凭借教育与经济优势排挤特伦甘纳泰卢固族群所致。1969年初，特伦甘纳族群的学生领袖开始提出独立建邦的政治要求。在此后的多年里，特伦甘纳人时不时会爆发针对政策履行不利和争取独立建邦的抗议活动。特伦甘纳出身的政治家卡尔瓦坤特拉·钱德拉塞卡尔·拉奥（Kalvakuntla Chandrashekar Rao）于2001年建立了特伦甘纳民族联合党（Telangana Rashtra Samithi，TRS），谋求以海德拉巴为首府独立建邦。2009年11月，TRS党主席卡尔瓦坤特拉·钱德拉塞卡尔·拉奥开始绝食，要求国大党向国会递交特伦甘纳独立建邦议案。印度联邦政府迫于压力，在2009年12月9日最终同意启动独立建邦的进程。2011年8月11日，TRS又发动了全民罢工，大罢工持续了42天，导致安得拉邦的多项政府公共服务和行业瘫痪。印度中央政府认识到特伦甘纳独立建邦确实已经走到了“迫不得已”的地步。在2014年2月20日，印度上议院通过法案，批准将南部安得拉邦的部分区域分离出来组建新的特伦甘纳邦（Telangana），印度的医药及IT业中心之一海德拉巴市在未来的十年将会作为两邦共同的首府。

下时都曾有着诸如多拉、纳瓦布[1]（Nawab）或扎吉尔达尔[2]（Jagidar）这样的头衔。

从1962年的夏天开始，萨蒂耶姆在圣加百利学校教授英文、泰卢固语和社会学。在他开始授课一个星期之后，校长把他叫到了办公室。校长问他是否已经安居下来了，是否喜欢他的住所，是否喜欢这份工作。然后校长告诉他，曾经有一天路过萨蒂耶姆的教室，他用轻柔和充满深思的声音用英文这样说："那就如同海洋一般。它很平静，但随即我就听到一阵大笑，如同浪涛冲向海岸。然后又是静默。"他到萨蒂耶姆的班级时而全神贯注听他讲课，时而为他的笑话哈哈大笑。校长为萨蒂耶姆能来圣加百利学校而感到高兴。

萨蒂耶姆也为能来到这里而感到高兴。在结婚后的七年时间里，萨蒂耶姆从来没有给过玛尼娅姆一个家，也没能陪伴过她。如今，他们终于在一起了，而她意识到生活能变得有多么幸福。尽管她自己没有受过什么教育，她人生的目标就是要教育她的孩子们。悉达多6岁的时候，和普拉桑那·拉奥住在一起，他没法去上学，因为他没有衣服可穿。如今，玛尼娅姆可以为他买上一套学校制服和课本，交学费送他去圣加百利男校。而阿努普姆则被送去上圣加百利的姐妹学校，法蒂玛（Fatima）女校，她在班里是第一名。

孩子们都以为他们的爸爸拥有圣加百利男校。萨蒂耶姆看着

1　纳瓦布：莫卧儿帝国的省督称谓，是莫卧儿帝国皇帝赐予南亚土邦的半自治穆斯林世袭统治者的一种尊称，女性的纳瓦布称纳瓦布·别姬。他们的主要职责是维护莫卧儿皇帝在某省的主权以及管理，在英属印度他们仍然存在。印度和巴基斯坦独立以后，土邦并入联邦，到20世纪70年代纳瓦布实际上才完全消失。

2　扎吉尔达尔：又叫作扎吉尔（Jagir）意思是"某地的拥有者"，源自莫卧儿时期的印度使用的波斯语词，指代替薪俸的税收分派或军队的供养者。

小阿努普姆走过学校的校舍都觉得很有趣。她走路的姿态是多么骄傲啊！她就像一个小公主那样行走。

没过多久萨蒂耶姆就和他的学生们变得很亲近了，他们喜欢在他家中或是杧果树下和他一起消磨时间。他导演学校的戏剧。天主教徒也喜欢他的服务。

但是仅仅过了三个月，他家庭的平静就被打破了。

1962 年 10 月 20 日清晨 5 点，中国军队用重型榴弹炮和火炮对边境上的印度军队发动了猛烈的炮击，在仅仅四小时之内就歼灭了两个旅。1959 年，中国政府在西藏平乱后，印度侵入了中国的领土，这场袭击是中国针对这一行为发起的反击。中国军队继续攻击下一个印度据点，把印度的第七旅轰击得不复存在了。

同一天早上，印度共产党内的反对派领袖孙达拉雅发表了一篇声明，它比战争的新闻还要让人感到震惊："我们与中国站在一边。"[1]

1 印度共产党到 20 世纪 50 年代中期，已经分裂为两大对立的派别，一派以孙达拉雅为首，持亲华的中左立场，一派是以印共主席丹吉为首的右翼势力，亲苏、主张与国大党联手。1962 年，印共总书记高士去世，中印边界冲突发生，使本来就存在严重分歧的印度共产党进一步发生强大震荡。在中印边界问题上，印共两派都坚持以麦克马洪线为边界线，但丹吉攻击"中国侵略者"，而孙达拉雅派承认边界有争论，不存在"侵略"，同意中国在阿克赛钦有领土主权，主张谈判解决问题，这一派的 1300 多名党员干部因为拒绝将中国视作"侵略者"而遭到政府迫害和逮捕。1962—1964 年，印共内部发生了争夺权力的激烈斗争和分裂行动，这种权力斗争以两派分别召开"印共七大"达到顶峰。1964 年，印度共产党发生了第一次组织上的分裂，两派共产党力量分别以"印度共产党"的名义在加尔各答和孟买召开印共"七大"。两派代表人分别为 P. 孙达拉雅和 S. A. 丹吉。孙达拉雅派认为国大党是大资产阶级代表，主张由无产阶级领导革命发动实行反帝反封反大资产阶级的"人民民主革命"；丹吉派则推行追随国大党的政策，认为代表民族资产阶级利益的国大党是印度正在进行的民族民主革命的领导阶级。孙达拉雅派和丹吉派都认为自己一派是真正的共产党，并分别沿用"印度共产党"的名称。但 1965 年 2 月，在参加喀拉拉邦举行的中期选举时，由于选举委员会只承认丹吉派为正式的印度共产党，孙达拉雅派被迫更名为印度共产党（马克思主义）。

怎么会有人支持他国呢？孙达拉雅解释说，这是一个社会主义国家和一个资本主义国家之间的战争，真正的共产主义者必须站在社会主义国家的那一边。因此，守卫中国是他们的职责。

这个声明将印共一分为二了。在声明发表后的几个小时内，反对派的支持者们——遍及印度全境的几千名共产主义者，全都以煽动的罪名，在未经审判的情况下被抓捕和下狱了。

这些事件打碎了玛尼娅姆平静生活的美梦。

◎

像萨蒂耶姆这样的印共成员很长时间以来都盼望着孙达拉雅领导共产主义运动走向革命道路。正当萨蒂耶姆已经放弃他，决定像普通人那样安居乐业的时候，和中国的战争迫使萨蒂耶姆采取了行动。

如今，一个伟大的历史性任务落在了萨蒂耶姆肩头。亲华的印共领袖们全都被抓进了监狱。在瓦朗加尔也有反对派的领导人被抓。

萨蒂耶姆和悉多罗摩雅都逃过去了。特伦甘纳的警察不了解他们。

因此，只有由他们来散发亲华的宣传材料，为了革命来尽量争取群众，也为了一个新的党派打下基础，让它能够在未来的领导人被释放后马上就投入运作。

萨蒂耶姆设法搞到了一份在战前就被禁的英文小册子，熬夜将它翻译成了泰卢固文，他将它发给了一个持同情态度的印刷厂商，后者匆匆地将这小册子印刷了出来。

这本小册子不仅陈述了为什么应当保卫身为社会主义国家的中国，而且还陈述了中国在边界争议上是占理的一方。美苏都在怂恿印度，尽管中国一直在寻求外交解决途径。

两名教师带着这本小册子进了瓦朗加尔卡兹派特地区的工程学院（REC）和卡卡提亚医学院（KMC）的校园里，瓦朗加尔大部分学生的家庭都曾经参加过特伦甘纳武装斗争，依然对共产主义者抱着同情的态度。接近他们是很容易的。

瓦朗加尔也有许多工人。它有阿扎姆·贾伊（Azam Jahi）纺织厂。而卡兹派特也是主要的铁路枢纽。工厂工人与铁路工人大部分是特伦甘纳农民的后代，他们的家庭曾经在多拉体制下受过苦，也曾经反叛过这个体制。他们同样愿意接受萨蒂耶姆的宣传。

没有睡觉的时间了。每天晚上，天一黑，萨蒂耶姆就出发去瓦朗加尔的纺织工人居住区。那地方很远，但是萨蒂耶姆希望他的行动能保密，因此从来不坐巴士。他穿过田野和灌木丛一路走过去。等他到了居住区，把工人们召集起来，已经是午夜时分了。他回家时已经是早上四五点钟，他睡到9点，到了9点30分时，他必须到学校去。玛尼娅姆会烧热洗澡水，带他到井旁边，用肥皂把他擦洗干净，喂饱他，然后喊着："跑吧！"送他出发去学校，就好像是她在为一场赛跑比赛喊开始一样。他几乎见不到自己孩子们的脸。

这是一项危险的工作。政府不会把煽动性材料出现在学校里看成是一桩小事。臭名昭著的瓦朗加尔警察到处搜捕负责此事的人。他们质询被怀疑是亲华派同情者的学生，有些人就跑来找萨蒂耶姆和悉多罗摩雅帮忙。

与此同时，圣加百利学校的有些学生也来找他们，他们对天主教神父们有着难以启齿的怨言。这两位教师将这群不幸的学生的首领、一个来自富有穆斯林家庭的 14 岁男孩带出去散步，以确保他的隐私。他们要他解释怨言是为了什么而起的。他告诉他们，这些神父对男孩们不尊重。

“怎么不尊重？”

“我的意思是，他们虐待我们。”

“怎么虐待你们？”

一点点地，萨蒂耶姆引导那个男孩说出了足够多的话，可以将剩下的碎片拼凑起来。晚餐之后，神父们会进入男孩们的房间，侵犯他们。

悉多罗摩雅搞不明白。他不像读过英文小说的萨蒂耶姆，不理解怎么会出现这样的现象：男人会想要侵犯另一个男人而非女人。萨蒂耶姆说，这有个专门的名词。“唔，让我想想。哦，对了，这叫作‘同性恋’。”悉多罗摩雅吓呆了。这两名教师答应会帮助男孩们，但同时他们想让自己的身份保密。

第二天，在被这两名教师组织起来的地区工程学院学生的帮助下，圣加百利的男孩们举行了一次集会，游行到了校长的办公室。天主教管理层从未见识过这般的大逆不道。他们因为这个抗议活动开除了几个十二年级的学生。但是，当男孩们在地区工程学院支持者们的鼓励下威胁要曝光同性恋的时候，管理层决定平息事态。他们把受到指控的部分神父送回了家，把开除了的学生又叫了回来。

事情结束的时候，校长约翰神父把领导抗议的那个穆斯林男孩叫来了，祝贺他在这次行动中获得了成功。“干得好啊，我的孩子。”那个男孩非常开心。约翰神父问他是如何实现这样一件丰功伟绩的，那个男孩飘飘然了，天真地说出了是那两个新来的教师给予了他许多支持。如今，轮到约翰神父开心了。

当萨蒂耶姆听说自己的身份被暴露出去后，这并未让他非常烦恼。“能发生什么？”他对自己说，“有什么能够永恒？何为真，何为假？只有革命才是真理。其他事情不过是过眼云烟。”在那些日子里他就是这样的心态。

但最后管理层也没有对他采取什么行动。他是个受欢迎的教师，对于学校来说非常有价值，除此之外，他们也不想要冒风险让他再惹出什么麻烦来。

◎

正如世界上的许多其他地方一样，20 世纪 60 年代对于印度的学生来说是个动荡不安的年代。许多受过教育的年轻人受到中国革命的激励，转向了毛泽东思想。萨蒂耶姆经常夜里出去和学生们谈话，为他们上课。新的这代人与萨蒂耶姆昔日的同志们很不一样。这些人是知识分子。萨蒂耶姆对他们政治讨论的水平之高和他们学习马克思理论的热忱印象深刻。他们的态度是有教养的、严肃的，全无小家子气。他试着让他们看到，在当前的分裂中，孙达拉雅的路线才是正确的，而当孙达拉雅组织起他的新党时，它将在印度掀起一场革命。他鼓励学生们学习和研究马克思主义，但是他告诉他们，真正的任务是为即将到来的革命做好准备。

随着活动升温，悉多罗摩雅宣称他要离开他的工作，出发前往阿迪拉巴德县（Adilabad）。“我得要去保护我的父母。他们的生命有危险。”他的父母就像许多从安得拉地区来的富有的坎玛或是雷迪地主一样，卖掉了他们的五或者十英亩土地，搬迁到特伦甘纳，在那儿，他们能够以相同的价格便宜地买到20或者30英亩土地。他们遭到了怨恨他们侵入的特伦甘纳地主的攻击。

悉多罗摩雅向萨蒂耶姆保证：“别担心，我隔个十天就会回来探访的。我来的时候，你就把近期活动的报告给我，然后我们一起筹划所有的事情。”

悉多罗摩雅后来又回来了一段时间，因一个部长意外离职了，为了填补空缺举行了竞选，他回来是为了在其中帮帮忙。城里的印共领导人奥姆卡在他的牢房里参加了竞选。悉多罗摩雅在办公室里进行竞选工作的同时，萨蒂耶姆出去在街道上进行活动。印共为他租了一辆车子，坐车外出对于一个从萨蒂耶姆这样的家庭背景里出来的人来说是个过头的奢侈。他觉得坐在后座上太丢人了，于是就穿着一件脏兮兮的卡其布制服坐在司机旁边，装作一个修理工。他宣称这是他避开警察的策略。

1962年11月停火之后，亲华的印共成员们从监狱里被释放了出来。在1964年4月的一场全国会议上，他们通过离会的方式，正式与旧党派决裂了。这正是萨蒂耶姆与悉多罗摩雅等待已久的时刻。随时都有可能会宣布成立新的党派。

因为萨蒂耶姆在瓦朗加尔所做的组织工作，亲华领导人在医学院和工程学院中获得了稳固的支持，学生们从全印学生联合会里分裂出来，组建了一个忠于反对派的新学生组织。阿扎姆·贾伊纺织厂的工人们也支持他们，强大的卡兹派特铁路工人工会也是如此。来自瓦朗加尔、姜格阿奥恩（Jangaon）和邻近村庄的农工和农村年轻人组建了村委会以支持亲华派。

从监狱中被释放出来之后，孙达拉雅向在领袖缺席期间建设了新党的年轻活动家们致以了敬意。他对他们说："我们构思了一个新的马克思主义政党的理念。我们让它诞生，却去了监狱，将新生儿抛弃在了大街上。是你们捡起了这个孩子，是你们照拂了它，养育了它。"

在 1964 年 7 月，反对派领导人与来自全国各地他们热忱的追随者们聚集在泰纳利（Tenali），召开了新党派的奠基大会。从此它将会被冠名为印度共产党（马列主义）或印共（马），与旧的、堕落的、修正主义的印度共产党区分开来。旧党 17.5 名党员中有 10 万人退党加入这个真正的马克思主义新党。

萨蒂耶姆去参加建党会议的时候，他震惊地发现领导们没有可以给印共（马）成员们看的党章，即便是草案也没有。他本来期望着在被要求加入印共（马）之前事先能知道它的立场。而领导们的态度就是："先成为印共（马）成员，然后我们会告诉你它的章程。"他们在隐藏什么？

孙达拉雅曾经赞美过像萨蒂耶姆这样年轻活动者的工作，如今在选举新党派领导人的时候，却将他们扫到了一边。他选择了两个老人。一个是乔蒂·巴苏[1]（Jyoti Basu），来自富有孟加拉国婆罗门家庭的儿子，曾经在英国享有盛名的学校里学习过。另外一个人也是个婆罗门，从喀拉拉来的前国大党员，E.M.S. 南布迪里巴德[2]（E.M.S.Namboodiripad）。

孙达拉雅的选择中最引人注目的矛盾之处在于这两个人谁也不同意新党的建党原则：保卫中国。这些年老的婆罗门反对分裂，并且他们是直到最后一刻才退出那个老的修正主义印共的。

但是孙达拉雅想要这些人，因为他们有威望。为了与他们的政治理念相配合，他不得不避免制订章程草案。

悉多罗摩雅的入党申请被拒绝了。这个新党也并不比旧党更想要他。孙达拉雅也不赞许悉多罗摩雅的婚外情。

萨蒂耶姆尽管忧心忡忡，但还是加入了印共（马）。有个印共（马）成员的身份在他从事自己的活动时是有用的。

但是，他的希望如今全转移到几个月前他还没搬到卡兹派特

1　乔蒂·巴苏（1914—2010）：1914 年出身于加尔各答一个中上阶层家庭，年轻时曾在英国伦敦学习法律，并取得律师执照。1940 年，从英国学成归国后投身共产党事业而舍弃律师职业。巴苏是印共（马）创始人之一，1977 年至 2000 年连续五次当选西孟加拉国邦首席部长，是印度迄今为止出任首席部长时间最长的著名政治家。同时，巴苏也被喻为“印度的周恩来”，特别擅长处理各种复杂关系，是印度最早提倡经济自由化的政治家。2010 年 1 月 17 日，巴苏在加尔各答逝世，享年 95 岁。

2　E.M.S. 南布迪里巴德（1909—1998）：1909 年 6 月 14 日出身于喀拉拉邦一个富有的家庭。就读于特里丘尔的圣托马斯学院，在大学期间便参加政治活动。1932 年辍学，投入非暴力不合作运动，曾被英国殖民当局逮捕入狱，在狱中开始接触马克思主义。1934 年，参与创立国民大会社会党，任该党的书记。1938 年，担任国大党喀拉拉邦邦委书记。1939 年，以国大党候选人身份当选为玛德拉斯邦立法议会议员。同年，任国大党全国委员会委员。不久便加入印度共产党，1943 年起任中央委员。1962 年 1 月，南布迪里巴德任印度共产党总书记。印共分裂后，他成为喀拉拉邦的印共（马）党委会的领导人。他曾两次被选为喀拉拉邦首席部长。

的时候，他在安得拉大学里的老朋友和老同志潘查地邀请他去参加的运动上。在离维扎格不远的斯里加古兰，部落地区正在骚动不安。森林与税务部门禁止这些部落像从前一样靠森林为生。而当他们像萨蒂耶姆的祖父母那样试图搬迁到平原上打算开始耕种的时候，也被放贷种姓和有地种姓给欺骗了，被驱赶出去了。失去了谋生手段的部落已经做好了反抗的准备。

萨蒂耶姆计划留在特伦甘纳，当时机来到的时候就去帮助他在远方的朋友，或者在这个地区北部阿迪拉巴德的森林里开启类似的活动。

第八章

象群中的蚂蚁

普拉巴卡拉·拉奥的家庭在订婚仪式上回绝了曼殊拉之后，她已经不再抱着其他人会来娶她的希望了。毕竟，订婚仪式本质上来说就是缔结婚姻了。一个女孩在年龄这么大的时候像这样被放弃，那她一定有严重的问题。

曼殊拉去和普拉巴卡拉·拉奥会谈已经过去五个月了，她再也没有从他那儿得到任何消息。曼殊拉再也不是未婚少女了。她成了一个老处女。

她和她的家人一起在家挨度夏日的时候，她的父亲接到了一封电报：

“婚期已定。5月22日。”

这封电报是普拉巴卡拉·拉奥的兄弟发过来的。没提到嫁妆的事情。

凯里大叫：“但是今天已经17号了啊！”他们不知道出现了什么转机，以及为什么要这么匆忙。但是他们没时间停下来，他们厚着脸皮开始投入疯狂的准备之中。

任务被分派到每个人头上。普拉桑那·拉奥负责筹钱。凯里去干重活，砍伐木头，为要在他们家举行的订婚仪式建起要用的帐篷。玛尼娅姆和她的姐姐负责准备宴席。曼殊拉没有钱去买婚礼上的衣裳，所以她得去贡土尔一趟，那儿有商人会赊给她。

为了在教堂里结婚，曼殊拉得先受洗，根据安得拉浸信会的习俗，受洗的决定权是留给她本人的，而她之前从来没费心这样做过。多愁善感的普拉桑那·拉奥不允许她去除了商羯罗帕杜之外的任何一个教堂受洗。

在订婚仪式上来到坎巴家的，不是他们之前碰过面的那些个可怕的舅舅和姨母，而是新郎的一些好心眼的叔叔和阿姨。他们为曼殊拉带来了合乎习俗的莎丽、戒指和其他金首饰。她走了进去，穿上莎丽戴上首饰。当她走出来的时候，凯里不敢相信他的眼睛。他一直觉得他妹妹是世界上最平淡无奇的女孩子，但穿着一件好莎丽戴着首饰的她是美丽的，尽管不是传统意义上的那种漂亮。仪式结束了，新郎方返回卡基纳达，婚礼将会在那儿举行。

没时间也没钱印邀请函了，甚至也来不及通知亲朋好友。曼殊拉写信给 O. 维贾亚拉克什米。O. 维贾亚拉克什米没有时间去卡基纳达。但是，她知道曼殊拉不会打扮，而她的亲戚们都和原始人差不多，所以 O. 维贾亚拉克什米觉得前来帮曼殊拉做好婚礼准备是她的责任。

“曼殊拉，首先，把你所有的婚礼服装都拿出来。”她说，“现在，穿上它们。”曼殊拉穿好了。“现在脱下来。”曼殊拉又脱了下来。“这里松了。”O. 维贾亚拉克什米拿着针线重新缝补了胸衣，让它更加合身。她教曼殊拉要如何才能正确地穿好莎丽。

“现在，看着我。听好我要告诉你的话。在婚礼上，尽量别让自己看起来像是个失去了生命里一切东西的女人。记得隔一阵子就微笑一下。”

女方的人现在要出发前往卡基纳达了。仅仅只有两人，普拉桑那·拉奥和凯里，因为再没有更多的钱去买火车票了。

曼殊拉步出房子的那一刻，萨蒂耶姆便跪倒在地失声痛哭。没人能劝得住他。他们都以为他哭是因为他不能参加他妹妹的婚礼。但并不是这样的。他想起他们兄妹三人共同艰难前行的岁月：他们在没有母亲和被父亲抛弃的情况下长大成人，他们为了得到教育所付出的努力，以及这门亲事是以多么丢脸的方式安排的。萨蒂耶姆–凯里–曼殊拉的命运将会变成怎样？

新娘方坐着公交车去往埃卢鲁，在那儿他们可以搭乘上邮车。马尼基亚·拉奥和尼兰詹那姆会在那儿加入他们。

在卡基纳达城里“不可接触者”居住的贫民窟埃尔文区（Elwin Peta）里，普拉巴卡拉·拉奥的家族基达拉家族（Gidlas）是最显赫的。他们家只要举办庆典，这个贫民窟里的每个人都会前来观礼，当作自己家里的活动一样地享受它。当曼殊拉的人力车到达埃尔文区的时候，贫民窟里的孩子跟着她跑，宣告着她的到来：“新娘子来啦！新娘子来了！”

当曼殊拉看到普拉巴卡拉·拉奥家所住的房子时，就好像她被塞进了一艘宇宙船里，然后“砰”的一声，就立即被传送到一个令人惊叹的新世界里来了。

那儿有两栋两层的房子，两个家庭作为一家人住在这两个单独的建筑里。它们俯瞰着周围所有邋遢的茅屋。对于习惯居住在茅草屋顶下面的曼殊拉来说，这两个有着两层高的巨大水泥建筑看起来是非常宏伟的居所。

在其中一栋房子里居住着普拉巴卡拉·拉奥和他同父异母的兄弟珀西·劳伦斯、劳伦斯的妻子和他们的四个孩子。在另一侧则居住着普拉巴卡拉·拉奥姨母的家人，包括她那年龄从 13 岁到 25 岁不等的八个孩子。这么多的舅舅、阿姨、表亲，全都挨着住在一起。对于从来没有见过那么一大家子人的曼殊拉来说，这简直就像是美梦成真一样。

而且瞧他们的穿着啊！老人看起来很是威严，年轻人则极有派头，他们都干净利落，举止得体，说话文质彬彬。有些人甚至还说英文。

妇女们为曼殊拉安排了洗浴。她穿上在订婚仪式上得到的莎丽，出来与等在那儿看新娘的 50 个人见面。其中有一个个头娇小的 50 岁妇人，干净漂亮，有着长长的丝般的黑发，穿着带精美花边的白色莎丽。保卢斯开玩笑地将她介绍给曼殊拉："阿姆，过来，这是我们的厨子。"那实际上是曼殊拉未来的婆婆拉特纳姆（Rathnamma）。她是寡妇，因此之前不能去见曼殊拉。

拉特纳姆急不可待地想要见见她宝贝儿子的新娘，她只看了一眼，曼殊拉就能看出她心中彻底的失望。

"这算什么！"拉特纳姆说，转向她的妹妹和嫂子。"这就是你们为我儿子找的人？"她让她儿子形容曼殊拉的时候，他曾经告诉她，曼殊拉长得像他们都认识的一个漂亮女孩，拉特纳姆非常满意。如今她感到自己被刻意误导了。"这就是他梦想着要娶的大理石像吗？"当普拉巴卡拉·拉奥还是个小男孩的时候，他曾经指着一尊大理石像对母亲说："我会娶一个像这样的女孩。"

保罗的妻子立即挽起拉特纳姆的手，把她引到一边去了，一边安慰着她："这姑娘因为长途旅行比较疲累了。"

◎

即便是普拉巴卡拉·拉奥也不晓得自己婚期已定的消息。他也是在此事定下来之后才收到电报的。事情是这样的：

保罗、拉特纳姆、萨提玛尼（Satheemani）和大卫·约翰是四兄妹，保罗是长兄。

拉特纳姆的丈夫已经死了，因此让普拉巴卡拉·拉奥结婚成了保罗的责任。

他是最年长的儿子，因此让他自己的兄弟大卫·约翰结婚也是保罗的责任。

萨提玛尼和她的丈夫保卢斯通过干涉萨提玛尼寡居的姐姐拉特纳姆和她两个天真的儿子普拉巴卡拉·拉奥和珀西·劳伦斯的生活，以得到施虐的快感。多少年了，他们一直设法确保这两个男孩没法结婚，暗自谋算着要让他们打一辈子光棍。

萨提玛尼和保卢斯有一个叫作西玛拉塔（Hemalatha）的女儿，他们想让她和大卫·约翰结婚。他们很热衷这门亲事，因为大卫·约翰是个医生。他们去找保罗，后者告诉他们说："我担负不起两场婚礼。你们得要等到普拉巴卡拉·拉奥也找到一个新娘。"

因为保罗这吝啬的规定，保卢斯很快就将人选定成了曼殊拉（她被认为是新娘候选人中外貌最没魅力的一个），并用电报告知了各方。

曼殊拉对她婚姻的内核了解得越多，她就越感到屈辱。对于保罗来说，这是一石二鸟：用一场仪式举办两场婚礼。而这场婚礼本就是为大卫·约翰和西玛拉塔安排的，曼殊拉和普拉巴卡拉·拉奥则是附带着省钱的。

在她所有的新姻亲中，她发现大卫·约翰是最亲切的。他称她为“阿姆”，就像萨蒂耶姆一样，并且还建议她：“吃得好些，阿姆，不要吃油腻的食物。好好睡，没有什么可担心的。”

在婚礼的早上，曼殊拉觉得很难过，因为她没有女性亲属替她在镜前忙东忙西。她拿出莎丽来的时候，一个同龄的女孩子急匆匆地冲了进来，她是普拉巴卡拉·拉奥的表妹苏恰丽塔（Sucharitha）。人们叫她苏恰，她经常像一只蝴蝶一样这里飞来那里飞去的。

“瓦迪那（Vadina，嫂子），等等，等等，你这是在干什么？你以为你身边没人吗？你是我的嫂子，我要帮你穿衣服。”苏恰转向她的姐妹们，她们已经聚在曼殊拉身边了。“看看嫂子的皮肤是多么漂亮啊，这么有光泽，这么柔滑，柔软得就像黄油一样！她的手和脚——是这么漂亮非凡，它们应该被放在博物馆里展览！任何人都不该碰它们！”苏恰帮着曼殊拉穿上莎丽，在她的脸上化好妆，然后轻柔地将她的头发梳成一个优雅的婚礼发髻。套装的最后一件被带进来了，一条有花边的白色面纱。

曼殊拉坚决地说：“不。不要面纱。”语气近乎严厉。

这个消息传开来之后，两家的妇女们都跑了进来，用食指和大拇指夹着下巴，她们倒抽着冷气，说：“什么？什么？不要面纱？”

曼殊拉重复了一遍：“不要面纱。”

在另外一个房间里，西玛拉塔正被她的姐妹、母亲和阿姨们环绕着。她听到这个消息时发火了：“好吧！如果她不戴面纱，那我也不戴。”

女人们都知道西玛拉塔这一辈子都在等着戴上面纱，她们恳求曼殊拉：“如果一个新娘戴面纱，另外一个不戴，那哪里有什么对称性？”

曼殊拉屈服了。

她由普拉桑那·拉奥和凯里护送着走到了外面。那儿有一辆用玫瑰、百合和菊花装饰的车等着送他们去教堂，他们被这景象惊得张大了嘴。他们过去从未坐过汽车。即便是他们认识的坎玛人也不会在婚礼行列上用汽车。

当两对新人走进教堂时，风琴演奏者坐上了他的座位，手在琴键上停留了片刻，随即便开始演奏肃穆的音乐。与会者们静默了下来，然后起立。

保罗的妻子格蕾丝阿姆和普拉桑那·拉奥陪伴着曼殊拉走向圣坛，两对新人在牧师面前肩并肩站立着。朝前走去的时候，曼殊拉看到拉马·拉奥坐在普拉巴卡拉·拉奥的宾客之中。她开心又吃惊地看到那加拉特纳姆阿姨和曼殊拉的六个表亲都坐在前排。她的表妹萨洛基尼充当她的伴娘，但是因为萨洛基尼是个医学生，她太过矜持以至于没法履行伴娘那些附带的职责，只是单纯地站在曼殊拉身边。新郎在新娘脖颈上系上三个结的时候，萨洛基尼甚至都没有帮忙将新娘的面纱掀起来。当这三个结系好之后，曼殊拉的婚姻就不能回头了。最终的祷文是这样说的："主啊，引领这个年轻女子和这年轻男子过上道德的生活吧。"曼殊拉清楚地听见那加拉特纳姆阿姨在前排窃笑："哦，得了吧，他才不是什么'年轻男子'呢！"曼殊拉这才意识到她从没得知过普拉巴卡拉·拉奥的年龄。

大卫和西玛拉塔钻进了一辆车。第二辆车子开了过来，一个男人走上前来，要曼殊拉和普拉巴卡拉·拉奥坐进去。这个很有礼貌的男人完全秃了，曼殊拉猜测他大概比普拉巴卡拉·拉奥要老上个 15 岁。普拉巴卡拉·拉奥将他介绍给了曼殊拉，告诉她："这是我的弟弟珀西。"

曼殊拉差点在惊恐中扔掉了她的花束。"乖乖！"她想，"弟弟？这个又秃又老的人是我丈夫的弟弟？整场婚礼都是那么丢人！"

她不能释怀，为了让她结婚，她家人搞得那么狼狈不堪。从头到尾他们只是想要找一个人然后尽快摆脱掉她。当与普拉巴卡拉·拉奥的亲事似乎黄了的时候，拉马·拉奥当着她的面说："放弃吧。就算普拉巴卡拉·拉奥不想要帕帕，他还有个兄弟，我们能把她介绍给他。"看看拉马·拉奥说的这个兄弟！他看起来都有 40 到 45 岁那么老了。

曼殊拉在车里一直保持着沉默。当他们到达照相馆的时候，她已经把满腹的牢骚忘掉了，珀西待她以礼，就像是她读着长大的那些萨拉特小说里的人物。他就是那些小说里女主角会建立起紧密联系的年轻小叔子。它已经开始展露真颜了，她那梦想中美丽可爱的家庭。

在那一天，曼殊拉有了一个新家庭，家人不仅有她的丈夫，还有她的婆婆和小叔子：普拉巴卡拉·拉奥（会在困境中依赖她），她的婆婆（她要尊重和照顾的人），她的小叔子（她会喜爱和为之寻找妻子的人），以及她自己。在她的这个新家庭里，没有她父亲和哥哥们的空间。即便是萨蒂耶姆也已经从她的生命中远去了。

在照相馆里，四个人靠着一个有假大理石柱的背景站着，新郎们穿着西装打着领带（曼殊拉家里从来没有人穿过西装打过领带），新娘们都穿着白色莎丽和婚纱，一手拿着花束，一手挽在新郎的臂弯里。普拉巴卡拉·拉奥以他那种迷人的方式笑得咧到耳朵根。他们照了一张照片，他们人生的写照。

下午，婚宴在一个彩色的婚礼大帐篷下举行，好多山羊为了这场宴席献出了它们的生命。让曼殊拉心生敬畏的普拉巴卡拉·拉奥家的砖房正好在一个肮脏的贫民窟正中间，被棚屋所环绕着。正对着帐篷的是一个巨大的公共厕所，里面的设施只有地板上的十个坑。这个地方飞舞着百万只苍蝇，且时不时地，屎的味道飘到宴席上来。

到了晚上，新娘们必须为了所谓的接待仪式，把她们的莎丽换掉。普拉巴卡拉·拉奥的家人已经对每个人吹嘘过了，曼殊拉有“双硕士学位”。为了向宾客们炫耀，他们要求曼殊拉用英语说上些什么。她吓坏了，但还是很快地想了想，傻笑着蹦出了一句：“感谢您的参与。”所有的宾客都在等着，但是她再开不了口了。她觉得没有配上家人的期待很是丢脸，开始责备自己。她知道，正确的词不应该是“参与”，而是“出席”。

第二天早上，曼殊拉看见邻居和亲戚们排成长队来敲基达拉家的门，把他们借给这家人办婚礼的东西拿回去。一件接着一件地，就在她眼前，那些曾经让她印象深刻的家具消失了：宾客们曾坐过的椅子，甚至是曼殊拉睡过的床，都是属于其他人的。杯子、茶碟盘子都来自住在后面房子里的人。到了最后，他们四个人——拉特纳姆、普拉巴卡拉·拉奥、珀西·劳伦斯，还有曼殊拉——就连四个盘子也没留下。这家人演了一场戏，而如今这场戏结束了。尽管他们有着巨大而坚固的房子——曼殊拉得知这房子是属于保罗的——他们和曼殊拉家一样穷。

根据习俗，在接待仪式之后，新人要出发去新娘家里。

萨蒂耶姆、玛尼娅姆和桑塔姆在维拉瓦利接待了他们，这里的庆祝仪式就是一个简单的 50 人祈祷会和一场小小的宴席。

洞房被推后了，因为曼殊拉正来月事，但是她的家人允许新婚夫妻单独坐一会儿。他们没怎么说话，而在长长的沉默之后，他试探性地触碰了她的手。她变得好像一块石头一样。这是全新的感受。她并没有做出回应或者反过来触碰他。过了一会儿，他们各自睡到各自的床上去了。

第二天，尽管曼殊拉来着月事，夫妻俩还是被允许睡到一起去了。就像大卫叔叔曾经警告过曼殊拉的那样，那很痛。

到了早上，曼殊拉没有办法直视她的父亲或者哥哥们。她避开他们是因为如今她已经知道男人是什么样的，有着怎样的构造。

次日在河边的一次漫步中，曼殊拉得知她的丈夫比她大了七岁半。她感到愤怒，在道路中间停下来大喊："这算什么荒唐事！为什么没有人告诉我你有那么老！”他让她冷静下来。她看到他满面愧色，就再没有追问这件事，但是它依然困扰着她。

在维拉瓦利住了一个星期之后，这对夫妻回了卡基纳达，他们得要居住在普拉巴卡拉·拉奥的家里，和他的远近亲戚们混住在一起。楼上的一间房间被腾出来供这对夫妻睡觉。早晨的时候，当普拉巴卡拉·拉奥下楼时，保罗舅舅会用英语问他："哈，外甥，你进展怎样啊？"

普拉巴卡拉·拉奥脸红了，但还是用英语回答："我进展不错，谢谢您。"

普拉巴卡拉·拉奥父亲那边的表亲们邀请这对夫妻到邻近的拉贾赫蒙德里城去，在那儿曼殊拉会在其他人玩牌的时候睡觉。普拉巴卡拉·拉奥在输了一阵子之后，走进卧室，亲吻妻子的脚求取好运，随后又回去继续玩牌。

曼殊拉不知道她的婚姻算不算好婚姻。但是在和她丈夫睡过一次觉之后，她开始渴望身体上的亲密接触。她喜欢她丈夫的感觉。她不想要和他分开哪怕一秒钟。无论他去哪儿，她也要跟着去。无论他坐哪儿，她也会坐在旁边。如果他和其他人说话，她就会站在他身边，紧贴着他。当他离开她去和朋友们一起狩猎时，她便闷闷不乐。她发现，他喜欢狩猎胜过世界上任何东西。

在长达一个月的婚礼庆典之后，他们得要回去工作了。普拉巴卡拉·拉奥回了阿纳恩塔普尔，而曼殊拉回了贡土尔，指望着他们很快能够设法找到在同一座城市的工作，居住在一起。

曼殊拉的校长给她的结婚礼物是一张开除令。她不会再在下一个学年里得到雇用了。好在她在维杰亚瓦达的夜校里找到了一份讲师的工作。

有一天，她坐着人力车在去学校的路上，看着本德路（Bunder）商店橱窗里的家具，心里想：“无论我的人生过去怎样，我的未来会变好的。我有一个丈夫。很快我会建立起一个家来。在那个家里——看看这商店里的那些沙发——我会把这样的沙发放在那个家里。”

在他们结婚四个月后，普拉巴卡拉·拉奥最终为曼殊拉在阿纳恩塔普尔找了一份工作。一个月后，她怀孕了。

她的孕吐非常严重。她再也不敢去厕所了，因为那儿的污秽让她恶心。整座城市里都没有干净的厕所。她得了便秘。当她试着用泻药的时候，便开始出现流产的迹象。医生设法挽救了胎儿，但是命令她要卧床休息几周。普拉巴卡拉·拉奥帮不上忙，因为他不知道要怎么泡茶，更不用说做饭了。他们挨饿了。房子里一团乱麻，到处都是垃圾和没洗的衣服。

他们一起度过第一个圣诞节时，曼殊拉怀孕两个月，凯里带着礼物来看他们。他接管了这个家庭，为他们做清洁、做饭。他留在这里的时候，他们吃得不错。当他要回去的时候，他把普拉巴卡拉·拉奥拉到一边，给了他一条有价值的建议：“我见到你是怎么对待我妹妹的了。”凯里看到她蜷缩着睡在普拉巴卡拉·拉奥的大腿上几小时，“女人永远不该被这样亲切地对待。你应该严厉地对待她们。要不然，她们就会爬到你头上去，坐在那儿。”

凯里必须在这对夫妻能够再次照料他们自己之前离开。所以，拉特纳姆过来与他们同住。她不仅煮饭打扫，而且还会为曼殊拉梳头，拿她自己的莎丽给曼殊拉穿着去工作。她想要她的儿媳健健康康，看起来漂亮。两个女人之间看起来似乎形成了一种理想、友爱的关系。

在孕吐的时候，曼殊拉总是会紧紧抓着她的丈夫，而老派的拉特纳姆并不赞许这做法。她害怕她的新儿媳会带着她的双硕士学位，把她推到一个角落里，霸占她的权威成为这个家的女主人，把她降格到一个无足轻重的位置上去。她们之间的关系开始变味了。

阿纳恩塔普尔是拉雅拉席马（Rayalaseema）地区的城市，这个地区被讽刺地称为"Rallseema"，意思是"岩石地带"。阳光全年无休地炙烤着干燥、开裂、四处遍布岩石的土壤。一个炎热的晚上，当普拉巴卡拉·拉奥把一把椅子搬到外面让曼殊拉去睡觉的时候，拉特纳姆不敢相信自己的眼睛："你这个没种的混蛋，你现在居然为你妻子搬椅子了？"

就在曼殊拉眼前，她的丈夫变成了一个怪物。他发怒的时候，看起来就像是另外一个人：脸色发红，鼻孔冒烟，头发直立。他不得不竭力控制袭击他母亲的冲动。他用无法启齿的脏话骂她。普拉巴卡拉·拉奥无法忍受被称为"娘娘腔"。

拉特纳姆不想再继续留下来了。普拉巴卡拉·拉奥拒绝把她送回卡基纳达。已经身孕八个月的曼殊拉不得不陪她回去。

曼殊拉回来的时候，热度加剧了。屋子里没有空气。她叫她的丈夫在屋子外支一把椅子。他说不。她想要自己去支椅子。而他说："不行。你留在屋子里。"

"我没法呼吸了，拜托。"

他大吼："不行！"

她太害怕了，一个字也说不出来。

曼殊拉惊恐万状。以前只在迫切需要的情况下，她才会祈祷，如今她开始祈祷了："噢，主耶稣啊，我该怎么办，我呼吸不了了。这个人说我不能在外面睡觉。"突然之间她开始说："我活不下去了。"她知道这就是生命终结的时刻，她的命和她宝宝的命。这会是他们在人世间的最后一天。

就在那一刻，雨水开始降下来了。拉雅拉席马十年才会下一次的雨。大地的热度退下去了。

凯里来了，接曼殊拉去瓦朗加尔生孩子。因为没有干净的衣服可以打包，他便说："我们没时间了。"他把所有的脏衣服都收起来，带到瓦朗加尔去洗。当他们离开的时候，普拉巴卡拉·拉奥没有道别，更不要说给曼殊拉一分钱，他们甚至没有买车票的钱。

在卡兹派特，她的兄弟们如同待一位公主一样地待她。当她准备要分娩的时候，他们将她送到了圣安医院。等她终于生下了孩子——一个小小的女孩时，她亟须睡觉，但是她如此充满喜悦以至于全无睡意，而且她也害怕会错过哪怕一个珍贵的时刻。萨蒂耶姆的儿子悉达多那时7岁了，他过来看望小宝宝，爱上了宝宝的小脚，总是触摸、抚摸、爱抚它们，一直开心得大喊大叫。南查拉雅也来看小宝宝，他说："帕帕，你的女儿会变成一个明星的。多么漂亮的女孩子！看看她的手指！她会成为一个艺术家、一个钢琴家的。"

凯里给他们的父亲发了一份电报。一个月过去了，没有回应。玛尼娅姆照看着曼殊拉。曼殊拉第一次对萨蒂耶姆坦白："我早该相信你的。你确实是为了我们全家而娶她的。"

但是情况很快就急转直下，因为萨蒂耶姆不准玛尼娅姆陪着曼殊拉去阿纳恩塔普尔，而玛尼娅姆一心要去看看新城市。

因此，玛尼娅姆罢工了。她再也不做饭和照顾自己的孩子了，包括她六个月大的儿子。她爬上一张床，用床单盖住了自己的脸。一片混乱：全家都是一群哇哇大哭的、饿着肚子脏兮兮的孩子。凯里只好接管。他的体力快被耗干了，而曼殊拉的医院账单也让家庭的财政快被耗干了。

玛尼娅姆发火让曼殊拉觉得自己是不被需要的人。该是离开的时候了，但是她没有钱买火车票。南查拉雅给了她钱，凯里也准备好了送她们回去，但是孩子太小还不适宜旅行。已经连续不停地下了好几天的雨，萨蒂耶姆房子里的窗户又没有装百叶窗。寒冷的湿气落到了孩子头上，她的肺部充斥着湿气，她大口喘息，小胸脯痉挛似的起伏着。他们请不起医生。一个盎格鲁-印度人[1]建议曼殊拉在哺乳之前喝上两大勺威士忌。"你也可以在水里混上两滴，再喂进孩子的嘴里。"

曼殊拉生平头一次也是最后一次喝酒。她很清楚她的话太多了，但就是管不住自己。南查拉雅试图让她平静下来："帕帕，别说了，阿姆，别说了，冷静些。"凯里就这样带着他醉醺醺的妹妹和醉醺醺的外甥女上了火车。

凯里说："阿姆，请不要再说话了，去睡觉吧。"他将一个月

1 原文"Anglo-Indian"，可能指英印混血或是在印度出生并长大的英国人后代。

大的孩子抱在怀里整整坐了16小时。每次火车一鸣笛，生病的孩子就受惊醒过来。凯里将她紧贴在胸口抱着。

他们到达了阿纳恩塔普尔火车站，上了一辆“杰特卡”（Jetka，马车）开始朝家里去。当他们路过城里的钟楼时，曼殊拉对凯里说：“阿哥，这个孩子还活着吗？”当曼殊拉这样说的时候，凯里的心跳都停止了。他摇了摇孩子。

婴孩睁开了她肿胀的、蛤蟆似的眼睛。凯里和曼殊拉都松了口气。

马车停在了房门口。普拉巴卡拉·拉奥在家。当他看到孩子的时候，曼殊拉抛下的那个冷酷无情的丈夫瞬间转变成了一个慈爱的父亲。

曼殊拉回去工作了，在阿纳恩塔普尔的一家夜校上课。普拉巴卡拉·拉奥会整夜地抱着孩子坐着，一动不动。整晚他一小时都睡不上，第二天早上又去上班。

没有人来教曼殊拉该怎么给孩子洗澡。她雇了一个女人来。那个女人烧了水。曼殊拉以为那个女的会掺些冷水进去，让水变成温水，但是那女的径直就把滚水倒在了孩子的头顶。孩子尖叫起来，曼殊拉能看到她的舌头，她的小舌——而孩子的皮肤颜色立刻变了，就像新鲜鸡肉被扔进煎锅时一样。曼殊拉立即抱走了她的孩子。

曼殊拉尽力试着用让孩子最愉快的方式来给她洗澡。她会把她的奶头放进女儿的嘴巴里，一边给她哺乳，一边慢慢地、小心地在怀里给孩子擦洗，用装在一个大杯里的温水冲干净她。

当孩子诞生的时候，曼殊拉的侄子已经列了一个名字清单出来，名字然后说：“我喜欢苏迦塔这个名字。”尽管没有正式的命名，他们还是开始叫她苏迦。

但是随后就发生了冲突。拉特纳姆一直希望他们用她的名字给孩子起名，或者至少把命名权留给她。“我想叫她格蕾丝。”拉特纳姆曾经有过一个叫格蕾丝的女儿，在 8 岁时死去了。

曼殊拉大惊失色。她不想要这么老套的名字。她为她的品位辩护说，她是一个世俗的人，不想给她的孩子起一个基督教式的名字。

只能由普拉巴卡拉·拉奥做出选择了，但他并不会表态。到了受洗的那一天，他、曼殊拉和拉特纳姆穿过走道，来到了牧师面前，普拉巴卡拉·拉奥站在中间，抱着他的孩子，被夹在两个心怀怨恨的女人当中。当那个时刻到来的时候，她们绝望地盯着他的嘴唇，他会发出“格”还是“苏”来呢？他说了“苏迦塔”。

苏迦塔六个月大的时候，得要为她剃去胎毛了。当她的父母带着她回到阿纳恩塔普尔的时候，他们的一个学生、一个少年称她为“尼鲁帕瑜伽·斯瓦米[1]”（Nirupayoga Swami，无用大师），同时还拍打她那光滑的小脑袋。

曼殊拉大叫：“请不要打她！”

“但是女士，我管不住自己啊，女士。”

苏迦的每一个地方都是圆乎乎的：脸、嘴巴、眼睛。普拉巴卡拉·拉奥特别喜欢她的屁股。“我女儿的屁股形状就像一个小苹果。”他从巴扎买了一个苹果回来，把它放在她屁股旁边。“你

1　斯瓦米（Swami）：原意是尊主，常常用于对德高望重的婆罗门宗教导师的尊称。传统的婆罗门发式是剃光头顶，只留下后脑勺的一簇头发，故有此玩笑。

看，对吧？”他问他的同事们。

苏迦塔诞生九个月后，曼殊拉又一次怀孕了，她被撤了职。那时候失去工作已经成为曼殊拉生活的一部分。在政府学院里，她只能承担临时性的工作，替代某些暂时离职的人。校长如果因为什么原因不喜欢她而要开除她是很简单的。但是，要是没能通过邦内的讲师选拔考试，她是没有资格在政府的学院里得到永久性职位的。因为这个邦里没有多少职位空缺，这个考试好多年都没有举行过了。

在暑假里，普拉巴卡拉·拉奥带着全家回了卡基纳达。当普拉巴卡拉·拉奥要返回阿纳恩塔普尔的时候，曼殊拉留在了卡基纳达，和她的姻亲们待在一起，在这个城里找了一份工作。她在一所受某个富有的印度教神庙托管的女子学院——阿纳跋拉姆·萨提耶婆提·德维（Annavaram Satyavathi Devi）女子学院里申请了一个职位。因为这是一所私人学校，所以她能得到永久性的教职。一群老年婆罗门男性面试她，他们中间有三个人极度保守，头顶剃得精光，只从顶部垂下一簇白发来，额头上画着垂直的长长的红线。对于一个急切需要工作的“不可接触者”女性来说，再也想象不出比这更加可怕的面试团队了。心惊胆战的曼殊拉坐在他们面前，手心出汗发冷，膝盖紧紧碰在一起。

“什么是民主？”其中一人问道，从他眼镜上方睥睨着她。

“呃，民主是一种政治制度，终极的权力由人民来掌握。在民主制度下，是人民通过他们选出的代表来运作政府。本质上来说，民主意味着一个民有、民治、民享的政府。”

那群年老的婆罗门男人点头表示赞许，在他们面前的单子上画钩，但是她还没有说完。

“这是他们写在书本上的东西。这是教授在大学和学院里教给他们学生的东西。这是学生们必须要在考试里写下的东西。也是求职者必须在工作面试里说的话，就像我刚才做的那样。”

那群年老的、保守的婆罗门抬头看着她。

“但是迄今为止，世界上还没有出现过一个民主制度的例子，在整个世界上，在任何一个国家里，都不曾存在过人民的统治，更不要说民治、民享。英国人、美国人、法国人，如今还有印度人——他们尽可以说他们的国家里存在着民主。但这都是虚假的。整个定义都是错误的！”

在做主管的那么多年里，这些地位高超的婆罗门从来没有遇见过像这样的求职者，更不要说还是一个“不可接触者”！

她得到了那份工作。

在女子学院里，校长不断地骚扰她，一直对她的教学方法吹毛求疵。埃尔文区的恶臭加重了她的孕吐。那时正值杧果季，到处都是苍蝇。苏迦变瘦了。即便有曼殊拉的工作，家里还是负担不起奶粉，所以他们用米、扁豆和蔬菜来喂孩子。有一天，苏迦因为腹泻而发起了危险的间歇性高热。在一小时内，她拉了23次，很快就脱水了。没有钱请医生。

普拉巴卡拉·拉奥此时正在一个长周末的假期里来访。曼殊拉哀求他：“请把我带回家吧。我没法住在这里了。我们要死了。”普拉巴卡拉·拉奥就说了一句：“那就走吧。”在阿纳恩塔普尔又空出了一个临时教职，如果她想要得到它，他们必须马上动身。尽管正遇上危险的台风和洪水，他们还是甘冒生命风险，立即离开了。

曼殊拉得到了那份工作，但只过了三天她就被开除了。

普拉巴卡拉·拉奥和曼殊拉陷入了与马瓦里放款人危险的债务纠纷之中。普拉巴卡拉·拉奥一直对妻子避而不谈他们的情况已经变得多么糟糕。但是，他却越陷越深。她去卡兹派特的那段时间里，他曾有过一个绝望的点子，想要用鸡肉大餐招待他的一个帮派学生，招募他来恐吓走那些追在他身后的高利贷者。这个计划没得到任何成果。

不仅仅是普拉巴卡拉·拉奥一个人如此。他的大部分同事，在每个月的第一天，从会计的办公室里拿着工资出来，会将信封直接递交给等在外面的马瓦里人。马瓦里人尤其喜欢盯上讲师，因为他们有着规律的收入。

曼殊拉将他们的窘境归罪于普拉巴卡拉·拉奥每日抽烟和喝两杯茶的习惯。“想想看你都浪费了多少钱！”

普拉巴卡拉·拉奥不喜欢被称作“appulodu”（欠债的人）甚于被称为娘娘腔。他继续借债，还钱，借债，还钱。

在一个深夜，他工作归来，爬上床。“过来这儿，躺在我身边。”他提议自杀，“让我们到一个酒店里去干这事。”

曼殊拉没有问他，他为什么想要自杀。也许是因为他倒霉碰上了某个威胁他的马瓦里人。她没有展现出她向他倾诉恐惧时他表现出来的那种同情，而是自命正确地告诉他：“如果你想死，你就去死。我没有理由要杀死我自己。”

曼殊拉一直在担忧孩子。小小的苏迦成了一块吸引危险的磁石。有一次，她把她爸爸裹在暴露的电线外的胶带给撕下来了。

另有一次，她把她的手塞进了辣椒粉里。还有一次，她想要去碰燃烧的煤块。她得要时时刻刻被看顾着。

曼殊拉失业有一阵子了。她的生活就是一串临时性工作紧接着被解雇。在这个特殊的间隙里，她每天都打扫屋子。每天她都会碰上遗落在地板上的一份信件。不过，她不看，每天她都把它扫在一边。这样过了一个月之后，她终于积累了足够的好奇心，将信封打开。那是份工作邀请。再一次地，她开始工作了。

第二次生产的时候，她并没有去卡兹派特，曼殊拉决定让普拉巴卡拉·拉奥陪在她身边。他们写信请拉特纳姆来帮忙。在他母亲面前，普拉巴卡拉·拉奥态度再一次变得冷漠起来。

拉特纳姆日日夜夜都在侵扰曼殊拉。曼殊拉已经骨瘦如柴，但她怀孕的肚子却很大。普拉巴卡拉·拉奥要她去煮茶，她说："你就非得一天喝两杯茶不可吗？"当她把杯子拿出来的时候，她看到他正气得冒烟。他的母亲正在说："做一杯茶而已，值得大惊小怪的吗？"普拉巴卡拉·拉奥拒绝了这杯茶。曼殊拉想要让他消气，他从椅子上站起来，冲向她，狠狠扇了她一巴掌，一大块血块落到了地板上。

拉特纳姆说："她是牙齿不好。就是这样啦。"

曼殊拉知道，如果她告诉她的哥哥们她的情况，他们会立刻结束她的婚姻，也许还会打她的丈夫。她想要保住这场婚姻。她想要他人的尊重。她从来没有对任何人吐露过半个字。

在一个冬天的早上，她开始分娩了。"我们得要去医院。"她的婆婆开始为她儿子煮茶，然后她烧水让他洗澡，然后她开始做早餐。苏迦像个大人一样在吃东西的时候配上热的腌杧果，结果拉肚子了。他们得要替她清理干净。再喝一道茶。整个过程中，曼殊拉一直呻吟不休。

最后，在阵痛开始三小时之后，他们才上了一辆马车，到医院去。当他们到达医院的前廊时，男孩都已经出来了。曼殊拉的丈夫和她的婆婆把她扔在医院，自己回家去了。

曼殊拉的儿子是那么漂亮。个大，肤色白。

但是从他诞生出来的那一刻起，他就病得很严重。因为疝气，他一直哭啊哭。一个年轻的护士为了让他安静下来，从一个生锈发霉的水龙头里直接接水出来混合了葡萄糖粉末喂给了他，他立即就开始腹泻和呕吐，曼殊拉慌了。

医生看到曼殊拉的儿子被自己的呕吐物呛住，便立即把他送进了重症加强护理病房（ICU）。看到这场闹剧，一个探访曼殊拉邻床病人的人忍不住跟在医生后面看看会发生什么。

曼殊拉在泪水中等待着。几个小时过去了，没有任何人来告诉她发生了什么事。就在要睡着的时候，她听到邻床的病人在对人说："那男孩死了。"

曼殊拉尖叫起来，脖子上的血管都凸出来了："我的孩子，我的孩子！"

护士跑了过来，安抚她："怎么了？"

曼殊拉尖叫着："我想要见我的孩子！"

他们向她保证，他会好起来的。

那个病人说的话其实是："那个带着孩子死去的女人已经死了好久了。"因为拉雅拉席马的泰卢固语和安得拉沿海地区不太一样，曼殊拉听错了。

在印度，病人的家人要负责帮助病人上厕所，为她洗澡，给她饭食。曼殊拉饿了。没有人从家里给她带饭来。她等了5000小时，普拉巴卡拉·拉奥才带了些吃的过来。“你都去哪里了？”曼殊拉问。

在他来医院的路上，普拉巴卡拉·拉奥玩了一两局网球。他觉得曼殊拉的问题是对他极大的冒犯，因此他转身就回去了。

在医院里待了几天之后，曼殊拉回了家。她的丈夫等在门口，拦住了她的道路。“我不想要你在这里了。带上他去你想去的任何地方吧。你不能进来。”

她抱着孩子在外面等了好几个小时，他最终才让她进去。她从来没有问过他为何要这样待她。

新生儿被命名为亚伯拉罕，但在家里他总是被称为“巴布”（Babu，小男孩）。

巴布从他诞生的那天起就开始腹泻，这延续了整整13个月。曼殊拉因为焦虑而生病了。正如她在信仰上一贯的机会主义，此刻她又转向上帝求助：

“主耶稣啊，救救我的儿子吧，我会帮助穷人和不幸者作为回报。”

曼殊拉担忧着孩子们的生命。她担忧着自己的生命。她突然想到，她的母亲在27岁的时候就死了，比她现在还要年轻一岁。她试图宽慰她自己，想着：“我母亲在这个年龄死去，并不意味着我也会死掉。”她几乎每天都带着她的儿子去看儿科大夫。那大夫对她很好。他总是劝慰她，她的儿子会好起来的。

下一次她去看那个大夫的时候，临时工（医生办公室里的杂工）告诉她那个医生已经死了，是因某种主要器官衰竭。他只有 28 岁，和曼殊拉一样的年龄。她宽慰自己还太年轻不会死掉的借口失去了全部意义。

当太阳落山的时候，她对死亡的恐惧就变得不可忍耐。她会缠着她的丈夫：“看，我的手变成青色的了。我在《印度快报》上读过，这是垂死的征兆。”他一遍又一遍地告诉她：“不，你不会死的。”

当她早上醒来的时候，她会觉得稍微好些，但是随着这一天过去，她又变得越来越确信她和她的孩子们都要死了。

她的学生们也讨厌她。他们不想要这个焦虑万分、骨瘦如柴的女人来教他们。普拉巴卡拉·拉奥的学生曾经为了让他来当他们长期的授课教师而举行过罢课。如今，曼殊拉的学生则做了同样的事情，目的是为了让她被换掉。压垮他们的最后一根稻草是她有一次走进教室后开始尖叫：“天花板上有裂缝！它们正在扩大！这建筑要垮掉了！我们得快跑！”其实天花板上根本就没有裂缝。

当她在人行道上行走的时候，她能感觉到地面在移动。她能看到街道另一边的商店在朝着相反的方向滑动。她想要搞清楚这种体验是因为什么。她告诉自己她已经疯了。她试图宽慰自己，这一切都是在她脑子里发生的，应该停止焦虑。但是一次又一次的，她总会听说某些本地发生的悲剧，将她的恐惧再度带回来。比如一个在电线上撒尿的男孩被电死了。一个同事在家里批改卷子，他的儿子和苏迦同龄，打断了他，说：“爸爸，来和我玩。”那父亲推了男孩一下，男孩的头撞到一张床的床脚上死去了。

曼殊拉知道，死亡就在转角处。她想要拯救自己和她的孩子。她不在乎她的丈夫。

最后，所有这些黑暗征兆所预示的危机终于落在她身上了。她去参加一个同事的追思会。普拉巴卡拉·拉奥坐在她旁边，另一边则是甘加·拉朱。仪式结束时，她大声地倒吸了一口冷气，然后就倒在了地板上。人们跑了过来。

她确实快死了。她这几个月一直感到死亡在逼近，却不知道它是不是一个脑子里的幻觉。此刻，她知道那是真的，而且就是现在。

曼殊拉看着周围，头晕目眩。这时候应该说一些临终遗言，放下她人间的责任。她抓住了一只值得信任的手。那是甘加·拉朱的手，而不是普拉巴卡拉·拉奥的手。

“甘加·拉朱**嘎鲁**[1]，”她请求着，用上了一个尊称后缀来表示敬重，“请照顾我的孩子。”然后她放开了他的手。

几秒钟之后，曼殊拉醒过来了。她被讲师们担忧的面孔包围着。

普拉巴卡拉·拉奥帮助他妻子回了家。就在他们进家门的时候，他们的同事达摩达（Damodar）也跟着他们进来了。他的面孔因为愤怒而发红，激烈地抨击了普拉巴卡拉·拉奥一大通：“你算是什么丈夫！你是个人还是头野兽？看看你的妻子！她带着两个幼小的孩子，做饭、打扫。她还得要批改卷子。如果不能做饭打扫，你就不能帮着她准备成绩单吗？呸呸呸！你真丢脸！”说完达摩达冲了出去。

1　原文是“Garu”，是泰卢固语中表示尊称的后缀，意思如先生、阁下、大人等。

实际上，那些日子对于曼殊拉来说比从前更加艰难，因为普拉巴卡拉·拉奥会一夜接着一夜地熬上整晚为他的硕士学位考试做准备。曼殊拉得半夜从床上爬起来，花上45分钟时间点起炉子，为他做茶。

他每年都会参加考试，却每次都通不过。曼殊拉问："意义何在呢？你只会再一次考不过。我知道你的问题何在。考试里有五道名词解释和五道论述题。你喜欢名词解释，把三小时统统花在一道名词解释上。每一道名词解释只有五分。就算你能完成五道题，你也只能得25分。把时间花在论述题上吧。不要炫耀你的聪明才智。没有一个出题人喜欢比他们知道得更多的学生。"

他得要去阿里格尔（Aligarh，在贝拿勒斯附近）参加考试。

"不要离开我，让我独自一人和生病的孩子在一起。"

他还是走了。

"你永远不会通过的！"

在他离开去阿里格尔的那个星期天，曼殊拉试穿了一件裁缝刚刚为她缝制好的新胸衣。二头肌那儿太紧了，让她的血管凸了出来，就像是一个护士用橡皮筋勒紧肌肉准备取血时一样。她没法把这件胸衣舍弃掉，它已经花了钱，而她也没办法把它退还给裁缝，因为那需要再花上三个月去修改它。

苏迦醒了过来，开始哭。曼殊拉把她抱了起来，一手将她抱在腰间，曼殊拉接着还要去洗碗，喂巴布，给他清洁。只要曼殊拉把苏迦放下来一秒钟，她就会响亮地哭泣。她甚至不肯让母亲把她换到另一侧的腰上。

曼殊拉注意到，她的上臂有一根血管冒了出来，又长、又粗、又硬，就像是一支铅笔一样。她马上就感到那不正常。她扔下了琐事，带上两个孩子立即去看医生，医生告诉她她需要立即去休息。

曼殊拉在面对自己的问题时多少有了种受虐狂心态，她继续去干她的家务，把苏迦抱在腰上。到了晚上的时候，那根血管更加肿胀了。曼殊拉跑回了诊所。

纳亚纳姆医生（Dr. Nayanam）狂怒了："你有脑子吗？我是怎么跟你说的？你受过教育。如果你不明白，至少听听医生的话！这叫作血栓性静脉炎，有血凝块形成了。如果它流到你的心脏或者大脑里，这就意味着当场死亡。这样做怎么样？你就去死好了，我不关心。我给了你建议，你不听。你活该去死。"

曼殊拉回了家，她吓坏了。她的太阳穴在跳动。她流汗不止，头晕眼花，被一种奇怪而疯狂的感觉压倒了。

拉特纳姆开始警觉起来。从来不踏出她的家门，对外面的世界一无所知的她此刻却冲了出去，大声呼救。一个邻居跑到了城镇中心，带了一辆马车回来，帮忙让女人们坐进去。在综合医院里，医生们检查了曼殊拉的血压，发现高得危险，便立即带她进了 ICU，为她注射，让她躺在了床上。在她住院的第四天，一个亲密的同事过来探望他自己的亲戚，他看了一眼曼殊拉，然后径直与她擦身而过。她已经快叫人认不出来了。她才 28 岁，头发就已经全变成了灰色。

普拉巴卡拉·拉奥考完试回来了。曼殊拉四天前就已经从医院回家了。他听了发生在她身上的故事。他什么也没有说。也许他厌倦了他生病的妻子。也许他厌倦了医院的账单。

“我病得那么厉害。如果我死了该怎么办？为什么你一定要走，离开我？”

最后一个词说出嘴边的同时，曼殊拉就看到普拉巴卡拉·拉奥的脸发生了急剧的变化，她意识到自己犯下了怎样的错误。他怒发冲冠。

“我既不想要你，也不想要这场婚姻！”他怒吼道。他拔下他的结婚戒指，跑到前门的台阶那儿把它扔掉了。

曼殊拉跑过去在灌木丛和水沟里寻找它。她很难过，不是因为那是他们的结婚戒指，而是因为那是他们拥有的最值钱的东西。几个小时后，她找到了指环，但是最值钱的部分，也就是上面的翡翠，不见了。

第二年，当曼殊拉再一次意外怀孕、快要生产的时候，普拉巴卡拉·拉奥因为某些无关紧要的小事突然大发雷霆。他正在听英国广播公司（BBC）的节目，从椅子上跳起来，拿起了还插着电的收音机朝她扔过去。她躲开了。电火花从插座上迸了出来。

普拉巴卡拉·拉奥知道他怀孕的妻子需要营养。但他只买得起蔬菜，买不起鸡蛋、肉、鱼和水果。他们只好停止给孩子们喝牛奶。

在一个平静的周日下午，普拉巴卡拉·拉奥让曼殊拉给他做一杯茶。她起身嘀咕着：“如果你没喝那么多茶会怎样啊？”她走进了厨房。当她拿着茶回来的时候，她能看出她的丈夫又发火了。拉特纳姆火上浇油：“他想要喝茶又怎样啊，为什么你总是要抱怨？”

曼殊拉开始为她刚说的话后悔了。她开口道："好吧，让我们忘记——"

她的丈夫还坐在椅子里，拿起滚烫的杯子扔过了大门，砸向另外一边的房子。苏迦和巴布吓坏了，开始可怜兮兮地大哭起来，他们是被卷入战争的小小无辜人士。曼殊拉也开始大哭起来。

"哎呀，小心啊，老公，孩子们，我们的孩子啊。"她哭道。

普拉巴卡拉·拉奥沉重地喘息着："我们会照看你的孩子的。我会把你和你的孩子扔到街上去，把你们都砍成碎片。"

这一次，拉特纳姆试着让儿子冷静下来，与此同时还在责怪曼殊拉引发了争吵。每一天，广播里和报纸上都有新闻，说欠债过多的男人杀了他们的妻子和孩子，然后自杀。

◎

在曼殊拉拿到她的硕士学位五年之后，政府宣布会为历史科目举行讲师选拔考试。这对于曼殊拉来说是改变人生的机会。如果她能够得到好分数并且通过口头考试，她就能最终逃出临时雇用的怪圈了。有一份政府的永久性工作，她就不必依赖于某个一时兴起的校长过活了。

当她走出考场的时候，外面正大雨如注。她的丈夫手里拿着伞等在外面，抱着他们的儿子。他很紧张，就像一个为了女儿的表演而焦虑的严格的父亲。他扫过了她递给他的问卷，然后问她选择了哪一道论述题。她展示给他看。他咕噜着说："好吧。我们走着瞧。”

曼殊拉成了整个邦里参加考试的一千个历史研究生里那脱颖而出的十人中的一人。但是她还有一个障碍要克服：一次由高水平学者小组举行的口试。在这里，考试分数失去了价值。参加者靠的是贿赂和裙带关系。曼殊拉既没有钱，也没有关系。

因此，她去求助于托马斯·雷迪（Thomas Reddy），一个出身阿纳恩塔普尔的议会议员，也是一名雷迪种姓的基督教徒。曼殊拉和普拉巴卡拉·拉奥希望他能帮助同为基督教徒的他们。他说他会的，但是不能将希望放在这样脆弱的基础之上。

在面试中，曼殊拉被问到的每个问题都是她早有预料而且胸有成竹的，甚至连顺序都分毫不差。当她离开面试的房间时，有一个委员会成员、一个叫布拉雅（Bullayya）的备受尊敬的马拉种姓教授叫住了她，问了最后一个问题：“你对种族隔离政策有什么看法？”这不是考试的一部分，他是真心想要听听她对这个问题的观点。曼殊拉只是傻笑了一下，跑了出去，让布拉雅教授倍感迷惑。她对于种族隔离政策毫无看法，甚至从前都没听过这个名词。

几天之后，普拉巴卡拉·拉奥收到了他一个在海德拉巴的朋友的电报：“恭喜你。你的妻子入选了。”

曼殊拉和普拉巴卡拉·拉奥前去感谢托马斯·雷迪。“亲爱的姑娘，不用谢我。谢谢我们的主耶稣吧。我什么都没有做。你的面试者告诉了我关于你的一切。”

在经过七年的临时工作、夜校和开除之后，曼殊拉终于从大学委员会那儿收到了就职信，要她去蒂鲁帕蒂（Tirupati）学院报到。

蒂鲁帕蒂很远。但乞丐是没有资格挑三拣四的。曼殊拉辞去了她在阿纳恩塔普尔的工作，搭乘一辆火车去了蒂鲁帕蒂。

那儿的校长是个叫拉杰斯瓦里（Rajeswari）的婆罗门女人。她只看了曼殊拉一眼，就说："你在这里没有工作。我不会让你报到的。"

曼殊拉简直不敢相信自己听到了什么。她满眼泪水地离开了校长的办公室。

办事员看到了发生的事情。他对曼殊拉的情况只有同情。"你看，阿姆，去找委员会是没有用的。如果那个女人说不行，那就真的不行了。"最让曼殊拉受伤的是她为此辞去了之前的工作。

普拉巴卡拉·拉奥陪着曼殊拉去了蒂鲁帕蒂，他尽管非常同情曼殊拉，但是在此事上无能为力。他们那一晚都没有睡着。

她得马上赶回去，去见她在阿纳恩塔普尔的校长，把她的工作求回来。到了第二天早上 6 点 30 分的时候，她和她的丈夫已经到校长门口了。哈比布拉（Habibullah）先生说："写上一张两天时间的病假条。我会撕掉你的辞职信的。"然后他叫来他的妻子，用乌尔都语让她去拿些点心和咖啡给这对夫妻。那是他们在蒂鲁帕蒂一败涂地之后吃的第一顿饭。

◎

拉特纳姆的健康状况不好。她的心脏肥大，脚总是浮肿的。她在做家务活的时候总是由于疲劳和喘不上气来而痛苦。但是她纯粹出于习惯和传统的缘故，还是一直在劳作。她那所谓受过教育的儿子对此漠不关心。普拉巴卡拉·拉奥只会捍卫他母亲对曼殊拉的“权威”。除此之外，他从来也没有为她做过什么。他从来没有为她买过她喜欢吃的东西，从来也没有陪着她去过教堂，从来没有和她多聊几句。但是他会追逐和殴打他老婆以保卫他的母亲。

拉特纳姆让她儿子带着她去泰米尔纳德邦一家有名的基督教医院做一次医疗检查。但是普拉巴卡拉·拉奥害怕因此欠上更多债，于是保持沉默。

曼殊拉没有告诉她的丈夫，悄悄地把普拉巴卡拉·拉奥家在订婚仪式上送给她的项链卖给了他们家对面餐馆的老板。她把钱给了普拉巴卡拉·拉奥。“带着你妈去韦洛尔[1]（Vellore）吧。”医生做了检查，给拉特纳姆开了处方和建议，让她回了家。

在阿纳恩塔普尔，这家人买了药。医生已经说过拉特纳姆得要吃特别的饮食，并且做临床测试。曼殊拉照管了所有这一切事情。

但是，她为她婆婆做这一切事都有着自私的动机。曼殊拉观察到，当他们两人单独在一起的时候，她丈夫就是一个可爱的人，但在他母亲面前就会变成一个怪物。她知道，拉特纳姆想要回到卡基纳达的家里去，只是在等待着拿到她想要的医药检查和药品。一旦她拿到了，她就会离开。

曼殊拉带着巴布和她一起走，回了卡兹派特去进行第三次分娩。凯里并没有到车站接她。他在悉多罗摩雅的房子里举行了一

1 韦洛尔：印度泰米尔纳德邦的一座城市，印度顶尖医学院 CMC 学院坐落于此。

个简单的仪式，娶了一个特伦甘纳的女孩，这对新人去了尼尔马尔（Nirmal）探访新娘的母亲。

萨蒂耶姆看到自己的妹妹成了这个样子非常痛心。她形销骨立，苍白瘦弱。如果她想要坐下来，得要靠人帮忙才行。如果她坐着，必须得要有人把手放在她腋窝下才能把她拉起来。

萨蒂耶姆非常忙。每天晚上吃完晚饭后他就离家前往瓦朗加尔，在黑暗中穿过田野和小山丘以躲避警察。他会与工厂工人、学生、铁路工人和年轻农民会面。他正在组织教师。他完全投入了他的政治活动之中。早上四五点钟回家后，他要去南查拉雅的家里，为了不干扰他朋友的家人，他会睡在他们走廊上光秃秃的地板上，在他们醒来前就离开。有些时候他们起来得比较早，会发现他在那儿。曼殊拉感到很奇怪，他的哥哥在家里时明明就像一个王子，可为了他的理念却能如此辛苦地工作。

有一天夜里 2 点钟的时候，萨蒂耶姆出去进行他秘密的组织工作，曼殊拉开始宫缩了。玛尼娅姆把她五个正在睡觉的孩子，包括她 2 岁半的儿子都锁在家里，把曼殊拉送到圣安医院。在护士记下病人信息的时候，玛尼娅姆想起了萨蒂耶姆对她说过的话："我的妹妹太虚弱了。如果她生第四个孩子，她肯定会死的。"在没有告知曼殊拉的情况下，玛尼娅姆告诉护士在分娩之后安排一次输卵管切除术。为此，这家医院拒绝了曼殊拉。作为天主教徒，他们不赞成进行生育控制。

在那寂静的深夜里，玛尼娅姆又带着曼殊拉去了赫讷姆贡达的政府医院，要坐两小时人力车才能到那地方。

没有人知道是为什么，但是在生产过程中曼殊拉开始不受控制地大出血。一个医生告诉玛尼娅姆出去买止血的针剂。那要花上 75 派沙，而她没有那么多钱。她在雇人力车时已经花光了她们身上所有的钱。而药店几小时之内尚不会开门。一个体贴的护士把本来要给另一个生命并没在危险的病人用的针剂给曼殊拉用了。

在孩子生下来之后，萨蒂耶姆来到医院。医生正在等着他。“她的情况非常不好，”他被告知，“我们强烈建议她要做输卵管切除术。”

曼殊拉很是犹豫。

而萨蒂耶姆则勃然大怒：“让你做什么，你就做什么。”

几分钟后，告诉曼殊拉她必须做手术的那个医生又回来了，告诉萨蒂耶姆医院无法为她开刀：“我们需要她丈夫的书面同意。”

但是那个当丈夫的人，在她离开阿纳恩塔普尔后就没有写过一封信来，没有打过电话。为了和他联系上，他们必须得要写封信去。两封信来来回回会花上至少十天，而手术必须在生产后两到三天内进行。

萨蒂耶姆再一次为他的妹妹做了伪造。他装作是她的丈夫，在同意书上签了名。

医生开始为曼殊拉做手术准备。在做完麻醉的时候，外科医生把她留了在手术台上，去签署某些文件。曼殊拉听到的最后一句话就是：“我马上就回来。”

她接下来感受到的就是极为强烈的痛楚。她的腹部被切开了。医生在曼殊拉的麻醉效果过去之后才回来，在她清醒地躺着的时候进行了手术。

在手术之后，他们也没有给她青霉素，因为她的家人还没有筹到买药的钱。医生只是替她缝合，然后就走了。现代思想成了曼殊拉的诅咒。她知道抗生素的重要性。她很确信她要死了。

第二天早上，曼殊拉尖叫着醒来。一个清洁工，一个粗鲁的帕基妇人过来为她清洁。大概是出于对他们遭受的可怕压迫的心理反应，在公立医院里做清洁工的帕基人经常对穷苦的病人表现得非常残酷。当这个女人发现曼殊拉在太阳升起之后还在睡觉，感觉很恼火："嘿，你！为什么你整天整夜地睡？给我起来！"她粗暴地拉下曼殊拉的床单。

血从她的伤口朝外冒了几个小时，浸透了床单，而当血干掉的时候，床单和缝线粘在了一起。这个女人把伤口又撕开了。

玛尼娅姆睡在床边，她醒了过来，抓住了那个清洁工的发髻，将她的脖子扯向后方，一拳打到她的嘴巴上。在她们一起上高中的时候，玛尼娅姆是让包括曼殊拉在内所有女生都害怕的女孩。当她发怒的时候，她就如同是怒火女神的化身。

但是那个清洁工不害怕玛尼娅姆。这两个女人，一个比一个狂野，在地板上扭打了起来。

玛尼娅姆攻击那个清洁工是为了保护她无助的小姑子。但是一旦开始打架，她就把曼殊拉全忘了。两个斗士被夹在彼此的胳膊下，倒在了曼殊拉身上，撕开了更多缝合线。病房里其他病人的亲戚们一直在看这场好戏，此时介入分开了这两个女人。流着血的曼殊拉被护士拉去重新缝合。

到了下午的时候，清洁工工会发起了一场罢工。他们想要玛尼娅姆道歉。因为她是一个印共（马）领导人的妻子，情况变得很微妙了。党试着要干预，但是工会拒绝让步，最后萨蒂耶姆只好强迫玛尼娅姆去道歉。

生育和手术的严酷折磨在曼殊拉身上产生了一个重要的效果。她已经品尝过死亡的滋味，经历过了它，如今已然知晓它的面目。

她再无恐惧。

第九章

象群中的蚂蚁

1966年的2月，当曼殊拉去卡兹派特和萨蒂耶姆的家人待在一起的时候，她几乎很少在家里看到她的哥哥。他在瓦朗加尔正忙于从幕后指挥一场因特伦甘纳原住民不满而导致的运动。

自从特伦甘纳和安得拉合并成了一个邦之后，特伦甘纳的群情就开始反对如潮水一般涌入的安得拉移民。特伦甘纳人抱怨他们在任何一个领域都无法与安达罗人[1]（Andhras）竞争。在乡村里，富有的安得拉移居者买下了所有的田地。在城市里，安得拉的医生、教师、教授和官员拿走了所有的工作。安得拉的学生填满了医学和工程学院。由于特伦甘纳人在尼扎姆的统治下经济和文化长期落后，此刻便被推到了一边。

一个满腹牢骚的特伦甘纳国大党领导人号召特伦甘纳人民起来抗争，从安得拉邦分离出去。因此，对居住在特伦甘纳的安达罗人的零星袭击变成了系统性的、政府资助的、警察援助的反安

1　安达罗人：原来居住在马德拉斯辖区的安得拉地区的泰卢固语种群。许多安达罗人在殖民时期被吸纳进入英国政府的官僚系统，因此有着较好的经济地位和社会地位，受教育程度较高。

得拉大屠杀——掠劫、强暴、纵火、谋杀。到处都是这样的吼声："安达罗人，滚回去！"

凯里还算安全。不仅仅是因为他娶了个特伦甘纳的女孩，领导反安得拉暴力行动的许多特伦甘纳暴徒都是他的朋友。萨蒂耶姆就没那么安全了。他不得不将他的家人从家中暂时迁出，搬到离铁路工人居住区较近的一个地方去，在那儿，朋友们和支持者们会保护他们。

看到特伦甘纳的人民确实在每一个领域里都输给了安达罗人，萨蒂耶姆开始加入这项事业。他写传单诉说这些正义的不满，印刷它们，在半夜里将其散发在瓦朗加尔的中心广场赫纳姆贡达四方街[1]（Chowrastha）上去。每天早上新的传单都会出现。它们未曾署名。人们期盼着看到每天出现的新传单，为作者是谁的谜团而争论。

萨蒂耶姆也在瓦朗加尔的阿扎姆·贾伊纺织厂和卡兹派特铁路工人居住区内组织支持者会议。这些工人参与了对安得拉人产业的掠劫。他告诉他们："好吧，你们确实遭遇了不公。但是，为什么一个普通的安得拉人、一个职员或一个教师，也得要遭受袭击？为什么要羞辱他的妻子和女儿？"他告诉他们应当转而抗争地主们，他们才是安达罗人和特伦甘纳人共同的剥削者。

Kadupu chetto pattukoni vacchina vadini kadayy,

1　原文中的词"chowrastha"中的"chow"意为四，"rastha"意即街道，原意为四条街道交汇之处的交叉路口，在南亚和东南亚，城市中心集市或广场所在之地多有这样的称呼。

Kadupu kottataniki。

（袭击那些剥夺了你们口粮的人，

而不是那些来到这里寻找自己口粮的人。）

这不是安得拉对抗特伦甘纳，萨蒂耶姆如此说。这是剥削者对抗被剥削者。他组织了对米店或衣物商店的掠劫，并不管它们的拥有者是来自哪个地区。

在瓦朗加尔和卡兹派特，工厂与铁路工人看到是这个安得拉的小伙子来指挥他们的运动，心怀有疑。萨蒂耶姆和他的小团体成功地为他们自己进行了辩护，说他们来自普通的安得拉家庭，只是学生，对抗被警察支持的财力雄厚的民兵。因为萨蒂耶姆这一边处于不利局面，他的观点就是："我们应该先发制人。"只要他得到哪怕一点点线索，听说针对安得拉的集体迫害正在策划之中，他的小队就奇袭那些暴徒。萨蒂耶姆将这——策略称为"攻击性防御"。他将耶稣的登山宝训进行了订正："先发制人的人有福了，因为他们必承受地土。"[1]

在那时，整个地区的安达罗人要么逃，要么躲，玛尼娅姆还是镇定地出门去买东西。商店老板和她开玩笑："阿姆，你们安得拉人把所有东西全都扔下跑掉了，你一定很有种才会在街上到处走！"

她回答说："安达罗人大概跑了吧，但是我们这样的安达罗人还要在这儿组织特伦甘纳的抗争呢。如果不是因为我们这样的安达罗人，你们该怎么办？整场运动都是我们的，我家老头子没

1 耶稣原来的宝训内容为："温柔的人有福了，因为他们必承受地土。"——编者注

日没夜地为它工作。我们为什么要逃？”店主根本就不知道她在说些什么，但是他还记得她的话，多年之后，卡兹派特的人们还在讨论这次事件。

悉多罗摩雅每隔十天来探访一次。他会激动地听取萨蒂耶姆的报告，满怀喜悦，也带着一丝妒忌。悉多罗摩雅的家庭就是那些在特伦甘纳购买了土地的家庭，他无法在这场抗争中承担领导人角色。

只要特伦甘纳人在屠杀和强暴安达罗人，政府官员和警察就乐于参与这场暴力。但是一旦在萨蒂耶姆的指挥下暴徒们被驱除，穷人和劳工们开始夺走食物与衣物，官方突然开始对这讲“法律与秩序”的情况变得警惕起来。1966年1月，英迪拉·甘地被选为总理，她命令印度中央后备警察部队(CRPF, Central Reserve Police Force)部署到特伦甘纳去。大街上发生了枪击，所有已知的运动领导者都被抓捕了，被送往瓦朗加尔的中央监狱。萨蒂耶姆一直在秘密行动，所以没有被列在其中。

所以，运动依然在全幅马力推进中。大部分民众与警察一样迷惑不解。谁才是这场骚动的隐身指挥者？

◎

在同年的夏天，萨蒂耶姆唤起了卡兹派特天主教社群中沉睡已久的不满。他所鼓动起来的这个群体，长期以来宗教热忱已经转化成了卑躬屈膝，无力对抗那些控制了所有公共机构的宗教权威。

法蒂玛纳加尔（Fatima Nagar）曾是卡兹派特天主教社群的中心，70年前并不存在。当被罗马教皇东方学院（Pontificium Institutum Orientalium Studiorum）派遣来的意大利罗拉神父（Father Rolla）到达此地时，那儿只是一座茂密的丛林。没有人居住在那儿，除了兰跋地人的部落。

靠着他自己的双手和兰跋地人的帮助，这位神父清除了丛林，建起了法蒂玛圣母[1]教堂。在教堂周边，成长起了法蒂玛纳加尔，也是卡兹派特最大的社区。法蒂玛纳加尔是一个天主教的纳加尔（社区），它全部归天主教教会所有。在这里，传教士们建起了两座大且有威望的学校：圣加百利男校与法蒂玛女校。他们也建起了足以与瓦朗加尔的大型政府医院还有赫讷姆贡达的政府医院匹敌的圣安医院。天主教会是卡兹派特城里最大的私人雇主。

法蒂玛纳加尔的家庭组成了一个围绕在教会周围的极端紧密的天主教社群。他们去教堂参与弥撒，在那两所学校里受教育，要么在医院里要么在学校里工作。教会的领导人对所有人的个人事务都有最终发言权：谁娶谁，如何命名他们的孩子，他们要从事什么样的职业。

在1967年的夏天，萨蒂耶姆搅乱了这个纳加尔平静的表面，当时他正煽动他的同事们组织工会。

---

1 法蒂玛圣母是天主教徒给1917年在葡萄牙法蒂玛连续六个月于当月的13日显现给三个牧童而后被天主教会所认为是“圣母玛利亚”者的称号。由于该三名牧童称她自称为“玫瑰玛利亚”，因此这个称号也有使用，这两个称号也经常被合用，称为“玫瑰法蒂玛圣母”。

在萨蒂耶姆到来之前，教师们从来没有想过要去挑战教会的权威。当萨蒂耶姆提出这个主意的时候，他们掩上耳朵跑远了。工会对他们来说是一个亵渎的词语。

但是，渐渐地，在暗地里，女性教师们开始听他说的话。她们想要更高的工资，但又怕触怒神父。因此，她们请萨蒂耶姆为她们去谈判。

当年萨蒂耶姆在圣加百利进行教学的时候，天主教的权威们将他视作机构里的一项资产，因此给了他其他教师都没有的福利。如今，他便作为他同事的代表坐到了谈判桌前。

修女院长问他："为什么你会对这些事情感兴趣？我们什么都给你了。"

他直直地注视着她："就当我是发疯了吧。"

第一次是对好色神父虐待男孩进行的抗议。然后又是卡兹派特的警察告知神父们，他们的王牌教师萨蒂耶姆可能就是那个暗中组织地区工程学院学生罢课的人。这次工会事件是最后一根稻草了。神父们决定摆脱掉他。

但是，如果他们要解雇他，他肯定会把教师们组建工会的要求告诉报纸的。他们害怕，如果他们机构内部的工资和工作情况被披露出来，教会会丧失尊重。

已经退休的约翰神父被叫回来处理这个情况。他的第一步就是与教师们会面，不是和全部人，而是一小批一小批地和人面谈。"好了，告诉我，你们的问题是什么？我会处理它们的。"再也没有建立工会的必要了。

很快，在法蒂玛纳加尔就有一个谣言流传开来。人们说，萨蒂耶姆宣称他的目的是要把法蒂玛圣母教堂转变成一个工会办公室。“我们倒要看看这位神是不是能够坚守在那儿！”这个消息让所有听闻到它的人震惊，包括萨蒂耶姆的同事们。

一个深夜里，萨蒂耶姆从城里回来，发现玛尼娅姆情绪低落。在法蒂玛纳加尔发生了一场大骚乱，似乎有个教师组织了一帮人去殴打一个学生，而学生们打算要举行罢课，要求对那个教师采取行动。而那个学生指控的教师，不是别人，就是萨蒂耶姆。

所有法蒂玛纳加尔人都与两个教会学校的学生们联合起来，要求解雇这个不信神、虐待学生的教师。“有这个怪物在，我们就得不到保护，除非他从卡兹派特被赶出去！”卡兹派特的警察也加入了进来。

萨蒂耶姆的家庭被排斥了。只要他们走出自己的房子，就会迎面遇上愤怒的瞪视、唾弃和怒骂。没有人和他们说话。店主们忽略他们。三个孩子都被吓坏了。

萨蒂耶姆去见瓦朗加尔的印共（马）领导人奥姆卡。当萨蒂耶姆开始组织教师的时候，奥姆卡支持他，认为这会帮助他在未来的竞选里拿下更多选票。但是，当奥姆卡听说了萨蒂耶姆陷入的情况时，他不高兴了：“你竟然和天主教的管理层对着干！你知道这有多么疯狂吗？”

“好吧，过去的事就过去了。我现在要怎么办呢？”

奥姆卡把他的脚翘上桌面，靠回椅背上，嘴里叼着一根雪茄，发出了一道简单的命令：“撤——！”

印共（马）拒绝支持萨蒂耶姆，他回到了家里。萨蒂耶姆和玛尼娅姆彻夜未眠，害怕他们的房子会被袭击。

第二天，萨蒂耶姆离开家前往塞康德拉巴德去与伊耶（Iyer）会面，他是特伦甘纳私人学校工会的秘书长。伊耶也是一个离开了旧党的印共成员。当萨蒂耶姆对他讲述了自己的困境时，伊耶向他保证："他们动不了你的。"

当萨蒂耶姆去找伊耶的时候，凯里听说了他哥哥遭遇到的麻烦。他的朋友库马尔（Kumar）是一个"达达"（Dada，大块头男人）。他俩在一起喝醉了，开着一辆借来的摩托车去了法蒂玛纳加尔。当他们到达的时候，天已经黑了。凯里和库马尔大摇大摆地在街上走，来到了主教的居所前，大声叫骂："嘿，你这混蛋！从你的窝里滚出来！让我们看看是谁有胆子动我哥哥。来啊！你敢从我哥裆下拔出一根毛来吗？"

法蒂玛纳加尔每一户的灯都亮起来了，人们站在窗前目瞪口呆地看着。圣加百利有一个名叫马利亚安（Marianna）的实习教师，身强体壮。他走出来，朝着凯里走过去，一拳打在他脸上。连站都站不稳当的凯里倒了下去。他的鼻子破了，流了好多血。

当他挣扎着站起来时，凯里看到萨蒂耶姆回家了。"阿那（Anna，大哥），我向这些无赖挑战了，他们不知道怎么有尊严地战斗。他们打了我，我倒下去了，我流血啦！"

伊耶提供的所有保证在那一刻蒸发了。环境正在急剧恶化。

当天主教徒们正在侵扰萨蒂耶姆的消息传出去的时候，他为了新党而组织起来的那些人——铁路工人和农业劳工，都跑来帮他忙了。

第二天夜里，他们中间有15个人去拜访了实习教师马利亚安的房子。他没在家，所以他们痛打了他的兄弟，然后离开了。在早上，马利亚安兄弟被袭击的消息传开了。萨蒂耶姆意识到他正处于危险之中。他不能求助于警察。待在卡兹派特不再安全了。这个家庭连夜离开了法蒂玛纳加尔，去和瓦朗加尔的凯里待在一起。

第二天早上，在学校里没有人——没有任何一个人和萨蒂耶姆讲话。

到了晚上，他回到瓦朗加尔，一进门，就看到玛尼娅姆在外面等着他。“我们回自己家吧。我宁愿死也不想留在这里。”

白天当萨蒂耶姆在学校的时候，凯里的老婆穿着她的护士制服回了家，狂怒如火。在医院里，每个人都在谈论一个从法蒂玛纳加尔来的被揍得很惨的病人。听说那人是一个天主教徒，是一个圣加百利教师的兄弟，他在一个安达罗人的号令下被惨无人道地痛打了一顿。而那个安达罗人还是一个共产主义者。

凯里的妻子普利马拉塔（Premalatha）对她的丈夫感到非常愤怒。“这是真的吗？是你哥哥指使的吗？你知道我作为一个安达罗人的妻子处境已经有多么艰难了吗？现在你的哥哥还非得要这样干？到底发生了什么？我肯定你和这事有关系！告诉我，你是不是和你那没有用的混蛋朋友普拉塔普（Pratap）去那儿了？是不是你们两个惹出来的事情？”

普利马拉塔发火时宛如地狱之焰。而当一个女人表现得很粗野的时候，凯里是没有什么容忍之心的。她打了他，他将一把厨房的刀朝她扔了过去。玛尼娅姆夹在他们两个中间，刀子割破了她的手。她什么也没有说，将一块布料按在她的伤口上，安静地等着她的丈夫。

萨蒂耶姆决定把家人带回法蒂玛纳加尔。印共（马）再一次拒绝帮助他。他的邻居也是如此。他受着“号称要废黜教堂里的神”、殴打一个学生以及实习教师兄弟的指控。在哪里他都得不到同情。

在学校里，学生们围着他大喊口号，推搡他，就连小孩子也加入了，朝他挥舞拳头。他沿着法蒂玛纳加尔路回家的时候，一群带着铁链子的学生袭击了他，鞭打他，撕开了他的衬衫和他的皮肤。他浑身都是鲜血。玛尼娅姆和孩子们从家里看着这一切。萨蒂耶姆走了一小段到一家香烟铺那儿，买了一盒苏打，点燃了一根香烟。

当他回家的时候，6岁大的室利·德维问她的父亲。“这是怎么了，爹爹？他们过来打你，但你还是不逃走。”

玛尼娅姆大哭起来：“先生啊！！”

“哎呀，你到底是个疯女人还是个正常女人啊？”萨蒂耶姆说，“有什么可哭的？这没什么。”

第二天，他得到了一封免职信。到了晚上，警察来到他家里，铐住了他，将他推进他们的警车里。在里面，他遇上了三个曾积极支持他创建工会的人。

萨蒂耶姆被捕的消息传到首府的时候，双城里每一个天主教学校的教师都开始罢工了。这场罢工持续了六个星期。马尼基亚·拉奥依然是旧党的一分子（旧党的领导人们现在都已经成了英迪拉·甘地的顾问了），他现在已经被选为立法议会的一员，和教育部门有着密切的工作关系。他向学校施加了压力，要将萨蒂耶姆带回来。

最后，天主教管理层屈服了。他们撤销了对萨蒂耶姆的免职，但是拒绝让他再回圣加百利学校。“如果你想要工作，那就去那尔贡达（Nalgonda）县。”那是特伦甘纳的一个县，教会在那儿有所学校。

当萨蒂耶姆还在权衡他的选择时，有一天早上，一些工程学院的学生冲进了他家里，把他叫醒了。萨蒂耶姆站在他的床边，他们告诉了他听说到的消息。

◎

1967年7月5日，中国共产党的报纸《人民日报》发表的社论说：

> 霹雳一声春雷，震撼着印度的大地。印度大吉岭地区的革命农民，起来造反了。在印度共产党革命派的领导下，一块农村革命武装斗争的红色地区在印度诞生了！……中国人民为印度大吉岭地区的农民的革命风暴而热烈欢呼！[1]

一个星期之前，北京广播电台将这次西孟加拉国邦大吉岭极北地区、以纳萨尔巴里村为中心爆发的这次贫困部落民众的起义称为“印度人民发起的革命武装斗争的前哨战”。

1　摘自1967年7月5日的人民日报社论《印度的春雷》。

萨蒂耶姆那时已经完全觉得印共（马）如同印共一样叛变了，放弃了武装斗争而开始走议会道路。他并不是唯一一个这样想的人，在西孟邦，印共（马）力量最强的邦内，一个叫查鲁·马宗达[1]（Charu Majumdar）的人组织了一个派别来反对这样的修正主义。

当党堕落到了一个新的低点，西孟邦为了赢得选举而与中产阶级政党联合的时候，萨蒂耶姆感到极为反感。他们赢得了选举，使得西孟邦成了印度国内第二个掌控议会的省邦（喀拉拉是第一个，于 1957 年）。

与萨蒂耶姆有着相同想法的人在加尔各答——西孟邦的首府准备挑战这个新政府。"现在，你们当权了，你们控制着警察力量，如果发生了一场农民暴动，你们会为了援助哪一方而派出警察？是无地者，还是地主？"

如同是为了要考验印共（马）一样，穷苦农民们在两个人——卡努·桑亚尔[2]（Kanu Sanyal）和詹加勒·桑塔尔[3]（Jangal Santhal）的领导下起义了，基地设在一个叫作纳萨尔巴里的村子

1 查鲁·马宗达（1918—1972）：印度共产主义革命家，1918 年出身于西里古里的进步地主家庭，1946 年曾参加特伦甘纳农民起义，后在北孟加拉国开展武装斗争，成为印度共产党西孟加拉国邦大吉岭县农民的领袖。由于不满印共（马）转向议会路线和对党内激进派的清洗，于 1969 年建立了新政党印共（马列），任总书记。1972 年被捕后死于狱中。

2 卡努·桑亚尔（1932—2010）：印共（马列）创始人之一，1970 年被捕，1977 年被释放后舍弃了原印共（马列）路线，与其支持者成立了革命共产主义筹备委员会。1985 年，这一派系与其他五个原印共（马列）的派系合并建立"印度共产主义组织（马列）"，又称"阶级斗争派"。

3 詹加勒·桑塔尔（1925—1988）：纳萨尔巴里暴动领导者之一，1967 年被捕下狱，1979 年才获释放。

里[1]。遍及大吉岭各地的茶叶工人纷纷罢工支持起义。查鲁·马宗达参加了暴动，从城市里支持这场起义。

当然了，印共（马）政府开始对付农民。短短数个星期之内，纳萨尔巴里的暴动就被镇压了[2]。

查鲁·马宗达宣称："纳萨尔巴里将永远不会死去！从它的灰烬中，将会崛起上千个纳萨尔巴里！"他转入地下，开始组织一场新的运动。

地区工程学院的学生们立即跑去见萨蒂耶姆，他还在床上。"起来，起来！"他们说，"我们的时机到了！我们必须开始动手了！"

他们等不及要扔下他们光明的未来，拾起武器进入丛林。所有那些工程学院和医学院的学生，工厂工人和铁路工人，还有年轻的农民们，萨蒂耶姆在瓦朗加尔为印共（马）组织起来的年轻人，那天早上成了"纳萨尔派"——农民游击队的追随者开始在纳萨尔巴里行动。

1　在 1967 年的春天，纳萨尔巴里地区的农民开始有了针对富农与地主的暴动迹象，开始强行占领并接管土地，充公地主所囤积的粮食。印共（马）和文中所述的中产阶级政党组成的西孟加拉国邦联合阵线政府试图安抚农民，但并未获得成功。事态升级后，时任西孟加拉国邦内政部长的印共（马）领袖乔蒂·巴苏（Jyoti Basu）下令警察镇压纳萨尔巴里运动。1967 年 5 月 23 日，纳萨尔巴里地区一名农民遭到地主雇佣的流氓殴打，次日一支警队前往事发的贾哈鲁岗村（Jharugaon）抓捕当地农民，但遭到詹加勒·桑塔尔领导的农民小队突袭，并打死了率队的警长。1967 年 5 月 25 日，警察在纳萨尔巴里朝抗议人群开枪，杀害了 9 名成人和 2 名小孩。纳萨尔巴里运动因此进入了暴力抗争的阶段。

2　1967 年 7 月 19 日，印度政府派出的半军事武装部队进驻纳萨尔巴里当地，部分农民起义领袖被捕，有些则转入地下活动，还有些壮烈牺牲。桑塔尔遭警方拘捕，而马宗达及桑亚尔等人则匿藏起来暂时避开了被捕的命运。

形形色色的共产党员，和他们的追随者一起来到瓦朗加尔，还有只为等着开始一场武装暴动的特伦甘纳起义的老兵们，听到纳萨尔巴里的消息之后都迅速采取了行动，他们共同加入了革命共产党（Revolutionary Communist Party，RCP）。

与此同时，在安得拉邦北部边界上的斯里加古兰县，萨蒂耶姆大学时候的朋友潘查地和乔杜里·泰杰斯瓦拉·拉奥则早早走在了前面。他们组建了纳萨尔巴里团结委员会。他们派出了一个代表团去加尔各答，请求马宗达成为他们的领袖，请他为他们在斯里加古兰县开展武装暴动的计划提供指导。他们也向萨蒂耶姆发出了信息："很快会有一场会议的。"他已经做好了准备，一旦与加尔各答建立起联系，他就会抛开一切。

在萨蒂耶姆等待的时候，悉多罗摩雅的女儿卡鲁娜和他的女婿拉梅什两人都刚刚念完医学院，他们一天要来萨蒂耶姆的家里三四次，缠着他问："武装斗争在哪里？纳萨尔巴里在孟加拉国发生，可是这里都没有运动！"运动的延误对于他们来说是难以忍耐的。

"很快，很快，"萨蒂耶姆告诉他们，"我们在等一个消息。"

有一个地区工程学院的19岁婆罗门学生，叫马利卡拉琼那·夏尔马（Mallikajuna Sharma），他已经放弃了他的学业，整天闷闷不乐，日夜骚扰萨蒂耶姆，不让他睡觉。"孙达拉雅许诺会有武装斗争的。他背叛了我们。现在你也要背叛我们吗？我们什么时候开始动手啊？"

"哎呀，我的夫君，"萨蒂耶姆开玩笑地对他说，"不会因为你和我想要暴动，它就会在这一分钟爆发的。"

革命共产党在瓦朗加尔召开了紧急会议。会议在半夜里远离瓦朗加尔城区的一个叫作毕达玛噶达（Peddammagadda）的村庄里举行。在曼迪迦古登里的一间巨大的茅顶会议室里，学生、铁路工人、工厂工人和劳工们秘密聚在了一起。

尽管他们都支持纳萨尔巴里，但许多人反对立即在斯里加古兰发起一场武装暴动。萨蒂耶姆和悉多罗摩雅是唯二两个反对的领袖。

代表大多数人意见的是钱德拉·普拉·雷迪[1]（Chandra Pulla Reddy）。他很有时髦派头地迟到了，身边伴着两个如同电影明星一样的女孩。他是特伦甘纳起义中的一名很有声望的老兵，因此他先开口讲话，讲了一通冗长的发言。当清晨的第一线光亮出现在天空上时，他还在说话："我们不能在雨中进行战斗。我们必须进行训练。我们必须先占领土地，然后武装我们自己，这是我们的特伦甘纳经验。"

当他说完之后，萨蒂耶姆只有几分钟时间发言，说了些精心准备过的话语，支持立即拿起武器来战斗。

普拉·雷迪非常恼火："那么，好吧，要是儿媳妇要生孩子了，婆婆又能怎样？去吧，去开始你的暴动吧！"电影明星们咯咯发笑。普拉·雷迪暗示传统里婆婆（attha）对儿媳的权威。婆婆能禁止她的儿媳吃饭、睡觉、放松，但是她怎么能禁止她生孩子呢？

萨蒂耶姆对回答早就胸有成竹："普拉·雷迪这样的同志和

1　钱德拉·普拉·雷迪（1917—1984）：是印共（马列）新民主派的领导人，他是安得拉邦革命者协调委员会的领袖。曾发起武装斗争，却在 1969 年放弃。之后他在 1975 年加入了反马宗达的萨–纳–辛格的临时中央委员会派，又在 1980 年脱离并组建了一个印共（马列）雷迪派。

革命之间的关系不能也不应该如同婆婆和媳妇之间的关系。普拉·雷迪不是婆婆，他必须领导，他必须支持，他必须鼓励。”

在会议后，革命共产党又分裂成了两个派系，却都用着相同的名字：印共（马列），马列的意思是马克思–列宁。他们被后缀的两个字母区分开来，那是他们各自领导者名字的首字母[1]。

萨蒂耶姆成了瓦朗加尔的印共（马列）–查–马派的领导人。查–马代表着查鲁·马宗达。他们的口号是：“一人来，万人来。加入斯里加古兰的斗争！”

当他们等待着从西孟加拉国邦的同志们传来的消息时，萨蒂耶姆的家中总是充满着狂热的活动。写宣传材料，油印传单，翻译毛泽东。萨蒂耶姆从不疲累，从不盼着休息。他和他的追随者们迫不及待地想要纳萨尔巴里降临到他们这里。瓦朗加尔就是他们的纳萨尔巴里。

与此同时，安得拉人民的代表们来到了加尔各答，以表达支持并且寻求指导。但是，他们却一去不复返。情报员杜什扬特（Dushyant）被枪杀了。乔杜里·泰杰斯瓦拉·拉奥被逮捕了。只有潘查地设法见到了马宗达。

两天之后，一个情报员通知萨蒂耶姆，他，还有悉多罗摩雅和他 18 岁的儿子昌都被邀请参加一个秘密会议。加尔各答太危险了，因此，这个会议将会在安得拉举行。纳萨尔巴里的一个最高领导人将会过来与他们谈话。那个最高领导人的身份是

1　另一派即为萨–纳–辛格派，比哈尔的萨蒂亚·纳拉扬·辛格（Satya Narayan Singh）不认同查鲁·马宗达的“个人恐怖主义”（发动恐怖袭击杀害地主），于是领导成立了印度共产党（马列）临时中央委员会。

保密的。

“我们会派一个情报员过来通知你时间和地点。”他们得要等待指示，同时不能离开卡兹派特。因此，悉多罗摩雅离开了他年迈的父母，让他们自己去和凶狠的特伦甘纳雷迪种姓抗争，一个人来到卡兹派特等待。

萨蒂耶姆把妻子和孩子们叫到一起：“我要离开你们了。你们必须马上走。回克里希纳县去。回你们祖父身边去。我不知道你们要怎么做，但是你们必须走。我快没有时间了。”

玛尼娅姆一直觉得嫁给萨蒂耶姆是幸运的。当她看到铁路工人、教师、工程和医学学生们来到她的家里与她丈夫交谈，仰慕着他，她倍感骄傲。她喜欢活在这些重大活动当中。包括昌都在内，学生中有些人将他们所有的时间都花在萨蒂耶姆家里。他们在这里吃饭、睡觉，而玛尼娅姆照看他们。她想：“这个人，他从他的教师工作里得到了什么快乐？他的快乐都是来自他为党做的工作。一天 24 小时，他全情投入。”

可怜的玛尼娅姆，她几乎是一个文盲，来自偏远的连衣服都穿不太上的“不可接触者”村庄，她从来不曾想到，在这个世界上竟然会有人不满足于体面舒适的家庭生活。无论她的丈夫如何对她解释他的理念和他的热忱，她都没有料想到这一天终会到来。可怜的玛尼娅姆，如今她要如何抗议？在结婚之前，她已经答应了他所有的条件。

如今，武装斗争已经迫在眉睫，许多之前迫不及待想要加入的人却又失去了勇气。纳萨尔巴里团结委员会的主席文卡特斯瓦拉·拉奥博士（Dr.Venkateswara Rao）买了一张去美国的机票，离开了。许多有着富有父母的人也追随他一起走了。

卡鲁娜和她的丈夫拉梅什，之前曾经等不及要让武装斗争开始，突然希望离它越远越好。他们都想到遥远的巴斯塔县[1]（Bastar）的医院里作为大夫而工作。

“啊呀，发生什么了？”

“我们太敏感了。我们不能眼睁睁看着我们的同志被警察杀害。”

卡鲁娜的父亲悉多罗摩雅要和他们一同过去。

萨蒂耶姆很不高兴。“会议要怎么办？”

“我必须得陪着我女儿。他们拿不动所有的行李。他们不会说印地语。他们需要我的帮助。”悉多罗摩雅听到秘密会议的消息后就去找了旧修正主义党派的领导人拉杰什瓦尔·拉奥，求他运用他对英迪拉·甘地的影响力，帮他的女儿和女婿找一份外地的工作。

悉多罗摩雅给了萨蒂耶姆他在巴斯塔县的地址，并且告诉他一旦得到会议的具体通知就尽快发电报给他。“我会立即赶来的。”

“你要怎么立即赶来？巴斯塔离这里有两天的路程。”

悉多罗摩雅离开了，就在他刚刚走掉的时候，从斯里加古兰来的信使就到了。“好吧，让我们出发吧。”他说。

萨蒂耶姆告诉他，他得要给悉多罗摩雅发一份电报。

“不能发电报。我们不希望留下踪迹。”

警惕是必要的。那时候，加尔各答的印共政府已经对纳萨尔

1　巴斯塔县位于印度中部恰蒂斯加尔（chhattisgarh）邦，和特伦甘纳地区相距遥远。

派发动了全面攻击。城市的街道被年轻学生的血染红了，他们中的许多人都是来自于特权甚至是贵族家庭。他们家庭的社会地位也没办法拯救他们的生命。

“会议的议程是什么？”萨蒂耶姆问。

“别问。”

“谁要去参会？”

“别问。”

“会议地点在哪里？”

“别问。”

“会议时间是什么时候？”

“别问。”

“你是谁？”

“别问。”

他们去了。

代表们被带到了一个房间。4 点钟的时候，他们又被带到了另外一所房子里。在那里，他们看到了被邀请参会的来自这个邦所有县的代表，包括萨蒂耶姆。潘查地和他的妻子尼尔马拉（Nirmala）都在那儿。Y. 寇特施瓦拉 · 拉奥和其他来自萨蒂耶姆大学里旧识圈子的人也在那儿。总共有 19 个人。

在天黑之后，有五辆汽车停在了门口。每一辆车加上司机总共有四个人。司机都是来自维杰亚瓦达的纳萨尔派支持者。在他们进来之前，有个人朝萨蒂耶姆走来，他跛行杵拐，英俊的脸上满是笑意。那是萨蒂耶姆的手足兄弟，他的知心朋友拉马 · 拉奥。他用英文说：“一切都已经准备好了。”

这是他们共同分享了 15 年之久的梦想。

一个看起来足有百岁的人参加了这场会议。他是如此瘦弱，要使劲才能呼吸。他是——这可能吗？那正是 CM 同志，印共的圈子内是这样称呼查鲁·马宗达的。

萨蒂耶姆非常开心："哎呀，是查鲁·马宗达本人！"

"是的，和你一起开会的就是他。"拉马·拉奥证实说，无法隐藏他的骄傲。

CM 是一个孟加拉国人，不会说泰卢固语。他对每个人用英语说："你好。"

代表们都进了汽车，开了很长很长的一截路，到了贡土尔县。夜色中，五辆车一辆接着一辆高速行驶着。任何看到它们的人都会好奇到底发生了什么。

在黎明之后，司机将车停到了路边。从那里开始，代表们就只能靠双脚走了。

潘查地扶起了 CM，将这位老人背在自己的肩膀上。夏天的太阳非常强烈，潘查地带着一块大毛巾，用来时不时地为他自己或者背上的老同志擦汗。每一次他扭这块毛巾的时候，都有许多汗水被挤出来。但是他不让其他人来背 CM 同志。除了他自己，潘查地不信任任何人能确保这位老人的安全。

"哎呀，你怎么能背着他走那么远？你会被累垮的。"

"一旦你决定投身革命，背着我们的领导人又怎么会成为负担？"

他们都大笑起来。

他们一直走到一座小山丘面前。台阶指向一个"bilam"，也就是岩石上的天然通道。在那个“bilam”里，有一口被一小股溪流填满的池塘，他们用来洗脸和提振精神。他们看到在他们面前有一座神庙。

一个月前，附近村庄里的一位重要人物（他是纳萨尔派的支持者）告诉这座神庙的祭司，这个“bilam”的声名突然大振，传到了很远的地方去。他知道，有一队来自其他邦的信徒计划很快要来拜访它。“他们想要过来，进行供奉，待上几天，在这个‘bilam’里做饭、睡觉和聊天。”

那个祭司开心极了。他那被遗忘的小庙已经好长时间没有吸引到来自那么遥远地方的参拜者了。

代表们拿着椰子来到圣所[1]前，作为给神的献礼。为了让代表们看起来像是真正的信徒，其中有六个人还带上了他们的妻子。一大群单身男人进入庙中会让人觉得惊讶的。他们在神像前打破了椰子，然后坐下来，开始开会。

首先，CM同志就孟加拉国的斗争情况做了报告。然后，萨蒂耶姆报告了革命共产党在瓦朗加尔的斗争。他们讨论了未来在斯里加古兰和全邦其他地方要进行的斗争计划。然后他们选举了邦的委员会。

所有这些都是在三天之内完成的。由于CM健康状况不好，他们不能再花更多时间了。CM很少说话。他用四个单词就能展现出伟大的真理。他们都热切地听他说话，从来不质疑他。他们没有革命的经验，想要学习。这个人曾经在两年半之前领导过纳

---

1 印度教神庙的中心，又称“胎室”，用于安放神像，大部分圣所非祭司不可进入，只能在门口奉上供品。

萨尔巴里起义。无论他说了什么，那都是金玉良言。

在会议上，不记名投票的结果决定要立刻在斯里加古兰展开武装斗争。他们都发誓，要以任何必要的手段来支持暴动。

潘查地被选为斯里加古兰斗争委员会的书记。他认为，每一个村庄、城镇和城市的支持者们都应该立刻赶到斯里加古兰。

萨蒂耶姆不同意："我们必须在每一个地区都发起斗争。这样我们才能拉长敌人的战线。我们必须让军队疯狂地东奔西赶。我们难道没有在书上读过这种战略吗？"

萨蒂耶姆的观点被认可了。这个方案被通过了，武装斗争将在安得拉邦的每一个县展开，通过同时对一到两个地主发起行动的方式来开始——抢走他们的钱或武器，烧掉他们用来掌握农民命运的账务契约。

他们还讨论了是否要给悉多罗摩雅党员资格。一个接着一个地，代表们都发表了反对意见。悉多罗摩雅的儿子昌都反对得最为激烈。"不，先生，我的父亲不是一个值得信赖的人。他说一套做一套。他背叛了我们的家庭。我们党内不能够有这样一个撒谎的人。"昌都变得情绪激动，还流了眼泪。其他人也说："不论是持什么观点的印共成员都排斥他。我们没有理由要他现在加入。"

CM很是困惑："那个人是谁？"

"他没能赶来参会。"

萨蒂耶姆独自坚持着："我们必须让悉多罗摩雅加入。他是我们中间唯一一个有特伦甘纳斗争经验的。没有他，我们会不知所措的。"

昌都大叫："他是个骗子！"昌都的父亲在被印共开除之前，在和安娜索雅姆的关系上撒了谎，这是众人皆知的事情。

萨蒂耶姆企图宽慰昌都："是的，他说过谎，这是错误的。但事实就是我们需要他。我们的对手如今已经在森林中建立起了营地，并且组织人手，训练他们，收集资金，准备好了发起他们自己的行动。他们都有游击队经验。我们中间谁有这样的经验？只有悉多罗摩雅。只有他能领导我们的斗争。我做不到，你也做不到。你必须明白当前的形势。我们甚至都不知道地下生活是什么样的。住在地下的人看起来会像是什么样子？我们是不是要戴上假的唇须或者假的胡须？戴上假发？头巾？这些都是非常基本的东西，但我们不知道。无论如何，他都在为他的错误忏悔了。他在求我们给他一个机会，为人民服务。"

昌都还是拒绝让步："你可以对我说上一千件事情，但我还是不相信。他毁了我的家庭，他也会毁了印共的。"

尽管萨蒂耶姆也是一个道德主义者，但在这件事上，他觉得其他人用个人问题来谴责悉多罗摩雅，既没有礼貌也没有文化。"安娜索雅姆和悉多罗摩雅如同夫妻一般在一起已经有十年时间了，寇特施瓦拉姆作为一个单身女人也已经安定下来了。她都不再抱怨了，为什么现在要提起这事？"

潘查地开始认同萨蒂耶姆的观点了。对于潘查地来说，重要的事情就只有斯里加古兰。为了保卫斯里加古兰，他们必须在特伦甘纳制造骚动。为了在特伦甘纳制造骚动，他们就需要一个如同悉多罗摩雅那样的人。

CM 简单地解决了这场争论。他用他那慢吞吞的方式开口用

英语说 :“对——的。真正的问——题是，修正主义者的领导者们，印共，印共（马），革命共产党，都把悉多罗摩雅赶出了他们的组织。而我们革命主义者接纳他。就这——样。”

在会议后，潘查地再一次将 CM 背在肩上回程。这年长的同志其实只有 51 岁，但是他惊人地瘦弱，健康状况极其糟糕。

等到他们下到台阶底部的时候，被背的人也需要休息一下。CM 独自走了一小截，站在一片树荫下。萨蒂耶姆想 :“他一定是在用看不见的无线设备和中国共产党联系，告诉他们这次会议胜利召开了。”萨蒂耶姆警告其他人 :“那个人需要独自待一会儿，别干扰他。”

他们都有着同样夸张的想象。他们猜测这个人是在毛主席的亲自指导下按照他的计划行事的。在查鲁·马宗达身后有一台巨大的机器。而他们正在铸就的这场运动将有着无限的政治、物资与军队援助。“如今我们一无所有，但是等上四天之后，我们将拥有一切。”

◎

萨蒂耶姆满带着不安的能量回了卡兹派特。当他爬下火车时，在铁路工人和其他在那儿工作的人之中看到了熟悉的朋友和支持者。其中一人是个茶贩，他朝萨蒂耶姆挥手，大喊 :“嘿，萨，来拿你的茶！”

“你怎样，兄弟？你家里如何？”

“萨，我们这些天都没见到你。”这个茶贩抱怨道。

正当萨蒂耶姆拿到杯子的时候，一打警察冲向他，将他拖走了。

萨蒂耶姆的革命生涯还没开始就被切断了。仅凭在那个岩洞里通过的方案，他就能以煽动罪名被起诉并吊死。他被铐在警车里的铁网格上，送往瓦朗加尔的中央监狱。

瓦朗加尔的警察们最终找出了那只在瓦朗加尔指挥特伦甘纳分邦运动的手，那就是某个叫 K. G. 萨蒂耶穆提的圣加百利学校的老师。他们的线人，那个茶贩子，在卡兹派特车站上指认了从火车上下来的他。

当萨蒂耶姆发现他被拘禁是因为领导了特伦甘纳运动，而不是由于他在暴力推翻整个邦的图谋中所扮演的角色时，他长长地呼出了一口欣慰的气。

因为特伦甘纳运动被关起来的人叫拘留犯。他们不是普通的囚犯，而是政治犯。这是一项特权，因为这场运动是由一个国大党领导人、一个立法议会议员发起的。

在监狱里，萨蒂耶姆吃惊地发现拘留犯们生活在何等的奢侈环境中。他们一天有 150 卢比的零花钱，因为他们要么就花掉它，要么就失去这笔钱，他们便买了香烟、点心、糖果、水果、冰激凌。每一个人都发放了豪华的床具、蚊帐和浴室拖鞋。

领导人还欢迎了萨蒂耶姆：“所以你就是运动的主导人！”

几周之后，安得拉邦最高法院命令将特伦甘纳的拘留犯们都释放出去。每一个拘留犯都被发了一份证明，上面说：“在此证明，这位某某是政治上的受害者。”这在将来可是大大有利的。他们被允许带走他们在监狱里拥有的所有昂贵物品。萨蒂耶姆没要证明，也没要那些奢侈品。

人们成群结队地在监狱外向领袖们致意。萨蒂耶姆必须在释放后立刻投身于斯里加古兰的事务中。他已经对凯里发出了指示，他骑着一辆摩托车来了。萨蒂耶姆跨骑在他身后。

萨蒂耶姆知道，警察在监狱里就一直盯着他。他们能够看出，他不是寻常的那种拘留犯。他是唯一一个安达罗人，唯一一个不是国大党成员的人，他在瓦朗加尔既没有政治办公室，又没有犯罪记录。他知道警察会试着跟踪他，看看他会去什么地方，会见什么人，会做什么事情。

摩托车避开了主街，穿过狭窄的后巷，在瓦朗加尔火车站一个很少用到的入口停了下来。凯里的妻子普利马拉塔从一个黑暗的角落里走出来，递给萨蒂耶姆一张去维扎格的车票和一些现金。

凯里和普利马拉塔完全按着指示行事。萨蒂耶姆溜进了火车站。站台上全是你推我攘挤上火车的人。到处都是警察。他上了火车，但是在火车里，他看到警察们上上下下，把人们推到一边，寻找着他。他下了车，等待着。

当火车开始启动的时候，他跳上一个转向架，立即跳到了另外一侧，一列货运火车正在邻近的铁轨上。他很快地朝它走过去。司机是萨蒂耶姆的仰慕者。他从眼角余光里看到了他，尽管他受训过的视线还是保持在正前方，但他放慢了火车的速度。萨蒂耶姆跳了上去，火车立即加快了速度。

这就是一个没法奔跑的人逃跑的常规方式。萨蒂耶姆生来就是高弓足，永远不能奔跑。11 岁时，那个果拉男孩因为他穿了短裤而不是腰布所以穿过水牛草场朝他冲过来的时候，他不能跑；如今还是不能。

◎

萨蒂耶姆及时赶到了维扎格，参加了决定发动武装暴动的会议。这个方案得到了通过：每个县的同志们都要采取一项行动，掠劫阶级敌人，征用资金用于斗争。阶段情况报告会的时间也定了下来，到时候每一个分部都要报告他们行动的结果。在晚上又举行了一次公众大会。上万人参加了，都是由潘查地和他在斯里加古兰的朋友们组织起来的部落民。

很快，萨蒂耶姆便赶回了卡兹派特，悉多罗摩雅在那里等着，因为他没有得到会议通知所以很不高兴："为什么我得要从报纸上听说这件事？"

萨蒂耶姆和悉多罗摩雅组织了一个小队去执行他们的行动。成员是从瓦朗加尔和姜格阿奥恩周围村庄里来的年轻人和工厂工人、铁路工人，还有两个工程学院的学生。

很不幸地，在萨蒂耶姆出发前去阶段性报告会之前，这个小队还没能够设法发起行动。悉多罗摩雅说他会留下来和小队在一起，确保行动在会议结束前完成，会议预计会花上三天时间。"你就去吧，工作完成的时候，我们会给你发电报的。"

到了会议的第三天，萨蒂耶姆还在焦虑不安地等着消息。斯里加古兰的干部不高兴了："这算什么，同志？我们怎么能这样发动革命啊？"

“消息随时会传过来。”

轮到萨蒂耶姆来报告了。正当他要起身说话时，有人给了他一份电报。他读着它，脸上露出了微笑。它简单明了：“搞定了。”

瓦朗加尔小队的行动是靠一个叫伊利亚耶（Iliaiah）的人引路完成的，他从旧党那时起就是个印共成员了。

小队决定去掠劫姜格阿奥恩一个富有的“寇马提”（Komati，放债人/商人）的家。姜格阿奥恩是邻近瓦朗加尔的一个小镇，因为伊利亚耶是从姜格阿奥恩来的，他认识那儿的每一个人。

伊利亚耶敲了敲那个寇马提的门，门立即毫不犹豫地就开了，因为伊利亚耶是个很受尊重的人。在他身后的其他小队的成员强行冲进了房子里。他们找到了他用来藏现金的铁质保险箱，他们包围住了他，要他拿出钥匙来。但是那个寇马提装作茫然不解的样子，坚持说他想不起来钥匙到哪里去了。掠夺者们又转向这寇马提的妻子，希望能够拿走她的珠宝。但是她的大部分黄金都被锁在那个保险箱里，尽管掠夺者们发出了威胁，她的丈夫还是拒绝拿出钥匙来。所以掠夺者们打算要打破那个保险箱。但是这个铁质的保险箱打不开。怎么办？

噪声和骚动惊醒了这个寇马提3岁大的女儿。她被吓到了，开始哭。有一个纳萨尔派分子，那个19岁的工程学院婆罗门学生马利卡拉琼那·夏尔马看不得她的眼泪。他离开保险箱，跑过去将她抱在手臂中，温柔地将这个小女孩贴在自己胸口上。“啊，不要哭，小东西，不要哭。”他哄着她，轻柔地拍着她的后背。“嘘，嘘，这场阶级斗争不是针对你的。”

那对寇马提夫妻看到这样的温情展露之后，松了一口气，然后就开始尖叫着求救。邻居们跑了过来，伊利亚耶应了门，告诉他们："别担心，是我。我加入了纳萨尔派。找些东西来撬开保险箱。"村民们离开后带着斧头和铁铲回来了。

瓦朗加尔小队开始向寇马提的保险箱发起进攻。但是它太结实了，无法撬开，也太重了，没办法搬走。自从他们开始这场行动之后已经过去一小时了。最后，他们放弃了，抢了一些衣服，拿走了他们在保险箱之外能找到的所有现金，还有一个靠电池运作的晶体管收音机和从寇马提妻子身上抢来的一些黄金。他们警告那对夫妻，不要告诉警察。

掠夺小队带着他们少得可怜的斩获没精打采地穿过周围的田野。当天色变黑的时候，他们在一个小土丘那儿停下休息。当他们将那个寇马提的衣裳摊在地上准备躺在上面睡觉的时候，一串钥匙掉在了地上。

"嘿呀，这个聪明的寇马提！他把钥匙藏在这里了啊！"

他们争论了一会儿是否要返回那房子。最后，他们派出了一个人回去看看情况是否已经明朗。但是那个时候，警察已经来了，并且把铁保险箱放到了姜格阿奥恩的警察站去。

尽管没有什么可夸耀的成果，他们的行动从技术上来说还是完成了。他们发出了电报，并且按照计划去了阿迪拉巴德县。

萨蒂耶姆将会直接从维扎格出发前往阿迪拉巴德县，不在瓦朗加尔停留。悉多罗摩雅会在一个叫兰迦萨姆达拉（Ranga Samudaram）的地方与所有人会面。在那儿，他们会穿过哥达瓦里河，进入阿迪拉巴德县的森林，开始展开他们的游击行动。

在从会议归来的路上，萨蒂耶姆搭乘了一趟火车，在埃卢鲁下了车。他已经安排好让玛尼娅姆在那里和他会面，让她最后再见他一次。他们一起住进了一家客栈。他带着她去电影院，为她买了茉莉花和糖果。

第二天晚上，他告诉她：

“玛尼娅姆，这是我最后一次来看你了。”

玛尼娅姆什么也没有说。她没有言辞能表达她身体中的东西，她没有能力去诉说她的感受。她甚至没法领会在这场婚姻里她被辜负了的事实。

“你想要和我一起去吗，玛尼娅姆？”

如今，她知道该说什么了，而她清清楚楚地说了出来：“这个国家和它的问题——是你的责任。你的孩子是我的责任。你只管去干好解放这个国家的事，而我会养大你的孩子，保护他们，教育他们。”

他警告她，要毁掉他的每一张照片，每一张有他字迹的纸张。

她送他前往车站。当火车驶出的时候，她穿着一身蓝色的莎丽，站在一盏街灯下，发间戴着他为她买的花朵。在那昏暗的灯光下，她向他挥手，唇边带着一抹微笑。

“那个女人身上有着何等的勇气，何等的力量！”萨蒂耶姆想着，当火车驶离车站的时候，他坐回他的椅子上。“她脸上带着安抚的微笑，送她的丈夫前往阿迪拉巴德县的丛林之中。”

一个叫格鲁·马达夫·拉奥（Goru Madhava Rao）的同志告诉了萨蒂耶姆和其他同志他自己妻子的反应：“她在我面前倒在地

上，抓住我的脚踝，不让我走，她一直哭，一直哭。啊，那个寡妇的女儿挡住了我的道路，我把她踢到一边，来到了这里。”

萨蒂耶姆乘火车来到了詹纳拉姆（Jannaram），出发前往阿迪拉巴德县。

◎

计划是两人结伴而行，从不同的方向来到阿迪拉巴德县。武装起义的时机看起来是如此成熟，他们需要做的似乎只是出发，成群结队的年轻人就会在前往丛林的道路上加入他们。

伊利亚耶和其他的同志是从卡因纳加尔（Karimnagar）过来的。在拉克什西提派特（Luxettipet），他们在他最爱的茶铺面前停了下来。那儿的穆斯林少年服务生总是在抱怨："我讨厌这份工作。"

"那就和我一起去吧。"

那个男孩就跟着他们了。

一个腿脚不便的上了年纪的婆罗门，对特伦甘纳武装斗争产生了怀念之情，希望能够重返青春，也加入了年轻的纳萨尔派们。

还有一个叫纳吉·雷迪（Nagi Reddy）的年轻人也加入了他们，他是一个富有农民的儿子，极有理想主义情怀，一直盼望着纳萨尔派来到镇上。在离开之前，纳吉·雷迪和他父亲吵了一架，拿走了4000卢比贡献给武装斗争。除了这一大笔钱之外，他还随身带上了一大沓地图。他将会成为一个地图专家。

运动的消息传遍了特伦甘纳。每个人都在谈论纳萨尔派。“他们在这里，他们在这里。”“他们看起来像什么？”“他们似乎看起来像学生。”村庄里，人们讨论着马利卡拉琼那·夏尔马在姜格阿奥恩的行动中表现出来的人性的光芒。那成了纳萨尔派一个流行的形象。

但是当同志们在达尔马普里（Dharmapuri）会面时，马利卡拉琼那·夏尔马和他的伙伴却没有赶到。他们穿着学生服装，戴着显眼的太阳眼镜藏起他们的脸孔，还带着可疑的大包，所以立即吸引了村民们的注意。警察被叫来了。他们还没有对这两人动一根手指，学生们就什么都招了。

Y. 寇特施瓦拉·拉奥（简称YK）搭了一辆卡车的顺风车，却被公路上的巡警给拦住了。卡车一停，YK就跳了出来，开始朝着路边的灌木丛狂奔。警察很是迷惑。他们停下这辆车只是为了检查司机是否有合适的证件。他们抓住了这个逃跑的革命家，在问他为何逃跑之前，他就把所有事情都告诉了他们。

萨蒂耶姆预见到了有些同志会被抓，也会招供。这就是为什么要两人结伴而行，不让任何人知道其他人会从什么方向而来。但是，他还是不高兴：“谁让他们在村庄里穿着学生的衣服和戴太阳眼镜了？”

走了几公里之后，那个腿脚不便的老人宣布：“我要回家了。我不知道革命得要走上那么长的路。”

每一次他们停下来休息，纳吉·雷迪就要摊开他的地图。“这里，如果我们走这条路，就会有这个小山包的掩护，然后在另外一边，我们还有一条泥土路。”他们很是敬畏他的知识，但是不能遵照他的指示，也不需要这个程度的专家技能。至少现在不需要。

男人们到达了哥达瓦里河的河岸边。他们在河中洗澡，稍事休息。早先，他们搭上了一辆前往兰迦萨姆达拉的公交车。在那儿，一个贫穷的洗衣工种姓的男人加入了他们。

当他们到达兰跋地居住地的时候，兰跋地的人们喜极而泣："孩子们啊，你们都到哪里去了？我们等了你们15年！"他们还记得特伦甘纳武装斗争。

两个兰跋地的年轻人加入了：伯马雅（Bhoomayya）和基湿达·高达（Kishtha Gowda）。

到了下午，同志们给了那个洗衣工一些钱，让他去村庄里寇马提的店里买些米、扁豆、油和盐巴。

那个寇马提瞪着这个洗衣工。洗衣工这一辈子在和寇马提这样有权力的村民说话时都要绞着他的双手，弯下他的腰，磕磕巴巴地说："我是你的奴仆，先生。"但今天这个洗衣工则说："嘿，小子，你看什么呢？告诉你的朋友'蒙苏布'（munsub，村庄的头子），那个强奸了我老婆的混蛋，告诉他，他今晚就要完蛋了。"

洗衣工同志带着杂货回来了。同志们做饭、吃饭，去哥达瓦里河洗澡。

与此同时，在村庄里，寇马提锁上他的店，跑到了蒙苏布家里，向他报告了洗衣工说的话。最近的警察站很远，蒙苏布没时间到那里去了。但幸运的是，因为特伦甘纳分邦运动，附近的贾格蒂亚尔（Jagtial）有一个中央后备警察部队的营。那个蒙苏布派了一个男仆去营队里说明了情况。

当男人们正在河里洗澡放松的时候，他们听到一阵很大的骚乱。当他们手忙脚乱想要搞清楚发生了什么的时候，这支未来的游击队发现他们被中央后备警察部队包围住了，步枪指着他们。

萨蒂耶姆看到他的同志们有的在游泳，其他人在逃跑。他什么也做不了。他头昏脑涨。他能看到那两个兰跋地男孩游远了，就像是骑师在马背上飞跃出去般在水面上起伏，他们白色的头巾在太阳下发光。

萨蒂耶姆发出一声痛苦的叫喊，倒在了地上。一个中央后备警察部队的人用步枪狠狠地敲在他的后背上。

当他被带到警长面前的时候，萨蒂耶姆除了内衣什么也没有穿。“给这个人裹上点衣服。看到他身体的这般惨状叫我难堪。”

“赤身裸体没什么可羞愧的。如果我放弃了革命，那才叫羞愧。”

萨蒂耶姆和几百个因为参加特伦甘纳分邦运动的人被扔进了一个集中营。他衣不蔽体，饥肠辘辘，蹲在肮脏的地面上。

在被捕的第三天，当每个人都睡着之后，萨蒂耶姆踮起脚，溜走了。他穿过田地，停下来藏身在灌木丛后确认自己是否安全。他很饿，筋疲力尽。十分孤独。他的心脏猛跳着。

他不知道他的朋友们身上都发生了什么事，他要到哪里去？他离所知之地还有上百里远，没有得体的衣裳，没有鞋子。没有人会来帮助他。

周围都是丛林。没有人烟。只有动物发出的奇怪吼叫和鸟的振翅声。一根小树枝在他脚下被折断时，他都吓得半死。有时候，干枯的树叶下会有什么东西猛然钻过。他会停下来，屏住呼吸。

几个小时过去了，他一直在走。在黑暗中，他突然看见了一些奇形怪状的生物。他看不清它们的特征。它们就在那儿，粗壮、矮胖、黑暗、辨识不出面貌来。它们在盯着他。它们围着他，眼睛在黑暗中发亮，这里看看，那里看看。“为什么它们不追我？为什么它们就只是瞪我？”他筋疲力尽，放弃了，倒在了地上。

醒来后，他才意识到那些矮胖的轮廓是年幼的棕榈树，而发亮的眼睛则是萤火虫。两天之后，萨蒂耶姆终于到了一个朋友家，他安全了。

◎

1969年5月27日，在洞窟会议过去六个月之后，潘查地·克里希纳穆尔蒂和六位同志从加尔各答与查鲁·马宗达的会议中归来，在索姆佩塔（Sompeta）下火车的时候被抓到了。他们被带进森林中枪杀了。

不久，在兰迦马提亚（Rangamatia）的山区里，克里希纳穆尔蒂的妻子尼尔马拉，以及斯里加古兰武装暴动的一个主要领导人苏巴·拉奥·帕尼格拉希（Subba Rao Panigrahi）和其他四人被捕，被带到警察站，饱受折磨后被杀害。他们的尸体被扔到了路边。

18岁的昌都那残缺不全的尸体被发现吊在一家酒店的房间里，伪装成自杀的样子。

从1970年3月到1971年8月之间，根据警察记录，印共（马列）有1783名年轻支持者被杀害了。真实的数字还要更高。

1971年8月21日，在加尔各答的一个社区里，多达千人在短短一天内被杀害了。

就在那个时期，“遭遇战”这个词进入了印度的英文百科辞典，用来形容警察屠杀没有武装的纳萨尔分子，虽然总会被说成是警察与纳萨尔分子交火时不慎中弹身亡。

潘查地被杀害后，萨蒂耶姆接过了在加尔各答与查鲁·马宗达会面的任务。他是唯一一个接过这项任务还幸存下来的人。

但是，当一个情报人员屈服于警方的折磨，吐露了查鲁·马宗达在加尔各答的藏身之地后，这样的会面就中断了。1972年7月16日，马宗达被捕。不允许任何人去监狱见他，甚至是律师也不行。12天后的凌晨4点，他在拉尔巴扎（Lal Bazar）监狱死亡，这个监狱因为其酷刑而臭名昭著。他的尸体没有送给他的家人。警察将他的尸体送去火化时，整个地方都被封锁了。

1975年，伯马雅和吉湿达·高达被吊死了。

加尔各答发起的运动被扼杀了。斯里加古兰的暴动在它发动的同时就被镇压了。

两个幸存者——萨蒂耶姆和悉多罗摩雅，后来逃到海德拉巴去，在那儿，他们准备发起一场新的运动——“人民战争集团”（People's War Group，PWG）[1]，也就是最臭名昭著、最著名也最成功的纳萨尔派，成为印度统治者们身侧的一株荆棘。从那之

1 印度共产党（马列）人民战争集团：于1980年4月22日在安得拉邦成立，也被称为“人民战争派”（People's War Group），人民战争组织后来于1998年与一部分被释放出狱的原印共（马列）成员在1978年建立的印共（马列）团结派合并，力量迅速扩大到比哈尔、西孟加拉国等北方各邦。2004年与毛派共产主义中心（Maoist Communist Centre）合并，成立了印度共产党（毛），即是现在纳萨尔派运动中最重要的一支力量。

后，那两人将以他们的假名为人所知：SM 和 KS。

25 年之后，两个他们昔日在瓦朗加尔招募到的人，一个是地区工程学院学习电气工程的学生[1]，一个是卡卡提亚大学的科学硕士[2]，掌握了印共。他们将游击队大本营从特伦甘纳转移到了中央邦的恰蒂斯加尔[3]，将党的名字从人民战争集团改为了印度共产党（毛主义），他们的阶级基础从乡村里的农民改为从林里的部落民。他们如今还在打一场艰苦卓绝的战斗，对抗印度政府，还有那些世界上最有权势的大公司，它们追逐着部落民土地和居住地之下躺着的亿万美元价值的矿藏。

如今，如果你去参观贡土尔附近隐藏于群山中那座神庙，也就是那著名的洞窟会议召开的地方，你会发现一座纪念碑树立在那里，纪念着查鲁·马宗达和在斯里加古兰武装斗争里殉难的烈士们。

1　这里指化名“阿扎德”（Azad）的齐鲁库里·拉贾库马尔（Cherukuri Rajkumar，1951—2010），人民战争集团的政治局委员和中央委员之一，2010 年 7 月 1 日死于和安得拉邦警察的遭遇战中。

2　这里指“加纳帕蒂”（Ganapathy），真名为穆帕拉·拉克什曼·拉奥（Muppalla Lakshmana Rao，1949— ，人民战争集团的原总书记，也是印共（毛）的总书记。

3　2000 年恰蒂斯加尔从中央邦分邦出来，成立了新的恰蒂斯加尔邦。

第十章

象群中的蚂蚁

曼殊拉都懒得去为自己的第三个孩子洗礼。甘加·拉朱来探望新生儿，不知怎么地，他们开始讨论起意大利和意大利的政治统一运动来。他说："我们为啥不叫她阿妮塔（Anita）呢？"这名字是为了纪念朱塞佩·加里波第[1]（Giuseppe Garibaldi）的妻子。因此，他们就给了她这个名字，用印度的方式来拼写：阿妮妲（Anitha）。

不管是不是因为受过洗，阿妮妲都为这个家带来了好运。普拉巴卡拉·拉奥终于通过了他的硕士学位考试——不仅仅是通过，而且还名列前茅。这一次，他承认，他接受了他妻子的建议。他的分数比大学里最高的金奖还要高五分，但因为他不是以一个学生身份去参加报名的，而是自己准备了学位考试，只是交了考试费用，所以他没有办法拿到奖金。因为对英语讲师的需求极高，他立即找到了一份工作。

曼殊拉也得到了一份工作邀请。她离开在阿纳恩塔普尔的

1 朱塞佩·加里波第（1807—1882）：意大利爱国志士，在意大利统一运动中领导了诸多次战役，是意大利"建国三杰"之一。——编者注

家，去南安得拉邦内洛尔的女子学院报到了。

曼殊拉在那儿谁都不认识，所以她到她的一个基督教同事苏南达玛（Sunandamma）那儿请求帮助。苏南达玛和她的三个老处女姐妹，名字都以“苏”开头，她们帮助曼殊拉在詹姆斯花园（James Garden）这个“不可接触者”社区找了一所紧挨着她们自己住所的房子。

那是个很大的房子，尽管房间小，却被一个巨大的前廊环绕着。在房子前面有一堵墙，墙上有个滑轮和一个篮子。这个巨大的前院，满是绿树，在阳光下给予了这座房子荫庇。最棒的一点是，不管曼殊拉需要什么，苏南达玛的姐妹们就在那儿。

到了十胜节[1]（丰收节庆）假期时，曼殊拉回阿纳恩塔普尔把她的子女们都接过来。他们很高兴看到她，紧紧抱住她的小腿吵嚷着：“阿妈！阿妈！阿妈！”

拉特纳姆也来了，带着锅碗瓢盆和床单。孩子们喜欢新房子。他们跑过前廊。家里没有床，大家都睡在地板上，苏迦和她的“nayanamma”（祖母）一起睡，巴布和阿妮妲还有妈妈一起睡。

拉特拉姆早早起来去厨房准备，却发现猴子们半夜闯了进来。她尖叫着冲进了前廊。整个房子被三四十只猴子给包围住了。它们坐在树杈上、屋顶上，甚至前廊上。大猴子、小猴子、猴子宝宝，黑屁股的、红屁股的。它们看起来似乎非常生气自家地盘被其他人侵占了。

1　十胜节（Dussehra）：印度教最主要的节庆之一，通常在公历9—10月举行，在印度东部或东北部，这个节庆是杜尔迦女神祭典的终日，庆祝女神战胜水牛魔，而在印度其他地方，则用来纪念罗摩战胜十首魔王罗波那。

拉特纳姆和曼殊拉抓起孩子，锁上大门。就像动物园里的动物一样，他们瞪着透过窗子看着他们的猴子。猴子们开始又跳又叫，大摇大摆地乱走。两小时后，曼殊拉冒险出去向邻居求助。“没有人能阻止它们。你自己得想办法。”印度教徒不允许杀猴，因为他们的神灵中有一位就是个猴子[1]。

这家人关在家里好几天，然后曼殊拉从邻居那儿借了一根大棒子出去买杂货。在她回来的路上，猴子们发动了突然袭击，夺走了杂货，胜利地尖叫着。后来，曼殊拉学乖了，一直等到天黑，猴子们都到其他树上去睡觉的时候才出门买杂货回家。还有一次，拉特纳姆正在切菜就被攻击和掠劫走了所有的劳动成果。这家人只能在门窗紧锁的情况下做饭。后院、前院和巨大的前廊是这栋房子最棒的优点，现在却毫无用处，因为孩子们只能关在室内。

曼殊拉自我安慰，这段不幸的时光会很快过去的。有一条政府规则规定当丈夫和妻子都是讲师的时候他们有权利在同一个地方工作。普拉巴卡拉·拉奥已经开始尝试让曼殊拉调任了。

曼殊拉让苏迦去美国浸信会教会学校上学，那是一个让人愉快的、广阔而平静的学校。在教会学校里，所有员工都是“不可接触者”，“不可接触者”的孩子们也不会觉得格格不入。曼殊拉交了学费，给苏迦缝制了制服，雇了一个人力车夫带着她女儿去上学。巴布和阿妮妲，一个 3 岁大，一个 2 岁大，则在家里和他们的祖母待在一起。拉特纳姆似乎并不愿意待在那儿，但是孩子

1　此处指猴神哈努曼（Hanuman），罗摩的助手和忠臣，在印度是力大无穷和忠心耿耿的象征。

们需要有人来照顾。

曼殊拉教书的学院校长是一个专制的小个子老处女，名字叫作西瓦加米（Sivagami）。因为某种原因，她见到曼殊拉的那一刻起，就对曼殊拉产生了一种深入骨髓的厌恶，身体上都对她避之不及。曼殊拉在内洛尔的第一个月，西瓦加米就记了曼殊拉五次迟到，尽管她从来没有晚到超过两三分钟。她想要早些出门，但是每天早上猴子们都拖慢了她。

因为曼殊拉自己待在内洛尔，她用不着将她的工资给她丈夫。她很吃惊地发现家庭的财政管理竟在很大程度上得到了改观。她既不需要储蓄，也没有债务。她想要的就是能够这样延续下去。很快她就能调任了，而全家将会团圆。

有一次，她用她的午餐时间去参观了苏迦的学校，很吃惊地发现她女儿的老师只最多教了她“ka”的“gunintham”，这是孩子要阅读时首先得要学会的功课。一个“gunintham”就是泰卢固语里一系列使用每个辅音和12个元音拼写的方法。泰卢固语里有36个“gunintham”，所以学了第一个辅音“ka”，就像是学了字母表的第一个字母一样。曼殊拉本以为苏迦已经学过了所有36个“gunintham”，因为她在家里又读又写。实际上她自己从她学到的第一个“gunintham”里就找出了规律，然后自己学会了其他的部分。

曼殊拉很高兴地发现她的一个老熟人，基督教女孩、她在安得拉大学的室友奈西也在内洛尔。曼殊拉带着她的孩子们去拜访奈西。奈西只管不停吹嘘她自己的孩子。最后，曼殊拉觉得她也应该告诉奈西她的孩子做过的一件可爱的事情。“我的儿子有时候特别固执。我在做南瓜的时候，他非要吃秋葵，否则他就不吃饭。”

奈西打断了她：“这样的男孩长大了都会成为‘nara hanthakulu’。”她说，用了一个《圣经》里拿来形容谋杀犯的词语。

曼殊拉又学到一课：千万不要谈论你的孩子。既不要夸耀他们，也不要贬低他们。

几年后，奈西把一个男孩 —— 一个卡基纳达穷人家的孩子带回家里给她当仆人。在这个男孩离家之后，他的父母就再也没听说过奈西和他们儿子的任何消息。他们太穷了，没办法旅行到内洛尔来看看到底发生了什么事情。有个在内洛尔认识奈西的人去卡基纳达的时候，告诉曼殊拉城里有传言说奈西把那个男孩活活打死了。

在奈西家，她给自己的孩子某种点心吃，但是她一点儿也没有款待曼殊拉的孩子，他们只是好奇地看着奈西的孩子。他们根本就不知道什么是点心。

看到这一幕，让曼殊拉深感悲伤。在她回家的路上，她突然起了冲动，带着他们去了冰激凌店。她告诉孩子们，冰激凌是件好吃的东西。对于他们来说，那仿佛是一勺天堂。看着他们吃冰激凌，曼殊拉发了一个誓。每个月她拿到工资的时候，在把钱花光在其他事情上之前，她都会带着他们去吃冰激凌。

◎

在内洛尔，曼殊拉的三个孩子都得了某种可怕的皮肤疾病，身上起疖。巴布在脑门上长了一些，而女孩们则长了些大疖，好多都长在了她们的屁股上，以至于她们没办法坐下来。在这些疹子发育到某个阶段的时候，她女儿们那小小的圆屁股看起来就像是长满了多个脓色乳头的粉褐色胸部。苏迦只能不去上学了，她还忍不住一直抓痒。

曼殊拉带着孩子们去看医生，做了所有医嘱让她做的事情。她经常更换他们的“cheddis”（内衣），他们尿裤子之后就给他们洗澡，保持他们床单的洁净。但是没有什么用处。那个詹姆斯花园是一个非常非常肮脏的贫民窟。他们只要一搬出去，情况就好多了。曼殊拉向上帝祈祷调任能尽快完成。

拉特纳姆是个没受过教育的女人，从来大门不出二门不迈，甚至也不去邻居家。她就没法理解她有工作在身的儿媳所面对的问题。拉特纳姆越来越恨曼殊拉，曼殊拉就越来越不开心，这又让拉特纳姆更加地恨曼殊拉。她们谁也没有任何关于压力或者心理疾病的概念。

拉特纳姆会和邻居们讨论她的儿媳：“她总是抱怨头疼。”

“为什么她会那样？”

“只是为了找个躺在床上什么也不干的借口。”

“可能她被邪魔上身了。为什么你不带着她去找普丽西拉（Priscilla）的丈夫？”

每个人，包括普丽西拉本人也会把她自己的名字念成是“普丽丝基拉”（Prisskillah），她的丈夫是科威特某个“谢赫[1]”家的男

1　谢赫（Sheikh）：阿拉伯语中的一个常见尊称，意指“部落长老”“伊斯兰教教长”“智慧的男子”等。在阿拉伯半岛，谢赫是部落首领的头衔之一。在南亚和东南亚，谢赫往往是阿拉伯后裔男子的称号；阿拉伯基督徒也常用该尊称。

仆。他们正在内洛尔度假。普丽西拉的丈夫最近因为搞驱魔将魔鬼从女人身上赶走而为自己挣了点名头。

曼殊拉讨厌这个想法。一个低级的仆人，一个前贫民窟住户！这些人的无耻就表现在这样的事情上。

但是她没有拒绝，因为她知道牧师已经告诉过拉特纳姆，魔鬼会表示拒绝的。拒绝去参加驱魔就是某人已经被附身的确凿证据。

曼殊拉早已知道仪式上会发生什么。普丽西拉的丈夫会让被附体的女人跪在地上，双手合十祈祷。他会让她闭上眼睛，然后他也开始祈祷。他把一本《圣经》拿在手里，另外一只手则放在被附身者的头上。他会与上帝谈话，求他将魔鬼赶走。他会一直祈祷，然后一直谈话。他的声调会变高，说得越来越快，声音越来越大，直到他最后开始"说方言"[1]。然后突然地，他会用手里的《圣经》猛砸向那可怜女人的脑袋。因为双眼紧闭，被附身者对此毫无预料，她会晕过去倒在地上。当她醒过来的时候，他会宣称邪魔已经被驱除了。

曼殊拉跪在地上，而苏南达玛的母亲与拉特纳姆则在一边看着。曼殊拉按照吩咐闭上了眼睛，但是让她的其他感觉保持着清醒。她必须得要准备好。那《圣经》离她脑袋只有一英寸的时候，她避开了。驱魔师可没有料想到这个结果。

1 这里的"说方言"（in tongues）是指流畅地说类似话语般的声音，但发出的声音一般无法被人们理解。与失语症不同，说方言是暂时性的精神状态，而不是一种长期的生理疾病。说方言通常是宗教活动的一部分，特别是在印度教和基督新教的灵恩派当中。

普拉巴卡拉·拉奥在暑假时来到了内洛尔，在曼殊拉的丈夫待在那儿的两个月期间，曼殊拉那苦心维持住的财政平衡被他的香烟和他每天三顿的茶给毁掉了。他把他母亲和曼殊拉的金项链拿走了，将它们典当给了马瓦里人。女人们因为损失了她们那可怜的首饰而自我安慰，期盼着有朝一日她们能有闲钱把首饰从当铺里赎回来。当然了，那从未发生过。

一直在祈祷着调任的曼殊拉现在开始怀疑这个计划了。如果她要和普拉巴卡拉·拉奥住在一起，她就得把工资交给他，而他会把它全花光。孩子们将会什么都没有。

当普拉巴卡拉·拉奥在那儿的时候，拉特纳姆告诉了他许多关于曼殊拉的事情，抱怨说她不想再和她住在一起了。但是，如果拉特纳姆走了，曼殊拉就没有人来照顾她的两个年幼的孩子了。

为了让拉特纳姆高兴，曼殊拉开始早早起来，从井中打水洗碗碟和衣服。有一天，她在切菜的时候严重地割伤了她的大拇指。但是，长期以来的自暴自弃和自怜自艾混在一起，阻止了她去看医生。她继续用被割伤的大拇指去取水、洗衣服、洗碗碟。最终，她去看了医生，医生告诉她不要再用那个大拇指了，直到它痊愈为止。曼殊拉不情愿地雇了一个女仆来洗碗。

那个早上，曼殊拉在床上待得稍微久了一些。

“你怎么还在睡觉。”

“没关系的，婆婆（atthamma）。女仆会过来洗碗的。”

“女仆已经在这里了。起来，去把碗碟都拿出来！”

曼殊拉对拉特纳姆生气了：“你能不能让我睡一会儿？”

普拉巴卡拉·拉奥一只手抓住了曼殊拉的头发，把她从床上拖了下来。他站在那儿，就像一头喷火的巨龙。然后他扇了她一耳光。曼殊拉尖叫起来。孩子们都醒了过来。

那天的那个情景深深地烙印在苏迦——也就是“我”的记忆里。那个吓坏了的女人——她的母亲，披头散发，手受了伤，近乎全裸，四处奔逃。那个男人——苏迦的父亲，她亲爱的父亲——追赶在她身后，她绝望地奔出了房子。她的父亲追在她后面。苏迦塔的母亲跑到了井的另外一边。她的父亲跟了过去。他假装要从某个方向追赶她的母亲，当她试图逃跑的时候，他就转过去，在另外一边抓住了她。孩子们的祖母冷眼旁观，满怀着对她儿子展现出来的男子气概的骄傲之情。

三个从睡梦中惊醒的孩子，眼睛里还有眼屎，脸颊上还带着干掉的口水，屁股上带着脓包，内衣被尿湿了，站在那儿吓得六神无主，放声大哭。

大人们忙得很，完全没注意到他们。一个在逃命，一个在试着杀人，第三个在旁观这场狩猎。

坐在前廊上的猴子们也大为吃惊，从屋顶上跑过来观赏这场奇观。邻居们也出门来看热闹。苏南达玛的母亲和姐妹们过来接拉特纳姆去教堂。她们观赏了这好戏有一阵子了，什么都没做就离开了。

◎

在夏天结束的时候，拉特纳姆跟着儿子一起走了。曼殊拉去学院工作时只好将孩子们留在家里。当她回来的时候，巴布眼睛附近有三道长长的猴爪留下的抓痕。

她将三个孩子抱在怀里安慰他们，告诉他们很快她就能调任到卡基纳达去。

“阿妈，调任是什么？”

“我们都会搬到你们祖母的镇子上去，和你们的父亲、叔叔和祖母住在一起，我去学院工作的时候，祖母会照顾你们的。”

孩子们开始觉得“调任”意味着一件让人兴奋的事情。

“阿妈，调任什么时候来呀？”

“快啦，快啦。”

曼殊拉仔细考虑了她的问题，决定第一步就是搬出詹姆斯花园，住到离学院更近的地方去。她在穆拉区（Moolapeta）找到了一个房间，那个社区才刚刚开始发展。周围是如此让人不快，以至于其他人都不想住在那儿，因此有种姓的印度教房东同意把房子租给曼殊拉。虽然阿妮妲和巴布还太小，但他们必须得要去学校。她缝制了制服，交了学费，租了一辆人力车去送他们。

在曼殊拉花掉所有这些钱之后，只有3岁的阿妮妲告诉她母亲，她不想去学校。她拉拢了她的哥哥姐姐，三个人都坚持不去。他们的母亲毫无办法。这一大笔钱被浪费掉了，但曼殊拉还是为她最小的孩子展现出的领导能力感到高兴。她对自己说：“不管怎样，在调任之后他们都得去新的学校。”

他们住的房间是一所房屋的一部分，能够单独进入。建筑工程还尚未完成，地板还没有涂上灰泥，墙还只是光秃秃的砖墙。没有窗户，只有洞，门也是光木板。他们只有一间小小的、阴暗的房间，还有一个黑暗的厨房，那也兼做厕所。门前没有台阶，他们的房子地板与街道齐平。街上也没有铺砖，只有尘土。蜈蚣和蝎子在砖缝之间爬动，但这只是一个临时居所，曼殊拉已经从普拉巴卡拉·拉奥那儿听说他很快就要被调到卡基纳达去了，而很快她自己的调任也会被安排好。他当然是不可能搬到内洛尔和她在一起的，就算这可行——其实不可行，因为内洛尔只有女子学院。她想要逃离这个镇子，越远越好。

孩子们不去学校，但是曼殊拉决定至少要照顾好他们的营养。她有了一个主意，就像美国人和欧洲人那样给他们吃玉米片。她跑到城里新开的高端商店里去买了一整袋玉米片。如果她的亲戚、朋友或者同事发现了，他们肯定会因为她荒唐的主意嘲弄她的。她向她的孩子们解释什么是玉米片，而当她告诉他们这是“外国”会吃的东西的时候，巴布和阿妮妲毫无兴趣，但是苏迦的眼睛却在惊奇中睁大了。她把牛奶放在炉子上，吹火、吹火，吹了整整半小时，牛奶才沸腾。然后她把玉米片放在一个她平时用来做“charu”（咖喱汤）的大杯子里，将热牛奶倒了进去，加上了一勺糖。苏迦满怀敬畏地看着，而其他两人的目光里则都是怀疑。当这顿饭做好了之后，最大的一个孩子将满满一勺子放进嘴巴里，立即就开始觉得头晕想吐。

曼殊拉耐心地试了三天，想让她的孩子们吃玉米片。但是他们不喜欢它，而且要点火、保持火旺、让牛奶烧开所花的工夫太多了。好几个月过去了，曼殊拉都没有办法扔掉那袋玉米片。又白白浪费掉了好多钱。她把玉米片的盒子当成是个纪念品和摩登象征一般留在屋里。

有一天晚上，曼殊拉回到家，发现她大女儿的头发都卷在头顶，而发圈里面有一小片头发被削掉了。她问她女儿都去了什么地方，是不是有人进了家门？苏迦否认了所有的事情。她已经5岁半了，很不好意思说是邻居的男孩和他的朋友们干的。他们让她定定地站住，然后把陀螺放在她头顶——那是沉重的木头陀螺，底部还有木工钉。那木工钉在她的头皮上钻出了一个小小的血洞，头发被卷在一起削掉了。那男孩和他的朋友们在曼殊拉不在的时候就会欺凌这三个孩子。

曼殊拉尽可能地把孩子送去给人照顾。她发现普拉巴卡拉·拉奥有一位非常非常非常远的远亲——尼兰巴拉姆（Neelambaram）先生住在内洛尔。他有一个快成年的儿子，得了结核病，留在家里。让孩子们和结核病人在一起总比没人照管要安全。

孩子们在屋子外奔跑，度过闷热的下午。尼兰巴拉姆的儿子对苏迦特别好。有一个下午，他把手放在她的腋窝下，将她抱起来，让她站在床上。他敞开了他的笼基[1]（Lungi），拿出他的“鸡鸡”（曼殊拉编出来形容生殖器的词）。苏迦从来没见过这个样子的“鸡鸡”。它不小，也不像老鼠。它硬得像木头，很大，而且热得烫手。她很同情这个“阿那”身上有这么一个伤害他的东西，这就是为什么他要求她抚摸它。他呻吟低语着，不知为何，她知道这也是一件永远不能告诉任何人的事情。

曼殊拉只能期望她的调任快来，结束他们的噩梦。她每天都急匆匆地从学院赶回家，腾出所有时间来陪伴她的孩子。她喂饱

1 笼基：南亚和东南亚男性传统的下半身穿着，在印度，一般只有劳动阶层或家居时才穿，不是正式穿着。与更加正式的朵提或蒙犊相比，笼基只是将一整块布围在腰间，并不将其从双腿间穿过并别好。

他们，给他们洗澡。他们四个人睡在光秃秃的地板上铺着的一张薄薄床单上。她给他们讲故事。他们争相要睡在她身边，膝盖顶在她肋骨上，腿放在她肚子上。

有一个晚上，雨下个不停。天气很冷，被水泥吸足了的湿气从地板上升起来。孩子和他们的母亲都被雷声吓坏了，紧紧抱成一团。他们睡不着。每一次雷声炸响，他们都会一起尖叫。

然后他们看到了那个。一条蛇带血的脑袋。只有脑袋。它从门下方的缝隙里进来了，爬过了地板。他们看着它无声地、目的明确地、无情地爬行着，在地上画出一道血痕。它爬啊爬。他们吓得不敢呼吸。最后，他们看到它从厨房出去了。

到了早上，印度教徒告诉他们，一下雨，沼泽里面所有的蛇都会爬出来，聚集到房子所在的稍微高出一截的地面上。一定是什么动物把那条蛇的大部分吃光了，只留下那个一息尚存的脑袋爬走，死掉。

第二天，曼殊拉搬走了。她在一个基督教徒家里租了一部分房子，总共三个房间，那对于曼殊拉来说实在太过昂贵了。她向她的一个同事，一个叫玛格丽特（Margaret）的未婚动物学讲师求助，后者也正在找住的地方。尽管是曼殊拉找到了地方，付了大部分房租，玛格丽特却把最好、最具私密性的房间据为己有，将曼殊拉和三个孩子留在了屋顶上有洞的前屋里。下雨天的时候，他们用装咖喱汤的碗和水罐来接雨水。玛格丽特看到孩子们在地板上坐成一排，而他们的母亲则做了米团子喂到他们嘴巴里。玛格丽特被这场景打动了。“看看这情景！三对‘ali chippa-lu’（珍珠贝母），他们的眼睛就如同珍珠。那么大那么宽。”这温情只持续了短短一刻。从那之后，玛格丽特尽她全力阻止那三个孩子靠近她。

房子的主人是一对矮小、皮肤黯淡的 40 多岁夫妻。曼殊拉的孩子叫他们那 16 岁的女儿“akka”（大姐姐）。

曼殊拉工作时全然不知她的孩子们都在干什么。她不知道苏迦成了邻居大姐姐阴谋中的一个帮凶。苏迦崇拜那年长的女孩，她长得漂亮，有着长长的垂到腰际的发辫。当她行走的时候，长辫从一侧臀部跳到另外一侧臀部。她有着大大的眼睛，以眼线装饰。大姐姐的父母不许她去见她的“朋友们”，因为他们怀疑这些“朋友们”都是男生。但是如果她带着苏迦去，他们就允许她去，因为觉得她不会不知羞耻到在一个小女孩面前和男孩们亲热。苏迦看到大姐姐用她不熟悉的方式触碰和拥抱了不同的大哥哥。她也知道这事必须保密。

大姐姐喜欢邀请苏迦在房屋与院墙之间的小巷道里一起撒尿。她们这样做的时候，苏迦被一种甜美、叫人窒息和不安的感觉填满了。少女尿尿的声音叫她激动不已。苏迦想要知道她自己双腿间和大姐姐的双腿间有什么不一样，是什么让大姐姐尿起来是“唰”的响，而苏迦自己的只有滴滴沥沥。

曼殊拉没有时间去看顾她的孩子们。在学院里，校长西瓦加米总是折磨她。西瓦加米穿着僵硬的莎丽，个子又小又冷酷，走来走去的样子好似拿破仑。曼殊拉讲课的时候，西瓦加米会过来站在门口。她已经把搞倒曼殊拉视为生命里的目标了。

当苏迦发烧的时候，曼殊拉去学院里，问西瓦加米是不是能请一天假。

“尊敬的女士，我需要请一天假。我的孩子生病了。”

“你的孩子有多大？”

“5 岁，女士。”

西瓦加米放声大笑，直到她肋骨发疼：“她都 5 岁了你还叫她‘孩子’？算了吧，你。”

曼殊拉只好留下来。

到了冬天，曼殊拉和孩子们去了阿纳恩塔普尔，来了一次惊喜的访问。他们的眼睛因为恶作剧与喜悦闪着光芒。他们敲着普拉巴卡拉·拉奥的门，等了很长时间，最后普拉巴卡拉·拉奥终于来开门了：“哎呀，是你们！”

“为什么你不来开门？”曼殊拉说。

他嘀咕着说他在上厕所。

之后，房子的房东把曼殊拉叫过去，告诉她，她丈夫的行为不是毫无瑕疵的。“女仆总是在那儿。有时候，她在屋里时他就把大门紧锁。”当曼殊拉质询普拉巴卡拉·拉奥这一点的时候，他的脸变红了。他毛发直立。他穿上衣服和拖鞋，去其他地方了。

在她不在的时候，他变得像一个乞丐一样一文不名。她没有带钱给他，而是从内洛尔买了杂货给他。没有款待孩子们的钱了。冰激凌的许诺只兑现了一次，她就不得不背诺了。

当她回到学校的时候，西瓦加米把她叫到她的办公室里，要她对西瓦加米讨厌的一个教师帕德玛瓦提（Padmavathi）做出不利的证言。

有人告诉西瓦加米说，帕德玛瓦提在员工室里吹牛，她说：

“在一个星期之内，我就会让西瓦加米调职到一个偏远地方去。如果不行，我就不叫帕德玛瓦提。”

尽管曼殊拉非常畏惧西瓦加米，她还是礼貌地拒绝了：“她可能不喜欢你，女士，但是她从来没有说过要让你调职的话。”

“我要你作证！”

“那为什么您不让卡纳坎玛（Kanakamma）女士作证呢？”曼殊拉建议道。卡纳坎玛是西瓦加米的朋友。

“你怎么敢指挥我要怎么做！我要你去作证，你就得去作证。”

西瓦加米把她办公室的门从里面锁上了，让曼殊拉站在她面前。两小时的时间里，西瓦加米一直在催促和威胁她。

曼殊拉知道，这意味着她好不容易得到的政府公职的完结。西瓦加米牢牢控制住了她。

曼殊拉回了家。她想要去电话局，给她丈夫打一个电话，看看调任的努力有没有收到什么成果。“主啊，让我离开内洛尔吧，将我从西瓦加米这儿拯救出来吧。”

奈西代表西瓦加米过来，给曼殊拉施加压力。西瓦加米到处都设置了眼线，汇报曼殊拉的动向。她去厕所，被记过；迟到30秒，被记过。她向学生口授笔记，她会说：“你没有把所有的时间都放在教学上，尽在笔记上浪费时间。”记过。曼殊拉将这一切都归罪于自己。她对于帕德玛瓦提没有喜爱之情，那人和西瓦加米一样，因为曼殊拉是个穷人和“不可接触者”就极度蔑视她。

有一天，曼殊拉被叫去见一些来自外地的来访者。那是马尼基亚·拉奥和尼兰詹那姆。马尼基亚·拉奥那时候在教育部门里很有威势，他和他妻子来内洛尔是来开会的。他们不敢相信站在眼前的人是曼殊拉。“帕帕，你看起来好老！你看起来就像是一个有十个孩子的母亲！”

年度的学院节马上就要到了。这一年西瓦加米引入了一条新规则：“我们邀请了内洛尔有头面的人物。你们不许带你们的孩子来参加节庆。他们都是讨厌虫。”没有人敢说什么，除了一个态度温和的物理讲师萨罗吉尼（Sarojini）：“女士，这是我们的学院，我们在这里工作，这是我们的节庆，而你想要禁止我们的孩子来？”讲师们坚守立场，他们在西瓦加米的办公室门外排成长队，挨个进去表示抗议。她撤销了这个规定。但是在节庆那天，却没有讲师敢带着自己的孩子去。

曼殊拉曾经想带孩子去。她害怕在她日常工作时间之外将他们独自留下。那本来是个向他们展示母亲工作场所的机会。但是，她还是把他们留在家里了。他们衣裳破旧，连鞋都没有。

曼殊拉希望这个活动赶快结束。有演讲、赞颂、发奖。她的孩子们单独在家。她问某人：“几点了，女士？”“6 点了。”她从来没有在学校里待得那么晚。

爱国歌曲、神话剧、传统舞蹈。她的孩子们单独在家。“几点了，女士？”“7 点了。”

糖果、软饮料。她的孩子一定会很喜欢吃这些糖果。但是他们现在却单独在家里。“几点了，女士？”“8 点了。”瑟瑟作响的丝绸莎丽，发出叮铃声的手镯，芳香的鲜花，闪烁的灯光。但是她的孩子们单独在家。“几点了，女士？”“8 点 30 分了。”

邻居们不在家。玛格丽特也在学院里。曼殊拉的孩子们肯定吓坏了。

一得到允许，曼殊拉就急忙跑了。房子所在不远，但是在她面前延展开的距离却难以跨越。夜晚很黑暗。她的孩子们一定在想念母亲。

在她奔跑的时候，她看到路边有一小群人在围观什么好戏。她没时间停下来，她只瞥了一眼。那一眼就仿佛有人用手攥住了她的心脏，狠狠扭拧它。他们的眼睛，三双如同贝母珍珠般的眼睛，在路边一条肮脏的床单下面朝她看过来。那是1月份，最寒冷的一个月，而她的三个孩子在床单下不同程度地裸露着，在一个被废弃的巴扎之中，在排水沟旁边，蜷缩在泥土里，沉默而难测，吸引了感到担忧却又无所作为的人群围观。

曼殊拉镇定下来，走过去，低声说："过来。"她将阿妮妲抱在腰上，另一只手抱着巴布，让苏迦拉住她的莎丽。她将那湿透了的破烂床单夹在胳膊下面，将他们带回了家。

在天半黑的时候，这三个被抛弃的孩子冒险出去了，几乎全裸，脚上没有任何东西可穿，他们拉着那条他们最喜欢的、上面满是小小黑色钻石形图案、已经很旧了的床单，去寻找他们的母亲。

她给他们洗澡，喂饱他们，将他们送上床。她睡不着。她能做什么？放弃这份工作？让他们的父亲放弃工作来内洛尔？她不得不做出抉择。就在明天。不能再等了。

第二天，她从普拉巴卡拉·拉奥那儿收到了一封信，他们的调任已经安排好了。

她很幸运。尽管有着丈夫与妻子应该在同一个城里就职的规定，但因为腐败，没有巨额贿赂，这样的调任很少能够得到执行。

现行的贿赂价格是8000卢比。许多和曼殊拉一样有这种情况的女人，带着年幼的孩子在社会里挣扎，他们没有组织日间托儿的概念。

曼殊拉在等待她调任通过的时候，将孩子带去了阿纳恩塔普尔，将他们留给了他们的父亲。她购买了日常杂货，让普拉巴卡拉·拉奥帮助通过公务员考试的穷学生充当主妇之职，因为她的丈夫连茶都不会煮，更不要说擦他孩子的鼻涕或干其他事情了。

曼殊拉想念她的孩子。她想念她的小儿子，当他最喜欢的灯笼裤还没干透，她不能让他穿上它的时候，他就会坐在门口生闷气，将裤子贴在脸上，闷闷不乐一言不发，嘴角向下撇着，眼里含着两泡欲出的眼泪。

还有阿妮妲，所有孩子里最兴高采烈的一个。她吃得好，玩得活力十足，喜欢妈妈的故事，不愿意去睡觉。每天晚上，为了让她上床，曼殊拉得要警告让一个警察叔叔去抓她。因为某种原因，阿妮妲害怕警察胜过世界上任何东西。有一天晚上，又是同样的过程。“嘘，已经是晚上啦。我们要睡觉了。”他们睡在屋子前面的露天处，所有的人，睡在他们新买的折叠床上。阿妮妲就是不来。

“看！警察叔叔！”

“在哪里？”

一个穿着卡基布短裤、拿着一根警棍的男人突然出现在他们眼前，怒吼着：“去睡觉，小姑娘！要不然我要把你抓去坐大牢啦！”那吓了曼殊拉一跳。阿妮妲飞快地跳上了床，紧紧地闭上她的眼睛。

那个警察在上夜班的路上听到了母亲编造的警告。

调令来了，是这样写的：“曼殊拉在轮换后调往卡基纳达的女子学院。”“轮换”是关键。预定要轮换曼殊拉的女人在海德拉巴就职。不会有在大城市里工作的人会愿意离开城市前往内洛尔。

西瓦加米将曼殊拉叫去了办公室。“现在，这就是你最后一次机会了。你是愿意针对帕德玛瓦提做出证言，还是想要因为犯上行为而被记过？”

曼殊拉知道，反正她总是要丢掉她的工作的，还是退出要来得更好。

第二天，她手里拿着她的辞职信去学院。有一个工友在学院门口等着她。他将她径直带到了西瓦加米的办公室。几位高级别的警察坐在西瓦加米面前，等着质询曼殊拉。

“你是坎巴·玛丽·曼殊拉白吗？”

“是的。”

“你是不是有一个兄弟，叫 K. G. 萨蒂耶穆提？”

她的哥哥肯定被枪杀了！“是的，是的！”

“你知道他的行踪吗？”

她松了一口气。“不知道。”

他们问她，他有没有给她写过信，上一次她见到他是什么时候。他来内洛尔见过她吗？她住在哪儿？住在她家里的都有什么人？她丈夫在哪儿？为什么他会在阿纳恩塔普尔？

她虽然没有被直接告知，但她可以猜测。她的哥哥潜入地下，成了一个被追捕的不法分子。她已经永远失去了他。

当警察离开之后，曼殊拉拿到了新的调任信。那个海德拉巴的讲师意外地前来轮换她了。

◎

调任并没有让曼殊拉逃离西瓦加米。西瓦加米在同一个星期也被调任到了同一个学院去。她会在那儿待到三年后她退休，那段时间里她一直持续地折磨曼殊拉。

因为曼殊拉的工资被扣发以偿还她在阿纳恩塔普尔造成的债务，根据政府法令，她不能得到升职。她所有的同期和后辈同事都成了校长，而直到她职业生涯结束，她还是一个讲师。

因为她和她的丈夫都有着永久性的工作和稳定收入，曼殊拉抱着希望，他们的财政困难最终会消失。但是这从未实现。在卡基纳达，她就像一个普通已婚妇女那样地过活，不仅仅与丈夫和婆婆及小叔子同居，还和丈夫的叔叔、阿姨、表亲和他们的配偶与孩子们一起住。任何时候两栋挨着的房子里总是居住着 20 到 25 个人，除了她、她丈夫和她小叔子珀西，没有人受过教育，或有份工作。所有人都靠他们的工资生活。尽管做饭是每个家庭单独做，但是曼殊拉在工作的时候，其他家庭会过来掠走她厨房里的米、扁豆、罗望子果、辣椒粉、烹饪油和煤油。如果他们找不到自己需要的东西，还会去杂货店以她的名字赊账。他们甚至从晒衣绳上偷走她的莎丽与床单。

在阿纳恩塔普尔，曼殊拉就已经发现，普拉巴卡拉·拉奥亲切慷慨，但他母亲和其他亲戚在场时则除外。如今，他们在一个杂居家庭里生活，他们两人从来都无法单独相处。

21 年间，他们一直如此生活。在三个孩子上完学，两个已经离家前往海外，一人即将出行的时候，拉特纳姆才在 80 岁时死掉。

曼殊拉最终能够独自与普拉巴卡拉·拉奥在一起了。她终于能够享受与他之间和睦、友爱的关系了。那一直持续到三年后他死亡前。

后记

我是在卡基纳达的埃尔文区“不可接触者”的贫民窟里长大的。我周围都是极度的赤贫。当你被这样的悲惨环绕时，你不会将其视作某种异乎寻常的事情。我记得邻居里某个我的朋友告诉过我，她晚饭连续吃了三天烤鹿肉的时候，我和她一起哈哈大笑，知道那是她以讥讽的方式在说自己没东西可吃。我想着的是她开的这个玩笑，而不是某些人没有食物果腹。

但是，我七八岁时看到的两件事情，还是吓坏了我。无论何时我回想起埃尔文区，都会回想起那两个时刻。直到我死，它们还会困扰着我。

一个叫作桑托沙姆（Santoshamma）的女人，和她两个骨瘦如柴尚在青少年时期的儿子住在我们家街对面，一个被四根柱子撑起的茅屋下面。她顶多就 30 多或 40 岁出头，但是她的身体被饥饿折磨得如此脆弱，以至于她再也没有办法行走了。她睡在茅顶下的破布里，日夜呻吟，又饿又痛。有一天，她想要些吃的东西，她坐了起来，但是她站不起来。她将手放在她身后的地面上，用她的腕部将自己的臀部撑起来，将自己往前推。然后她靠近地面，再一次屈伸她的腿。重复这个步骤，她一路爬过了街，来到我们家门前。

我正在我们家前面跳绳。当我看到她穿过大门的时候，我睁大眼睛瞪着她，看着她裹着破布，发皱的皮肤从她的骨架下垂下来，她的头发蓬乱干枯如干草，眼泪汪在她眼睛周围的眼眶里，她无计可施，像某种被压扁、发臭的生物。

她继续绕过房子的一边，朝着背后的厨房爬去，向我的祖母乞讨些吃食。我的祖母看到了她，震惊不已，因为无助的感情开始哭泣，她用颤抖的声音朝那女人大吼起来，谴责她将这奇特又悲惨的一幕呈现在我们眼前。

我的母亲雇了另外一个叫卢塔姆（Ruthamma）的女人来帮我们家做杂事。她在厨房地板上的一个桶里洗碗碟，这时候我走进来了，吃着一片苹果。那是圣诞节后的第二天，我们只在圣诞节吃得起苹果。整个家庭分吃几个苹果。卢塔姆盯着我手里的那片苹果，露出了那么愚蠢的、充满欲念的笑容来，她公然地流出了口水，以至于我再没办法吃那片苹果了。我知道，她一辈子也没尝过苹果是什么滋味。我不记得自己是否将那片苹果给了她。

这样的经历让我希望世界上再也没有穷人。但是，这怎么可能实现呢？

长大后，我从我母亲那儿听说了关于我舅舅的故事。她告诉我们，他牺牲了所有东西，离别了他的家庭，前去帮助穷人。他是如何帮助他们的？他有一把枪。他会威胁富人，拿走他们的钱，再将钱分给那些一无所有的人。我舅舅对我来说就像是电影里的主角一样。我是多么希望能够像他一样。但是我母亲说，我们永远不可能再见到他了，因为警察在秘密地监视我们的房子。如果他想要来探望我们，他就会被逮捕下狱。所有这些让我的舅舅变得好似闪烁在天上的一颗神秘之星。

我母亲也告诉我们，他从不留下他拿走的钱财。他在丛林里过着艰苦的生活。我试着在光秃秃的水泥地板上睡觉，为自己的将来做好准备，以防到时候我不得不睡在坚硬的地面上。我告诉我的朋友们，等我长大了，我要成为一个纳萨尔分子。

我 14 岁大时，有一个夏日午后，我骑着我的自行车从我的数学家教家里回家，这时我看到一队青少年在朝着聚集在街角的一小群人唱歌。我被迷住了，下了自行车。他们在唱关于穷苦农民与劳工的歌。他们因为贫困而受苦是多么不公，因为他们才是创造财富的人，却不是土地与工厂的拥有者。我之前从未听过这样的歌。“来吧，农民兄弟们，”他们这样唱，“来吧，被剥削和被剥夺的你们所有人，加入农民与穷人的党派，让我们一同对抗地主们。”

我径直穿过人群，走到歌唱者们中间宣布：“我要加入。”

他们很高兴招募到了一个新成员。我邀请他们和我一起回家。我的家人很是惊奇，也很好奇。他们坐在床上，为我们歌唱，用革命的热情填满了那个小小的石棉顶的房间。我们被迷住了。然后我母亲开始和他们谈话，问他们问题，我们知道了他们所属党派的建立者不是别人，就是我的舅舅。

那一天，我成了一个激进分子，也就是激进学生联盟（Radical Student Union，RSU）的成员，那是人民战争集团（People's war Group，PWG）下属的学生组织。

这些都是非正式的。如果人民战争集团需要我参与某些活动，比如散发传单，他们就会在家或者学校见我并且请求我。我随时都做好了准备，完成他们要我做的事情。我加入了一个街头剧团，就像我之前曾经遇到过的那个一样，我到处传唱关于失业、基本商品涨价、政府医院腐败、教育机构邪恶之类的歌谣。当党组织学生罢课的时候，我会演讲，请求人们支持罢课的学生。在假期里，我加入了“村庄运动”，我们 10 到 15 人会花上数周时间，在卡基纳达周边，从一个村庄旅行到另一个村庄，在每一个村庄里停留一到两天，了解穷苦农民的生活与渴求，并且告诉他们，他们本不必活得如此艰辛。在中国，一个人民的政府被组建起来了。在好多年里，我都是最年轻的成员。

我们都很清楚，有朝一日，我们都将被召唤前去参与另一种形式的斗争。当我 16 岁时，我大概有 75 到 80 磅[1]重，我去参加一个会议，一个我父亲那样年龄的男子朝我走过来，他和我握手的力度是那么猛烈，以至于我整个身体都抖了起来。他对我开玩笑似的说：“你太瘦弱了，你一定得多吃，增重！要不然的话，你该怎么拿起你的步枪？”

这个人民战争集团代表的是人民的战争：一场针对地主们的武装斗争，夺取他们的资产，将土地分给在其上劳作的穷苦农民。我们激进分子盼望着斗争未来的这一步，我们将为人民战争集团赢取大众支持的准备工作助上一臂之力。

与此同时，我们也是地主和警察施暴的对象。人民战争集团

1　磅：英美制重量单位，一磅合 0.45359237 公斤。

的几百名成员与支持者们都遭到了逮捕。监禁期间受到折磨是常见的。每一个月我都会听说有同志被枪杀，包括许多学生。

我们很明白这些危险。但是，这没有能吓倒我们。我们知道，这是革命生涯的一部分。实际上，我们都在梦想着面对镇压而不背叛党、不丧失革命热情会是多么英勇。

然后，我自己遭遇了镇压。

我 19 岁的时候，离开家，去瓦朗加尔的地区工程学院（REC）念硕士学位课程。那就是我舅舅在圣加百利任教期间做政治工作的学院。因为他的缘故，我到那儿的时候，学生的生活已经被激进分子们给主宰了，许多教职员都是纳萨尔派的支持者。

在第二学年的时候，我们注意到某个电子工程系的高种姓教授会让所有和他一个种姓的学生高分通过，让所有低种姓学生不及格。我们把这事儿告到校长那儿。让我们吃惊的是，过去从来不曾和我们意见不一致的校长，这次却向着教授。因此，我们组织了罢课。除了领导罢课的学生外，所有的学生都离开了。我不是罢课委员会的一员，因此回了家。

几天之后，一辆巨大的警车停在了我家门口，一群警察拥了出来。一个副警察巡官走进来，告诉我的父母他要逮捕我，送我去瓦朗加尔。然后他就把我带走了。

我位列被逮捕入狱的一群学生与员工（包括学校校医院的医生）之一，这是为了报复罢课。我是他们中间唯一一个女孩。警察将我们从一个管区转运到另一个管区，导致我们的家人无法找到我们。我们很长时间被剥夺了水、食物和卫生设施，备受折磨。他们用棍棒和绳索打我们。我听到一个副警督告诉两个女警察："打她，一直打到我能看到她身上的鞭痕为止。"他们在我们的指甲下塞进大头针。我们不知道这要持续多长时间。几个星期过去了。

我母亲不知道我身处何方，甚至也不知道我遭受的指控是什么，她去了邦的首府海德拉巴，找到了一位名叫坎纳毕兰（Kannabiran）的著名民权律师，求他提出人身保护令状（habeas corpus）。

作为回应，警察最终将我送往了中央监狱——我舅舅曾在里面待过一段时间的同一所监狱。我的父母不得不想方设法将我保释出来。我被关押了三个月。在那段时间，我感染了结核病。

尽管没有指控，但警察签署了一份警告令，如果我想要摆脱他们，我必须离开瓦朗加尔，永远不得回去。我对此没有什么特别的反应，在我被逮捕的那一天，我的心灵就变得一片空白了，我只是让事情顺其自然地发生在我身上。但我的父母很是沮丧，因为我没办法完成我的硕士学位课程了。他们约见了一位助理警督，提出了一份特别请求，想让我完成课业。那位助理警督很是不情愿。他要求我的父母许下承诺，在我完成学位课程期间不能和任何人——任何人说话，一旦我完成了学业，我就得走。校长、教授、学生、管理人员和工友都被警告，不得与我说话。

我失去了一年时间。当我回到学校的时候，我还在从结核病中康复。我的父亲来与我住了五个月，照顾我和受到感染的他自己。在瓦朗加尔警察的紧密监视与不停骚扰之下，我完成了我的技术硕士学业，离开了瓦朗加尔。

我的被捕给我的家庭造成了难以抹杀的影响。我们在社会上被孤立了。特别是基督教徒开始避开我们。有人肯与我或我的弟妹婚配的可能性降至微乎其微。即便是同情我们的人，也因为害怕被警察骚扰而和我们保持了距离。在我们之中，阿妮妲受苦最多，她当时是一个 20 岁的一年级医学生。但是我们家里没有人，包括我那亲爱的祖母，因为我的激进行为而谴责我，也不因为我母亲朝这个方向引导我而谴责她。

所有的激进分子都被逮捕了。因为我在女子监狱里，我不知道在我的朋友们身上发生了什么，但是我的母亲在从一个管区跑到另外一个管区寻找我的时候知晓了一些事。阿肖克（Ashok）、乔南雅（Johnayya）、萨提姆（Satyam），还有其他来自贫困的不可接触家庭、父母是文盲的人，他们没有我这样的幸运。他们在警察拘留所里待了更长的时间，继续遭受折磨。没有人为他们开出人身保护令状，或者为他们申请保释。后来我听说，他们其中有人在被释放后很快就心脏病发作死去了。另外有人上吊自杀。地区工程学院里有些出身部落的年轻洗碗工与激进分子们关系友好，他们的命运更糟。再也没有他们的消息了，据推测应该是被枪杀了。

在我被监控的时候，人民战争集团与我保持了距离，但是当我毕业返家后，县的组织者又来我家里拜访，和我谈话。我的父母告诉他们，他们不认为这是一个好主意，但是组织者们置之不理。有一次，我的父母不在身边，一个人民战争集团代表问我："如今你已经结束学业了，全职干革命如何？"这就意味着要潜入地下成为一个全职的党的工作者。一旦某人潜入地下，他或她就会被警察通缉。

也许在我被逮捕前，我会立即接受邀请。但是，在我父母有过那样的经历之后，我说，我需要考虑考虑。

人民战争集团代表将我带到邻近小镇的一所房子里去。在那儿，有个男人在一间小屋子里等着我。人民战争集团代表将我和那个男人留下。他用党的名字自我介绍，说他叫“被放逐的太阳”。我能看出他是个高层的地下党领导人。他和我座谈了八个小时，一直不断地解释为了革命献身是多么高贵。我只是听着，什么也没有说。对于“被放逐的太阳”而言，很明显，我对此不感兴趣了。党代表将我带回了家。

此事之后不久，有一天晚上，还是那个人民战争集团代表，在所有人都在家的时候来了我家。他用一种平静的口吻告诉我们，他有一条重要新闻：人民战争集团已经开除了 SM。

这个新闻之所以让人震惊，是因为对于我所认识的所有人来说，SM 就是人民战争集团。他是那个将知识分子和学生吸引到人民战争集团中的人，而且他的口号、诗歌和受他激励的人民剧团将一种浪漫的氛围赋予了人民战争集团的章程。可以毫不夸张地说，正是因为他，人民战争集团才成为次大陆上最成功的游击队党派，可能仅次于斯里兰卡的泰米尔猛虎解放组织（Liberation Tigers of Tamil Eelam，LTTE）。

我们被告知，他被开除是因为他成了叛徒，试图分裂人民战争集团。我立即唾了一口：“那个叛徒！”尽管我决定不潜入地下，我依然是坚定地忠于人民战争集团的。我确保自己在谴责他时坚定无比，以显示出我并没有因为家庭关系而有所动摇。但是，我的母亲却想要知道他到底干了什么。他们只能说，随着时间流逝会真相大白的。当我母亲问起是否有任何文件时，他们说他们会设法给她搞到一些。

不久之后，我在马德拉斯的印度理工学院（IIT）得到了一份研究助理的工作。在马德拉斯，既没有激进学生联盟，也没有人民战争集团，但是这对我来说无关紧要。我已经22岁了。我不再考虑革命，甚至是自己的未来。我有了新朋友，和他们一起去城里。我们去购物、看电影、去餐馆、去海滩。我有了男朋友，我喜欢与赫奇（Hegde）在精密工程与仪器实验室里待到很晚，做他的科学硕士功课，或是与马萨卡（Masalkar）在全息摄影实验室里完成他的博士学业。我听西方音乐，读小说。

我在马德拉斯待了一年之后，有一个周日，宿舍里的服务员告知我有一个访客。那个人快30岁了，自称叫作乌沙（Usa），他用耳语告诉我："我是你舅舅的一个朋友。"乌沙说，SM派他来解释为什么他会被开除，这样我就能告诉全世界。

1984年，KS在等火车的时候被逮捕了，被扔进了监狱里。这段时间里，作为二把手的SM接管了权力，成了人民战争集团的总书记。一群年轻的"不可接触者"人民战争集团成员抓住了这个机会，接近他，抱怨人民战争集团的地下组织里存在种姓主义行为。他们指出，当党员被招募的时候，他们被按照各自的种姓指派工作。理发师种姓的人民战争集团成员被命令去为他们的同志剃须，洗衣工种姓的人民战争集团成员要洗他们同志的衣服。"不可接触者"们当然被要求去扫地、拖地，清理厕所。

在人民战争集团内谈论种姓一向是个禁忌。但是由于那年卡拉姆奇都村（Karamchedu）发生的令人震惊的屠杀[1]，政治气候已经改变了。在一个曼迪迦妇女抱怨坎玛人在曼迪迦人饮水的池塘里洗水牛之后，整个曼迪迦人的聚落被两千名坎玛暴徒残酷地袭击了，11人被杀。将种姓主义视作一个政治问题的意识，开始在“不可接触者”之中传播。那些与SM谈话、在学院里受过教育的年轻的“不可接触者”党员们加入人民战争集团，是因为他们认为入人民战争集团是与滋生出此等不公制度斗争的最好方式。当他们加入时，他们没有拿到枪支。相反，他们被给予了一把扫帚，被告知要去扫地板。他们呼吁SM重视这个问题。

SM自己也从与他亲近的高种姓的人民战争集团成员那儿受过种姓主义的羞辱。他们会将小额的钱财留在厕所里，看看他是否会将其私藏。他将这种行为弃之不管，将其视为落后社会观点的产物，不可避免地会从外界渗透进人民战争集团内部，随着人民战争集团逐渐强大，必将会自行凋亡。但是如今，他不能再对其视而不见了。

在SM组织的一次伏击中，KS逃了出来，回归到人民战争集团的领导位置上。他一回来，SM就召集了一次中央委员会会议，探讨年轻人民战争集团成员所提出的不满。SM几乎没有机会将他的文件报告完毕，其他领导人的反应快速且无情。他当场就因为“阴谋分裂人民战争集团”而被开除了。

在被开除之后，SM和他的伴侣——一个叫帕尔瓦蒂的年轻女人，开始逃亡。他们同时生活在警察与人民战争集团的双重威

---

1 这里指的是“卡拉姆奇都屠杀”，1985年7月17日在安得拉邦卡拉姆奇都爆发的达利特人与地主之间的冲突，冲突导致多名达利特人死亡和多人受伤。

胁之中。

我不知道该如何面对这个消息，也没有严肃地对待我被赋予的使命。但是一段时间后，当我回家过假期时，我听说我的母亲也被联系上，告知了同样的事情。她给我看了一封信，是她写给一份阅读量甚大的新闻报纸《晨报》（*Udayam*）的，这封信披露了两件事：一、SM 从人民战争集团中被开除了；二、他被开除背后的真实原因。但是她并不确定这样做有什么好处，有谁会关心。

我坚持要由我们亲手将这封信送到《晨报》的办公室去。在那儿，我们遇到了一个副编辑，叫作瓦桑塔·拉克希米（Vasanta Lakshmi），她亲自负责确保这封信被刊登出来。当信刊发的时候，安得拉邦全邦震动。

几个月后，瓦桑塔·拉克希米的爱人，一个名叫作特里普拉奈尼·斯里尼瓦斯（Tripuraneni Srinivas）的年轻记者设法联系上了我的舅舅，对他进行了一系列的采访，这些采访刊登在《晨报》上，对所谓的共产主义党派内部的种姓主义进行了公开披露。直到那之前，大众并不知道 SM 是一个“不可接触者”。他知名是因为他是人民战争集团的创建者和领导者，以及一个伟大的诗人。

这场大戏上演之时，我正准备考 GRE（美国研究生入学考试），印度理工学院里的每个人在他或她的最后一个学年里都是如此。我被美国的一个研究生项目录取了，要到那里去上学，将一切都抛在身后。

在项上人头被警方悬赏索取，逃亡了四年之后，SM 迈出了大胆的一步，在革命作者联合会组织的一次年会中的公开会议上，他当着上千人的面出人意料地露面了。当他爬上讲台，拿起麦克风开始向出席的每一个人——包括记者与警察致意的时候，组织者惊呆了。他宣布，他赤手空拳地，被人民战争集团开除，现在向警察投降。他解释说，他只是法律意义上的投降，而不是政治意义上的投降。通过这样的声明，他束缚住了警察的双手，这样他们就不能再声称他是在“遭遇战”中被杀的了。他解释了为什么他会被开除。在场的有些人民战争集团的成员想要用武力将他从台上带走，但是观众中的若干年轻“不可接触者”卷起了他们的衣袖，无声地站起来保卫他。人民战争集团无法在他们最大的支持者面前伤害他。此外，尽管他投降了，却从未被逮捕。

我舅舅被开除时，恰逢有地种姓与无地的“不可接触者”之间矛盾激化的时候。因为过去几十年间在经济上发生的变化，“不可接触者”劳工们开始将他们自己视为领取薪水的工人，而不是地主的仆人。地主们对此报以充满杀意的暴力行为。在 1991 年，卡拉姆奇都事件过去六年之后，在藏都尔（Tsundur）村里，八个马拉人被雷迪地主屠杀。尸体被砍开，扔进了灌溉渠里。

SM 前去定居在那个村庄里，在那儿领导运动。在包括一名叫钱德拉·谢卡尔（Chandra Sekhar）的年轻婆罗门在内的一些民权律师的帮助下，SM 对这一事件进行了调查。其他的“不可接触者”领袖们只是呼吁针对犯罪进行法律援助，而 SM 则寻求组织“不可接触者”们进行自卫。56 个人以谋杀罪被起诉。SM 没有活到看到案件结案的那一天，但是通过他对这场斗争的参与，他成了安得拉邦“不可接触者”民众的领袖。

两年之后，他发起了一场运动，以减轻两个等待着被吊死的“不可接触者”青年人的刑罚。尽管全球都有反对死刑的运动，但这一项事业在印度并不流行。当这两位青年被饶恕后，SM 成了贡土尔与翁果尔（Ongole）两县的传奇人物。

在他整个共产主义运动的生涯里，我的舅舅都尽量避免过多地谈论种姓。他持有这样的观点：即劳苦大众只应当组织起来为了整个阶级的需求而战斗，而不是为了某些特定的社群。在他被开除之后，他开始持有相反的观点。他认为，一个真正的革命章程是不可能同时争取到高种姓的农民和劳苦大众的。他试图在种姓的基础上组织“不可接触者”和低种姓农民，作为革命的先锋。其他人能够加入，但是不可作为领导者。在他生命的末期，他几乎无法行走，需要他的支持者们背着他穿越丛林，那时他正打算开启贯彻这一理念的一个新党派。

2012 年 4 月 17 日，在我写完这本书开头前言的两天后，我一觉醒来，发现我舅舅的死在印度成了全国性新闻。上千人排着队来见他最后一面。即便是他政治上的死敌也现身了。安得拉邦所有的电视频道整天都在播放关于他生平与遗产的节目。报纸上全是他的诗歌。在整个邦的城市、市镇和村落里，怀念他的游行在其后的几个星期里一直持续着。这对于他的家庭来说是个巨大的意外。我们从未意识到，他被如此多的人，爱得如此之深。

我依然盼望着有朝一日，这个世界上不再有穷人，我也同意我的舅舅，需要一场革命来达到这个目标。但是，我并不同意他在被开除前和开除后所采取的章程与策略，包括他对种姓压迫斗争的战略性作用的看法。

1928年，在印共领导下，孟买的纺织工厂里发生了一场大罢工，眼看就要变成针对整个殖民统治的总罢工。但是，这场罢工失败了，因为工人们分裂成许多派系，包括根据种姓而分裂的派系。在许多年里，被共产主义者组织起来的种姓工人们拒绝与“不可接触者”们一同在织造车间工作，要求将“不可接触者”限制在纺纱车间做低收入的工作。罢工期间，在“不可接触者”的领袖安贝德卡（他认为“不可接触者”们将失去最多而一无所获）的督促下，“不可接触者”们才跨越了那道警戒线[1]。当罢工最终要结束时，工人们已经饥肠辘辘，工会才同意将织造部门向“不可接触者”劳工开放的要求纳入罢工诉求之中。管理层说，如果将“不可接触者”们排除在外是一项不公的话，那全是种姓工人们自己的所作所为，与管理层无关。如果工会从一开始就为“不可接触者”的权利而抗争的话，这场斗争的结果，或许会截然不同。

1　指当时安贝德卡要求将提升“不可接触者”的待遇放入罢工要求内，否则“不可接触者”劳工就将停止罢工。

致谢

作者希望向艾伦·霍恩（Alan Horn）、莱尔德·加拉格尔（Laird Gallagher）、肯·阿尔佩尔（Ken Alper）、孔塔姆·普鲁肖塔姆（Kontham Purushotham）教授、吉塔·拉马斯瓦米（Gita Ramaswamy）和斯蒂凡尼·埃文斯（Stephany Evans）致谢。